李健吾译文集

上海译文出版社

● 西方古典文艺理论

晚年肖像

1981年,李健吾与社科院外文所同事的合影。所内许多人参与了法国古典文艺理论的翻译工作

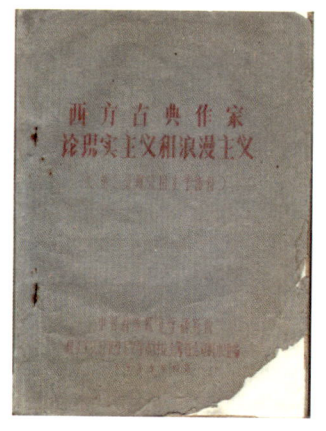 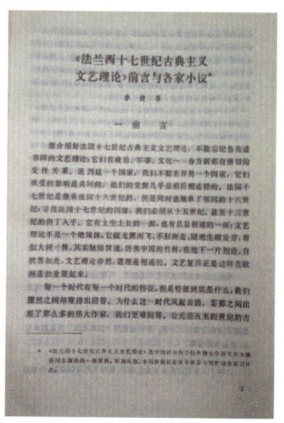

1959年底外文所内部印刷的《西方古典作家论现实主义和浪漫主义》

《法兰西十七世纪古典主义文艺理论》前言

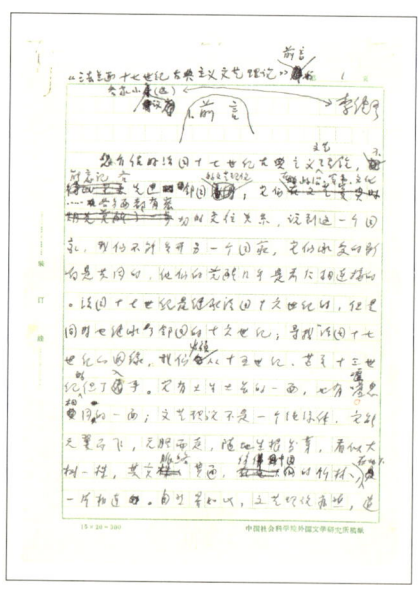

《法兰西十七世纪古典主义文艺理论》前言手稿

目 录

西方古典作家论现实主义和浪漫主义 …………………… 001

    试论严肃剧类（节选）（法） ………………………… 003

    论古典诗与浪漫诗 ……………………………………… 005

    神秘的性质（外一篇） ………………………………… 010

    什么是浪漫主义？ ……………………………………… 014

    什么是浪漫主义？（外三篇） ………………………… 022

    是心在说话（外一首） ………………………………… 027

    现实主义是细节的科学 ………………………………… 029

    艺术中的现实性（外一篇） …………………………… 030

    现实感觉 ………………………………………………… 038

法兰西十七世纪古典主义文艺理论 ………………………… 039

    序言 ……………………………………………………… 041

    前言 ……………………………………………………… 045

  上集 ……………………………………………………… 083

  法兰西

  格莱万 …………………………………………………… 085

    《简论》 ………………………………………………… 087

致读者 ·· *088*

塞比莱 ·· *090*

《法兰西诗的艺术》选(第二卷第八章) ·············· *090*

达依 ·· *094*

《〈疯狂的扫罗〉的前言——悲剧艺术》选 ·············· *094*

英吉利

培根 ·· *098*

《诗的性质》选 ·································· *098*

本·琼森 ·· *102*

悼念我心爱的威廉·莎士比亚大师及其作品 ·············· *104*

《每个人不适合自己的性情》选 ······················ *108*

《暴露》选 ·································· *110*

西班牙

莫里纳 ·· *122*

《托莱多的果园》选 ······························· *122*

下集 ·· *125*

法兰西

盖·德·巴尔扎克 ·· *127*

致斯居代里先生书 ································· *128*

奥日艾 ·· *130*

《太尔与西顿》序 ································· *134*

夏普兰 ·· *143*

论表演诗 ·································· *144*

书信选 ·································· *146*

《文人名单草稿》 ································· *150*

欧毕雅克 ······ 152
《戏剧实践》 ······ 152

拉·罗什富科 ······ 166
随感录 ······ 166

拉·封丹 ······ 174
《致莫克瓦先生》选 ······ 174
《寓言》序 ······ 175
《故事（诗）》序 ······ 181
《浦西色与居比东的恋爱》序 ······ 182
《基督与其他诗集》序 ······ 183

帕斯卡 ······ 189
随感录 ······ 191
小品之二 ······ 199
说服的艺术 ······ 200

费尔迪耶尔 ······ 205
《市民传奇》 ······ 206

拉辛 ······ 209
《布里塔尼居斯》1670年版序 ······ 211
《贝蕾妮丝》1670年版序 ······ 214
《忒拜政变》序 ······ 216
《巴雅泽》1676年版序 ······ 217
《费德尔》1677年版序 ······ 218
《安德洛玛克》再版序 ······ 221

拉·布吕耶尔 ······ 222
《品格论》选 ······ 226

圣-艾佛尔蒙 243
 论悲剧 244
 英国喜剧 247
 评论一些法国作家 250
 论诗 251

费纳龙 254
 致法兰西学院书 255

高乃依 272
 论戏剧诗 274

布瓦洛 314
 诗的艺术 315
 致贝卢先生书 366
 致孟切斯奈先生书 372

西方古典作家
论现实主义和浪漫主义[①]

① 此为 1959 年 12 月社科院内部油印本出版物,由李健吾主编、主译。此处仅收取李健吾译介的篇章。

试论严肃剧类（节选）（法）

博马舍

……

所以说，严肃剧只能用既没有彩饰，也没有花环的朴实的风格来写：它的全部的美丽应该来自内容、安排、对题材的兴趣和题材的开展。它和自然本身一样真实，因此，悲剧的格言和笔调，喜剧的讽刺和噱头，对它是绝对不适用的；永远没有格言，除非它们寓于行动中。它的人物应该永远以这种姿态出现，那就是，他们不需要用辞藻引起兴趣，它的真正的说服力寓于情景之中，它唯一能用的色彩是语言；它和诗句中严格的停顿以及矫揉做作的韵脚是毫不相似的，而后面这些东西，诗人在诗体的戏剧中，费尽心机也不能使它们不被觉察。要使严肃戏剧达到人们有权要求它的那种真实，作者首先要注意的是使我在整个舞台上，看不见演员的一切逗趣和戏剧布景，以便使我在整个戏的进行期间一刻也不会想到这些东西上去。因为，只含有默契的真实的诗体对话所引起的第一个效果难道不是使我的思想回到戏院中去，因而毁了作者企图使我产生的一切幻想吗？在万戴尔克戏厅里，我完全忘记了布赫维尔和贝利扎尔①，眼前只有善良的安东纳和他那杰出的主人②，而且我真正地和他们一起受感动。你们想，如果他们向我背诵的都是些诗句，那我还会这样吗？我不但会在人物身上看到演员，而且，更坏的是，每一个韵脚都会使我在演员身上看到诗人。于是，这个戏的如此可贵的真实性就全部烟消云散了；而这个如此真实，如此动人的安东纳就会由于他那不自然的语言而显得笨拙讨厌，就好像是一个天真的农民，人们为了使他出落得自然而给他古怪地穿上华丽的仆役号衣。

我和狄德罗先生一样，认为严肃戏剧应该用散文写。我认为这种散文不应该有太多的修饰，而且，如果人们被迫在华丽和话力之间作选择的话，前者切记应该从属于后者。

---

① 演员。
② 不自觉的哲学家中的人物。

论古典诗与浪漫诗

德·斯达尔夫人

为了区别从行吟诗人的歌咏发展起来的诗,从骑士制度和基督教出来的诗,"浪漫的"这个词,新近被介绍到了德国。假如我们不承认异教和基督教、北方和南方、古代和中世纪、骑士制度和希腊与罗马制度分占文学这块领土的话。想以一种哲学观点来评论古代鉴尝和现代鉴尝,我们也就决办不到了。

"古典的"这个词,我们有时当作"完美的"同义语。我现在用这个词,又是一种涵义,那就是:把古典诗看成古人的诗。把浪漫诗看成和骑士传统有相当关联的诗,这种分法同样适用于世界的两个时代:基督教兴起以前的时代和基督教兴起以后的时代。

我们根据各种德国作品,还把古典诗比作雕刻,浪漫诗比作绘画;总之,人类精神从拜物的宗教到崇灵的宗教,从自然到唯灵的进程,我们用了种种方式来说明它的特征。

拉丁国家中间最有教化的国家是法国,法国倾向于从希腊人和罗马人那边模仿来的古典诗。日耳曼国家中间最显赫的国家是英国。英国喜欢浪漫与骑士诗,以有这一类杰作自豪。这两类诗,哪一类值得特别称许,我现在也不想作什么评判:关于这一点,指出鉴赏的多样性不光来自偶然因素,也不光来自想象和思想的原始根源,也就够了。

史诗和古人的悲剧有一种单纯性质,这种性质和人们在这一时期与自然打成一片有关系,以为自己受命运支配,就像自然受必然所支配一样。人不大思索,总是把他的灵魂的行动露在外头;良心本身就用外在的事物来象征,复仇女神们的火炬,在罪人们的头上,摇撼着疢心,在古代,事变起绝对作用;也就是到了现代,性格才占到更多的位置;左思右想的思维经常吞噬我们,就像秃鹫吞噬普罗米修斯一样;古人的户籍和身份,表现出来的关系,是清楚的、明显的;这种思维和这种关系万一到了一起的话,不像思维,倒像疯狂了。

在艺术起始的阶段,人在希腊从事的,只是一些孤立的雕像;组合是更后才形成的。我们即使说,当时任何艺术都没有组合,也不见得就不正确。被表现的事物一个接连一个,像浮雕一样,没有配合、没有任何种类的交错。自然被人格化了;水仙住在溪涧里,木仙住在森林里;而自然同时也把人抢了过来,我们未尝不可以说:他像急流、像闪电、像火山,因为使他行动的,是一种自己做不了主的冲动,这里没有能改变他的行动的动机或者前后次序的思维。我们不妨说,古人的灵魂是有形体的。它的每一个动作全是强烈的、直接的、明确的。基督教培养出来的人心就两样了:现代人从基督教的忏悔中养成了不断反省的习惯。

但是要想表明完全属于内在的存在,就必须有大量错综复杂的事实。以种种形象来表现灵魂内的千变万化。假如古人的单纯还照样控制着我们今天的美术,我们一方面得不到使古人不同于后人的原始力量,一方面还失去了我们的灵魂所能感受的亲切与繁复的情绪。现代人的艺术的单纯,很容易变冰冷、变抽象的,而古人的单纯却充满了生命。荣誉和爱情、勇猛和怜悯是区别骑士的基督教的感情;灵魂的这些情况,只能通过危险、功绩、恋爱、祸殃,总之,不断作成画面变化的浪漫兴趣,才能让人看清楚了。所以从许多观点看来,浪漫诗里的艺术效果的根源是不同的:统治前者的是命运,统治后者的是上天;命运不看重人的感情,上天只凭感情判断行动,命运既盲且聋,永远和生人作对;上帝回答着我们的心的问话,统率着有条有理的布局,既然必须描写命运的玩物或者这种布局，诗怎么会不创造一个性质不同的世界出来？

异教诗应当像外在的事物那样单纯、显著；基督教诗需要虹的不和浮云混淆的彩色。古人的诗，作为艺术，更加纯洁；现代人的诗让人流下更多的眼泪。不过对于我们，问题不在古典诗与浪漫诗本身，而在古典诗的模拟与浪漫诗的感兴。古人的文学，到了现代人身上，是一种移植文学；浪漫或者骑士文学，在我们这边。土生土长，是我们的宗教和我们的制度让它开花的，模拟古人的作家要遵守鉴赏的最严格的规则；因为不能参考他们本人的性格或者他们本人的回忆，古人的杰作所能适用的法则，他们也就非适应不可，虽然产生这些杰作的政治与宗教的环境完全变了。不过这些拟古诗，尽管完美，很少家喻户晓的，因为它们一点也不结合本国人目前的需要。

在所有现代诗里，法国诗是最古典的，也是唯一没有流传到民间的诗，威尼斯的船夫唱着塔索①的诗句；各个阶级的西班牙人和葡萄牙人，背得出卡尔德隆②和卡蒙斯③的诗行。莎士比亚在英国，得到了人民的称道，也得到统治阶级的称道，歌德和毕尔格④的诗被谱成了乐章，从莱茵河岸到波罗的海。你听见人在吟来唱去。我们和欧洲其他国家的有修养的人都称道我们法国诗人；可是平民，甚至于市民，也完全不晓得他们，因为艺术在法国，不像在旁的国家那样，是本土的土著，而艺术的美丽却是在本土发展起来的。

有些法国批评家，认为日耳曼民族的文学，还停留在艺术的幼稚时期，这种意见完全错误，精通古人的语言和作品的人们，一定晓得他

---

① 意大利诗人 Taquato Tasso (1544—1595)。
② 西班牙戏剧诗人 Caldern de la Barca (1600—1681)。
③ 葡萄牙史诗诗人 Luis Camões (1525—1580)。
④ 德国抒情诗人 Cottfried Auqust Burger (1747—1794)。

们采用或抛弃的文体的优、缺点，可是他们的性格、他们的习惯以及他们的理论，又引导他们喜爱以骑士的回忆和中世纪的奇异为基础的文学，甚于喜爱建立在希腊神话基础之上的文学，浪漫文学是唯一还有完美可能的文学，因为它把根扎在我们自己的土壤，是唯一能成长和重新向荣的文学：它表现我们的宗教；它追忆我们的历史；它的根源是老而不古。

古典诗想感动我们，一定要通过异教的回忆；日耳曼人的诗是美术的基督教时代：它用我们个人的印象来感动我们：从它这里得来灵感的天才，立刻就打动我们的心，似乎把我们自己的生命召唤回来，就像召唤一个幽灵、那最强大与最可怖的幽灵一样。

附志：这篇短论选自德·斯达尔（De Staël，1766—1817）夫人的《论德国》；它构成卷二第十一章。法国浪漫主义的形成，《论德国》这部书起了很大的作用。我们从这篇短论可以看出她对希腊和罗马文学缺乏足够的认识。但是另一方面，她介绍了也肯定了日耳曼文学，给法国陈陈相因的文坛带来了一新耳目的新的天地。伏尔泰介绍了英国，特别是莎士比亚和牛顿，但是很快就又否定了莎士比亚。古典主义的偏好和法国第一的自尊心阻碍了他。德·斯达尔夫人介绍北方文学的时候，不但有热情，而且有独到的见地，她继续了十七世纪末叶的"古今之争"，她站在"今"这方面：我们从这篇短论就体会出她的说法。同时她还具体地发挥了孟德斯鸠提出来的环境影响的说法：我们从这篇短论也可以明确这一点。

但是最重要的，还是她提出"浪漫的"这个字样，加以具体解释，并因而和"古典的"对立，又进一步从"现代人"的立场，否定了对古人作品的模拟。当然她还站在宗教立场来说明她的观点，这就难免显出了武断的情况。

《论德国》这部名著在 1810 年印好,但是拿破仑派人把印出来的书给销毁了,同时也把她给驱逐出境了。1813 年,书又在伦敦印行。

译者

神秘的性质（外一篇）

夏多布里昂

生活里面没有比神秘事物再美丽、再动人、再伟大的东西了。最美妙的感情就是那些朦朦胧胧激动我们的感情。廉耻心、坚贞的爱情、忠诚的友谊，充满了秘密，我们不妨说，两心相爱，就像是门敞开了一半一样，言词隐约，彼此照样了解。天真不是别的，只是一种神圣的愚昧：难道天真不正是最难以言传的神秘？童年之所以那样幸福，就只因为什么也不知道；老年之所以那样苦恼，就只因为什么也全知道；生之神秘结束，死之神秘开始，对老年来说，何尝不是幸福。

感情假如是这样的话，道德也是一样的：最高的道德是那些直接从上帝那边得来的道德，例如慈善，如同它们本源一样，喜欢不被人看见。

从精神的关系出发，我们发现思想的乐趣也正在于秘密。秘密属于一种非常神圣的性质，亚洲最早的人们只用记号说话。我们经常注意的是什么学问？是那永远要我们猜测的学问，是那把我们的视线确定在无限的远景的学问……

宇宙之中，一切被隐藏着，一切是不可知。人本身不就是一种奇怪的神秘。我们叫做存在的光闪，是从什么地方来的？又在什么样的夜晚灭掉？上帝在我们生涯的两端，通过两个蒙着面纱的幽灵的形体，放下了生和死：前者产生出来我们生命的不可思议的同时，后者却又急于把它吞噬了。

描写诗

神话的最大的主要缺点,首先就是缩小自然,把真实从自然这边撵走。关于这一事实,有一个抗辩不了的证据,就是我们所谓的"描写"诗,古代是不知道的;就连歌咏自然的诗人们,例如赫西俄德①,忒奥克里托斯②和维吉尔③,照我们所了解的"描写"的意思,就都没有对自然作过描写。关于工作、风俗,以及农村生活的幸福,他们确实给我们留下了一些悦目的画幅;但是至于那些增加现代诗神财富的关于田野、四季、天空变化的图画,从他们的著作,我们就找不出几行来。

不错,这寥寥几行诗,像他们作品的其余部分一样,是很好的。荷马描写独眼巨人的洞穴,没有让它遍地全是"丁香花"和"玫瑰花";他像忒奥克里托斯一样,在这里栽了几棵"桂树"和"长松"。④他在阿耳席诺屋斯的花园,咏到泉水潺潺,有用的树木开花⑤;他在别的地方,说起"风打着长满无花果树的山冈";⑥他形容席尔赛的宫殿的烟,说它比树林还要高。

维吉尔把同样的真实写进他的画幅。他拿"和谐的"形容词形容松树,因为松树轻轻摆动的时候,确实发出一种柔和的呻吟;在《农事诗》里面,浮云被比作风卷起来的羊毛团;⑦在《埃涅阿斯纪》里面,

---

① 希腊诗人(公元前 8 世纪)。
② 希腊诗人(公元前 3 世纪)。
③ 罗马帝国时代大诗人(公元前 71—前 19)。
④ 见于《奥德赛》卷九。
⑤ 见于《奥德赛》卷七。
⑥ 见于《奥德赛》卷十。
⑦ 见于卷一。

燕子在国王艾望德的茅庐底下啁唧，或者掠过宫殿的廊庑①。贺拉斯、②卡图鲁斯、③普罗佩尔提乌斯④、奥维德⑤，也勾勒了一些自然景象；不过这永远只是梦神喜爱的一片树荫凉，爱神走下来的一座山谷，海神在水仙胸怀安息的一道泉水……

我们决不能设想，像古人那样敏感的人们，会缺乏眼睛看见自然，会缺乏才分描写自然，假如不是有什么重大的原因使他们视而无睹的话。重大的原因就是神话。它给宇宙添了许多优雅的幽灵，从创造中抽去了它的严肃、它的伟大和它的寂寞。也只是基督教来了以后，才把这群山野的男妖女怪撵走，把安静还给了洞穴，把冥思还给了树林。在我们的宗教信仰的影响下，沙漠有了一种更忧郁、更广漠、更崇高的特征；森林的穹隆越发高了；河流摔碎了它们的小瓶子，水不再从小瓶子流出来了，⑥而是从山顶的深渊流出来：真正的上帝，在重回到他的作品中的时候，把他的浩瀚给了自然。

附记：这两节文字，选自夏多布里昂（Chateaubriand，1768—1884）的《基督教真谛》（Le Génie du christianisme，1802）：第一节见于卷一第二章；第二节见于卷四第一章。《基督教真谛》是一部对法国浪漫主义运动起了很大影响的书。他的目的是为了把天主教再在大革命后的法国建立起来。他的精神完全是反动的。但是另一方面，他歌颂自然，重视风景描写，同时宣传个人感情（通过他的小说，特别是《勒内》与《阿达拉》，最先都收在《基督教真谛》里面，后来才另出单行

---

① 见于卷八。
② 罗马帝国时代诗人（公元前 65—前 8）。
③ 罗马帝国时代诗人（公元前约 87—约前 54）。
④ 罗马帝国时代诗人（公元前约 47—前 15）。
⑤ 罗马帝国时代诗人（公元前 43—17）。
⑥ 古代河神雕像总挂着一个瓶子象征河源。

本），宣泄个人的苦闷和忧郁，尤其是风格清丽，事实上打击了古典主义百五十年来的统治。

他称道神秘，不仅企图否定古典主义的唯理主张，而且企图反驳百科全书派的唯物观点。奇怪的是，他对后来风起云涌的浪漫主义运动并不同情。他给法国文学带来了"世纪病"，可是他把责任推给了拜伦（见于他的《论英国文学》）。

什么是浪漫主义?

司汤达

浪漫主义是为各民族提供文学作品的艺术。这些作品表现他们的习惯和他们的信念的现实情况,因而最有可能使他们愉快。

古典主义正相反,为他们提供最有可能使他们曾祖父愉快的文学。

索福克勒斯和欧里庇得斯曾是卓越的浪漫主义者;他们为聚在雅典剧场的希腊人写悲剧;这些悲剧写的是民族的风俗习惯、宗教、构成人的尊严的偏见,一定有可能使他们得到最大的愉快。

今天模仿索福克勒斯和欧里庇得斯,认为这些仿制品不会让十九世纪的法国人打呵欠,就是古典主义。

我用不着迟疑就可以说:拉辛曾是浪漫主义者;当时的风尚是极端尊严,一位1670年的公爵,即使是在舐犊之爱大发作的时候,也绝不会不称呼儿子一声先生的;拉辛为路易十四宫廷的侯爵们描绘了一幅热情的图画,只是由于极端尊严,热情才有所缓和罢了。

正是为了这个缘故,《昂朵玛克》里的比拉德称呼奥赖斯特,总是"爵爷";然而奥赖斯特和比拉德的交情有多深厚啊!①

希腊人根本没有这种尊严,也正由于这种尊严,拉辛才是浪漫主义者,我们今天却觉得这种尊严不近情了。

莎士比亚曾是浪漫主义者,因为他为1590年的英国人,头一个写出了内战造成的流血遍野的灾难;他为了让这些愁眉苦脸的观众得到安息起见,以大量精致的笔墨,描绘了感情的激动和热情的千变万化。百年的内战、几乎连年不断的骚乱,以及许许多多的叛变、刑罚、忠义行为,早就为伊丽莎白臣民准备好了这一类悲剧,这一类悲剧,对宫廷生活的虚文缛礼与和平相处的各民族的文化,几乎毫无表现。1590 年的英国人,幸而很愚昧,喜欢在剧场观看忧患的形象;他们的女王,性格坚强,新近从现实生活中把这些忧患推远了。这些天真的细节,我们的亚历山大诗体不屑一用,今天我们由于这些细节,却又那样看重《撒克逊劫后英雄略》和《罗伯·罗伊》②,但是落到路易十四的高傲的侯爵们的眼里,这些细节就会缺乏尊严了。

这些细节会把那些携带麝香、多愁善感的玩偶们吓死的;他们在路易十四治下,看见一只蜘蛛,就会拿了过去。我相信,我这句话不登大雅之堂。

要作浪漫主义者,必须勇气十足,因为必须冒险。

小心谨慎的古典主义者,正相反,不迈步便罢,否则,迈前一步,就要私下里找一行荷马诗或者从西塞罗的论文《论老年》中找一句哲学议论,来给自己撑腰。

我觉得,作家需要勇气,几乎就和战士需要勇气一样;正如后者不必想到医院一样,前者不必想到记者。

拜伦勋爵根本算不得浪漫主义者的领袖。他写过一些宏丽然而永远雷同的英雄诗札,还写过许多十分无聊的悲剧。

如果马德里、斯图加特③、巴黎和维也纳的直译家们,都在抢译一个人的作品的话,我们可以说:这个人找到了他的时代的精神趋势。

在我们法国,通俗的彼苟-勒布栾④要比《特利比》的多情善感的作者浪漫多了。⑤

---

① 拉辛的悲剧。
② 全是司各特的小说。他的历史小说当时(1820—1830)在法国非常流行。
③ 什图特加特是德国南部的城市。
④ 彼苟-勒布栾(Pigault-Lebrun, 1753—1835)是法国喜剧作家。司汤达对他有偏嗜。
⑤ 《特利比》(Trilby, 1822)是法国作家诺及艾(Nodier, 1780—1844)写的一个故事。故事在当时很有名。司汤达对他有成见,因为他是《法兰西文艺女神》月刊的编委。这是浪漫主义的机关刊物,政治态度是保王党与天主教的。

谁在布勒斯特①或者在佩皮尼扬②再读《特利比》呀?

目前悲剧的浪漫成分,就是诗人总把漂亮的角色给了魔鬼。他说起话来,口如悬河,很受观众欣赏。观众喜欢反派人物。

反浪漫主义的,就是勒古外先生③。他在他的悲剧《亨利四世》里面,没有能表现出来这位爱国的国王说的最美丽的话:"我希望我的王国的最穷的农民,至少在星期天能吃到清炖鸡。"

这句真正法国话,会让莎士比亚最不成材的学生写出一场动人的戏的。拉辛式的悲剧在表现上高贵多了:

"我最后希望:在规定好了的休息日,
那些谦逊的村落的勤劳主人,
仰仗圣恩,在不怎么寒酸的饭桌上,
摆出了留给安乐的一些菜肴。"

——《亨利四世之死》(第四幕)

浪漫喜剧首先不会让我们看见它的人物穿绣花礼服;戏的结尾也不会永生永世全是情人们和结婚;人物也不会正好在第五幕改变性格;我们有时候也会看见爱情并不以结婚来作结束;结婚也不会为了协韵起见被叫做"宜室宜家"。到了社会上,谁说"宜室宜家",会不惹人笑啊?

法布尔的《家庭教师》④打开了审查制度关起来的大门。在他的《马耳他蜜柑》里面,有一个人叫做艾……的,打算让他的侄女去当国

---

① 法国布列塔尼半岛西端的城市。
② 法国利翁湾西南端的城市。
③ 勒古外(Legouve, 1764—1812)是法国悲剧作家。《亨利四世》(1806)。
④ 法布尔(Fabre, 1750—1794)是法国喜剧作家,曾根据《爱弥儿》改写《家庭教师》(1799)。

王的外室,二十年来,唯一有力的戏剧形势,就是《品行端正的达尔杜弗》里的屏风那一场戏,然而还是模仿英国戏的。①在我们法国一切激烈东西,都被人说成了猥亵。莫里哀的《吝啬鬼》就有人嘘(1823年2月7日),因为儿子对父亲欠尊敬。

当代喜剧最有浪漫气质的,不是那些五幕大戏,例如《两女婿》:今天有谁拿家业送人的? 而是《谋事的人》②……等等。滑稽又有浪漫成分的,就是阿尔诺先生的可爱的小戏《鲟鱼》③里的口供;就是博菲斯先生④。也就是议论癖和当代文学上的趋时主义。

德里勒先生曾是路易十五时代的卓越的浪漫主义者。⑤他正是为这样的人民在写诗:他们在封特怒瓦,摘下帽子,对英国纵队说:"先生们,你们先开火吧。"⑥这当然是很高贵了;不过这种人怎么会厚着脸皮,说他们是景仰荷马啊?

古人会为我们的荣誉观念大笑不止的。

然而人却希望这种诗,会让一个从莫斯科撤退的法国人喜欢!

读史家的笔记,我们知道,从1780年到1828年,就风俗和娱乐来说,人民从来没有经过那样迅速和完整的变化的;可是作家希望给我们的,却总是一成不变的文学! 我们的庄严的敌手就看看四周吧:1780年的傻瓜说玩笑话,又笨又没有味道;他总在笑;1823年的傻瓜好发哲学议论、泛泛的老生常谈,听了叫人打盹,他却总是拉长了脸;革命的作用是很显然的了。有一种社会成分,是那样本质、那样重来复去,就连土壤也变了,这种社会不能再承受老一套的滑稽或者老一套的悲

---

① 《品行端正的达尔杜弗》(le Tartuffe de mours, 1805),五幕诗剧,剧作者丽隆(Cheron)根据英国谢立丹(Sheridon)的《造谣学校》改编成的。
② 《谋事的人》(La Solliciteur, 1817) 是法国剧作家斯科利柏 (Scribe, 1791—1861) 的剧作。
③ 阿尔诺 (Arnault, 1766—1834) 是法国剧作家。
④ 博菲斯 (Beaufils) 是法国剧作家汝意 (Jouy, 1764—1846) 的戏里的人物。
⑤ 德里勒 (Delille, 1738—1813) 是法国诗人,对浪漫诗人有影响,但缺乏真实感情。
⑥ 1745年5月,英荷联军和法国军队在比利时南境封特怒瓦 (Fontenoy) 作战。英国纵队离法国军队约五十步之遥,互相礼让,结果英国先开火,法国第一线军队全部牺牲。

惨。当时人人企图使旁人笑；今天希望骗他。

一位不信教的代诉人，为自己弄来装订富丽的布尔达鲁①的文集，说："我和见习生在一起，有他的作品就合适了。"

卓越的浪漫诗人，就是但丁；他膜拜维吉尔，却写《神曲》，写乌戈利诺的故事②：这是世上最不像《埃涅阿斯纪》的东西了。原因是他了解人在他那时代，畏惧地狱。

浪漫主义者不劝人直接模仿莎士比亚的戏。

应该模仿这位大人物的，是研究我们所生活的社会的方式和给我们同代人写出正是他们所需要的那一类悲剧的艺术。他们需要这一类悲剧，不过伟大的拉辛的名誉把他们吓住了，他们没有胆量提出要求罢了。

法国的新悲剧，偶然也有很像莎士比亚的悲剧的。

不过这纯粹是因为我们的情形和1590年英国的情形一样罢了。我们如今也有政党、刑罚、阴谋。在沙龙边读这本小册子边笑的人，一星期内会坐牢的。和他在一起说笑的那个人，会任命陪审官处罚他的。

我们不久就会有我大胆预言的法国新悲剧，假如我们从事于文学，能相当安全；我说安全，因为毛病主要出在担惊受怕的想象上。我们在我们的田野里和在大路上是安全的，这会让1590年的英国大吃一惊的。

我们精神上既然比当时的英国人占绝对优势，我们的新悲剧自然而然也就更单纯了。莎士比亚处处要用辞藻，原因是他的观众粗野不文，勇猛过于精细，他需要使他们了解他的戏剧的个别形势。

我们的新悲剧很像勒梅西埃先生的杰作《班陶》。③

---

① 布尔达鲁（Bourdaloue，1632—1704）是法国耶稣会的传教士。
② 乌戈利诺（Ugolin）的故事，见于《地狱游记》第三十三章。写他在监狱被饿死的惨事。
③ 勒梅西埃（Lemercier，1771—1840）是法国剧作家，《班陶》（Pinto，1804）是法国头一部历史喜剧，写的是葡萄牙脱离西班牙统治的轶事。

今天有许多人把德国的钩辀格磔说成了浪漫,不过法国心灵要特别把它推开了的。

席勒模仿莎士比亚和他的辞藻;他缺乏心灵给他的同胞写他们的风俗所要求的悲剧。

我忘记了地点单一律;这要和亚历山大诗体一道崩溃的。

彼卡尔先生的漂亮喜剧《好说话的人》,意味盎然,也只有博马舍或者谢立丹①能写。这出喜剧使观众养成一种领会的好习惯:有些可爱的题材,绝对需要换景。②

我们在悲剧方面也同样有进展:《西拿》里的艾密莉怎么会正好在皇帝的大书房内阴谋不轨的?③怎样设想演《苏拉》而不必换景?④

如若谢尼艾先生还活着的话⑤,这位有才情的人会帮我们从悲剧里把地点单一律取消掉,结果就也会把沉闷的叙述取消掉。有了地点单一律,舞台上就永远不可能搬演国家的伟大题材:孟特鲁的暗杀⑥、布路瓦的三级会议⑦、亨利三世之死。

就亨利三世来说,一方面绝对需要巴黎、孟邦西艾公爵夫人、雅各宾修道院;另一方面又需要圣·克楼、迟疑、软弱、缱绻和结束一切的暴死。⑧

拉辛式的悲剧永远只能写一件事的最后三十六小时;所以热情就

---

① 谢立丹 (1751—1816) 是英国喜剧作家。
② 彼卡尔 (Picard, 1769—1828) 是法国喜剧作家。他的《好说话的人》(le conteur, 1794) 写的是一个拐逃的故事,第一幕在庄园,第二幕在驿店;第三幕在又一驿店。
③ 《西拿》(Cinna, 1640) 是高乃依的悲剧,写的是罗马皇帝奥古斯都赦免阴谋家西拿和艾密莉的故事。
④ 《苏拉》(Sylla, 1821) 是剧作家儒依的悲剧,写的是罗马共和时代独裁者苏拉的故事。
⑤ 谢尼艾 (M.-J. Chénier, 1764—1811) 是大革命时代的悲剧作家,但是在帝国时期,拿破仑不许他的悲剧上演。
⑥ 指勃艮第 (Bourgogne) 公爵约翰 (Jean sans Peur, 1371—1419) 在蒙特鲁 (Montereau) 的桥头被杀事。
⑦ 布路瓦 (Blois) 三级会议 (1576) 是法国长期宗教战争的一次重要会议,参加会议的只有一个新教徒,天主教徒在这次会议取得绝对胜利。
⑧ 亨利三世是宗教战争中的主角之一,软弱残暴,时而反对新教,时而联合新教,最后被天主教徒暗杀。孟邦西艾公爵夫人是亨利三世的死对头。圣·克楼是巴黎近部一个著名的庄园。

永远得不到发展。在三十六小时内,有什么阴谋能形成?有什么起义能开展?

奥赛罗在第一幕是情意绵绵,在第五幕杀死他的太太,这样的戏,看起来兴会淋漓、意味盎然。

马克白在第一幕是正人君子,经不起太太的劝诱,害死他的恩主,变成一个嗜血的魔王。或者是我不很理解,或者是热情在人心里的那些变化是诗所能献于人们的最辉煌的礼物:诗感动人,同时又在教育人。

附记:这是《拉辛与莎士比亚》的第一个小册子的第三章,标题就是"什么是浪漫主义?"《拉辛与莎士比亚》在 1823 年 5 月和读者见面。由于这个小册子,司汤达被圣·佩甫说成了"浪漫主义的轻骑兵"。事实上,他虽然打击了古典主义,但是对浪漫主义运动的主要人物,不是没有好感,就是感情淡漠。首先,他对夏多布里昂完全讨厌,讨厌他的柔丽的风格,讨厌他的天主教感情,讨厌他的消极情绪。同时他对德·斯达尔夫人也没有好感;他称赞她,但是他不原谅她恨拿破仑。其次,以雨果为中心的浪漫主义运动,在当时都是保王党,而且都是虔诚的教徒,他对他们的政治态度没有好感。他在《英国通信》(1825)上说:"几乎所有的富裕的年轻人都是浪漫主义者。"他对雨果的小说的批评是十分严厉。显然他和巴尔扎克一样,都是从现实主义者(虽然当时还没有这个名称)的立场来看问题的。

但是这并不妨害他对浪漫主义这个名词和它的意义感到绝大的兴趣。我们从他的论点可以体会出来:一、他反对三一律(实际上是"二"一律,地点和时间);二、他反对用诗体写戏;三、提倡本国题材。他的总的精神是要作家和时代取得密切关系。每一个大作家,在他生时,关心社会,都是一个浪漫主义者。所以照他看来,拉辛(古典主义的中心人物）也成了浪漫主义者。那么，古典主义到底是什么呢？似乎是不存在了。如若存在，也只是那些拟古的作品了，或者照他的说法，只是那些脱离现实生活的作家的作品。

　　这样，我们就可以看出，司汤达的精神始终是现实主义的。他是站在现实生活观点，来反对古典主义（应当说是伪古典主义）的。他和浪漫主义者是从两个营盘打击一个共同的敌人。他的轻俏、锐利的揶揄有时候是很能让敌人难堪的。所以法兰西学院立刻就起了反应。司汤达抓住这个机会，立刻又写了一个小册子（也就是《拉辛与莎士比亚》的下卷）责难。他这时候还没有什么名气，从此以后，就走进文坛，而且从事于创作。

译者

什么是浪漫主义？（外三篇）

波德莱尔

今天很少人愿意用一种确切的意思来解释这一名词；不过他们有胆子说这话吗：有一代人为了一面没有象征意义的旗帜，同意进行几年论战？

我们回忆一下近年的骚乱，就看得出来：假如没有留下几位浪漫主义者来，原因就是他们中间很少有人找到了浪漫主义；可是他们都真心诚意找来的。

有些人一心只在选择题材上下功夫；他们同他们的题材并不情投意合。——有些人还相信天主教社会，想法子在作品里面反映天主教。——把自己叫做浪漫主义者，而又有系统地瞻望过去：等于自相矛盾。——这些人以浪漫主义名义，侮辱希腊人和罗马人；可是等我们自己真正成了浪漫主义者的时候，我们就能把希腊人和罗马人变成浪漫主义者了。艺术中的真实和地方色彩使许多人迷失方向。在这场大争论以前，现实主义早已就存在了；再说，为罗切特①先生写一出悲剧或者画一张油画，等于甘冒遭人贬斥的危险，假如他比罗切特先生学问更高的话。

浪漫主义既不是选择题材，也不是准确的真实，而是感受的方式。

他们到外头寻找，实际只是在内里，才有可能找到。

就我看来，浪漫主义是美的最新近、最现在的表现。

这一点，进步的哲学已经解释得很清楚了；所以正如有多少理想，民族就有多少了解道德、爱情、宗教等等的方式一样，浪漫主义并不存在于完美的执行中，而存在于世纪道德的概念中。

正因为有人把它放在完美的手艺中,我们才有了浪漫主义的洛可可派②:这确实是世上最难以忍受的东西。

所以必须首先认清自然的面貌和人的处境;过去的艺术家不是不拿它们放在眼里,就是对它们没有认识。

谁说浪漫主义,谁就是说现代艺术,——也就是在说:各艺术所包含的种种方法表现出来的亲切、灵性、颜色、对无限的渴望。

根据上述,结论就是:浪漫主义和它主要信徒的作品之间,具有一种显明的矛盾。

现实主义和《包法利夫人》的作者

若干年来,公众对精神事物的兴趣大大减低了;公众的热心总在朝小里缩。路易·菲力普在位的最后几年,精神方面出现了靠着想象的活跃还能刺激人心的最后的爆炸;可是新小说家如今面对着一个社会却完全疲惫了,——比疲惫还糟,——变钝了,也变贪了,厌恶的只是虚构,所垂青的只是占有。

一个人很有修养,热爱美,而又大笔淋漓,把善恶都看作环境的产物,遇到这种情形,一定会问自己道:"打动所有这些老朽的心灵,什么是最有效的方法?"其实他们就不晓得他们在爱什么;他们真正厌恶的只是伟大;天真而又热烈的热情、富有诗意的奔放,使他们面红耳赤,使他们痛心。——对于十九世纪的读者,选择过于伟大的题材,既然不对口味,我们干脆就选择庸俗的题材吧。同时我们还要小心在意,既不任性为之,也不只拣自己爱说的才说。我们述说大多数人醉

---

① 罗切特 (Rochette, 1789—1854) 是法国考古学家,研究古希腊,由于一度出任出版物审查官,名气很坏,这里这句话就有嘲笑的意味。
② 洛可可派 (rococo) 是盛行于十八世纪的建筑与桌椅以及陈设的一种流派,繁琐不当,最早曾以贝壳、山石 (rocaille) 做装潢,故名。

心的热情和传奇故事。要用冷冰冰的口吻；我们像文坛上的流派说的，要客观，要无人称。

同时流派的幼稚的絮叨，我们也听厌烦了，不过我们既然听见人说起一种叫作"现实主义"的文学方法，——辱骂所有分析者的令人讨厌的字眼，一个模糊而又有弹性的名词。在常人看来，意思不是一种创造新的方法，而是一种事件的详细描写。——我们就利用一下精神的混乱和普遍的趣味吧。我们就用一种遒劲的、生动的、细致的、准确的风格来构成一幅庸俗的图画吧。我们就把最火热和最沸腾的感情放在最无谓的遭遇中吧。让最愚蠢的嘴说最庄严、最有决定意义的话吧。

附记：

"什么是浪漫主义？"摘自《1846年画展》的第二章。写《恶之花》的波德莱尔（Baudelaire，1821—1867）不仅以诗著称，同时还是有名的文艺批评家。他热烈称赞浪漫主义大画家德拉克洛瓦（Delacroix，1798—1863）的成就。他对现实主义大画家库尔贝（Courbet，1819—1877），一方面称道他的反抗精神，一方面却又不满意他只画看见的东西。

"现实主义和《包法利夫人》的作者"选自他的《〈包法利夫人〉的批评》（1857）的第三节。他对巴尔扎克的态度是无保留地赞扬，认为巴尔扎克是百分之百的大人物。

他创造了一种方法，同时他创造出来的方法，是唯一值得研究的方法，他否定了资产阶级社会，但是他对"现实主义"并没有正确的认识：他认为这是一个战斗的口号；当时的确也是这样的，不过他自己却并不因此就站到这一边来。他的唯美见解阻碍了他进一步的深入。另外，还应当指出来：他一直认为现代生活有美，也有英雄气概，并不仅仅限于古代题材。

他把浪漫主义说成现代艺术，实际上，这和司汤达的说法是一致的。

现实主义者
无 名

现实主义者　　我是现实主义者！
阿里斯托芬　　（致敬）先生。
现实主义者　　艺术就是我！
阿里斯托芬　　呸！
现实主义者　　我是一个现实主义者，我朝理想主义架起了我的弩炮。我创造草率、幼稚和天真的艺术。我在神坛上把俗气给宰了。鲁本斯，俗气！伦布朗，普桑，俗气！卡拉奇和拉斐尔，俗气，学校就教这些东西！除去我，统统俗气……做现实主义者，真实算不了一回事；要紧的是丑！你要知道，我勾勒出来的东西，全丑了一个出奇：我的画是可憎的，要它真实，我拔掉美丽，就像拔掉莠草！我爱泥土肤色和厚纸鼻子，下巴长满胡子的小姑娘，墨西哥土著和怪兽的红脸，肉腌子肉疙瘩和肉痣！这就是现实！

附记：

这是1852年12月26日在《阿里斯托芬期刊》（Feuilleton d'Aristophane）上刊登的一篇对话，嘲笑现实主义大画家库尔贝。引起正统画派讽刺的，是库尔贝的一幅画《乡村的姑娘们》。"现实主义"当时是作为一个坏字眼来用的。

现实主义

库尔贝

我被人戴上现实主义者的头衔，正如1830年的人们被人戴上浪漫主义者的头衔一样，在任何时候，头衔也表达不出事物的正确观念；假如表达得了的话，作品就成了多余。

我希望，没有人坚持了解它的性质，所以正确到什么程度，也就不必多解释了。为了解除误会起见，我只说几句画展的原委。

我研究古人的艺术与今人的艺术，没有成见，也不受任何思想体系支配。我不愿意模仿，也不愿意抄袭；我的思想更不要达到为艺术而艺术的无聊目的！不！我仅仅希望从传统的全部知识里面汲取我自己个性的合理而又独立的感情。

我的思想是：知道为了做到。按照我的领会，能表达我的时代的风俗、观念、面貌，一句话，从事活的艺术，才是我的目的。

（库尔贝画展目录的前言）

附记：

1855年，巴黎举行盛大的画展，库尔贝送去他的油画，都被拒绝了。他在尚弗勒里参谋之下，就在画展邻近，来了一个"现实主义画展"，目录上印有这篇前言。他接受挑战，把现实主义作为旗帜，正式用了起来。过后，尚弗勒里又把这个旗帜插到文学阵地。

是心在说话(外一首)

缪 塞

你要晓得,——手写的时候。
是心在说话、在呻吟,——是心在融解;
是心在舒张、在吐露、在呼吸,
像一位快活的香客上到了山头。

附记:缪塞(Musset, 1810—1857)是浪漫诗人之一,他主张诗是感情的发泄。这四行诗是他的《纳穆娜》(Namouna)的第二首第四节。

即 兴

(回答这句问话:什么是诗?)
赶走回忆,把思想固定下来,
让它稳定在一根美丽的金轴上,
尽管犹疑,不放心,但是不动;
也许会把一时的好梦变成永久;
爱真,爱美,寻找它们的和谐;
从他心里听他天才的回声;
唱吧,笑吧,笑吧,独自一个人,
没有目的,一切来自偶然;
把一声微笑、一句话、一声叹息,
一次注视都变成精致的作品,

诗里充满畏惧,也充满魅力,
把一颗眼泪变成一粒珍珠:
这就是世间诗人的痴情,
也就是他的财富、生活和野心。

1839 年

现实主义是细节的科学

乔治·桑

这本书①属于现实主义吗？说实话，我从来不了解：拿真实作比较，现实在什么地方开始。真实之所以真实，先看是否立脚在现实上面。现实是基础，真实是雕像。我们可以料理基础的细节，这还在艺术范围。人人知道在佛罗伦萨的切里尼的拜赫西的座子是一件珍品：遗憾的是雕像不是一件杰作。②我们没有权利要求它是杰作。我们倒情愿给现实主义取一个简单名字，那就是：细节的科学。现实主义不能离开真实的；有才分的人，从事于现实主义的写作而又不放弃真实现实主义就成了总体的科学，就成了生活的综合，就成了由于寻找事实而产生的感情。所以我们不晓得巴尔扎克是不是现实主义者，福楼拜是不是现实主义者。我们常拿他们互相比较，因为他们用的方法一样。他们把他们的小说建立在对现实生活的大力研究上。但是他们在主要性质上是有区别的，比较也就只能到此为止。福楼拜是伟大的诗人和卓越的作家。巴尔扎克的审美能力不及福氏正确。但是更有感情、更有深度。

附记： 这一段评论选自她的批评文字：《情感教育》，写于1869年12月，收在乔治·桑的论文集《文艺问题》。

---

① 指《情感教育》。
② 切里尼（Cellini, 1500—1571）是意大利佛罗伦萨的雕刻家，他制作的拜赫西（Bersée：希腊神话中的英雄）雕像是铜的。

艺术中的现实性(外一篇)

尚弗勒里

……

十七世纪还没有发明摄影机,当时的批评家不知道这种发明,不然的话,谈起沙勒①的话来,就不会放过机会,说他是用摄影机表达他的思想。这种辱骂的话,在今天却是时髦的。一位作家认真研究自然,试着把最多的真实尽可能放进作品,就有人把他比作一位摄影师。他们不承认日常生活能供给一出完整的喜剧。绘画同样有这种问题,而且二十年来,一直是当今的问题。有一天,我走进一位十分虚假、平庸的风景画家的画室:这位艺术家如果还能听话的话,我负责让他在一小时以内成为一位大画家。他的风景素描,都挂在墙上,也都很不错;可是他一走进画室,坐到他的凳子上,素描挂在他的画布旁边,他就晕头转向了。他希望安排自然,取消一部分树木,补上一块草原,移开一座横在天边的大山,改变云彩的面貌,把准确的形象换成模糊的形象;他模拟自然的时候,太阳还不怎么强,他把他的油画画成晴暖的下午的亮光,偶尔还有黄昏的安静。他照自己的想法理想化,许多人也欣赏这种忧郁的虚假的自然,可是常到田野走动的人们,看在眼里,就任何意义也感觉不到,因为他们晓得草、叶、树木怎么样适应一天的每一小时的变化,晓得环境怎么样改变事物的形象,就像风在一棵山杨树里游戏,忽然让它发光的叶子亮了起来一样。

假如这人的油画,再现自然,也像他的素描再现自然那样,他就会成为一位画家了。我听见通常的议论蜂拥而至:"摄影机照样能办到;这是机器;所以你希望把国家变成机器。"假如只有这样的理由让我听,我的回答不会怎么为难的。

人对自然的再现永远不是再现不是模仿，而总是解释。让人通过语言来了解是很困难的，我现在就试着用一些事实来说明我的思想吧：

十位摄影师聚在田野，拍摄自然。他们旁边是十个画风景画的学生，也在描摹同一景物。拍完照，比较十张底片；全一丝不走，把风景拍出来了，彼此之间，也没有任何不同的地方。

相反，十个学生（虽然由同一教师指导，受到他的好原则或者坏原则的影响）经过两三小时的工作，把他们的素描都一张挨一张陈列出来。没有一张相同。

但是十个学生，都尽可能一丝不走，描摹同一的树木、同一的草原、同一的丘陵。甚至于不同到了这种地步，这个人觉得田里的草是绿颜色，另一个人却画成了赭颜色；景物悦目怡人，有人却觉得沉郁无欢。怎么会有这种区别的？原因就在：尽管人把自己变成自然的奴隶，但是由于气质各异，从指甲到头发，人都受它支配，人表现自然，势必也就要按照自己得到的印象来表现。一棵栎树的形状和颜色，由于人是多血质或者是胆汁质，就有所改变。东西倒下来，金黄色头发的人看来，是一个样子，褐色头发的人看来又是一个样子。站在自然前面，瘦人和胖子的感受也不一样。

同时十位摄影师，眼睛瞄准同一东西，机器拍照十次同一东西，形状和颜色不会有一点点变更。

所以人既然不是机器，不能照机器那样表现事实，也就很容易认可了。人根据他的主观存在的法则，只能解释这些事物。所以把人当作一件准确的机器，根本就不合适。……

日常生活是无关重要的琐细的事实的组合。这些琐细的事实就像

---

① 沙勒（Challes）是尚弗勒里设想的一位十七世纪作家。

树木的权桠那样多。它们聚在一起,归于树枝,树枝又归于树身。谈话充满空洞的细节,照样再现的话,读者会感到疲倦的。一出现实的戏剧,开头并没有什么吸引人的情节,有时候也得不到解决,就像天边不是地球的界限一样,只是我们微弱的视力所能及的地方罢了。小说家选择某些吸引人的事实,把他们组合起来,分配好了,用框子框住。任何一个故事,都有一个开始,都有一个结尾。可是自然没有安排,没有排列,没有框架,没有开始,没有结尾。难道最短的故事不也有一种极端困难的方法?摄影机会费这么多的辛苦吗?

相信艺术有现实性的最进步的人们,一向坚持要就自然加以选择。……

我们的文学大师,二十五年以来,都在殷勤探索用文字来画像的方法。他们曾经作出难以令人置信的努力;有人想起画家画的画像给自己留下来的印象,一面妒忌,一面却又借用画家的颜色;有人详详细细,着意描写形体的动作、热情留在线条中的痕迹,从精神出发来表现身体;有人借用生理学的名词,他固然是小说家,可是至少也同样把自己当医生看。……

不管怎么样做,反正文学是不能和绘画争短长的。文学研究这种低级艺术的创作方法,等于自贬身份。画出来的一幅画像,清清楚楚,显出了女人是美是丑;不过小说家这方面,有些方法却比画家的方法高明多了。他让人体会到他的主人公的精神,他让他走路、谈话、行动、思索,画笔是画不出这种种官能来的。小说人物历历在目,停留在读者的记忆中,不是由于准确地描写他的服装和他的线条,而是由于在事件中他们的行动的明朗和他的心灵的发展。

读过《欧也妮·葛朗台》的人们,永远记得葛朗台老爹是《人间喜剧》中一个最好的人物。同样是卡西莫多。同样是《流浪的犹太人》里的罗丹。说实话,我不想在巴尔扎克、雨果和欧仁·苏三位先生之间，作什么比较；不过这三位小说家，都具有那种可贵而又美的才能，会以完全不同的方法，像锤子一样，把一个人物打进他们读者的脑子里去。他们这种才能是描写吗？我不相信；我也不想知道；我手边没有这三部书，即使我有，我也不会翻开看看的。就目前来说，我和租书处的一个读者的情形相仿，不懂得创作方法，我是一个小孩子，比成人还要想象活跃。我记得我读过《欧也妮·葛朗台》、《巴黎圣母院》、《流浪的犹太人》；人物永远停留在我的记忆里，就像看画一样，我清清楚楚看见了他们，因为他们在事件中的行动，比对他们本人的描画，还要吸引人多了。

……

在我们这个时代，有人还千辛万苦，在文学上描写风景；为了表现自然，不惜耗费伟大的才分。作家们晓得这些描写多没有用也就好了！我注意到它们对我所起的作用，我说起我的印象，也就是说起大多数读者的印象。我在开始的时候，对风景的现实感到兴趣：我明白作者是用心观看风景，他也许还对自然作了一些笔记。我边读，边像作者那样注意地面的布置；可是读完描写，我不记得风景是什么了。因为书不是为眼睛写的，是为脑子写的，所有艺术都是这样的：画只为眼睛看，音乐只为耳朵听，不这样做，就等于没有完成任务。一种新感觉，通过书、图画、交响乐，不能在脑子里面长久留下来，我们不妨说，这些都是二流作品，多好也不过是一时的消遣。天才的作品尽管在文学上类别不同，也全看他们能不能经久。一个人读了许多书，到脑子里找寻留下来的书，也只是那少数几本。我们也就是从这些标记，看出了《堂·吉诃德》的威力，这是一本人忘记不了的书；人忘记不了阿里斯托芬，人忘记不了莎士比亚，忘记不了蒙田，忘记不了莫里哀。批评率领着它的细碎理由的大队人马来吧，这些书永远待在脑子里不朽的架子上。

细节服从全面法则。此其所以,只有眼睛读,最好的风景描写少说也是没有用的。①

……

1854 年 5 月

随笔(代序)

……

若干年前,一位知名的妇女向我提出下面的问题:"寻找使艺术品获得现实外貌的原因和方法"。

当时现实主义还不曾在批评的天边出现。我回答她:我靠本能写作;除非用作品来说明问题,否则我是解决不了的。

直到后来,托福 1848 年运动,我们每天看见许多主义用广告贴在墙上,在俱乐部里被喝彩,在小庙内受膜拜,有若干信徒供奉,而现实主义也就像这许多道门一样,同时出现。

所以这些用主义来作词尾的字样,我也就是把它们当作过渡字样,加以可怜罢了。我觉得它们算不得法兰西语言,我不喜欢这种和声,它们在一起全是韵脚,旁的理由也就举不出来了。

甚至于有人用自然主义(Naturisme),研究哲学的学究们说着可能主义,经济学家们使用土地间接剥削主义(Absentéisme),不到一星期吧,还有一位细心人,发明了闻所未闻主义。

说起这种奇怪的语言,我不知道为什么不选彼奥芮教授进法兰西

---

① 原注:"人的恶意是这样大,不作解释,人就可能说我希望从小说里面把树木和绿野赶出去。这不是我的目的。我再说一遍,问题不在观看一片风景,详详细细,着意在纸上写出来:这样做,等于什么也没有做。但是相反,有些十分可贵的心灵,能表现自然的感受,然而不是表现幼稚的细节,我们该怎么样感谢他们啊!……"

学院，因为学院的主要工作是编字典，他们把怀孕叫作子宫营养过多症。妇女怀孕不是怀孕了，而是子宫营养过多了。

形成古典这两个字的力量的，尽管有人努力作解释，古典主义这个名称并不就能合用。①另一方面，我们又有浪漫主义，也只是昙花一现的流派而已。②

所以我诚恳宣布：现实主义这个名词越广泛使用，存在的机会也就越少。我今天所以把它写在封面上，原因就是：哲学家们、批评家们、法官们、布道者们都在用它，我谈现实，不用它，就有不为人了解的危险。

犹太人有一句谚语："宁可待在狮子后头，也不要待在狐狸前头。"

左喊一声现实，右喊一声现实主义，一只脚踩两条船，到时候狡辩一通，在我倒也不容易。

我不喜欢流派，我不喜欢旗帜，我不喜欢系统，我不喜欢信条：把我关在现实主义这个小教堂里头，哪怕有我在里头当上帝，对我也是不可能。

我仅仅承认艺术的真诚：如果我由于智慧增高，在所谓现实主义中，看出了危害、收缩，许许多多排斥的情况，我希望保留我的全部自由，头一个拿锄头把我觉得不能遮蔽我的茅屋掘掉。

我也许有时候用现实主义这个字样，拿它作为一种可畏的武器。恐吓我的敌人，不过我那样做，是在我激动的时候，是被批评的喊声震聋了的时候。批评家固执成见，把我看成一个有体系的人、一种计算现实效果和坚持紧缩活动能力的数学家。

---

① 原注："例如司汤达。"
② 原注："歌德曾说：我认为古典就是健康，浪漫就是害病。"

……

有人说，现实主义就是造反；我一向对少数富有同情，我不怕暂时参与这种造反。

见解胜利了，就见成群的谄佞的人们，遇到这种机会，争先恐后邀功道："我也为现实主义作战来的。"也只有在这时候，一切诽谤结束了，退出战斗，才算体面。今天，我不必为轻微的伤口耽心了，也不必害怕把倾向推到极端了。

现实主义这个字样，目前给字典杵了一个窟窿，钻进去，什么力量也把它赶不出来了。批评家把武器发明出来，激起对新一代的憎恨，可是受伤的只是使用者自己。……

我一向反对这种字样，因为我不欣赏分类。一位作家的最好的招牌不就是他的作品？一个人把自己说成现实主义者，在我看来，就和一个人在名片上名字后面写"某某先生　　才子"一样自负。

……

不过应当把我对艺术的认识试着谈谈明白。

艺术不是我个人的感受向群众的传达？

我应当激动、温暖读者的心灵，使我不认识的人士微笑或者哭泣。

艺术是他们与我之间的连字线。

我许久就在研究我所同情的阶级的渴念、希望、欢乐、苦恼，我用心在全部诚恳之中表现这些感情。

我写他们不能写出的东西，我只是他们的翻译。

……

1857 年 3 月 25 日

附记：尚弗勒里（Cham fleury，1821—1889）是法国小说家。巴尔扎克死后，遗作由他整理，他虽然没有完成整理工作，倒也难为他，写了几篇有关巴尔扎克写作的重要资料。他和画家古尔拜（Courbet）是朋友，现实主义这个字样是通过古尔拜的画展提出来的，当时的军师就是尚弗勒里。这里译的是他的《现实主义》文集的序言（1857）和文集内第一篇《冒险家沙勒》的第四节。都是节译。他用现实主义作书名，但是我们可以看出，他对现实主义没有提出恰当的理论。他反对风景描写、细节描写；在这一点上，他影响他的信徒杜朗地（Duranty），后来写文章攻击《包法利夫人》（当时一般人认为最能说明现实主义的作品）。尚弗勒里在《随笔》中提出"艺术的真诚"，托尔斯泰同样在《什么是艺术？》里面，认为"真诚"是艺术的基本特征之一。

译者

现实感觉

左 拉

想象既然不再是小说家的主要特征，那么，又是什么替换了它的？一定要永远有一个主要特征。今天，小说家的主要特征就是现实感觉。这正是我要说的。

现实感觉，就是感受自然，照它原来的样子把它表达出来。首先，人人似乎有两只眼睛看，似乎没有什么比现实感觉再一般的了。然而没有比它再少的了。画家懂得这个。让某些画家来到自然面前，他们看起它来，可以说是无奇不有。每一个人强调一种颜色；一个人要黄颜色，另一个人要紫颜色，第三个人要绿颜色。说到形体，同样的现象要出现的；一个人把对象变圆了，另一个人添棱角。每一个人的眼睛有一个特殊的视觉。最后，有人的眼睛就根本什么也看不见。

附记：这段文字选自他的《现实感觉》，收在他的论文集《实验小说》(1880)。他认为浪漫主义的时代已经过去了，今后一个小说家的主要特征就是现实感觉，培养这种感觉，全看观察和搜集材料。之外，就是作家的人格了，而人格也包含风格的作用在内。

法兰西十七世纪古典主义文艺理论[①]

① 《法兰西十七世纪古典主义文艺理论》是当年社会科学院外文所的一项工作，也是李健吾在世时负责的最后一部大作品，多人参与，1982年春交上海译文出版社。年末李健吾离世，该书未能出版。待取回时，个别页码缺失。如今经整理后，作为李健吾的译作，仅收入其当年为该书出版时写的序言、前言和其中由李健吾本人翻译的文章及对相应原作者的议介（个别章节有缺损部分由编者补译完整，有关莫里哀的部分省略）。其他人翻译的部分，包括李健吾为该部分所做的作者议介均略去。——编者

序言[①]

　　法国十七世纪古典主义文艺理论，现在总算和读者见面了。它很不像样子。它没有能力把全部理论都收进来，在这方面我们遇到一些困难，例如欧毕雅克（D'Aubignac）的《戏剧实践》（La Pratique du Théâtre）整整一本厚书我们不能全部译出来。我们略而不译的，大都是无关重要的地方，相信读者会原谅我们偷懒的。例如费纳龙（Fénelon）的《致法兰西学院书》，我们就有好几节没有译，过去柳鸣九同志只译了《悲剧计划》与《喜剧计划》，现在仅仅补（后缺失）

　　古典主义（Classicisme）这个字在十七世纪并不代表一种运动。当时没有这个名称。十八世纪尽管英国、德国已经有浪漫主义这个字，也并不作为一种运动针对古典主义。歌德开始把它们对立起来："我称古典主义是健康的，浪漫主义是有病的。对我说来，《尼布龙根》诗和荷马都是古典主义的，二者全是壮实的、有力的。今天的作品并不由于新而是浪漫主义的，而是由于它们虚弱、有病或者病态的。古代作品并不由于它们古老而是古典主义的，而是由于它们有力、清新和充沛。如果我们从这两个角度来看浪漫主义和古典主义，我们不久就会意见一致的。"[②]这种看法，进入十九世纪以后，司汤达就套用过来，让浪漫主义作为现代文学来倡导。而雨果的浪漫主义运动却以推动莎（后缺失）

　　（前缺）法兰西国家学士院（Académie）给自己定的职责是写一部字典。这部字典一直拖到1694年才出版。古典主义伟大作家有的去世了，有的搁笔不写了，有的赶上末期，来了一个古今之争，因为在路易十四王朝已经出现了一批了不起的作家，可以和古人一争了，这等于给《太阳国王》光荣之上再加上光荣。这是一种变相歌颂路易十四王朝的

"文治"。我们单看贝卢的诗的题目就明白了:《伟大的路易世纪》,他在1687年国家学士院读的这首挑起争论的歌颂路易十四的赞歌。但是他们所不理会的一个中心问题,却是国家学士院秘书夏普兰(Chapelain)所倡导的三一律。夏普兰不写戏,但是他对《熙德》却代表新成立的国家学士院发表了《意见书》(1638)。这是受了黎塞留的暗示的。高乃依在压力下低头了。当了几十年国家学士院的秘书。他执掌了指挥大权,路易十四的财政大臣考拜尔(Colbert)凡事也都向他请教。他写的诗不足为训,布瓦洛加以嘲笑,但是三一律,布瓦洛却在他的《诗学》里照样搬用过来,作为戏剧规律,要求剧作家加以尊重。

三一律本来是意大利文艺复兴期间研究亚里士多德的学者争论不休的一个问题,在法兰西却变成了一种规则。这是意大利文艺复兴期间的亚里士多德的诠释者们做梦也没有想到的意外收获。其所以能取得这样大的影响的,只是因为一位意大利学者斯卡里皆(Scaliger,1484—1558)晚年定居在法兰西的缘故,他的《诗学》逐渐在法国起了作用。三一律实际上是解释亚里士多德的《诗学》的一种虚构,因为亚里士多德没有说过要一个地点的话,关于时间到底是指演出还是指戏剧情节,迄无定论,只是一个事件在他的《诗学》里可以找到依据。

《意见书》发表了,高乃依勉强接受了这个裁决书,此后他写戏小心了,情节简单化了,而作得最出色的却是拉辛。他找到了一个诀窍,把一般戏的第五幕改为三幕,集中来写激情。至于从民间来的莫里哀,写散文喜剧,写独幕喜剧,写三幕喜剧,虽然在《文学喜剧》(诗体,五幕)受到影响,例如《达尔杜弗》,却一般是不遵守规则的,因

---

① 文章有残缺。——编者
② 引自圣·佩甫(Saint Beuve)《什么是古典作家》,见于《星期一谈话录》第三册,加尔尼耶兄弟书店版。

为他到底是一个演小丑的演员，不是国家学士院的院士。

我们方才提到"激情"这个字样，这也是夏普兰在《意见书》中提出的字样。戏剧是教育人民的，它的目的不是快乐，而是清除紊乱的激情，因而提高理性的活动。写激情为了消除激情，这是一个新课题。它是解释亚里士多德的悲剧理论的"清洗"的结果。它倡导理性，克制情欲，这正是亡命在荷兰的哲学家笛卡儿的理论，他的《方法论》发表在1636年。笛卡儿开门见山，就在这里提出"见识"（bon sens）或者"理性"（raison），因为这是人人所共有的。他的论文在祖国起着巨大的影响。1646年，他第一次发表了《论一般激情与人性论》，对各种情欲做了详细的分析。而克服各种情欲的唯一手段就是理性的活动。他的哲学思维无形中响应了《意见书》中的见解。见识或理性将是古典主义的行为准则，并将是资产阶级上升的一种理论根据。

戏剧家在激情这里发现了他们和古希腊戏剧的根本不同之处：他们放弃命运，从人的内心深处发掘激情，作为形象的动力。这是从人心提出一种力量，在喜剧方面，莫里哀又和社会关系联系起来，成为制造典型人物的依据。这是夏普兰所意想不到的古典主义戏剧成功之道。布瓦洛的《诗学》也很少谈到这一点，只讲了一些浮面现象，有些正是夏普兰早年讲过的老话。十八世纪墨守陈规，直到十九世纪初叶，青年时期的巴尔扎克在学习古典主义戏剧时下过苦工夫，才把激情提出来，作为他写小说的一个重要原则。缪塞（Musset）在谈悲剧时也点明了这是古典主义戏剧的中心问题。现在我们人人谈论激情，却不清楚这是古典主义戏剧之所以建立形象的基本原则，只是十七世纪剧作家自己不谈罢了。

另一个问题，也是夏普兰在《意见书》中提出来的，就是"逼真性"（vraisemblance）。当时法国专家把亚里士多德的"可能性"译为"逼真性"，而又加以发挥，把"逼真"和"真实"分在两下里，认为

"真实的东西"不可能成为艺术,只有"逼真的东西"才能成为艺术,当时还没有"理想"这类名词,就在"逼真性"上大作文章。几乎文艺理论家都要探讨一下这个重要问题。

另外一个字样也出现在夏普兰的《意见书》中,就是他偶尔提到的"社交惯例"(bienséance)。这个字很难译。它的意义包含着一切关于社会行为的制约关系。译成"社交惯例"也不见得妥当。怎么译才准确,我想不出,总之,我被它困住了。

法国十七世纪古典主义就是这样建立起来的。但是这和伟大作家的出现却是两回事。伟大作家写自己伟大作品时,很少想到它们。他们受到影响,但是作品之所以伟大,却和它们不怎么发生关系:"激情"却是例外。这我们看一下莫里哀从《太太学堂》以后的喜剧作品就明白了。但是,当时却把激情专限于悲剧人物的要求上,对喜剧人物就不怎么重视了。激情(passion)对当时的伟大形象都起着决定性作用。十七世纪的巴黎最多时只有三个剧团,莫里哀死后(1673),剧团人员分化,最后路易十四索性下令把它们并为一个,这就是迄今典型犹存的"法兰西喜剧院"。实际上,它也演悲剧、悲喜剧,而剧作家抄老路成风,不管激情不激情,套来套去,也就无所谓了。

这样,我们就明白十七世纪的法国作家并没有什么"主义"更无所谓"古典主义"。《拉卢斯二十世纪辞典》告诉我们,十八世纪上半叶还没有这个名词,只有伏尔泰等评论家才注意到自己国家内那些作品是完美的,可以作为典范之作。直到十八世纪后半叶,习读法国作家的伟大作品才作为教材,成为教室的读物。所选的读物当然首先落在十七世纪的伟大作家身上。所谓"古典主义"作家就有三重意义:一是教室(classe)的,即学生的教材;二是够资格作为教材的知名作家,作品有示范性;最后,就是十九世纪浪漫主义针对的经典作家,头一个倒霉的就是一般奉为圭臬的拉辛,实际反对的只是学他的一般庸人而已。

前　言

想介绍好法国十七世纪古典主义文艺理论，不能忘记各先进邻国的文艺理论；它们在政治、军事、文化……各方面都有密切的交往关系。说到这一个国家，我们不能丢开另一个国家，它们承受的影响是共同的，他们的觉醒几乎是前后相连接的。法国十七世纪是继承法国十六世纪的，但是同时也继承了邻国的十六世纪；寻找法国十七世纪的因缘，我们必须从十五世纪，甚至十三世纪的但丁入手。它有土生土长的一面，也有息息相通的一面；文艺理论不是一个绝缘体，它能无翼而飞、不胫而走、随地生根发芽，看似大树一株，其实脉络贯通，仿佛中国的竹林，在地下一片相连。自然界如此，文艺理论亦然，道理是相通的。文艺复兴正是这样在欧洲蓬勃发展起来。

每一个时代有每一个时代的特征，但是特征到底是什么，我们骤然之间却难得出回答。为什么这一时代风起云涌，霎那之间出现了那么多的伟大作家，我们更难回答。公元前五至四世纪的古希腊为什么会出现悲剧作家和喜剧作家和如此之多的地杰人灵？公元前二至一世纪和公元后一、二世纪的罗马共和国和罗马帝国又出现了一连串不朽的拉丁作家，而从十三世纪但丁开始，人类在蒙昧的宗教羁绊之下觉醒。直到意大利、英吉利、西班牙和法兰西的文艺复兴，出现了辉煌的成群的伟大作家，都是什么缘故？众说纷纭，我们一时很难把来龙去脉说得明白清楚。

归功于某个统治者的开明专制？还是归功于某种战争威势？还是归功于政坛变幻？我们都很难找到准确的语言予以肯定。中国历史变动亦然。战国为什么蜂拥而起那么多伟大作家？唐代为什么出现那么多伟大诗人？北宋末年为什么出现你追我赶的各体词家？我们一时很难找到一条规律。难道和统治者的政绩有关？和战争胜败有关？和政治动乱有关？我们能不能把英吉利的莎士比亚等一群伟大作家说成伊丽莎白时代的产物？我们能不能把西班牙的塞万提斯和维伽说成西班牙战败的产物？我们能不能把意大利的文艺复兴归功于教皇的恩赐和各城邦之间的纠纷？最后，我们能不能像"今派"吹捧一些渺小的诗人，并归功于伟大的路易十四？还是资产阶级的兴起带动了这么多的大作家？然而中国长期封建历史却是反面的见证。而大作家中，也正不乏贵族阶级的人。

可能这些是原因也可能不是原因。可能这些有关系也未必就是必然的关系。这就是为什么我们编这部《法兰西十七世纪古典主义文艺理论》，要把邻国先驱者作为第一阶段收在这里的缘故。我们还将指出，有些理论不是古典主义者所独有的。更将指出古典主义并无古典主义这个东西。我们这里用"古典主义"只是随声附和，走前人的道路。

法国十七世纪古典主义文艺理论，实际上是戏剧理论，特别是以悲剧为首的文艺理论。为什么要以它为首呢？由于排列名次，古人总是把悲剧放在第一位，其次是史诗，其次是喜剧，其次是各种诗体，而小说、演说、书信、格言等等是不算在里面的。布瓦洛虽然开头从诗体说起，重点显然还是按着悲剧、史诗、喜剧这个层次安排的。喜剧来自民间，亚里士多德的《诗学》残稿里又没有怎么说起，古典主义者们贬低它，还是有所依据的。贺拉斯在他的《诗艺》里已经给后人做了启示。这种等位观念同样也反映了封建社会的等级观点。悲剧写英雄，史诗写英雄，而喜剧则写一般人民。莫里哀由于写下层人民，写人民爱看的闹剧，死后就受到好友布瓦洛在《诗的艺术》中指摘，说他赶不上文学喜剧的剧作者泰伦斯。古希腊悲剧多写传说中神祇与部落首领之间的利害关系,到了古典主义者手里,就依样画葫芦,局限于古代帝王将相。拉辛写同代帝王将相,如《巴雅塞》(Bajazet),还在序里特别说明,以地理遥远(君士坦丁堡)来代替"古代"的限制。等级制度在演员方面表示得尤其严峻。"戏子"的身份是贱民中的贱民,教会给他们以"出教"处分,死前必须向教士忏悔请罪,才能被许可埋葬在教堂管辖的公墓。巴黎大主教便是以莫里哀死前没有忏悔(教士拒绝为他做忏悔,冤仇结得太深了)为借口不让教堂为他安排公墓坟地的。布瓦洛在一六七四年发表《诗的艺术》就要求诗人要熟悉人民(资产阶级)和宫廷(贵族阶级),而对新桥(等于中国旧社会的天桥)江湖艺人达巴栾则一再加以攻击,甚至以爱好达巴栾为贬低他早年崇拜的莫里哀的口实。除各种诗体外,他对新兴的艺术一字不提,就可以明白古典主义理论家们的偏见是多么深多么固执了。

马莱尔伯(Malherbe,1555—1628)在一六二五年部分发表的《代保尔特①注释》里就一再申斥他用语"不合宫廷"(Peu Courtisan)"庶民化"(Plébée),甚至"下流,比庶民还要坏"。他的批评完全是从贵族阶级的立场出发的。

这是有其历史与社会根据的。

波旁(Bourbons)王朝是从亨利四世(1553—1610)登上法兰西王位(1589)开始的。这位勇敢、机智的机会主义者在宗教纠纷之中度过他的一生。他是法国西南部一位大领主,信仰的却是加尔文在瑞士创建的新教,即胡格诺派(Huguenot)。一五七二年八月二十四日的夜晚,查理九世听从太后(意大利人)的话,进行了史无前例的对新教徒的大屠杀。这位大领主的新婚典礼以惨剧收场。他靠改变信奉天主教

---

① 代保尔特(Desportes,1546—1606)是法国诗人,曾经得到查理五世与亨利三世的恩幸。

的谎话逃过这场宗教悲剧。四年之后，他逃出巴黎，纠集了全国的新教徒，和信奉天主教的国王派进行了你死我活的血腥内战。查理九世在一五七四年死去，他的兄弟亨利三世接了位，又在一五八九年死去，死前承认亨利四世有继承权。由于西班牙的干扰和巴黎派的对抗，他被迫在一五九三年改变宗教信仰，终于在第二年进入巴黎。直到一五九八年，他和西班牙缔结了和约，宣布了"南特（Nantes）诏令"，承认信教自由，才结束了这场不得人心的宗教战争。在内战中权诈多变、目无朝廷的都是那些各自为政的大、小领主，即封建贵族。

而这位雄心勃勃的新国王，被一个贫无所归叫拉外雅克（François Ravaillac）的天主教狂徒，在一六一〇年五月十四日，用偷来的斧子在街上砍死。得意的是他的意大利王后，一下子成了摄政的太后，相信一个无能的意大利人，挥霍国库积蓄，引起各大领主的动乱，又把国家带上分裂的道路。

总之，在路易十三少年时期和当政之后，有好几个大问题摆在他面前：第一，剪除太后的同党，和太后进行无情的斗争；第二，整顿各大领主的分裂主义；第三，应付日耳曼帝国和西班牙（实际上是一个，西班牙兼有帝国的统治权）的外患；第四，平息以英国为靠山的新教反抗。这期间出来一个铁腕人物，是太后在一六二四年推荐给路易十三的黎塞留（Richelieu，1585—1642）。他是一个善于斗争，敢于斗争的枢机主教兼首相的阴谋政治家：他的"阴谋"是用来对付这四种恶势力的。路易十三生他的气，但是不得不钦佩他为自己努力平定法国的一片心力。他虚荣，喜功，说假话，交接诗人文士，以风雅自居，但是他的目的只有一个，就是：还路易十三一个安定的国家。他驱逐介绍他的太后，镇压敢于捣乱的大领主，逼和西班牙，最后消灭了新教的政治和军事力量。

法国是一个天主教国家，罗马教皇对法国国王有加冕权与教会行政自成体系的封建统治权。法国十七世纪在形成专制政体期间,一直在斗争中和它妥协,在妥协中和它斗争;宗教不分国界,教皇有无上权势。在宗教战争中两派都没有祖国这个概念。新教(即基督教)拉英国,旧教(即天主教)拉西班牙,都作为同一信仰互相支援,两下意识中都不存在祖国这种高尚概念。爱国(Patriote)这个字的现代意义还没有出现。它在当时的意思只是"同乡"、"同人"的意思。在黎塞留死后,直到一六四七年,路易十四在童年时期,才增添上"爱国"这个意思。但是到十八世纪,卢梭才给它下了一个正式定义:"凡爱国者都对外国人没有感情。他们在他眼里不存在,不过是人而已"(引自《洛贝尔 [Robert] 字典》1972 年版)。所以黎塞留利用枢机大主教的名义辅佐路易十三,死前推荐在他手下工作的枢机大主教马萨林(Mazarin, 1602—1661) 做首相,不是没有用意的。他要马萨林继承他的政策,对付一切扰乱王权的敌人。马萨林原本是一个意大利人,一六三七年改入法国国籍,一旦当了法国首相,惹起两次"投石"政变,资产阶级不听他支配,接着大贵族们又和他捣乱,幸而摄政的太后和他私下结了婚,他又诡计多端,把比他还懦怯的政变领袖平定下来(不如说是收买下来)。他们夫妻(私下里)带着童年的路易十四东西颠簸,给小小心灵留下很大的创伤,所以他在马萨林死后正式接受政权时,就宣布政权集中,"朕即国家",再也不用枢机大主教和首相。

但是远在亨利四世时期,天主教死硬派耶稣会(1603 年亨利四世召回耶稣会)就利用信仰自由这个诏令大大发展起来。路易十三的太后又是一个意大利人,天主教的昌盛也就成了必然之势。一六一一年大主教贝瑞尔(Bérulle, 1575—1629)从罗马把在一五六四年成立的奥拉托利(Oratoire)修道会引入法国,一六一七年攫去了对年轻人的教育权;一六一八年,福郎斯瓦·德·萨尔(François de Sales,

1567—1622)创建了"圣母拜访会(Ordre de la Visitation)女修道院",万散·德·保罗(Vincent de Paul,1583—1660)又成立了"爱德(Filles de la Charité)女修道院"①,女孩子没有地方受教育,从此全由修道院包办下来,直到十九世纪中叶,我们读巴尔扎克的《人间喜剧》和福楼拜的《包法利夫人》,都还告诉我们这种教育对女孩子们的毒害有多么深。耶稣会的引入同时还带来宗教裁判所的声威。

一些无辜人士动辄得咎。一六○○年,批判经院哲学的布鲁诺被意大利的宗教裁判所处以火刑。意大利哲学家瓦尼尼(Vanini)在一六一九年以妖术的罪名在法国西南部的图鲁兹(Toulouse)被烧死。年迈的天文学家伽利略在一六三三年受到审判,在一六四二年郁郁去世。顽固派显示了他们不可理喻的专横态度;知识界开始为自己寻求各种安全的可能。怀疑论者笛卡儿(1596—1650)在一六二九年离开法国,到荷兰著书立说去了。法国一位著名诗人代奥菲尔·德·维欧(Théophile de Viau,1590—1626),信奉新教,当时摄政的太后把他驱逐出境,后来奉命赦回,一六二二年书店盗用他的名字出了一本选集,收了他几首诗,被耶稣会告发,判他火刑,他躲藏起来,又被发现,终于在各方营救下,在一六二五年改判流放。第二年他就郁郁死去。于是这位十七世纪最有希望成为一流大诗人的青年就这样被迫害致死。直到一六六五年,另一位年轻的讽刺诗人勒玻提(Lepetit),才二十五岁,写了一首《滑稽的巴黎》(Paris ridicule)的短诗,就被耶稣会教士告发,在巴黎的沙滩广场被烧死。而另一位出名的讽刺诗人布瓦洛,却竟然在《诗的艺术》中以冷酷的笔墨告诫一切诗人,说什么:

然而这种危险的快活精神并不合适,

---

① 依照《法汉词典》(上海译文出版社)的译法。

可能把上帝多少变成可怕的说笑主题。
无神论提倡这些形形色色的耍笑
最后，可怜的揶揄者便在沙滩死掉。

这件事出在路易十四力图恢复集中政权的时期，我们可以想象，他并不怎么喜欢这种以教权代替国王意志的蛮横的做法。在烧死勒玻提之前，据说他就暗示莫里哀写戏讽刺宗教界言行不一的行为。这就是还没有在写成的三幕的喜剧《达尔杜弗》奉命进宫演出的原因。消息传出去了，惊动了宗教界顽固派，因为太后是西班牙人，而他的师傅又是巴黎大主教，他们拥有强大的活动能力。路易十四让步了，借口戏没有写完，说什么等戏写完了再演。最后，太后在一六六六年死掉，教皇的"教会和平"的诏书也颁发了，教会人士不得不有所收敛，莫里哀在国王正式（私下早已答应上演）应允下，正式公演。但是教堂的堂长并不饶恕他，巴黎大主教也决不因此善罢甘休，借口莫里哀死前不做忏悔（其实是他们拒绝不来），不给坟地，后来在路易十四调停之下，虽然给了（在埋小孩子的公墓里），最后，据说，还是私下把坟刨开，将骸骨扔掉，使世界首屈一指的喜剧家死无葬身之地！一六七七年，布瓦洛在公开信中曾经为莫里哀谴责教士道：

有人热心为牵连的信徒们做辩护，
由于他的俏皮话就判他火刑。①

莫里哀仅仅免于受火刑而已。

这是当时年轻的路易十四保护了莫里哀，因为他的宫廷娱乐离不

---

① 据说，指著名的布道人耶稣会布尔达鲁（Bourdaloue, 1632—1704）。引自布瓦洛的《书简诗》（Épitre）第 7 篇。

051

开这位应命迅速的喜剧人才。他对耶稣会的争权的小动作是有所戒备的。在一六六一年,和社会上非教会人士串连在一起的圣体会(Compagnie du Saint-Sacrement)遭到禁止;他们组织"信徒党"(Cabale des dévots)从一六四〇年起,整整二十年,干涉私人活动,非法告密的事件都是他们这些信徒们干的。他们解散了,但是他们在反对《达尔杜弗》的明里暗里的活动中,还起着不小的作用。路易十四随着年事的增长,在王后曼特侬(Maintenon)的影响下,虔诚之心增加了,觉得政权日趋巩固,教会的纠纷似乎不存在了,便在一六八五年废除了他祖父为巩固波旁王朝而宣布的南特诏令。小资产者的新教徒携带着家小和资财纷纷逃离法国,造成法国的贫困,完全出于他的意外。这是一个他不了解的阶层,因为他周围不是无权的贵族(即宝剑贵族,一般多是中上层武将),就是维护既得利益的上层资产阶级(即长袍贵族,一般都是世袭的法官、税官),他对人民中间的情况可以说是一无所知。一六七七年,当拉辛收到布瓦洛写给他的那封公开信后,他怨气冲天,决定再也不写戏了,[1]然而经不起虔诚的王后的邀请,他在一六八九年又拾起了笔。因为演员都是修女,他就采用《旧约》的《以斯帖》(Esther)的题材来写戏。由于修女多,他添上了合唱队。一六九一年,路易十四建议他用犹太民族的女王阿达莉(Athalie)的题材来写戏。拉辛也应命写成了。这是犹太民族在最困难期间蒙主施恩,得免于难的故事。也是拉辛最后写的两出宗教戏。他似乎应该受到奖赏,但是由于和让逊派(Jansénisme)和解,回到童年教养的怀抱,[2]路易十四不信任他,疏远了他。他就这样在悒郁失欢的心情中去世。

---

[1] 由于《费德尔》一剧引起纠纷的缘故。
[2] 拉辛是一个贫苦的孤儿,三岁起无依无靠,由王港(Port-Royale)女修道院收养,在小学上学,后来又保送他进中学。

让逊派是天主教内的一个被认为邪说的教派。让逊（Jansénius, 1585—1638）是比利时的一位荷兰主教，一六三三年发表过一篇反对黎塞留政策的文章，当时一点没有影响，死后在一六四〇年出了一本他的遗著，支持圣·奥古斯丁驽斯（Saint Augustinus, 350—430）的"心灵不自主，一切都看上帝宽恕"的理论。这本来是可以讨论的问题，却触犯了教皇的看法，那就是：人是自主的，宽恕不能改变为善与恶。耶稣会以服从教皇之命为职志，对让逊派大兴问罪之师，和"伟大的阿尔诺"（Arnauld, 1612—1694）争论起来了。阿尔诺的父亲安东（Antoine, 1560—1619）是高等法院的律师，为巴黎大学做过辩护，攻击过耶稣会，子女很多，有六个女儿全在巴黎的王港女修道院做修女。在几个儿子中间，有一个叫安东·阿尔诺，即"伟大的阿尔诺"的，是让逊派的一位巴黎大学博士。他有两个姐妹先后都是王港女修道院的院长。院址有两个，一个在巴黎城内，一个在远郊，远郊是旧修道院，迁移到巴黎以后，就成了男修道院。男女两座修道院都以清心寡欲、修身养性闻名。在和耶稣会斗争中，安东·阿尔诺得到了一个以神童见称的天才科学家与虔诚信徒的大力协助，这就是法国十七世纪和哲学家笛卡儿并称的帕斯卡（Pascal, 1623—1662）。

帕斯卡在一六五六年一月和一六五七年三月，接受阿尔诺的建议，不署名地连续发表了十八封《与外省人书》，攻击耶稣会，成为宗教争论的经典文献。这些书信笔锋犀利、措辞尖诮，以罕见的风格震动了全法兰西。教皇当即把它列为禁书。但是由于不署名，尽管圣体会与耶稣会动员了全部力量，也没有查出作者的姓名。而五年后，这位大思想家就夭亡了。路易十四当时对这部书表面不作声，其实心里热烈欢迎，因为这有助于国王的 Régale 特权。Régale 是国王任命大主教和主教与教区职位的特权，更重要的是夺取空缺的教区财政收入的特权，是历代国王视为必争的特权，路易十四一直雄心勃勃，想把这种特权向法国南方开展。

但是，在攻击莫里哀的喜剧上，让逊派却和它的对头圣体会耶稣会同样猛烈。

路易十四其实很不喜欢让逊派，因为他厌恶宗教上的分裂，正如厌恶政治上的分裂一样，而让逊派偏偏又和他童年为之逃难的投石政变的贵族们有往来。权衡之下，他对让逊派比对圣体会要不客气多了。巴黎大主教阿尔都安·德·派莱费克斯（Hardouin de Péréfixe）是出名的严厉，对莫里哀不宽恕，对巴黎的让逊派女修士同样不客气，一六六五年七月把她们赶到远郊王港的旧址。阿尔诺在一六七九年逃到比利时，继续斗争。但是国王年纪大了，越发虔诚了，一七〇九年十月，他派警卫队把远郊二十五位老姑娘，一个不留，分开送到各地的女修道院，把家具和圣物全部予以没收，一七一一年，索性连埋在那里公墓的两三千具骸骨全部挖出，大部分扔进坟堆，少数由家人收回。第二年索性连教堂和净室也拆除掉，结束了这场残酷无比的斗争。

莫里哀在宗教界两面夹击之中，不得不和青年时期寻欢作乐、有所作为的路易十四朝夕周旋，实际上，他的忍让、应付和善于团结一切可能团结的力量也和保存自己的剧团相关。因为他内心里是一个唯物主义者，而这个唯物主义者还是一个自由思想者。这是他不情愿向人公开的。在亨利四世末年，在耶稣会扩张它的慈善事业与教育事业期间，还在让逊派未曾出现之前，就在巴黎涌现了一批自由思想青年，我们方才说起两个受难的青年诗人就是其中的两位。他们没有组织关系，不去教堂，或者用做礼拜掩护自己的内心看法，不露声色。我们知道，笛卡儿是以怀疑论著称的唯理主义者，他有坚决反对经院哲学的一面，怀疑一切实体必须经过实践活动才能存在，因为理性是普遍存在的，最大的证明即是人有"见识"。为了证明理性的存在，他提出了"我思故我在"的理论，原来他承认精神的活动是第一位，于是他的理性实体就把主观实体包括进来,而把"思维"推到了第一位。这样,他就成了唯心主义者。他虽然远住荷兰,因为有些文章是用法文写的,对法国文学清洁运动的马莱尔伯诗派就起了配合作用,被布瓦洛在《诗的艺术》中肯定下来。但是同样提倡理性的伽桑狄(Cassendi,1592—1655)却以唯物主义的古代原子论反驳了他这种唯心主义的看法。笛卡儿认为灵魂是不朽的,伽桑狄认为灵魂是随着身体的灭亡而灭亡,而把这种灭亡归因为肉身的灭亡,而肉身(即物质)则以另一种形式存在下去。理性是感觉的外观,不是实体,人与动物的区别不在于本质,而在于高低,全有理性,只是机构不同,认识或经验不同,因而表现不同。理性不是起伏无定,而是恬静的,是了解事物的本领,可以医治一切恐惧的起因,如神鬼或死亡。他接受被烧死的布鲁诺的天体学说,直接和伽利略通信,但是,他的著作全部用拉丁文写出,本人又是修道院院长,所以尽管受到耶稣会的排挤,他还能以教授的身份出现,解聘之后,又能以家庭教师身份糊口,他当家庭教师的唯一学生沙派尔(Chapelle,1626—1686)却是莫里哀的同窗好友。传说莫里哀听过他的课,受到深远的影响,曾经把公元前一世纪罗马诗人卢克莱修(Lucrèce)的《物性论》的长诗全部译成法文,稿纸被女佣当作引火的东西烧掉,所以全诗的译文只能在他的喜剧《愤世嫉俗》议论爱情的一段话中还可以听到。我们从这里可以想见他在剧作中不断讽刺宗教、经院哲学与经院医学的战斗精神。《达尔杜弗》被禁演了,他写出了《堂·璜》,其中"穷人"一场戏是完全嘲弄信士的。后来取消了这场戏,继续演了十几场,终于放弃了。《堂·璜》停演了一二百年之久。天主教的势力在法国确实是大的。

  一位修道院院长会是自由思想者,而且还是唯物主义者,听起来会觉得奇怪,其实这只是一种挂名的收入手段罢了。因为修道院院长并不要求非过问院务不可,和一般僧侣并不一样,在社会上完全可以自由活动。贵族家庭，长子有继承权，不是长子，就以挂名修道院院长为谋生之道。黎塞留本人是第三个儿子，二哥是吕松（Luçon）主教，后来他不做了，为了不放外姓人来抢这个铁饭碗，黎塞留就被迫干了这行宗教职业，这时他才二十岁。在一六〇六年，当主教本来年龄必须在二十五岁以上才行。主教（évêque）、院长（abbé）、堂长（curé）根本就不大住在教区的，不过挂个名义，领份干薪，不像一般的低级神甫，过的是清苦日子。黎塞留首相宠幸一位诗人叫高斗（Godeau，1605—1672），就在一六三六年把格拉斯（Grasse）主教的名义赏给了他；一位小提琴手，首相听了满意，就赏了他一所寺院；一位伯爵夫人也有修道院；一位爱说讨好话的诗人，叫布瓦洛拜尔（Boisrobert，1592—1662），罗马教皇听了开心，就在一六三六年赏了他一个英国的修道院院长做。后来他又得到黎塞留的欢心，前后得到三所修道院院长的职称。所以唯物主义者伽桑狄"院长"这个称号，相形之下，也就不足为奇了。

这些都是中上层阶级之间尔虞我诈的鬼把戏，除去莫里哀这个"戏子"之外，他们都是吸庶民之血、眼中根本没有庶民的。对于他们，庶民是不存在的。

法兰西学院就是布瓦洛拜尔为黎塞留首相拉纤，成立起来的一个国家机构。布瓦洛拜尔这时已经是一个红极一时的大人物，是国王的讲道师，还兼着国家的顾问，其实是一个拍马溜须的小丑。他把他参加一个诗人小集团活动的事情无意中告诉了黎塞留。黎塞留是一个有心人，他知道这些诗人对他统一事业不无帮助，他们之中有一个夏普兰，文章和诗写得都不怎么出色，不过为人正直可靠，黎塞留送过他一笔津贴。为了这笔津贴，他写了一首诗颂扬"枢机主教黎塞留"，开首用"伟大的黎塞留"，诗的结尾用"不可比拟的黎塞留"

("imcomparable Richelieu")。此外，那些胆小怕事的诗人，全在社会上有些声望，不过自由惯了，听说首相要把他们私下谈诗的聚会改为公开的国家机构，不明白他的意图，有些畏缩不前。经过布瓦洛拜尔几次开导，加上首相的压力，他们也就只好由着上头摆布了，他们聚会的地点原来在孔拉尔（Conrart, 1603—1675）的家里，大家就推他做秘书，这就是一六三四年三月十三日正式开张的法兰西学院（Académy français），第二年一月二十九日得到了国王承认的诏书。最早只有十一位，后来又接受了二十四位，共总是三十九位。成员限额为四十人，迟到一六三九年凑上一个人，才算补足了。首相死后，一六三五年参加学院的掌玺大臣塞给耶（Seguier, 1588—1672）成了他们的保护人，就在他的府邸开会。路易十四也是一个有政治野心的人，看中了这个机构，乘着这位大臣死去的方便，就收在他的保护之下，让他们在卢浮宫开会。他们平日开会干些什么呢？我们听听布瓦洛拜尔自己"表功"好了，他有一首诗叫《关于学院》（Sur L'Académie），是他在首相死后（1642年12月4日）的第二年，向住在外省的书信家巴尔扎克自嘲道：

每人私下答应要把工作做好，
可是聚在一起，信用渺然，
他们聚在一起，做事毫无意义。
他们在F字母上头搞了六年，
命运将会使我感谢不已，
如果它对我说："你能活到G"时。

"工作"指的是他们要编一部字典，磨磨蹭蹭，直到一六九四年，两代人过去了，才出版了事。这中间还出了一件丑事，把小说家费尔迪耶尔活活气死，因为他一个人在家里编成一部字典，他们听到后，把他从学院开除出去。他在一六八八年含冤死去，但是，他编成的字典还是比他们先出版了四年。就在一六四三年，大概也是由于它失去了保护人，有一个才露头角的文人，用匿名写了一出戏《学院院士》(Les Académiciens)，手稿在社会上流传，真名实姓地嘲弄了他们一番，在这里受到创伤最深的莫过于以史诗诗人自居的夏普兰。他们猜不出作者是谁，只能把气憋在心里。这个人后来一直住在英国，就是比布瓦洛还有"见识"的圣·艾佛尔蒙。

但是夏普兰却是一个不倒翁，他的史诗《贞女》(Pucelle)①尽管失败了，他却做人老实，一直受到几代当权者的信用。奚落他的还有年轻好胜的布瓦洛。夏普兰只好承认自己不是诗才；可是他的三一律戏剧理论却被布瓦洛借用过来，以此在后世受到尊重。我们这位学院的终身秘书反而永远默默无闻了。

但是他在当时的声誉和作用都远远超过后人对他的估价。他是十七世纪统治阶级的宠儿。黎塞留喜欢他，路易十四更喜欢，因为他能把法国、欧洲各国的知名人士推荐给雄心勃勃的国王，而且从不出面，在财务总监、法兰西学院院士考拜尔（Colbert, 1619—1683）下面工作着。他对喜剧家莫里哀的推荐就是摸清了路易十四的心理而推荐的。莫里哀因之获得了一千法郎的作家津贴。推荐比较公允，就更难得了。拉辛入世之初，就知道送诗给他，走他的门路，弄到六百法郎的津贴：对一个热心功名而又四顾无援的孤儿，这是一笔不小的数目。夏普兰震惊十七世纪的文章却是对高乃依的《熙德》的"意见书"。这还是学院成立不久的额外工作。

这是一件得罪人的事情，夏普兰一点也不想接受这种任务，而黎

---

① 歌颂抗战的爱国女英雄贞德 Jeanne d'Arc。

塞留首相却又非要他写不可！在《熙德》(1636) 之前，高乃依写的都是一些喜剧，虽然比一般人高明，却也无甚出奇之处，但其悲剧《熙德》的巨大成功，却引起了同行的妒忌与诽谤。这一年布瓦洛才生下来。戏在宫廷演过三次，在首相府演过两次。首相先曾夸它"出色"(merveilleuse)，送了作者一笔一千五百法郎的年金，允许自己的外甥接受作者的献词，后来却变了卦。在这些同行的妒忌者中，闹得最凶的是斯居代里的《熙德评论》(Observations Sur "le Cid")。他说什么："人在这里看不见任何变化、任何情节、任何关节。最无眼力的观众也能从一开始就猜得出来或者更确切些说，看得出来这种遇合的结尾。"《评论》是恶劣的，一笔抹煞了这出戏的全部优点。高乃依回答的公开信也发表了，斯居代里请求法兰西学院做出公正的裁决。

问题全看首相了。而首相这时似乎对高乃依有些不满意：一个原因是《熙德》的故事来自西班牙传统和另外一出戏，皇后（西班牙人）又赏了剧作人的父亲一个小贵族称号。而黎塞留正在同西班牙打仗，不符合他的政治路线。另一个原因，戏里有决斗的场面，而黎塞留为了削弱封建贵族逍遥法外的地位，正在对决斗本身下令严厉制止。他只要一个禁演令就成，然而他不肯这样做，因为下禁令对他一手遮天的权势来说，是太轻而易举，而且有伤他先前表示过的热情，直到戏演完了（演了足足三个月），书出了，笔墨官司打起来了，他才决定让学院挑起这个仲裁人的担子，而挑这个担子的人，他看中了主张"三一律"的夏普兰。这篇《意见书》是经过首相亲自改了又改才发表的。他嫌它沉闷，嫌它过分严厉，随后，他又嫌它不够严厉。夏普兰左右为难，只好向布瓦洛拜尔解释："我们要是处处反对，就未免让人看成有偏向了。"最后，到十一月，搞了将近半年，才发表了。它成了一篇文字笨拙的十七世纪批评杰作。高乃依不作声了，但是，后来写论文，虽然已经是三十年以前的事，我们还可以体会得出他并不完全同意这个

"意见"。不过他注意到了"三一律",却也是真的。一六四〇年,他写成《贺拉斯》,献给首相,才略露端倪。

"三一律"实际不是一个新东西,后人不知道,还以为是布瓦洛提出来的,因为他的名气太大,《诗的艺术》的威信又特别高,后人不了解"三一律"发展的历史情况,就由着他一个人沾光了。其实这个束缚剧作家手脚的规律也不是夏普兰提出来的。真正把这个问题担上日程的,是一群意大利学者,因为他们最先接触到了亚里士多德的残缺的《诗学》,一四九八年被译成拉丁文,在威尼斯发表,一五〇八年又用原文(古希腊文)重印,在将近半个世纪以内,解释者各抒己见,《诗学》残缺不全,也正好适应他们各自的说法。其中对法国古典主义时期影响最大的有两个意大利人。一个是斯卡利皆(Jules César Scaliger, 1484—1558),一个是他的晚辈卡斯特尔维特罗(Ludovic Castelvetro, 1505—1571)。斯卡利皆在一五二五年来到法国,在阿让(Agen)这个地方认识一位姑娘,和她在一五二八年结了婚,入了法国籍,定居下来,和法国学术界人士开始往来。他的《诗学》(Poétique)一书发表于一五六一年,在黎塞留当政时期,又印了三版。所以夏普兰是读过他这部书的。他没有正面提出"三一律",仅仅提了一个朦胧的概念。而真正从观众立场出发要求戏剧遵守"一个"时间与地点的,却是被耶稣会教士缺席判处死刑的卡斯特尔维特罗。他在他的《诗学注释》里曾经几次谈到地点与时间必须是一个,而且把时间规定下来,不得超过十二小时。他的书是在一五七〇年出版的;两年以后,法国的达依在一五七二年他的《悲剧艺术》里再一次把"三一律"正式提出来,几乎和布瓦洛在《诗的艺术》中的诗句可以说是一字不差:"必须永远在同一天、同一时间和同一地点表现故事或者演出。"布瓦洛不过在这上面又加上了他的理性法则罢了:

> 我们要遵守理性制定的法规,
> 开展情节,处处要尊重技巧;
> 在一天、一地完成一件事,
> 直到结尾,把饱满的戏来维持。

其实,他的"一天"的概念是从夏普兰的"二十四小时"规则得来的。而二十四小时的要领不是夏普兰的发明,是龙沙(Ronsard, 1524—1585)在他未完成的史诗《法兰西阿特》(La Franciade, 1573)"致用心的读者"中说过的,这写在一五八五年,他在同年十二月去世。他可能是驳卡斯特尔维特罗的"十二小时"的悲剧看法的。他谈史诗,顺便带到悲剧与喜剧,说出了自己对戏剧时间的不同认识。原话如下:

> 因为倘使格言在你的英雄诗中出现的次数过于频繁,它就要成为怪物了,好像整个身子全是眼睛,没有别的肢体,而肢体却对我们的生活交往很有用处;好比悲剧与喜剧,它们是开导性的、教育性的,它们必须用很少的话包含很多内容,如同人类生活中的许多镜子一样,唯其它们被规定并限制在短暂的期间里,就是说,一整天里。
> 最精通这一行业的大师们从半夜开始,到另一个半夜为止,不是从落日开始,因为这里需要更长的时间长度与延长。

他虽没有明点二十四小时,意思却是明白无误的。其后,一六〇五年,渥克兰·德·拉·福莱纳伊(Vauquelin da la Fresnaye)在自己的《诗的艺术》中又明确道:

> 剧情完成不得超过一天,

戏剧一定要这方面实现。

所以一六三〇年十一月，夏普兰答复问询，谈起二十四小时的规则时，早已不是什么新东西了。不过在政治漩涡中过活的黎塞留首相却确实分不出时间看这些"闲"书。当时写戏最红也最多的阿尔狄（Hardy, 1570?—1632），根本就不理睬这些理论家的规则，所以首相也确实不知道写戏要遵守什么规则，听见夏普兰同他谈到"三一律"时，大吃一惊，还以为是他的发明。实际上，在十六世纪，真正写戏的都不清楚什么叫做"三一律"。无论是意大利——人文主义的发祥地——无论是莎士比亚时期的英吉利，还是维伽时期的西班牙，即使知道原则上有这个东西，但是写作上都没有拿它搁在心上。他们遵循的只是本国习惯的写戏方式。大小说家塞万提斯在他的《堂·吉诃德》里指责维伽不遵守"三一律"，那是吃醋的气活，因为他在马德里卖戏为生时，卖不过快手维伽（又快又好，是诗是戏），这才离开京城到外地谋生，《堂·吉诃德》是他的意外收获。在英国和莎士比亚同代的本·琼森，本人是学者，精通古希腊文和拉丁文，也并不怎么特别重视"三一律"。在遵守这条规则起转折点作用的，应该是从不会写戏的夏普兰的《意见书》开始。遵守得最好的，要算拍夏普兰马屁而生活困难的年轻人拉辛。

拉辛之所以成功的窍门，我们不知道他是否受到前人的影响，但是，我们在十六世纪大诗人龙沙、"七星诗社"（Le Pléiade）的领袖那里却听到了某种暗示。这就是他一五六五年的重要的《法兰西诗艺提要》。这见于他"谈一般诗"那段话里：

你应该首先知道，写长诗从来就不在事情的开始写起，也不会在结尾时，像读者所热切希望的那样结束得越迟越好；而高明的诗人是在中腰开始的，并且知道从开始到中腰，从中腰到结束，怎么样把它们连结好，这样贯串起来的部件正好构成一个完整和美好的身体。

他在《法兰西阿特》的"致用心的读者"里说得还要明确："相反，有见解的诗人，苦练苦修，从故事的中腰开始，有时从结尾开始。"他在谈史诗。可是一个有心人却会从这里领会出写戏的道理。他把结尾分成五幕，一开始就紧张，而紧张就必须不拖长时间，他就这样遵守了"三一律"。不过，这只是形式问题，真正的问题还必须使人物有内心生活，而内心生活又必须使之激动、紧张，使观众感到兴会淋漓，形成有动作完成的典型性格。于是他注意到了对内容起到重要影响的一个因素。这就是创作上的激情（Passion）。我们的《辞海》解释这个名词基本上还是准确的，认为它是"一种强烈的情感表现形态。往往发生在强烈刺激或突如其来的变化之后。具有迅猛、激烈、难以抑制等特点。人在激情的支配下，常能调动身心的巨大潜力"。

龙沙在法国宗教战争期间名声异常高，在国外，整个欧洲都受到他的影响，无论是莎士比亚在英国，维伽在西班牙，没有一位大诗人不模仿他。他的一些著名的情诗也成了法国家传户诵之作。稍后于他的著名的思想家蒙田（Montaigne， 1533—1592）[①]也称他优秀。可是法国十七世纪初叶一位最无才华的诗坛盟主马莱尔伯却把这位人文主义诗人骂得分文不值。马莱尔伯最好的诗也不过是对亨利四世、新娶的王后和路易十三这三个朝代的头脑拍马溜须之作。亨利四世赏了他一个"盾士"，最低一级的贵族。他成了这短促的三朝元老诗人。他在一六二四年写十四行诗，献给当政不久的路易十三，自命不凡道：

---

① 参看他的散文集 Essais 卷二，篇十七，写于 1580 年。

人人懂得赞扬你,可是并不相同;

寻常的作品活不过几年:马莱尔伯写的东西却经久不朽。

可是他的吹牛并不妨害他影响了十七世纪整个一代。原因是他主张整顿法兰西诗的语言,要求合乎方法、合乎听觉,要字句明白清楚。他的主张和唯理主义是一致的。他的诗人学生有个叫拉岗(Racon, 1589—1669)的,是国王办公厅的侍童,一六三三年写诗颂扬黎塞留,成了法兰西学院的第一届院士,在他《回忆录》中,他记载马莱尔伯对龙沙的反感(他原先学过龙沙写诗)道:马莱尔伯先生把他的龙沙诗集勾掉了大半,在书边还记下了他勾掉的原由。有一天,伊芙朗德(Yvrand)、拉岗、高龙毕(Colomby)跟他另外几位朋友在他桌上翻看,拉岗问他,他没有勾的,他是不是赞成。他说:"勾掉的,和不勾掉的都一样。"于是同人就对他说,"要是有人在他死后找到这本书,会以为他没有勾掉的是好诗";他一听这话,就把没勾掉的统统勾掉。这样一来,连素日敬仰龙沙的人们除去暗中"剽窃"之外,也不敢作声了。这是诗人高斗在一六三〇年《论马莱尔伯先生的诗》里的话。他也是法兰西学院第一届的院士。遣词造句的要求严格了,连龙沙老朋友的孩子夏普兰也公开谴责起龙沙来了,等到布瓦洛在《诗的艺术》中对马莱尔伯特别加以称颂,对龙沙加以贬斥,对龙沙的贬斥简直就成了定论,直到十九世纪浪漫主义运动兴起,才逐渐又把他作为"天才"[①]诗人恢复起来。一九二四年庆祝他四百年诞辰,巴黎和其他有关的地方为他举行了建立半身像的盛大典礼,而马莱尔伯这时已经躺进了蒙着厚厚一层层灰尘的历史书堆。

似乎扯远了,不过为了这场平反公案我们还得再说两句。因为龙

---

① 参看徐李·浦吕道木(Sully Prudhomme)的《致龙沙》一诗。已经到了十九世纪后半。

沙是被法国十七世纪唯理主义诗派所埋没的最大的文艺复兴时期诗人。龙沙在宗教战争时期的确是宫廷诗人，而且红得发紫，可是因此就责备他吗？哪一个诗人、文士，在十六、十七世纪不是靠接近宫廷成名的？莫里哀不是？拉辛不是？造成这种情况的是历史和政治因素。法兰西学院不就是黎塞留首相一手建立起来的？再说，因为他不信新教（基督教），就怪罪他吗？这更不成其为理由，亨利四世不就为了继承亨利三世的王位，以新教领袖一变而信奉旧教（天主教）的？这是一种宗教战争，是一场没有国家立场的混战，我们前面已经说到过，这里就不再说了。他一五六五年的《牧歌集》(Bergerie) 献给信奉新教的英国女王伊丽莎白，女王还送了他一颗金刚钻。可是龙沙的真正立场是什么呢？是法兰西。他关心的是法兰西人民的命运。就在他攻击新教的年月，他在一六六二年五月，谈起"时代的苦难"，他写诗恳求太后（意大利人）道：

哎！夫人，今天残酷的暴风雨形成一场伤心的海上失事，恐吓着法兰西人……
法兰西双手紧握，求你再求你，
唉！它不久就将成为外国王公的猎物和耻笑，如果你不尽快用你的权力拯救它的灾难。

因为旧教凭着西班牙的军队，新教凭着英吉利的军队在混战，英吉利已经占领了勒·阿弗尔 (le Havre)。而在这场丧权辱国的血战中，

法兰西就这样分裂为两支军队，
自从理性不复具有权威以来。

龙沙的诗立即引起了新教徒的还击,用匿名写诗骂他。于是他又狠狠地回敬了他们。无论是天主教,无论是基督教,我们后人不在当时历史的旋涡中,最好少在这上头谴责某一方面。须知模仿龙沙情诗的莎士比亚就是一个天主教徒,而赏赐礼物的统治者女王伊丽莎白却是一个基督徒!而我们的《法国文学史》(上册)却说:"他的保守思想在诗中暴露无遗。""暴露无遗"的,是他的象征法兰西尊严的祖国之爱,虽然"祖国"(Patrie)这个字出现不久。但是感情却始终洋溢在诗人的心中,他对诗的宣言本身不是发扬法兰西精神又是什么?在法国大革命之前,即使以君主专制典型见称的路易十四,也没有做到龙沙那样爱民如己,让我们听听他的"颂歌"吧:

> 为什么,贫苦的庄稼汉,
> 就那么害怕一位皇帝?
> 浮泛的影子,没有多久,
> 他就会为死人增添数目。
> 你不知道,地狱之门
> 对每一个人都是共有之物,
> 一个皇帝的灵魂到了那里,
> 如同一个作伐木者的灵魂一般,
> 立即落入卡隆①的小船?
>
> 《颂歌致庄稼汉》

日耳曼帝国称雄作霸的查理五世。俘虏了法朗西斯一世,和法兰西一直争战不休,为什么不许龙沙写诗鼓舞老百姓的士气呢?像这样的

---

① 卡隆(Charon)是古希腊神话中在冥河渡亡灵去冥府的神。

诗,"保守"的意味在哪里呢？他的大量情诗,明明已经成为欧洲各国大诗人竞相模仿,妇孺讴歌的对象,却说"凄凉哀怨、愁肠郁结的情调表达了贵族阶级腐朽的人生观"。能这样批判莎士比亚的十四行诗吗？能这样批判李白、李清照的诗吗？他们晚年饱受流离失所之苦,难道就不许唱出他们自己的诗歌吗？整个十七世纪,整个法兰西学院的院士,哪一个写出了想象如此丰富、感情真挚、推陈出新、①动人心弦的情诗？而马莱尔伯却全部勾掉,布瓦洛在自己的《诗的艺术》中全部予以否定：而勾掉的、否定的正是他们自己。历史是无情的。布瓦洛歌颂的马莱尔伯只成了一个无声无嗅的诗歌见证人,而龙沙及其特有的富有生命力的诗活在后人心中。

"激情"这个字大量见于龙沙的诗歌中,"理性"这个字同样是十七世纪的旗帜,也常见于龙沙的诗歌中。他的抒情诗风行全欧,全欧接受他的意思,唯独法国十七世纪初叶开始把他贬入冷宫。而十七世纪的古典主义者的理论,实际上在他那里都有过表示或者流露。

"激情"这个字是古典主义戏剧创造人物的内在依据。古希腊很早有了这个字,拉丁文也有这个字,但是经常使用,却在文艺复兴时期开始。自从耶稣被钉在十字架上死后,它添了一种受难的意义。这个意思归入宗教范畴,和我们一般非基督徒没有关系。和我们一般人有关系的是情绪活动的原来的含意,它又可以分为三类,一类泛指一般各种感情变化,例如笛卡儿在一六四六年写的《论一般激情与人性论》：这是活人与死人的最终界限,它是心灵行动的根源,这样就把记忆、想象和意志全包括进来了,因而欲望、赞美、妒忌、尊敬、憎恨……全属于它的范畴。另外一类,可以说是和爱情相等的意志活动,许多诗人和后来的帕斯卡都这样使用,用的最多也最早的诗人,在法国要数龙

---

① 有些诗的境界,是从古希腊、拉丁与意大利的诗那里取来的。他希望用古希腊、拉丁诗人的比喻,打开法兰西人的眼界,因而诗在这方面受到了一些损失。

沙了，帕斯卡在一六五二年，写过一个小册子，《恋爱激情讲话》(Discours sur les Passions de l'amour) 已经迟了一百年。这不是一篇正式论文，是他的零星随感记录，证明他看过当时的传奇小说，和出名的沙龙诗人符瓦杜尔（Voiture, 1597—1648）以及各种悲剧、喜剧的演出。他当时不是让逊派，仿佛一个自由思想者（他从十二岁就连续不断地对各门科学提出定律），认为人生幸福的前期是恋爱，后期是野心，他要是挑选，他就挑选恋爱！但是他在散文方面更大的贡献却是《与外省人书》，轰动全法兰西。莫里哀当时在西南部巡回演出，也一定读过这个匿名者攻击耶稣会的挑战书，他从理论到生活，剥下了它的假面具。笛卡儿和帕斯卡，实际上，是古典主义时期作家精神上的两个思想支柱。在帕斯卡这里，激情有和恋爱等观的意味，多数是指恋爱的种种作用。它有好受的一面，有痛苦的一面。过去一般译成"热情"，就指好受的一面。实际和恋爱相等的，一般多用单数，例如法国十六、十七世纪之交的悲剧家阿尔狄，在一六〇五年和一六一五年之间写的《赛达斯》(Scédase) 的戏里，年轻的胜利者在第一幕就说：

光荣行为最常见的诱饵
和最能使英雄获取胜利的东西
就是恋爱、高尚的激情、
一切让位给它无可比拟的霹雳；……①

又如代奥菲尔·德·维欧在他的悲剧《皮拉默与蒂丝贝的悲惨爱

---

① 阿尔狄在这出悲剧里，写斯巴达人强奸了两个异国少女，少女当场死掉，父亲向斯巴达国王求救无效，也自杀了。这出戏立意也不错，可惜语言艰涩，强奸场面也不便和观众见面。"霹雳"即"雷电"。

情》(Les Amours Tragiques de Pyrane et Thisbé)①的第一幕，蒂丝贝一开始就说：

> 最迟钝的牲畜，没有这种激情，
> 也会比我们更懂得善与恶。

在第二场里，男方的父亲和老朋友谈话，老朋友劝他说：

> 我们不会克服人类的激情：
> 理性反对爱情，白费气力，
> 可爱的对象总有办法迷惑我们。

老父亲大发脾气，在老朋友面前骂起儿子来：

> 你就不该让你的激情胡闹，
> 没有我的许可，就不该瞎做打算。

这三个"激情"都是单数，意思都是"爱情"，但是在前一出戏里，"高贵的激情"包含"无可比拟的霹雳"内容，不得不另行考虑。

这就是第三类意思，无论是爱情，无论是其他欲望，凡在内心起着一定的波澜翻腾，后果难以预测的"霹雳"，都属于这一范畴。它有苦难的意思，然而与基督受难无关。就在一六○○年之前，在莎士比亚从事戏剧写作的早期，英吉利有两个不幸早亡的悲剧家，一个叫基

---

① 这出悲剧是法国十七世纪人民喜爱的一出戏，从 1626 年（1623 年发表）起，到 1628 年止，印了七十三版，戏写两个青年反抗家长、老人与国王，最终牺牲了。作者受到耶稣会打击，"天才"终于夭折了。

德（Kyd, 1557？—1595？），一个叫马洛（Marlowe, 1564—1593），就用"激情"这个字来说明内心生活的不幸遭遇。后一个一五八七年就演出了他写的分上、下两部的《帖木耳大帝》(Tamburlaine The Great)，"激情"在这儿被用来指政治上的野心。他写的《爱德华二世》(Edward Ⅱ, 1593)，是他的悲剧杰作。他的另一部杰作是《浮士德博士》(Doctor Faustus) 可能在一五八八年就上演了。他写的浮士德在某些地方不见得就比分成上、下两部的歌德的《浮士德》差。他是一个怪才，可惜在酒馆和朋友争吵，被刺死了。基德比他年纪大。一五八九年上演他的《西班牙悲剧》，它的悲惨境况赢得了久演不衰的盛况，似乎莎士比亚的悲剧也比不过它，包括《哈姆雷特》在内。"激情"在这出戏里有时代表爱情，有时代表政治。莎士比亚也常用这个字，一般译为"热情"。有时中文直译感到难以达意，就把上下文连在一起译成激动一类的词句，我们就看不到"激情"或者"热情"这个字了。

关于"激情"，最早的说明，我们应当从文艺复兴大画家达·芬奇（Da Vinci, 1452—1519）的《绘画论》中寻找。他在卷三中告诉我们："应该这样描绘人物的每一个动作，以使它能够表现出心灵的活动。凡是构思的动作符合人物的精神状态，就应该非常果敢地画出来，让它展示人物蕴含的巨大激情。"否则，就成了死人。不画出心灵活动，也就和死人无异。但是在文学上用得次数最多的，却是我们一再提到的法国十六世纪的龙沙。在《理智与精神的道德》这篇讲话（他是对亨利三世讲的）里，他曾经这样分析道：

在灵魂的低级部分、即物感里，有一种自然的行动，我们把它叫做激情，例如恐惧、痛苦、喜悦、忧郁，就像柏拉图说的那样，管制着肝脏和心脏，它们在身体内，几乎犹如商人与贵人在共和国里：肝脏作为淫念和欲望中枢，仿佛商人的贪得无厌，心脏仿佛贵人，高尚、充满力量、愤怒、热情,在领会上给人以可怕的印象。①

而理性在人的高处与头的顶梢,仿佛一位国王坐在他的宝座上,或者元老在他们的庭堂上,修正、改善并使那些激情和骚乱服从,并在它们的职责之中加以克制。

让我为我的职业争取光荣,说起一段故事吧。因为古代诗人无法向肉眼证明来自激情的恶习多么可怕,就把幻想(Chimère)描写为一只狮子,一条龙和一只山羊,身上骑着一位叫做贝劳洛风(Bélorophon)②的骑士,把它杀了。这位贝劳洛风是一位哲学家,在精神道德上是温和的,十分凝重十分有教养的,他杀死、降服、抑制他的激情和自身原有的情感。古代诗人依然喜欢出现这样一些人,尽管由于物感的缘故,是半马半人的怪物(Centaures)、低级部分的走兽,而由于理性的缘故,在高级部分出现了人。

然而,在激情不受控制,超出平庸状态的时候,它们不仅是坏事,而且还会生出罪恶。可是在它们很温和的时候,有理性加以约束,它们就不是干事,相反,它们是道德的原则和事实,禁欲主义者希望从人这里完全把激情连根拔掉,是不可能的。只要我们有肝脏与心脏,静脉与动脉,我们就有骚乱。……

龙沙在这篇对国王的讲话里,既指出了激情的破坏作用,又指出在理性管制下所起的好作用。在第二篇讲话里,谈到妒忌时,他又指出"在不受理性控制的灵魂的全部激情中,妒忌是最极端的激情"。总之,他永远拿激情和理性对着看,而且希望理性永远能把激情控制住。他有

---

① 这种把肝脏说成激情的发源地,来自古代。当时医学还是老一套。后来经院医学就受到莫里哀的攻击。
② 古希腊传说中一位美丽、勇敢的青年,拒绝一位王后的挑逗,被国王派到另一个国家,希望那里的国王把他杀死。国王使他经受了许多考验,最后把公主许配了他。他遇着的头一个怪物就是这里说起的怪物,我们平日译为"幻想"。

一首"赞歌",在一五五五年出版,颂扬《人的理性》:

> 人与走兽的区别
> 不是胃,也不是脚,也不是头。
> 也不是脸和眼睛,而是唯一的理性,
> 我们的精神住在房屋和它的壁垒、脑壳的高处,
> 望着未来,统率着远处的身体,
> 保卫着我们。
> 而人与人的区别,
> 却只在唯一的语言,
> 懂得宣示思想的技巧,如同哲人,
> 还懂得使用我们灵魂的各种激情。

我们在这里听出了同样的理性与激情的关系。而布瓦洛却把理性放在绝对的位置。

这样我们就知道,在布瓦洛高唱理性时,一百年前,龙沙已经知道用理性控制激情了。所以唯理主义,经笛卡儿在哲学上一发挥,就像新事物一样,成为古典主义时期对人事的指导方针。尽管激情的历史根源,我们无法把它说清楚,未尝不可以指出,它和亚里士多德的悲剧理论"怜悯"与"恐惧"有些近似。"怜悯"与"恐惧"是观众对戏剧人物行动的一种情感反应,"激情"首先是戏剧人物本身的活动,这种有力的活动,形之于外就成为戏剧行动,有积蓄力量与反抗社会的不同方面,说明人物的行动在"适合"与不"适合"(bienséance,社会的礼节,人与人的交往关系)中是自身激情的结果。而"适合"这个字也得之于亚里士多德的《诗学》,看一下第十五章就明白了。不过到了十七世纪,社会交往更复杂,要求人物之间的关系比起单要求人物的

身份要复杂多了,所以圣·艾佛尔蒙在《学院院士》中才让他的人物解释道:

拉丁的礼节,就是法兰西的适合。

"适合"在这里成了理性的左右手,也成了衡量激情的社会准则。圣·艾佛尔蒙在为我们解释"适合"这个字的近代意义上帮了忙,但是他更大的贡献,还在他首先指出:悲剧的特征是激情。这就把古希腊命运之类的说法排除了。时代不同,人的命运不是天神安排的,而是人自作自受的。高乃依、莫里哀、拉辛都是戏剧的实践者,高乃依虽然为我们写出了三篇论文,却没有把激情看成自己的戏剧的特征。旁观者清。远在国外的圣·艾佛尔蒙却把这个道理看出来了。古典主义的理论大师是布瓦洛,他提出了并不新鲜的理性,却从来不晓得激情,古已有之的想象,自然就更不理解了。

理性是文艺复兴期间人对自己觉醒所认识到的一种智慧力量。龙沙歌唱它,把它看成人与走兽的区别所在,莎士比亚在《哈姆雷特》第二幕与第四幕的独白中,附加的形容词总是"高贵"、"神一般的",就可以明白它的分量。哈姆雷特赞美人的时候,就为它唱赞歌道:"多么了不起的一件作品!是一个人!理性多么高贵!力量多么无限!形体和举止多么完整与神奇!行为多么像一位天使!理解又多么像一位神祇!宇宙的精华!万物的灵长!"他在第四幕第四场谴责自己,又说:"人算一个什么东西呀!要是他主要的长处和时间的使用只是睡觉和吃喝,也就是一个畜生罢了。我们创造下来,能言善道,瞻前顾后,给我们能力与神般的理性,决不是让它们废弃发霉。"莎士比亚在他的十四行诗第一百四十七首,还把理性看成能治好他的疾病(爱情)的唯一医生：

> 我的理性、我的爱情的医生，
> 生我的气，因为我不按它的方子用药，
> 它离开我，我绝望，证明有
> 欲望就是死，没有药物可以治疗，
> 我无药可救，现在又失却了理性，
> 永远心神不安，简直成了疯子；
> ……

但是对整个法国十七世纪来说，莎士比亚并不存在，而存在的龙沙，却又被贬到了不见天日的地步。所以直到笛卡儿的《方法论》(1637)出来，唯理主义这才以"见识"从每个人身上取得了普遍的力量。他开门见山就指出：

> 见识是世上分得最匀的东西，因为每人都以为自己富有见识，即使在其他方面最贪心的人们，也总以为自己的见识已经足够了。在这上头，人人可能有错误；然而与其说是错误，倒不如说这是判断与鉴别真伪的能力；也正是我们叫作见识或者理性的东西，每人天生就一样多；因此我们的意见分歧，不是由于某些人比别人更有理性，而只是我们由不同的道路引导我们的思想，对待事物不同的缘故。因为问题不在于智力良好，主要还在于用它用得是否妥当。

因为笛卡儿名声高，话虽然哲理味道浓，到底是法文，影响也就大了起来。"见识"似乎比"常识"更高一些，它可以和理性互相交换，是判断与鉴别的能力，是人原来就有的，而且每人都以为自己天生就有。意见分歧由于处理事物各有各的见识的缘故，所以"见识"在于实用。唯物主义者莫里哀是尊重笛卡儿的，他在喜剧里往往让正面人物干巴巴来句"见识"，规劝本阶级的荒谬行为，这些荒谬行为都是违反"见识"或者理性的不良后果。布瓦洛不从生活出发，比莫里哀过分了，"理性第一"成了他的诗学理论的教条，影响十八世纪，在百科全书作者那里得到了发扬，直到资产阶级革命废除天主教，以"理性女神"代替为止。十九世纪初叶，我们还在《浮士德》里听到理性圣母赞歌，那就越发觉得可笑了。

我们方才在笛卡儿那段话里看到："人人可能有错误"，"可能"的原文是 Vraisemble。这个字起源于拉丁文 Verisimilis，根据《洛贝尔字典》(1972年版)，在十二世纪进入法文。原意是"近似"，"逼肖"。后人解释亚里士多德的《诗学》[①]的第九章与第二十五章里的"可能"，就用这个字来翻译。"可能"在第二十五章又有"可信"的含意，离真实不远了。可是，亚里士多德又说："不可能发生而可能成为可信的事"比"可能发生而不能成为可信的更为可取，……因为画家所画的人物应比原来的人更美"，于是这个字和"真实"相比，有了"理想"的境界，也就有了"逼真"的意思。这和中文的"形似"与"神似"的争论相仿，从"真实"来的画与从"逼真"来的画，哪一个更有可能接近真理呢？ 这就成了甚至在中国今天还在为之争论不休的文艺术语。

我们知道，最能遐想绮思的莎士比亚，却是歌颂"真实"的诗人。他曾经在十四行诗的第一百零五首这样歌唱他心爱的女子：

[①] 参看人民文学出版社的《诗学》，罗念生译。

"美丽、善良和真实"是我的全部主题,
"美丽、善良和真实"是不同字句的变化;
我的创造就消耗在这种改变,
三个主题成了一个,提供的境界实在神奇。
美丽、善良和真实经常一向单独生活,
三个从不坐在一起,除非今天。

把"真、美、善"头一个请在一起坐的是莎士比亚,法国十九世纪唯心主义哲学家库辛(Cousin)请这"三个主题"坐在一起,已经是很后的事了。实际上,莎士比亚似乎不怎样看重真实,《仲夏夜之梦》就告诉了我们许多。

法国十七世纪理论家是不谈想象的。它谈的往往是"逼真"。从字面上看,这离"理性"似乎不远,其实还隔一层薄薄的纱幕,我们说"薄薄的",因为逼真和真实是一是二,并不像字面上可以分开那么简单。文艺复兴时期,最早把想象、现实、真实和逼真联系在一道的是伟大的画家达·芬奇,他在《绘画论》里曾经这样推论道:

想象和现实之间的关系,好比影子和投下阴影的物体之间的关系。同样的关系存在于诗歌与绘画之间。要知道,诗歌借助读者的想象来表现自己的对象,而绘画则把物体这样真实展示在眼前,使眼睛所看到的这些物体的形象,仿佛就是真正的物体。诗歌反映各种事物的时候,就缺少这样逼真的形象,它不能像绘画那样借视力把物体摄入印象。

他在这里似乎把诗歌的功能看轻了,它借助的力量是"**读者的想象**",

而反映各种事物的时候就**缺少**这样逼真的形象①。他看重的是绘画,因为绘画"所真实地展示在眼前"的,看上去是"物体的形象",其实"仿佛就是真正的物体"。不过他这种说法见于他的笔记,而他的笔记却迟到十九世纪才整理出来,这和我们方才说起"巨大的激情"一样,只能作为时代的共同要求,不便记在他本人的功劳簿上。事物发展结果,"逼真的形象"同样也永远和诗歌相关,至少龙沙是这样谈的。所以布瓦洛在《诗的艺术》里谈起悲剧来等于抄袭他所鄙薄的大诗人了:

不要向观众提供任何东西而不可信,
真实有时可能并不逼真。

逼真在这里其实是对《诗学》的"可信"的一种强调,并非完全不和真实相等,也并非完全和真实相等。今天我们爱说:"艺术的生命是真实,这是早已由一部人类的文艺史所证明了的真理。"②似乎也对也不对。"生命"等于"真实","艺术"似乎有另外一些东西要添上。我们平时爱说,生活是创作的源泉,也不等于说创作就是生活,生活是创作的源泉,也不等于说创作就是生活。只有左拉的自然主义,为了反对浪漫主义,才提出真实就是真实的说法,重视观察,做笔记等等,等于真人真事的报道。古希腊著名的抒情诗人品达(Pindare,公元前521—公元前441)却相反,在他的《奥林匹克颂》里说:"世人的传说有时和真实不符;虚假的事经过巧妙的想象用心装点,人家就信以为真。"他在《尼美颂》里又说:"俄底修斯其实并没有经历那么多的苦难,我相信他的声名是靠荷马的诗来的。荷马的想象和技巧有无限魅力;诗人的

---

① 重点是我后加的。
② 引自叶子铭的《读〈蚀〉新版所感》,刊于《新作欣赏》1980年第2期。

艺术迷惑了我们，使我们把虚假的事当真的了。"①他特别强调想象和技巧，即"艺术"的一面，但是亚里士多德既然说"摹仿"，就一定有具体的对象，也就是"真实"。可是这里的真实，显然不是真人真事，因为悲剧使用各大家族的题材，也只是传说而已，所以他又说："假如我们从来没有听见过摹仿的对象，那么我们的快感就不是由于摹仿的作品而是由于技巧或着色或类似的原因……"②，亚里士多德把艺术的快感归终于"技巧"、"着色"或"类似的原因……"，等于说，还有一种快感，来自"艺术"。这就是为什么普鲁塔克在他的《青年人应该怎样读诗》中说："诗的基本是模拟。它在故事和人物的底子上加上文饰和色彩；可是必定要和真实相像，因为模拟要看似真实才有迷惑力。"③这就是"可能"，也就是法国十七世纪重视的"逼真"。

　　法国十七世纪中叶，有一位欧毕雅克修道院院长，在他的《戏剧实践》里有一章专谈逼真，引人注意的是他谈细节，要求细节必须逼真，这可能是最早谈细节的文字："大家应该知道，戏里被表现的最细的小动作都该逼真才是，不然的话，它们就缺点满身，不该待在这里。人的行动不是那样单纯而不伴有构成它的几种情况，好比行动的时间、地点、人物、尊严、意图、手段和理由。再说，戏剧不该是一种完善的形象，必须全部表现出来，逼真性在各个部分都该遵守才是。"这里，"最细小的动作"即细节，而且不止戏剧要求它们遵守逼真性，后来理论上就发展法国十九世纪现实主义的小说领域。

　　既然逼真和"可能"原来是一个字，又不要求和真实事实上等

---

① 引自《欧美古典作家论现实主义和浪漫主义》（一）第 8—9 页，杨绛译，中国社会科学出版社版。
② 引自《诗学》第三章与第四章，罗念生译，人民文学出版社版。本文所引亚里士多德的《诗学》，均取自罗念生译本。
③ 引自《欧美古典作家论现实主义和浪漫主义》（一）第 56 页，杨绛译。普鲁塔克 (Plutarque, 约公元 46—约公元 126)，希腊人。

同,那么就有了"想象"和"理想"的内容,不过在理性的绝对权威下,没有人敢对这一点多所饶舌。马莱尔伯已经成为权威,把龙沙从诗人宝座推倒,古典主义和唯理主义结成一对孪生兄弟,尽管实际另是一回事,可是理论上谁也不谈想象和理想。①

例如龙沙在一五六五年问世的《法兰西诗艺提要》中谈到"创造"和"想象"的关系时候,不但提出马莱尔伯所最忌讳的"想象",同时还谈到了"逼真"。他告诉我们:"创造不是别的,而是想象的优秀本质,领会一切可能想象的事物的观念与形式,天上的和地上的,有生命的与无生命的,以便事后表现、描写与摹仿它们;因为正如演说家的目的是说服一样,诗人的目的就是摹仿、创造与表现逼真的事物,存在的或者不存在的。"他在一五七二年在他的《法兰西纪》的《与读者》中说起"真实"的差异处说道:"其实,我写这本书(它的头四章将为你提供样品),与其说是学维吉尔勤恳的努力,不如说是学荷马的幼稚平易,而且尽力之所能及,摹仿两个人的技巧与题材,与其说把基础建立在真实上,毋宁说更建立在逼真之上,因为,我不隐瞒我的观点,我决不相信一批希腊军队会在特洛伊城前打十年仗:战争时间太长了,骑士们丧失掉勇气,和妻儿家室分离得也长久了;战争习惯不许可在国外一座强大的城邑之前打得那样久。"他不相信战争真会打得那样久,因为这不合乎**实情**,所以他宁可要"逼真",也不要真实。

古典主义在法国十七世纪作为"运动",并不存在。没有一个人把自己看成一位古典主义者。十七世纪后期,有"古今"之争,实际上是派系之争,现在看起来,很是浪费时间,"今"是指路易十四时期,

---

① 在中国现在谈这个问题谈得妥帖的,就我看到的文章来说,似乎是柯灵同志写的《真实·想象和虚构》,上海文艺出版社版。

"古"是指古希腊与罗马。"今"派的发起人是童话家贝卢（Charles Perrault, 1623—1703），他和布瓦洛都是学院的院士，可是布瓦洛在《诗的艺术》里侮辱了他的兄长，这位兄长本来是医生，后来又是建筑家，卢浮宫前面的翻修就是他的杰作。莫里哀剧团为此还改换了演出场所。一六八七年一月十七日，查理·贝卢在学院当众宣读了他写的一首歌颂《伟大的路易世纪》（Le Siècle de Louis Le Grand）的诗，他贬低古代诗人，不提拉·封丹、莫里哀和拉辛这些大作家，却把夏普兰、圣-阿芒（Saint-Amant, 1594—1661）和斯居代里捧上了天。年轻人站在他这一边。反对他的首先是《诗的艺术》的作者布瓦洛，他得罪了高乃依的兄弟和内侄。这位内侄为高乃依抱打不平，在一六八八年又写了一篇《古人与今人的离题话》。这位内侄不是别人，就是后来有名的通俗科学家封特奈尔（Fontenelle, 1657—1757），此人整整活了一百岁。他们的对方是布瓦洛、拉·封丹，后来还添上了拉·布吕耶尔。封特奈尔年轻气盛，为高乃依（已在一六八四年去世）撑腰，攻击拉辛的《以斯帖》和《阿达莉》；为了报复起见，拉辛一派便阻挠他进入学院，直到一六九一年才被选入学院。他在入选的演说中又歌颂了今人，还阻挠拉·布吕耶尔入选。一六九三年，拉·布吕耶尔终于当选，又在入选的演说中歌颂了拉辛。"今"派听了更加恼火，于是"古今"之争就变成了诽谤造谣。最后，还是由布瓦洛亲自写了一封公开信给贝卢，承认双方都有道理，结束了这桩公案。我们对这桩公案实在不感兴趣，双方对路易十四都是一派恭维之辞，对今人却是派系之争。我们编纂这部文艺理论，除去介绍那封公开信之外，也就一律不收。

在法国十七世纪，所谓"古""今"，并无古典主义的涵意。在伏尔泰时期，他开始对十七世纪作家做出评价，也只是在评价上用了些最高的形容词，例如他在《审美庙堂》里，说起莫里哀来，用的就是

"不可模拟的莫里哀"(inimitable Molière)。他说高乃依是"伟大的、崇高的高乃依"(ce grand、ce Sublime Corneille);还说拉·封丹"天真"(naiveté);他最崇拜布瓦洛,说他是"理性诗人"(le Poète de la raison);后来在给几次到过法国的英国人瓦波尔(Horace Walpole, 1717—1797)写信,在一七六八年七月十五日,又稍稍贬低了高乃依,抬高拉辛,说"高乃依的崇高的**场景**与拉辛的完美的悲剧,和他们相比,古希腊的全部悲剧在我看来,都是小学生的作品。"①他在一七六四年出版的《哲学字典》里说:"拉辛的悲剧处理激情具有超越戏剧全部困难的高超才能;布瓦洛的《诗的艺术》,毫无疑问,是为法国语言争光的诗。"他特别推崇拉辛与布瓦洛,说他们已经为古典主义开拓出一条崭新的道路,还特别点出它的特征是激情与理性。他第一个介绍莎士比亚(1734年:《哲学书信》),不了解英国为什么那样推崇莎士比亚,因为他创作的全是"怪物"。他在给瓦波尔的信中指摘"爱好自由的不列颠人,不遵守'三一律'",叹说:"这不能怪罪英国人,他们只能这样做,因为逼真性必须有所期待。艺术变得困难了,唯有各方面取悦观众和获得光荣。"他把"三一律"说成法国戏剧的独特之物。凡此种种都成了十九世纪浪漫主义反对古典主义的罪名。

在十九世纪以前,法国是没有什么古典主义的。十八世纪后半期,学校开始用法国文学做教材,不得不对本国作家有所选择,这才有了"Autheur Classique"的特殊意义,教材,和"教室"(Classe)有关;被选用的教材都是典范作家的;它们都是完美的作品。这些大作家大都生死在路易十四时代,唯有莫里哀是演小丑的戏子,没有被选入法

---

① "场景"指个别"场次"。"悲剧"却是一出完整的戏。重点系笔者所加。

兰西学院。此外，几乎都是学院院士。于是为了尊敬起见，就有了古典主义这个名称，而反对者如雨果，为了贬低起见，也用了这个名称。也就是通常指的"伪古典主义"，而罪魁祸首却是拉辛。这就是古典主义名称的由来，其实和法国十七世纪本身并不相干。

我们编选的这部论文集，称之为"古典主义文艺理论"，就采用这种后起的习惯说法，出于区别上的方便，实际上，法国十七世纪并没有这种称谓。

· 上　集 ·

法兰西

格莱万

格莱万(Jacques Grévin, 1538—1570)是法国在悲剧和喜剧方面最早的一位作家。他生在巴黎之北克雷尔蒙(Clermont)的一个普通家庭。父亲早死,舅父把他送到巴黎的崩古尔(Boncourt)中学读书。一五五二或一五五三年,学校演出了老同学姚代耳(Étienne Jodelle, 1532—1572)的两出戏,一出是悲剧《被俘的克虏巴特》(Cléopâtre Captive),在国王那边已经先演过一次,这一回由剧作者和同学们扮演;另一出是喜剧《欧皆》(Eugène),为了配合这次演出写的。格莱万自然看到了这次轰动一时的演出。这次演出可以说是七星诗社(Le Pléiade)提出搬借古希腊、罗马和意大利戏剧(作为语言和文学运动的一部分)的一个起点。格莱万虽然学医,后来当了医生,但是也参加了这一运动。由于改奉新教的缘故,他不久就和七星诗社的关系变坏了,并且不得不亡命国外。

他总共写了三出戏。一五五九年,他的喜剧《税官太太》(La Trésorière)在崩古尔中学上演。一五六一年,他的悲剧《凯撒》(César)和他的另一出喜剧《吃惊的人们》(Les Esbahis)在他的母校上演。他的戏剧集和他的诗,合印一本书,在同年问世。《简论》是他的戏剧集的前言,他在这里概述了古代悲剧的历史和性质。他在两出喜剧前面,又安置了一篇《致读者》,说明他对喜剧人物的语言的看法,并表示了他的态度:语言的纯洁不能由身份决定,"与其说在廷臣之间,不如说在伧夫(le Vulgaire)之间。"姚代耳的作品虽然并不成功,却也带动戏剧向古典主义迈出了第一步。格莱万不同于同辈的是,他能同时提出自己在实践中体会到的问题。

意大利人文主义在戏剧方面的成就,在西班牙受到了民族精神的抵制,在法国却生根发芽,在漫长的岁月里,终于能转劣势为优势,达到更高的造诣。运动从介绍意大利戏剧开始。一五四三年,生长在印刷业家庭的艾斯先(Charles Estienne, 1504—1564)译了一出叫作《受骗者》(Gl'ingannati)的意大利喜剧,在序里把这种戏剧形式详尽地介绍给本国读者,今天看来,幼稚可笑,但是当时却有创始的意义。他谈分幕分场道:"所有的喜剧分五或六幕,最通常的是五幕;每一幕保持一个完整的意思。在各幕之后,为了娱乐观众起见,可以增添几样不同的游戏,再进入别的幕里。两个或三个人在一起谈论之后退场,或者上来另一个人重新谈话,这就叫作'场'。这样,按照人物的变化和谈话,至少可以分成五或六场。靠这种办法,不必要的人物,无论是为了谈话,或是为了用心听别人谈话,就永远不留在戏台上了。"他指出部分意大利剧作家用散文来写喜剧是一个优点。说大部分意大利剧作家用格律写喜剧,并不符合实际,甚至当时意大利有名的诗人阿利奥斯托(Ludovico Ariosto, 1474—1533)也用散文来写喜剧的。他同时还指出诗体喜剧的缺点:"不错,我说起的大部分意大利剧作家,还有我们法国所有的剧作家,都让语言的格律缚住了手脚,正如我们的古人总那样写他们的作品一样。有些喜剧的作者们,注意到诗行夺去了率真的口语和一些适合的词句,更喜欢他们的喜剧不受格律的限制,以美丽的散文来朗诵。"艾斯先的看法不是没有影响的。在《悲剧艺术》(De l'art de la tragédie, 1572)中,主张悲剧应当遵守所谓的法则的德·拉·达依,也用散文来写喜剧。他并没有学阿利奥斯托,晚年把自己的散文体喜剧用诗体改写一遍。学者和诗人虽然推重诗体喜剧,但是诗体喜剧不仅一直没有能取得优势,反而越来越被冷落。

学者和诗人移植外来戏剧形式的努力，就十六世纪而论，一直没有打开局面。悲剧和喜剧的演出都是在宫廷和学校举行的，观众限于上层社会和知识分子。有的靠印成书和读者接触。他们鄙视传统长久的民族戏剧。尽管巴黎的最高法院在一五四八年禁演以基督教传说为题材的神秘剧，但是剧场，巴黎仅有的一家剧场，却掌握在专演闹剧和道德剧的商业剧团手里。

　　这种鄙视的倾向，在塞比莱（Thomas Sebilet，1512—1589）的《法兰西诗的艺术》（Art Poétique François，1548）里，已经露头了，紧跟着第二年，七星诗社的重要成员杜·贝雷（Joachim du Bellay，1522—1560），在他的《维护与发扬法兰西语言》这篇著名的论文里，以寥寥几句话，把鄙视的态度提高到不可调和的绝对地步："至于喜剧和悲剧，如果君王和政府希望它们恢复古代的威望、那被闹剧和道德剧所窃据了的威望的话，我的看法是，你就从事于这一工作吧；如果你希望有利于你装潢你的语言的话，你知道你该到什么地方去找它们的范例。"这个号召只是在进入了十七世纪之后，在各种力量配备之下，才把闹剧和道德剧赶出了巴黎，而真正从舞台上消失的，也还只是道德剧。

译者

《简论》①

……

　　可能有人会觉得这出悲剧②的做法古怪：我不尊重任何古代作家，让凯撒多年的战士充当一群问答人，而不是像往常那样，由一些歌手

---

① 原题的全文是：《便于理解这部戏剧集的简论》。
② 指他的悲剧《凯撒》。

或别的什么人组成。可是听听我这样做的理由，也许不至于像有些人那样，觉得难于接受。我的考虑是，我不是在对古希腊人说话，也不是在对罗马人说话，而是在对法国人说话；他们不很喜欢这些不熟练的歌手；我在别的场合经常注意到这类情况。再说，悲剧既然只是对真实或者对它的外貌的一种表现，我觉得在共和国①骤然发生变乱（像大家所描写的那样）的地点，老百姓是没有多大的机会歌唱的；因此，歌唱只该符合于真实本身，不该在表现变乱之际歌唱。不然的话，我们就要挨批评了。正如一位蹩脚画家，人家约他画一幅肖像，他把对方脸上有些线条改得认不出来了。倘使有人对我讲，希腊人和拉丁人在整个古代都是这样做的，我就回答：我们有权利试试新花样，特别是在没有机会照搬的地方，特别是在诗的神采不受损害的地方。我知道有人会反驳我：古人那样做，是为了安慰看残酷的戏有可能感到痛苦的人们。对此，我将回答：不同的民族有不同的做法，法国人有别的方法这样做，而且并不打断一个故事的演述。……

致读者

喜剧诗人一向就有很大的自由，经常使用一些极其粗鄙的字句、一些被谈吐高雅的人们或者希望谈吐能高雅的人们所抛弃的警句和说法；这些都是读我的喜剧②的人们可能偶尔遇到的。不过千万迁怒不得，因为这里的问题不是粉饰一个狡猾的商人、一个男仆或者一个女仆的语言，也谈不到装潢平民的口语；伧夫说一个字，与其说是用心想出来的，不如说是顺嘴说出来的。重要的是，喜剧作家愿意表现伧夫语言的真实和自然，他如实搬演的那些人的品行、情况和地位，而不伤

---

① 指罗马共和国。
② 指他的《税官太太》和《吃惊的人们》。

害语言的纯洁。语言的纯洁与其说存在于廷臣之间，不如说存在于伧夫之间（我是说，倘使有人把一些土里土气的字换了的话）。廷臣以为自己干了一件漂亮事，把某个拉丁字的皮揭下来，伪装法国字，因为（他们说）它不中女人的意，根本要不得，就像他们不喜欢让人听懂一样。所以，读者，倘使您在这些喜剧里，找不到一种细心雕琢的口语，装璜着别人的羽毛，您用不着奇怪。因为我不会让一个厨子说一些天上的事、描绘时令季节的话，不会让一个朴实的法国女仆说一些宙斯与莱达①的恋爱以及亚历山大大帝的战绩的话……

(选自"嘎尔尼艾古典丛书"《格莱万戏剧全集与诗选》班外尔（Lucien Pinvert）编注)

---

① 莱达（Léda）是古希腊神话中斯巴达的王后，宙斯为了爱她，把自己变成天鹅。

塞比莱

陶马·塞比莱（Thomas Sebilet, 1512—1589）据说年轻时读过法律，考上了巴黎高等法院的律师，但是很快就转到文学方面来了。一五四九年他去了意大利。他和当代的文人多有来往。他曾为政治事件关入监狱。一五八九年他在高等法院的演说多少对当时的政治事件就有不满的味道。他当年就死了。他的《法兰西诗的艺术》（L'Art Poetique français）和过去的诗学大多相同，七星诗社对他未尝没有影响。他谈论法国戏剧，说起和古希腊，尤其是亚里士多德与意大利的"滑稽戏"（Mimes）同异之处，说明他的见识宽阔，不受拘束。法国的戏剧理论从此开始了。他的《法兰西诗的艺术》发表于一五四八年，早于杜·贝雷的宣言书一年。就在这一年（1549），他还翻译了欧里庇得斯的一出戏《伊菲革涅亚在奥利斯》。

译者

《法兰西诗的艺术》选（第二卷第八章）

用诗体谈话形式写出来的诗是一种通常而又成功的诗，拟人法用人物谈论本人的，希腊人把它叫做对话体。

对话体。——对话体包括相当数量的分类，这我们在适当的时候再谈。可是你们必须注意每一种类别都有一个特别的名称，不同于另一类别，例如，牧歌、道德剧与闹剧。但是，除去这些特别名称之外，引入诗中的人物互相交谈，可以用对话体这个总的名称概括起来。请问，什么是马洛①的《米洛斯的审判》？什么又是你读到的法国人所写的许多同类的诗？说实话，你还可以在警句诗里找到对话体，像马洛

《警句诗》的第二卷：

>马洛
>
>缪斯②，告诉我，为什么和我的情妇分别，
>你不能让我对她说一声再会？
>
>他的缪斯
>
>因为我已经由于愁苦而死，
>死人从来决不开口说话。
>
>马洛
>
>缪斯，告诉我，你死了，为什么
>上帝又让你对她说出那样动听的话？
>
>他的缪斯
>
>去吧，可怜的傻瓜，你升上天国
>一遇见她，生命又将恢复。

又如，圣-皆莱③的《前毕代先生的墓志铭》，诗是这样的：

>A. 这个尸体是谁，有这么多人送葬？
>B. 唉！那是毕代④，躺在棺木里。
>A. 为什么钟不大鸣而特鸣？
>B. 他的名声没有钟声也声闻遐迩。
>A. 为什么不照圣者的惯例，把火把高高举起？

---

① 马洛（Clément Marot, 1496—1544），法国宫廷诗人，后因宗教改革事逃往意大利。
② 指文艺女神。
③ 圣-皆莱（Saint-Gelays, 1491—1558），法国诗人。
④ 毕代（Budé, 1468—1540）是法国的古希腊学者与人文主义者，在法兰西一世时，在法兰西大学之外创建法兰西学院（Collége de France），迄今已成为法兰西最高研究机关之一。

B. 为的是在黑暗中听见人讲,法兰西人的明光已然熄灭。

牧歌。——牧歌是希腊人发明的,拉丁人剽窃的,法国人模仿的,古希腊诗人忒奥克里托斯是维吉尔写牧歌用的模特儿。维吉尔的牧歌又是马洛和其他法国诗人的模特儿。所有这三个国家的牧歌都是你们的典范。现在要注意的是,这种叫做牧歌的诗经常用的是对话体,牧羊人和其他人被介绍进来,用的是田园背景,谈论王爷们的死亡、时令的灾祸、共和国的覆亡、命运的幸福坎坷、诗的赞词等等,用的是明显的寓言形式,明显到人物的名字、人民自己和田园对话的使用,都像玻璃下面的油画一样清楚,——如德·维吉尔①先生的《Tityre》和他写路易丝②之死,新近去世的弗朗索瓦国王的母亲,法兰斯瓦③是他的名姓和光荣;他应新近去世的国王的要求,用"潘"和"罗班"的名字来写人物……

道德剧。希腊与拉丁悲剧。——法国的道德剧有些像古希腊和拉丁的悲剧,主要在于它用的是严肃与重大的题材。假使法国人能设法使道德剧的结局永远伤心和痛苦,道德剧也就成为一出悲剧了。

法国人的气质。——于是在这一点上,正如做每一件事一样,我们都有自己的依据,我们取自外国人的不是我们看见的每样东西,而仅仅是我们认为对我们有利的东西。在道德剧中,如同古希腊人和拉丁人的悲剧,我们搬演来著名的戏剧是庄严的、高尚的、真实的,至少,是真实的;此外,对于我们的习俗和生活有用与否,就无法预计了。……

第二类道德剧。——还有一类道德剧,除去我们所说的道德剧之

---

① 德·维吉尔(Plydorus Vergil)在1813年曾写拉丁论文,论及法国喜剧,后译成法文。
② 路易丝·德·萨伏瓦(Louise de Savoie, 1476—1531)是弗朗索瓦一世的母亲,在他出国作战时,摄理法国的朝政。
③ 弗朗索瓦一世(François Ier, 1494—1547),一生与日耳曼帝国的皇帝查理五世斗争。

外，我们以寓言，或者有道德气味的（所以叫道德剧），来处理一个道德题材。戏中某些人物，或男或女，表现某种抽象品质，来指导我们的教育或者评说我们的世态。

道德剧的职责。——不管怎么说，我相信道德剧的首要职责，是表现这种戏或者寓言或者其他种类对话的道德意义……尽管贺拉斯在他的《诗艺》中说，诗人撮合愉悦与有益，赢得每一个人的笑声与赞扬；我们今天写的并非纯粹的道德剧，也并非纯粹与朴素的闹剧，希冀做到有快乐与利益兼收，使用连续与交替的韵脚、长短不一的行次，让我们的戏变成一台杂盘。

闹剧。拉丁喜剧。——我们的闹剧一点也没有拉丁喜剧的风味。说实话，拉丁喜剧幕与场会形成一种使人生厌的冗长场景。法国的闹剧或者"愚人剧"①，是一种渺小而又宽大为怀的戏，专以引起快乐与欢笑为职责。

古希腊与拉丁喜剧的题材就太相同了，因为在它们那里，道德重于笑，往往真实和故事一样多。我们的道德剧站在喜剧与悲剧之间，而我们的闹剧实际上就是拉丁人所谓的滑稽戏，目的是逗笑，不受任何拘束，胡闹是许可的，情况就像今天我们的闹剧一样。

…………

---

① "愚人剧"（Sottie）是一种讽刺剧。

达 依

让·德·拉·达依（Jean de la Taille， 1540？—1608）是法国诗人，最早学习法律，其后转入文学。七星诗社对他有影响。他曾几次参军打仗。他的《悲剧艺术》(De l'Art de la tragédie) 虽然短，却对十七世纪有着重大影响。它是他的悲剧《疯狂的扫罗》(Saül Furieux) 的前言，发表于一五七二年。他第一次在这里表示赞成三一律，而且要事件与戏在同一天完成，而且第一次提出要在"同一地点"完成。这是最早的关于三一律的文献。他可能受了意大利的卡斯特尔维特罗 (Castelvetro) 的《诗学》的影响，因为卡斯特尔维特罗恰好在一五七〇年发表了他的《诗学》。第二个影响，就是他对闹剧很有反感，主张把它从法国舞台清洗出去。他主张把悲剧和喜剧移植到法国舞台来。但是不要人使用《圣经》的题材，不过自己却违反了自己的主张，写了《疯狂的扫罗》这出《旧约》人物的历史传说悲剧。

译者

《〈疯狂的扫罗①〉的前言——悲剧艺术》选②

....

悲剧并非一种庸俗的诗；它在诗中倒是最优雅、最美丽和最超异的一类。它真正的领域是描绘王公野心的毁灭、命运的反复无常、放逐、战争、瘟疫、饥荒、俘虏生活与暴君的残虐；总之，眼泪与极端悲伤。它不写每天发生的事情——由于明显的原因，例如自然死亡，或者一个人被仇敌杀害，或者依法处死，——一个人正当功过的结果。这些事故不容易感动我们，不会让眼睛流出一滴眼泪来。这正是因为悲剧的真实与唯一的目的是感动并激起我们每一个人的激情；为了达到这种目的，题材本身就必须可怜，并深深打动人心，能立即引起我们内心的激情。这类题材必须是父亲杀掉两个儿子的故事，事不由己，父亲寻找不到执行者，被迫亲手执行。故事也不该写那些王公败类，他们的滔天大罪值得处死。同样理由，也不该写完全善良、纯洁和正直的人们，例如苏格拉底——虽然他被迫吃了毒药而死。这类题材永远冷酷无情，不配称之为悲剧。亚伯拉罕的故事——上帝仅仅考验亚伯拉罕，装作要他杀死儿子以撒祭天③——也不是一个合适的题材，因为最后并不出现祸殃。又如歌利亚的故事，他是以色列和我们宗教的仇敌④；歌利亚被他的仇敌大卫杀死，我们不但不感到同情，反而感到喜悦，如释重负。故事或者戏必须表现如同发生在同一天、同一时间与同一地点。所以一个人物必须在台上小心翼翼，只能表演些容易的事情；不要情杀，也不要其他死亡形式，假装的或者别的形式，因为观众一定会看出破绽来的。有些人在台上表演我们伟大的救世主被钉死在十字架上，毫无尊敬之心。有些人宣称，一出悲剧必须开始喜悦，结局悲伤；一出喜剧（关于技巧和一般形式，同悲剧相似，只是题材不同而已），正好相反。据我看，情形并非如此，无论题材的巨大差异与处理它们的方式不同。悲剧的主要之点，是懂得如何安排并把它建造好，故事可以改变，或起或落，改变观众的思路，让他们看到喜悦忽然变为忧伤，忧伤变为喜悦，如同实际生活中见到的一般。故事必须联合好，交织好，破坏了，重新开始，最要紧的是，把作者最初计划的安排与

---

① 扫罗（Saül）见于《旧约》《撒母耳记》（上）。他因为俊美和勇敢，被立为以色列人的国王。
② 译文残，由编者参照 1968 年 Elliot Forsuth 巴黎版补译相关的部分。——编者
③ 故事见于《旧约》《创世记》第二十二章。
④ 故事见于《旧约》《撒母耳记》（上）第十七章。

观点执行到底。这里更不许有任何无用、多余或不适合的东西。倘使题材取自《圣经》，避免关于神学的长谈阔论，因为这远离情节，倒不如用在宣道上相宜。由于同一理由，不要引入那种虚构的东西，类似死亡、真理、吝啬、世界一类东西，因为必须同样"虚构"人物使人喜爱他们。关于题材，就讲这些。至于处理和写作的必要技巧，必须分成五幕，在每一幕的结尾，舞台演员散去，意义完全明白。必须有合唱队，有男人和妇女组成，在每幕的结尾，讲述过去发生的事情，尤其是不谈或者不用语言表现舞台以外的事情，悲剧千万不要从故事的开端开始，而是在中间或者末尾开始（这正是我谈起的技巧的主要秘密之一），学习古代最成功的诗人的方法与他们的伟大作品，其所以这样做，为的是观众不在淡漠之中听取，而是集中地，带着开始的见闻，随后又亲自看到结尾。但是详细讲解亚里士多德的《诗学》与他之后的贺拉斯（虽然没有那样灵巧），太费时间，写的也比我讲的长多了，我仅仅把话讲清楚就满意了；我的话也不是为让十分严肃与学问渊博的人们听的。我谈到悲剧、喜剧、道德剧与闹剧（它们往往是无意义，又无理由，不过是些滑稽的对话和胡闹而已）和一些其他种类的戏，不是用真正技巧建造起来的戏，像索福克勒斯、欧里庇得斯与塞内加的戏那样好，因为它们是愚昧的、结构不完整毫无意义的，仅博下层阶级、普通市民与轻薄之徒一笑而已。我希望，法兰西能把所有这些有害于我们语言纯洁的胡闹的东西驱逐出去，我们采用并移（后缺失，为编者补译）植真正的悲剧和喜剧，用法兰西的语言，出现在我们的舞台上，就如同当年用希腊和拉丁语一样。遗憾的是，这点至今尚未出现。

王公如果知道去剧院看一出真正的悲剧和喜剧——我知道该怎样创造它们，觉得这是一件大乐事的话，上帝会满意的。这是希腊和罗马人休闲时最受尊敬的活动。我敢说，这些悲剧和喜剧由优秀的演员们演出，用诚恳的演出风格、良好的说话方式，不死板套用拉丁语言、勇敢而且大胆地发挥,既不做学徒,也不是学究,特别是不玩弄闹剧中的胡闹,王公们会觉得这种消遣会完全不同于别的娱乐,不同于打猎,甚至超过观看打鸟的乐趣。

……

英吉利

培 根

培根（François Bacon，1561—1626）是我们知道的唯物主义大师。他在近代哲学领域第一个主张用实验来做他的哲学基础。他的名声几乎和莎士比亚一样，任何一部哲学史上都有他的崇高的地位，得到马克思同样的尊重。他的《杂文》（Essay）几乎和早于他的蒙田（Montaigne）的《杂文》一样有名。他早年在巴黎呆过，很可能受到一些影响。在哲学方面他大多用拉丁文写著述，其中《新工具》一书使他成为不朽的哲学家。但是他活动的范围非常广阔：法律、宗教、哲学、文学、历史、科学……几乎都留下他深深的脚印。他还说过这样的话："友爱隐名埋姓的诗人们"（be kind to concealed poets），引起后人对莎士比亚的各种不实之词，认为他的戏是培根写的，其实"诗人们"就说明了不是"一个人"的问题，而是他对当时的本国诗人都有浓厚的兴趣而已。《诗的性质》选自他用英文写的《学问的进展》（Advancement of Learning）。

译者

《诗的性质》选

人类学问的门类和人的理解力的三种成分相关，而理解力又是学问的基础：历史和他的记忆相关，诗歌和他的想象相关，哲学和他的理智相关。关于神的学问，区分相同，因为人的精神相同，虽说神谕和官能的显示有所不同。神学包括教会历史、寓言（这是关于神的诗歌）与教理或圣诫。这一门类，似属预言，其实仍是神的历史，不过对人类有特权罢了，正如故事可以放在事实之前或者事实之后一样。

历史是自然的、市民的、教会的与学术的，前三类我认为是存在的，第四类我认为有缺陷。因为没有人向自己建议世世代代把学问的一般状况描写下来并加以说明，如同自然、行政与教会的作品写得那样多，世纪历史没有了学问的一般状况，我觉得就像失掉眼睛的波吕菲摩斯①的雕像一样，而眼睛最能表现本人的精神与生活，少了它，世界历史就不完备了。不过我也清楚，在各种不同的学问中，如同法理学家、数学家、修辞学家、哲学家，留下了流派、作家与著作的一些小小的纪念物，同样也留下了关于技艺与用途的发明的若干枯燥的叙述。然而一种公正的学问的故事，包括知识与它们的部门、它们的发明、它们的传统、它们不同的管理与经营方法、它们的兴盛、它们的对立、衰落、萧条、湮没、移动，和它们产生的原因与机会以及其他有关学问的穷年累世的全部事实，我可以老实断言是缺乏的。类此的工作的使用与目的，我并不企图满足那些学问爱好者的好奇心，主要是为了一个更严肃与更重大的目的，这用几个字也就说明了，那就是，将使有学问的人们在学问的使用与管理中聪明起来。因为充分阅读和遵守神圣的宗教史，并不是靠圣·奥古斯丁②，也不是靠圣·安布罗斯③的作品才使它变得那样聪明，同样的理由可以用到学问方面。

诗歌是学问的一部分，大部分受文字的格律节制，但是此外却

---

① 波吕菲摩斯 Polyphemus 是古希腊神话中的圆目巨人，眼睛被奥德修用烧红的木棍挑出；故事见于《奥德修纪》第九卷。
② 圣·奥古斯丁（Saint Augustine, 354—430），最著名的拉丁圣父，著有《论上帝之城》与《忏悔录》等。
③ 圣·安布罗斯（Saint Ambrose, 340—397），是拉丁圣父。

就极端自由，并且确确实实和想象相关，不受物质的规则约束，自然割断了的，它随意联结，自然联结了的，它随意割断，做成事物不合法的配偶与离异："画家们与诗人们"，等等①。就文字与内容而论，可以有两个意义。第一个意义，只是风格的一种"特性"，属于语言的技巧，和现在所谈的问题无关。后者，前面已经说起，是学问的主要部分之一，只是一种"杜撰的历史"，无论是散文或者韵文，都可以这样称呼。

人心在事物的本质方面得不到满足，世俗在比例上低于灵魂，所以"杜撰的历史"的使用就在人心上受到了轻微的欢迎；由于这种缘故，在人的精神上，比起在事物的本质中，就更能多寻到准确的善良与绝对的变化。因为真正的历史的活动或者事件没有那种满足人心的广度，所以诗歌杜撰的活动也就更大、更有英雄气概；因为真正的历史提出的行为的成功与结果，解答不了善、恶的价值，所以诗歌就杜撰出在惩罚上更公正、更遵循显示的天意来；因为真正的历史表现出来的行动和事件不是更寻常，就是少所交换，所以诗歌就赋与它们以更多的罕见性与更多的意料不到与相互为用的变化：因此就表面看来，诗歌符合慷慨、道德与娱乐的要求。所以就常常以为有神意参与其中，因为事物的流露服从人心的愿望，同时理智又使人心屈就于事物的本质。仗着这些和人的本性与乐趣的暗示一致之处，再搭配上音乐所起的谐同作用，诗歌在原始时期和野蛮地带受到接纳与尊重，而别的学问却遭到了排斥。

诗歌的区分因而也就最容易着手（和历史相同的那些区分，如杜撰的编年史、杜撰的传记，与历史的附录，如杜撰的书信、杜撰的讲演，诸如此类之外），可以分为叙述诗、表现诗与比喻诗。叙述诗只是

---

① 参看贺拉斯的《诗艺》开首关于怪物的话。引号内原文是拉丁引文。

一种对先前记住了的历史的多余部分的模仿,选择的题材一般是战争与爱情,极少有关国家,有时是乐趣或者欢笑。表现诗就像一部可以看见的历史,好比历史如在目前的行动的一种意象,犹如历史在自然中存在的行动一样,是过去的历史;比喻诗或者寓言诗,是一个仅仅用来表现某种特殊目的或者遐想的故事:古时大多运用后一类的比喻的智慧,例如伊索寓言,七贤①的简短格言与象形文字所表示的。原因在于当时有必要用那种方式来表现任何比庸俗更尖锐与更微妙的论点,因为当时的人们需要两类例证的变化与遐想的微妙:正如象形文字来在文字之前,寓言也就来在论据之前一样:无论如何,在今天或在任何时间,它们保持住了多量的生活与力量,因为理论不能那样容易感到,例证也不那样适合。

可是这里还有另外一种对寓言诗的使用,和我们设计者方才说起的寓言诗正好相反;因为它有助于解释与说明所教或所说的东西,而后者正好辞退与隐蔽了它:这就是,当宗教、政策或者哲学的秘密与神秘被寓言或者比喻缠住不放的时候。基督教的诗歌在这一点上的使用是被认可了的。……在第三类学问,即诗歌中,我能讲的,是它没有缺陷。好比一棵植物,从肥沃的土地里长出来,种子并不正规,长得高高的,铺得远远的,比别的任何种类也旺盛:在友谊、激情、腐败与风俗的表现上,比起哲学家的作品来,我们更感激诗人,正如机智与口才,同样要归功于讲演人的讲话一样。

(选自《学问的进展》,第二卷)

---

① "七贤"指古希腊各国的七位贤人。

本·琼森

本·琼森（Ben Janson, 1572—1637）是和莎士比亚同台演过戏的英国著名喜剧作家。演的正是他早年写的一出戏。这在一五九八年，他已经二十六岁了。他写了许多世态喜剧，成为英国独具一格的嘲讽作家，《炼丹术士》《孤独》，等等，都是他为后人留下的不朽之作。他还写悲剧。在詹姆斯一世朝代，他还写了不少的假面剧。他死后给我们留下了一本《暴露》（Discoveries），发表于一六四〇年，暴露的是他自己的思想与认识。他这里批评了莎士比亚，也赞扬了莎士比亚。他敢于直言人之所不敢言。他脾气暴躁，和同行人争吵，和异行人争吵，和人决斗，因为杀人坐了监牢，几乎把命赔进去。但他由于写假面剧得到了宫廷的宠幸，成了桂冠诗人，最后却又因为和人争吵，而失去了赏金，在贫困中死去。

他的悼念莎士比亚的诗写在莎士比亚死后七年，是莎士比亚确有其人的证据，和他在《暴露》中谈莎士比亚的不肯删改，也是他是敢于直言的诤友的证据。悼诗特别重要，他认为莎士比亚是最大的诗人和剧作家。有些诗句已成为后人赞美的依据。而对同代诗人和剧作家的批评也准确无误，常被后人所引用。我们从他这里知道莎士比亚不懂古希腊文，懂得一点点拉丁文，性情温和，不和他一样，他自己却深懂古希腊文和拉丁文，爱和人争论，还爱打架。

他知道亚里士多德的《诗学》，也知道意大利评论家的议论，认为"三一律"有必要遵守，但是也不怎么坚持到底。他反对人身攻击，他对"旧喜剧"阿里斯托芬的《云》没有什么好感，因为这里伤害了苏格拉底。他认为玩笑开过了头，就会脱离教益的目的。

他说莎士比亚不懂希腊文，懂得一点点拉丁文，他自己却是一位学者,译过贺拉斯的《诗艺》,在私下里写随笔,还常常用拉丁文。可能知道的多了一点,他比法国古典主义更早地希望自己能遵守"三一律"。他在遗作《暴露》里贬低一出戏情节有两条线。他主张一个完整的行动构成一出完整的戏;他反对泰伦斯的写法,而莎士比亚似乎接受了这种影响。他要戏在一天里完成;可是完成不了又怎么办呢?他只好请观众多加原谅。这显然又是受亚里士多德的《诗学》的影响。意大利注释《诗学》的学者们的工作尽管他没有说起,但是影影绰绰似乎也有影响。

但是他明白戏剧取得生命在于真实,所以在讽刺世态时,他做到了行动取决于自然。

他可以说是法国莫里哀的先驱者,却漠不相识,互不影响。法兰西人在路易十四统治下,未免过于狂妄了。但是有一点是相通的,就是亚里士多德和贺拉斯的理论影响是共同的,古代剧作家的实践影响是共同的:这就使他们写戏都限于五幕,而时间与地点在舞台条件下也就马马虎虎应付过来了。

本·琼森死于莎士比亚之后,成了桂冠诗人,但是他决不以此自高于人:他哀悼莎士比亚的一诗说明他的为人公正和他的卓有远见。就他的戏剧成就而言,自有特色,但是绝不因此就自高于莎士比亚之上。他认为莎士比亚的戏剧远在欧洲古今剧作家之上,无论是喜剧或者悲剧:"他不属于一个世纪,而是整个时间。"在今天看来,这话并不过分,但是就是这样一位伟大的剧作家,他也指摘他不能稍加节制,好像缺少一道"水闸"。尽管例子在回忆上举错了地方,只能证明他回忆里没有校对,也不能证明他是有意诬蔑。莎士比亚幸亏有了本·琼森这首著名的哀悼诗,和在《暴露》中的一段杂记,才免于默默无闻。后人以为莎士比亚并无其人,也就失了依据。因为莎士比亚为人温文尔雅,不争论,不投机,不迎合宫廷大人，单靠写戏就生财有道，得以回家颐养天年终老故乡，就认为"戏子"写不出锦绣文章，却正表现了资产阶级"学者"做学问的一鸣而不惊人的庸俗之处。

本·琼森的喜剧到现在还没有中文翻译，翻译家未免对不起这位莎士比亚演过他的戏的大作家。没有莎士比亚的时代和社会，也就没有了莎士比亚，因为他会换一条路子生财有道。这是可能的。而英国清教徒的资产阶级革命起来，无意中却给英国一度繁盛的戏剧带来了创伤。受害者岂独毫无身份可言的莎士比亚一人？

译者

悼念我心爱的威廉·莎士比亚大师及其作品

我大力赞扬你的著作和名声，
莎士比亚，不是要人对你起妒忌之情：
我承认你的写作优美，
世人与缪斯[①]怎么称赞都不过分。
的确人人投你的票。
不过我的称赞并不属于这些门道。
因为最无聊的愚昧也会这样造句，
听起来好听，不过全是胡言乱语：
而盲目的友爱，永远不会使真理大步迈进，
只能摸索而行，靠偶然来取信：
狡猾的恶意，又会利用些称赞，
好像在抬高，其实处处与人为难。

---

① 缪斯（Muse）古希腊文艺女神。其姊妹九人，分管九个文艺领域。

正如无耻的鸨母,或者一名娼妓,

歌颂主妇:是祸是福,同她有什么关系?

不过你是防御邪恶的保证,

的确能跳出厄运或者危急的陷阱。

所以我真心赞美你。时代的精灵

戏剧的奇迹!喜悦!彩声!

我的莎士比亚,起来!我不要乔色①

或者斯宾塞②和你同位,不然就让博蒙特③

给你腾出一间房屋,不相依偎,

因为你是墓前的一座纪念碑,

你的作品存在一天,你活一天,

我们赞不绝口你的妙语翩翩。

我为自己辩护,并不想胡乱搀和你,

我指伟大的缪斯,并非和不相称的缪斯在一起!

因为我想,我的判断力不是由于年迈而自得,

一定会请你和你匹敌的人平起平坐,

还会告诉你,李里④远不是你的对手,

奇突的基德⑤不行,马洛⑥有力的诗句也只好败走。

你虽然不懂希腊文,只认识一点拉丁,

为了尊敬你起见,我不乱举古代的人名,

---

① 乔色(Chaucer, 1340?—1400),是英国著名的早期故事诗人。亦译乔叟。
② 斯宾塞(Spenzer, 1552?—1599),是英国著名的骑士传奇的诗人。
③ 博蒙特(Beaumont, 1584—1616),与本·琼森同时期的剧作家,多与人合作,如本·琼森即是。
④ 李里(Lyly, 1554?—1606),是英国的喜剧作家。
⑤ 基德(Kyd, 1557?—1595?),是英国悲剧作家。他的《西班牙悲剧》很受观众欢迎,舞台性(流血、多变)高出莎士比亚的悲剧之上。
⑥ 马洛(Marlowe, 1564—1593),是英国著名的悲剧作家,本人是无神论者。在酒店中与人争论,被人刺死。著有《帖木耳大帝》和《浮士德博士》等剧。死时二十九岁。

不过，我应当唤来叱咤风云的埃斯库罗斯，

欧里庇得斯与索福克勒斯这些大师，

还有巴库维屋斯①、阿齐屋斯②和死在考尔道瓦的老人③

起死回生，看看你的高统靴④震撼人心，

践踏舞台；要不你就穿上你的轻软鞋⑤，

一个人和他们比一比：希腊目空一切，

还有那妄自高大的罗马，让他们全体都来，

全体，连阴曹地府的死鬼也排成一排。

胜利，我的不列颠，你只要一个人出征，

就赢得欧罗巴各国戏剧的尊敬。

他不属于一个世纪，而是整个时间：

全体缪斯还在少壮期间，

他就像阿波罗出现，人心振奋，

要不就像一位墨丘利⑥那样迷人！

自然为他的构思感到自豪，

为串演他的戏文开颜喜笑！

文采富丽，而又异常合度，

好像从今以后，它将不再另立门户。

快活的希腊人，尖酸的阿里斯托芬，

整饬的泰伦斯，机智的普鲁图斯，不合今天口味，

古老过时，已经无人问津，

---

① 巴库维屋斯（Pacuvius，约公元前220—前130），是罗马共和国的悲剧作家。
② 阿齐屋斯（Accius，公元前170—约公元前85），是罗马共和国的悲剧作家。
③ "老人"指塞内加（Secnca，约公元前5—65），是罗马帝国的哲学家与悲剧作家，暴君尼禄（Nero）的师傅，晚年退休于考尔道瓦（Cordova），后被尼禄赐死。
④ 古希腊喜剧演员穿高统靴，此地象征悲剧。
⑤ 古希腊喜剧演员穿轻软鞋，此地象征喜剧。
⑥ 墨丘利（mercury），是古希腊与罗马天神的信使，亦产商业之神。

仿佛他们不能叫自然称心;你的艺术,

我的斯文的莎士比亚,只是自然的一部。

因为,诗人的素材虽然挂在自然的账上,

使之流传久远的却靠他的艺术;何况

写出不朽的诗句,就必须流汗

(你就是这样写出来的),在缪斯的铁砧

还得千锤百炼才成;写诗是同样的道理,

就在打铁的时候,还一心想着设计;

他蔑视荣誉,不会为之动心,

因为一位成功的诗人,靠功力,也靠天分。

你正是这样的诗人!看呀,父亲的面目

又在他的后裔复生,莎士比亚的心地与风度,

正如父与子,光彩奕奕,

活在他富有特色而又布满真实的诗里:

他拿起每一行诗,就像耍一条长矛,

在无知的人们看来,也正挥舞轻巧。

阿文①的温柔的天鹅!你在我们的河水里

出现,沿着泰晤士②两岸飞起,

过去伊丽莎白③爱看,如今詹姆斯④喜欢,

真是风景如画,多么优美自然!

不过且慢!我见你朝着环球开扩,

在远处成为一颗灿烂的星座!

照亮吧,你这颗诗人之星,发脾气,

---

① 莎士比亚家乡的小川叫阿文(Avon)。
② 泰晤士河(Thames),流过伦敦。
③ 伊丽莎白(Elisabeth, 1533—1603),是英国女皇,信奉耶稣教,即新教。
④ 詹姆斯(James)即雅克一世(1566—1625),继承伊丽莎白皇位,信奉天主教,即旧教。

施影响，又是责备，又为萎靡的戏剧鼓气，

因为自你飞高之后，它像黑夜一样哀伤，

白昼又陷于绝望，由于你的著作的光亮。

《每个人不适合自己的性情》选

幕前戏

米提斯　你看了他的戏，考尔达杜斯；请问，戏怎么样？

考尔达杜斯　先生，说实话，我可不敢瞎批评；我说的也不过就是这个，戏写得怪，自成一类，有点儿像老喜剧，看了这出戏，我喜欢得不得了；至于一般观众的反应怎么样我就不知道了。

米提斯　难道他遵守喜剧的全部规则？

考尔达杜斯　你的意思是什么规则？

米提斯　那，按照泰伦斯的方法，平均分成幕和场；他的演员的真实的数字；供应场的团员或者合唱队；整出戏限制在一天之内完事。

考尔达杜斯　噢，没有，这些东西太微妙，他就弄不来。

米提斯　可是他还非弄不可，我不妨说，不搞这一套就失去了权威性。

考尔达杜斯　说真的，我看不出有那种必要性。

米提斯　才不！

考尔达杜斯　不，听我的，先生。你讲的这些规则，一开始我们就有了，就当时的价值与完美来看，遵守它们多少还有点道理；不过就现存的材料来看，我们所谓的喜剧，最初不过是一首单纯和持续的歌罢了，唱的只有一个人，后来苏萨瑞奥①添了第二个歌手；在他以后，埃庇卡摩斯②添了第三个歌手；福尔摩斯③和喀俄尼得斯④设计四个演员，有一个序幕和合唱队；过了很久，克拉提弩斯⑤才添了第五和第六个演员；欧波里斯⑥就更多了，阿里斯托芬⑦，比他们添的还要多；人人根据自己的才力与判断，总在加点东西。在他看来，喜剧已经无从加减，到了十分完美的地步，可是到了儿还是变了，又出来了米南德⑧、费莱蒙⑨、塞西里屋斯、普劳图斯等等一群人！他们完全去掉合唱队，改变人物所用的道具、他们的名姓和他们的性格，按照他们写戏的时代的爱好和习惯，随心所欲地往上添东西。依我看呀，不仅当时，就是我们，也应当弄到这种许可证，或者自由的权力，和他们往日一样，提高并加强我们的创造，不死守住那些严格与整齐的形式，由几个有心人弄出来，硬要我们使用，其实也不过是形式而已。

米提斯 好吧，我们别为这争论了；可是他的布景又怎么样？

考尔达杜斯 哎呀，《幸运之岛》⑩，先生。

---

① 苏萨瑞奥（Susario）是传说中古希腊喜剧的创始者。
② 埃庇卡摩斯（Epicharmus）是西西里的喜剧作家，约生于公元前六、前五世纪之内。他的闹剧传入雅典，据说是靠传抄，不是靠演出。他给古喜剧增加了情节成分。
③ 福尔摩斯（Phormus），亚里士多德认为他是埃庇卡摩斯的同代古喜剧作家，据说他为演员创造了长袍，并为舞台创造了幕。
④ 喀俄尼得斯（Chionides）可能是古希腊喜剧首次奖金（公元前486年）的获得者。
⑤ 克拉提弩斯（Cratinus）是公元前五世纪的雅典大喜剧作家。
⑥ 欧波里斯（Eupolis）是另一个公元前五世纪的雅典大喜剧家。
⑦ 阿里斯托芬（Aristophanes）是另一个公元前五、前四世纪的雅典大喜剧作家，今天只有他留下作品。
⑧ 米南德（Menander）是新喜剧的建立者，约在公元前四、前三世纪，对后人影响很大，但作品仅留下残篇与改编。
⑨ 费莱蒙（Philemon）是米南德新喜剧的有名对手，生于西西里，大部分生活在亚历山大。
⑩ 《幸运之岛》是本·琼森的一出假面舞剧，约写于1624年。《每个人不适合自己的性情》（Everyman out of his humour），第一次演出于1599年。这里的幕词可能是后加的。

米提斯	噢，《幸运之岛》，先生。他这回可死守住了一条严格的规则。
考尔达杜斯	怎么会的？
考尔达杜斯	哎呀，《幸运之岛》，先生。
米提斯	他不过海，就轻易改变不了这场布景。
考尔达杜斯	整个一座岛也就够他跑的了，我想，他用不着过海。
米提斯	才不呐！有些戏里，我们就看见许多海、乡土、国家，一跃而过，快得飞也似的，这又是怎么一回事？
考尔达杜斯	噢，这仅仅表示，在他们的行业里，作家们多么擅长旅行，赶过了他们观众的担心。……

《暴露》选

1.《我们的莎士比亚》

　　我记得演员经常提起，莎士比亚写作时，无论写些什么，绝不删掉一行诗，以为这是莎士比亚的一种光荣。我的回答却是："但愿他删掉一千行，"他们以为我在讲他的坏话。这话我本来不必告诉后人知道，怕的是由于他们的无知，表扬朋友最犯错误的地方；为了证明我自己襟怀坦荡，我从前爱他，现在回想起他来，正和任何人一样对他顶礼膜拜。说实话，他为人正直，生性慷慨大方；他有优越的幻想，美好的观念与温和的表现，急流而过，在势若飞，有时必须予以打断。正如奥古斯都说起哈特留斯①来，"要水闸阻挡"。他的机智是他的动力；但愿控制也能如此！许多次他受到损害，引起笑声，例如有人告诉演凯撒

---

① 哈特留斯（Heterius，约公元前58—26）是罗马皇帝奥古斯都时代的演说家，以即兴与激动出名，所以奥古斯都说："哈特留斯需要水闸阻挡。"

的演员说,"凯撒,你冤枉我。"①他回答道:"凯撒决不冤枉人,除非是理由正当;"同类的句子,滑稽可笑。但是他的优点克服了他的积习。他受人称赞远远多过于为人原谅之处。

2.《诗与绘画》

诗歌与绘画是同一性质的艺术;二者全和模仿相关。普鲁塔克说得好,诗歌是说话的图画,绘画是不言不语的诗歌。因此二者全在虚构、爱好、设计许多东西,使它们的虚构有用,为自然服务。不过二者之中,文笔比画笔更为高贵。因为前者能同理解力谈心;后者只能同感官交流。二者全有助于欢乐与利益,如同它们普通的事物一样。不过它们一定要和下流乐趣划清界限,否则就难远离它们的目的;在它们想方设法改善人们心灵的同时,却摧毁了他们的习俗。它们天生是艺匠,不是教出来的。自然在这里比读书更有威力。

谁不爱看绘画,谁就损伤真理,与诗歌的全部智慧。绘画是上天的创造:最古老,也和自然最亲。它本身是一种不声不响的工作;习惯永远相同;可是它就这样进入,并渗透最隐秘的感情(因为出于一位高明的艺匠之手),有时能制胜语言与雄辩的威力。它有各种风度;正如有各种艺匠一样。有的长于爱护,有的长于理性,有的长于平易,有的长于自然与优美。有些富有勤奋与美好;但是缺乏庄严。它们能表现人体的文雅、温柔与优雅;但是表现不出权威。它们只能击中光滑的面颊,表现不了粗糙或者严肃。有的十分渴望真理,远过于美丽,倒像一对逼真逼肖的爱人。宙克希斯②与帕拉修斯③据说是同代人;前者发

---

① 原作见于《凯撒》(Julius Caesar)第三幕第一场,"你应该知道,凯撒决不冤枉人,要他满意呀,也得有理由才行。"本·琼森记错了。这里没有多余的话,倒是下一段话,用北极星比喻自己的坚定,有几句大可删掉。
② 宙克希斯(Zeuxis)是古希腊的画家,约当公元前五世纪初叶。
③ 帕拉修斯(Parrhasius)是同代雅典画家。

现绘画中光与影的原因,后者更致力于线条的研究。绘画要求于光不下于影:同样是文字,要求高尚也要求低下。可是不要过分低下,不要像普林尼①谈论莱古鲁斯②的文章:你以为它们不是在论儿童,而是由一位儿童写出。许多人出于自己对猥亵的理解,拒绝使用正当与合适的字句;例如"占领"、"自然"等等相同的字句:所以有些人的好奇的勤奋,以为一切都好,离恶习更近,离道德反而远。

3.《风格与爱好的写作方法》

一个人想把文章写好,有三件事必须做到。读成就最高的作家,观察最能说明问题的说话者,经常练习自己的风格。考虑风格时,应当想到写些什么;和如何写法;他必须首先思维,设计他的素材;然后选择字句,检查一下相互的影响。然后小心安放,把素材和字句安排妥帖,使文章处处宜人;而且要勤奋努力,经常去做。即使风格在最初不易到手,只要苦下功夫,精益求精:寻找最好的东西,不要喜欢向我们投奔的最初的概念,或者最早的字句,而要判断我们发明的一切;审阅我们同意的一切。经常重复我们先前写过的东西;除此以外,有助于后果的东西,把接合处做得更好,加热想象,因为在调整的期间它经常冷了下来,给它以新的动力,好像在回去的路上,它反而更加强壮了。好比我们看跳远比赛,谁跑得最自如,谁跳得最远:或者好比投掷标枪,我们尽力朝后推我们的臂膊,我们就能更有气力。好像我们顺风而行,我不禁止驶出航道,因为风力不会欺骗我们,因为一切我们创造的东西,在怀孕或者降生时,都使我欢喜;不然我们也不会写下来。可是最稳妥的步骤还是回到我们的判断力,多调整几次,流畅反而引

---

① 普林尼(Pliny,约62—约110)是罗马车的一位书信家、政治家。
② 莱古鲁斯(Regulus)是罗马帝国尼禄时代的一个情报人,曾被普林尼描写为"长着两条腿的最大的坏蛋"。

起公正的怀疑。所以成就最高的作家就不得不注意着笔时；他们要自己勤奋小心。他们决不鲁莽从事。他们首先要求把文章写好，然后养成习惯，最后习惯成自然，也就好了。他们的素材也就一点一点饱满，他们的字句做出了相应的答复，文章也就写成了；每一件事，好像在一个组织完善的家庭，都有自己的地位。总而言之，走笔如飞的写作搞不出好的写作；可是好的写作却能使写作走笔如飞：所以我们以为自己有本领，顶好还是顶住它，好比给一匹马戴上马嚼子，不但不妨碍它跑动，反而激起它的精神，向前奔驰。又如一个人的天分即使高到极点，它也就越发需要和自己争论。高举与开扩，好像矮子一样，踮起脚尖回看东西；这样即使不能一鸣惊人，也可以经常保持平衡。而且，对成熟和有能力的作家也正该如此，独立作战，全力以赴，谋求发挥自己的全部才能：至于初学写作的人，研读别人，摘取英华，那就更该如此。因为心灵与记忆，了解别人的作品，比起自己的东西来，要迅速多了；像这样的年轻人，习惯于和成就最高的作家接触，将永远从自身找到他们，和表现他们心灵的东西，甚至就在他们毫无感觉的时候，也能像作家一样说出点什么东西，权威高出自己之上。是的，有时这还是对一个人钻研的奖赏，正当引用别人的话的鼓舞：尽管一个人比别人更能摔倒，只能写一类文章，他必须练习各种文体。风格正如一件乐器，必须发出和声，将各个部分集中使用。

4. 《禀赋的差异》Ingeniorium Discrimina

人们通常总想设法分外多干一点活计，有时真还碰上了好事和大事；其实很少遇到这种机会：等事情做过了头，还抵不过他们坏事的零头。至于他们野心勃勃，设法寻找的唯一之物，什么奚落啊、格言啊，因为他们的环境丑恶、卑鄙、却都坚持下来，显得分外夺目，正如光亮在沉沉黑暗之中，比在微弱的阴影之中，格外明亮一样。因为他们尽他们的可能,说他们所能说的话,即令不合适,也被人当作他们有更伟大的范本。而有学问的人们,却永远精心选择适中的道路,他们开头想做的事,经过考虑,让一切成为一个稳定的、有比例的形体。真正的巧匠并不远离自然,像怕它一样,或者脱离生活与真理的写照一样,而是看准了听众的接受能力来说话。尽管他的语言有些不同于通俗人,也不就能离开全人类而远走高飞。例如近时的《帖木耳》①和《帖木耳-开姆斯》②,一无所有,只好以大摇大摆的台步与狂怒的大喊大叫为无知的目瞪口呆的人们做出保证。他知道这是他完成这件事仅有的技巧,也只有艺匠才明白其中的奥妙。同时他也许被一些人说成无才、沉闷、贫乏,一个可怜的作家,这些人说话傲慢,而又假里假气,不劳动,缺乏判断力,没有智识,或者几乎没有感觉,反而受到欢迎、优厚的待遇。他庆贺他们和他们的运气。另一个世纪或者心地比较公正的人们承认他研究的价值、他区分事物的智慧、他谈论问题的精心、他以什么样的力量鼓舞他的读者、他以什么样的悦目语言引起他们的注意;指责时,他何等尖锐;取笑时,他何等彬彬有礼;他如何掌握人们的感情,又如何冷不防打断他们的谈话,像自己写文章一样操纵他们的心。然后他放声演说,留意哪一个字用得其所,哪个地方应该装饰一下,哪个高屋应该建瓴,哪个地方翻译得好,哪个地方比喻恰当,哪个地方应该柔和,哪个地方应该强烈以表示作品的雄壮。他如何回避虚弱、暧昧、色情、下流、卑微、不相称,或者柔荏的词句,它们受到多数人的赞美,而顶糟的还是,一无是处的东西特别受到表扬。

---

① 《帖木耳》(Tamerlanes),即马洛(Marlowe)的《帖木耳大帝》(Tamburlaine The Great)上、下两部,写于1587年。帖木耳(1336—1405)自称是成吉思汗的继承人,创建第二蒙古帝国,征服波斯、印度,欲再征服中国,病死军中。
② 《帖木耳-开姆斯》(Tamer-Chams),并无此剧,是本·琼森取笑马洛的话。开姆斯仅见于剧中第一幕第二场的对话,支持帖木耳起义。

5.《指导的方式》Praecipiendi Modi

我热衷于教导别人，他们不该永远受教育，我能把我的格言变成实践就好了。因为规则永远不如实验有威力与价值：目的不过是给后来者指出正确的道路，并非是揭露前人由于失误而跌倒这一事实；我希望这样做收益更大：因为人们乐于听取格言，远甚于喜欢指责。说起一种艺术，见解不同，大多数本身矛盾，令人无从选择；所以，在万千新事物之后，一个人对创造新事物即使无从下手，还可以做一件受人欢迎的工作，帮助后人正确判断古老事物。不过这时，各种艺术和格言不起作用了，只有自然才是有利和帮助的条件。所以，艺术与格言即使写出来，对于一位笨人，正如耕作规则对一片不毛之地一样，无能为力。一个傻瓜无所用于格言，正如盲人无所用于美丽，聋子无所用于音乐一样。我们应当小心在意，不使写作风格流于无味或者空洞的境地，也不应当使它曲曲折折，或者夸张无边，到远处寻找描写的地步：二者都是毛病。比起来自丰富的放纵来，枯竭就更要不得了。过盛的补救是容易的，而枯竭却就无法可救了。我喜欢并称赞一位年轻作家的成就，不过唱的老是一个调子，我讨厌他也是他罪有应得。万物成熟需要时间来栽培，这个道理就是地里的农民也会教，他不肯用刀子修剪一棵幼小的植物，因为它畏惧铁家伙，怕留下伤疤来。我也不会让一位稚嫩的作家来听他的全部过失，我怕他难过、晕倒，以致最后绝望。因为使他提心吊胆，不敢有所作为，就是最坏的教导。所以必须及时教育青年，受到最好的教育；因为我们越下手早，他们也就越活得久：好比持久的酒香是老酒，公认的羊毛着色是第一回着的色。所以一位老师就该折中本人的才华，以适应别人的弱点。你给瓶子里装水太猛，水反而很少装进瓶子；可是用漏斗一点一滴装水，你可以装进许多，水也少溅到外头；瓶子不但接水，而且会装得满满的.所以让青年一上手就读最好的作品是恰当的，要读就读那些最开阔、最条理分明

115

的。先读李维①的作品，后读萨路斯特②的作品，先读锡德尼的作品，后读多恩③的作品；当心别让他们一上手就接触高尔与乔叟④，免得偏爱古人，不理解他们力量有多大，自己在语言上也变得粗糙、贫瘠。等他们的判断力坚定了，能自卫了，再让他们读古人与近人的作品不迟；可是同样要小心，别让他们的鲜花与枣蜜，假如选择不当，感染上别人的乏味与肮脏。斯宾塞⑤欢喜古人，用语就不好：可是为了他的内容，我倒愿意他读上一读。如同维吉尔读恩纽斯⑥一样。昆提里安⑦劝人阅读荷马与维吉尔，因为这是教育青年与成人最好的方法。因为，不仅形式的崇高提高心灵，而且内容的伟大撼动精神，感染上最好的东西。悲剧与抒情诗歌同样好；喜剧也是最好的东西，只要读者的生活方式安全无损。在希腊诗人方面，也像在普劳图斯方面，我们发现诗歌的节制与布局得到较好的遵守，泰伦斯与后人就差多了，他们以为情节的唯一品质就在词句的冲刺，正如我们强调笑料一样。

6.《喜剧与悲剧部分》

贺拉斯高度赞扬泰伦斯的喜剧，在拉丁人方面，懂得喜剧艺术的只有他一个人，加上米南德。

现在，让我们看一下他关于双方的议论，辩护贺拉斯，使后人了解他的判断，也不要完全贬倒普劳图斯。

一出喜剧的成分和一出悲剧相同，目的是部分相同。因为，二者

---

① 李维（Livy，公元前59—17）是罗马的历史家。
② 萨路斯特（公元前86—前34）是凯撒时期历史家，46年曾随同凯撒远征非洲。
③ 多恩（John Donne, 1572—1631）是英国诗人，以推理知名。
④ 高尔（Gower, 1330?—1408）是早年的英国诗人，用法文、拉丁文、英文写作诗。乔叟（Chaucer, 1340?—1400）是早期最伟大的英国诗人，极受宫廷与后人重视。
⑤ 斯宾塞（Spenser, 1552?—1599）是英国诗人，写故事诗。
⑥ 恩纽斯（公元前269—前239）是罗马的史诗诗人，演述伊尼斯 Aeneas 来到意大利，成为维吉尔史诗的蓝本。
⑦ 昆提里安（Quintilian, 40—约100）是一位罗马修辞学者。

全都逗乐,并教训:希腊人把喜剧说成"教训的"①,正如悲剧一样。

不过,喜剧的目的并不经常逗人发笑,那不过是一种猎取人的欢笑或者开玩笑的手法。因为亚里士多德说得对,逗人发笑是喜剧的一种错误,类似一种卑鄙行为,不生病就败坏人的天性的某些部分②。例如不痛苦的鬼脸逗人发笑,或者一副畸形的面甲,或者一个粗野不文的小丑,穿上妇女的衣服,模仿她的行动,我们不喜欢并奚落那样的表演;这让古代哲学家以为笑对一个有智慧的人并不相宜。这使柏拉图把荷马看成一个渎神的人;因为他刻划众神有时发笑。正如亚里士多德说得那样巧妙,逗笑是一种不正直和愚蠢的行为。

所以,无论是一位作家的字句或者意义,无论是人们的语言或者行为,凡是一副鬼脸或者恶行一定会异常激动卑鄙的感情,引起大多数人发笑。所以旧喜剧中所有粗暴和猥亵的语言,对最好的人们的讥笑,对个别人士的伤害,邪恶与阴险的讲话(大都出人意料之外)就能引人发笑;特别是在模仿任何不正直的场所、肆口谩骂代替智慧的场合,理解笑的性质和特色的人就不会不完全知道。

在这方面,阿里斯托芬获得了丰收,不仅超过了普劳图斯,还超过了同类任何作家;古怪地表现了所有情绪与形象的滑稽之处。总之,正如醋不算好醋,除非酒变坏了,才算好醋:所以真实与自然的打趣很少引起走兽与群众发笑。它们不爱正确与正当的东西。它们离理性远,或者它们的可能性越远,也就越好。苏格拉底是循规蹈矩、正直与品德的典范,可是为了他们发笑,就表演他,用吊车把他高高挂起,坐在篮子里,扮演哲学家,还有比这可笑的③?一个跳蚤能几何学地跳得多少尺,用准确的标尺测量一下,这种方法又教益得了人民什么?

---

① 原文用希腊字,意即 ditactic。
② 参看《诗学》第五章第一段。本·琼森取其大意。
③ 参看阿里斯托芬的喜剧《云》。

这在当时就是"戏剧的"聪明、正当的舞台取乐，剧场为之狂欢不已，创造下来令人发笑，也令人齿冷。假如它有公平、真理、清楚和坦率的气味，装出一副聪明人或者博学人的模样，马上就会引人作呕！这个教训是惨痛而又有益的，它会让我们明白：贵族出身的人们所做的任何事情，赛马或者狩猎，日常不和市民交往，诸如此类的内部怪事，多知道一些对我们又有什么必要呢？这的确是从舞台又跳进了肥料车，把全部才智变成了原先的粪便。

7. 史诗情节或戏剧情节的重要意义与限度

为了解决这一问题，我们必须首先取得情节的定义的同意。情节是一个完整与完美的行动的模仿；它的各部分严密结合起来，编织在一起，好像从结构中不能改变或者取走任何东西，而不损伤或者扰乱整体；部分之间、大小全有比例可寻。举例来说，一个人要盖房子，他首先要弄到一块地基，再把它圈起来：同样是构思一首诗，诗人的目标是行动，正如地基之于建筑，行动同样有相应的大小、限度与比例。不过，正如宫廷，或者国王的宫殿，比起私人住宅来，要求大不相同了，史诗的要求，也就和别的诗体大不相同。所以，一出戏里的地点是另一出戏里的行动，区别在于空间。因而根据这个定义，我们的结论是：情节是一个完美与完整的行动的模仿；如同建筑物所要求于一个完美与完整的地点一样。所谓完美，我们的意思是什么也不缺欠；如同地点之于高高盖起的建筑物，行动之于形成的情节。也许对宫廷或者国王的宫殿，这算不得完美，因为它需要一块更大的地面；不过对于建筑，我们可以往高里拔。同样是行动的空间，就史诗情节而言，说不上大，可是就戏剧空间而言，可以说是完美，并且是完整无缺。

我们所谓的完整无缺和完美，有开场、中段和收场。所以任何建筑物的地面，就其自身而言，是完整无缺的、统一的，虽然就宫殿来说，未免太小了。就一出悲剧或者一出喜剧来说，行动可以是合适的、完美的，然而在大小上也可能不适宜于一首史诗。好比一头狮子就本身而言是一头完美的动物，虽然它比一头象小多了。一头狮子的头是完整的，虽然比起水牛或者犀牛的头要小多了。它们种类不同，而在自己种类上却是独立的。二者全有部分，又全是完整无缺的。所以，每一个身体也是一样；同样是每一个行动；行动是一部合理的作品的题材，需要有一定比例的大小，不太大，也不太小。我们看见一个身体，正如我们看见一个行动，出在眼前的也同样出在记忆之中。我们看到一个其大无伦的巨灵，例如提堤俄斯①，身体占了九亩土地，我的眼睛细看他的每一部分，至于包括那些部分的整体，永远也不能一览无余。所以对于一个情节，行动太大，我们的想象也就不能把整体一眼无尽。再者，假如对象太小，产生不出任何乐趣，眼睛就不停留；因为马上看见，而又马上消失了。例如我们看到一只蚂蚁或者一个小精灵，眼睛看不出部分，整体几乎等于一无所有。同样是行动，行动是记忆的对象，犹如身体之于视力。东西太大，眼睛受到压制，超过了记忆；太小，两下里全不认账。

在每一个行动中，诗人应当知道哪儿是他最大的限度；在创作和决定时，诗人应当知道适宜要走多远，和一种必要的比例。意思就是说，好运变成厄运，或者厄运变成好运的准确限度。因为不成比例的一个身体，就不会漂亮，正如一个行动，在喜剧里也好，在悲剧里也好，没有适当的限度，也是一样的。而每一种限度，由于题材的性质，越宽阔越被认为最好，直到不能延伸为止，于是无论在悲剧或者在喜剧中，行动就该听其发展，直到有必要来一个结局为止：这时，有两件事需要考虑；一件事，不要超过一天的限制；第二，留下空当以备离题

---

① 提堤俄斯（Tityus）是古希腊神话中的巨人，被天神打入地狱，见于《奥德修纪》卷二。

和艺术使用。因为插曲与情节中离题，都和室中的家具一样。关于戏剧情节的限度与范围，就不再谈下去了。

此外，它必须是一个，而且是整体。"一个"可以有两种说法：一种，可以分开，而且原来就是分开的；又一种，由许多部分合成，逐渐成为"一个"，正如这些部分发展，集为一体一样。第一种情形之下的"一个"，原来是分开的，受过文学教养的人不会承认的，因为这里特别需要一种正确的大小，"部分"本身也要比例相等。倘使行动是单一的、分离的，不由部分合成，不由本身聚在一起构成，比例既不相等也不适当，两种就不可能走向同一目的；这在古代迷了许多人；今天还迷着更多的人。

从前有许多人认为一个人的行动应当是一个整体，例如赫刺克勒斯、忒修斯、阿喀琉斯、奥德修以及其他的英雄；这不仅愚蠢，而且也是荒谬的，因为同一人既然可以分开做出许多事来，这些事又不能准确地凑在一起，走向同一目的；不但优异的悲剧诗人看到这一点，就是史诗的最好的大师、荷马与维吉尔也看到了。因为一首史诗的概要虽然比一出悲剧的概要远为散漫，远为纷乱，可是维吉尔写《埃涅阿斯纪》，却省略了许多东西。他不说明埃涅阿斯诞生、成长，也不说明和阿喀琉斯打仗，他在战争中被维纳斯抢走；他只谈了一件事，用十二章谈他来到意大利。此外他的旅行、航海的错误、特洛伊的陷落，不作为他的作品概要，而是作为概要的插曲使用。同样，荷马抛弃了奥德修许多事，仅仅使用他认为趋向同一目的的事件。

与这种办法相反，有些诗人的作法是愚蠢的，受到哲学家的责备；一位诗人收集了忒修斯的全部行动；另一位诗人把赫刺克勒斯的全部劳绩收入他的作品；尤维纳利斯[①]在他的讽刺诗的开篇讲起的"嘶

---

① 尤维纳利斯（Juvenalis，约 65—128）是罗马帝国时代的讽刺诗人，留下十六首诗，分成五卷，他在开篇说他讽刺的都是已帮的人与事，其实是他目睹并耳闻的罗马宫廷与贵族生活。

哑的夸得律斯"在朗诵一位诗人的《忒修斯纪》，还没有写完，对他的听众和他本人都是绝大的遗憾：分成许多部分，不相连贯，也没有密切联系，它们远不是一个行动、一个情节。好比一座房子，由不同的材料构成，变成一个建筑物、一所主宅；同样是一个行动，由不同的部分组成，变成一首史诗情节或者戏剧情节。悲剧例如索福克勒斯的《埃阿斯》，埃阿斯没有弄到阿喀琉斯的盔甲，本来指望希腊人会给他的，不由就蔑视他们；不甘心忍受这场羞辱，狂怒成了疯子。他心情恶劣，做了许多傻事，最后落入希腊的羊群，把一只大公羊当作奥德修杀了。神态清醒过来以后，他又羞又愧，寻了短见，希腊的首领们不许把他安葬。事情是一致的、连贯的，尽管与实际不符，好像与实际相符；因而行动是完整的、统一的、独立的。

完整包括许多部分；所以不具所有的部分，也就不复完整了。可是要使它独立，就不仅要求有部分，而且要求部分真实。因为整体的一部分是真实的，如果你拿走了它，你就改变了整体，不然就不是整体。如果是一部分，无论存在或者不存在，都和整体无关，就不能成为整体的一部分：这就是插曲，我们以后再谈。说到目前，举一个例就够了：埃阿斯和赫克托耳单独厮杀，荷马有大段描写，索福克勒斯的《埃阿斯》却只字不提。

西班牙

莫里纳

提尔叟·台·莫里纳（Tirso de Molina, 1571—1648）是西班牙的戏剧家，他头一个创造堂·璜的戏剧形象，这位色鬼又在莫里哀手中转变为带有反宗教色彩的形象。他在1613年进教会成为修士。在此之前，他周游各地，还当过兵。晚年他成为一家隐修院的院长。他写戏很多，他尊敬当代最知名的剧作家维伽，为他的戏剧体裁辩护，他利用虚拟的谈话为三一律辩护，而自己则作为正面人物加以驳斥。

译者

《托莱多的果园》选

"……在许多缺点（宽恕我的放肆！）之中，我最忍受不了的，就是看见诗人在这出戏里如何无情地放弃最早的戏剧的缔造者十分小心在意定下的主要原则，也就是限制与规则：这就是，一出戏必须运用一个行动，行动的开始、中间与结尾占有二十四小时，并且占有一个同一地点。他给了我们一出征服爱情的戏，使用的时间至少有一个半月，而手法极为灵巧。可是，就在当时，我们也感到不可能（就算保全礼貌吧），那样显赫和谨慎的一位贵夫人会使自己盲目地追求一个牧羊人，让他做她的秘书，用谜语宣布她的目的，终于拿她的名声来接受一个出身低微的男子勇敢的粗野行为。"就在这位恶意的争论者说话的时候，堂·阿莱姚打断了他，答复他道："你的论点用的不是时候，因为在讨论中的这出戏遵守的正是现在承认的规则；在我看来，我们西班牙现代戏的地位，正好比得上古代的戏，显示出巨大的前进的一步，尽管它们不重视大师们的基本原则。就算这些大师们支持一出戏必须表现一个能在二十四小时之内逻辑地发生的行动又怎么样？在这么短促的时间，还有比这更不方便的？一位谨慎的情人爱上了一位小心的夫人，追求她，向她示爱，求婚——一切在仅有的一天之内，请问，早上向她求过婚，难道当夜必须非娶她不可？哪儿去找机会来引起妒忌、产生绝望、表示爱情，还希望有机会描写所有其他变化莫测的事件，而没有这些事件，爱情又有什么重要意义呀？再说，一个情人夸口自己坚定、忠诚，假如不让几天经过——几个月——甚至于几年经过——他怎么才能证明他的爱情矢志不渝呢？在现代任何有理性的人判断起来，还有比这种结果更不方便的吗？不允许观众离开席位，看完许多天的变故？这正如一个人读一个才几页就经过了长时期和发生在许多地方的故事，所以一出戏——故事行动的一种形象和表现——的观众要能够看明白，必须有人加以解释，预示情人们的命运，描写他们生活的遭遇。可是，这些事情不能发生在仅仅一天的时间之内，戏剧家写出如实发生的情况，使行动趋于完整。诗因而并不白费气力，被叫做有生命的图画，模拟消极的画幅，在一个院子的小小空间，一半的平面，显示远景和距离，为了使观者产生一种现实的幻觉。画家获得的自由也并不由此就止步不前。假如你用回答的方式来辩论，说我们的同一技巧都得之于开创者，因而必须完整无损保卫他们的原则，我的回答就是：我们敬礼大师们，因为他们在困难——在开创阶段阻碍事物成长——之中开始，然而也不能否认，对他们的创造（一件必要的事，但同时也是容易的事）增加完善，在基本规则无力援助之时，'天才'都知道怎么改变偶然，由于经验使它更为完美。在'自然'与'艺术'之间就有这种区别：前者开始，却不能改变；例如梨树永生只能结梨，橡树只能结粗糙的橡籽,尽管土壤不同,大气与气候的变化影响,树木受到它们的管制,自然不断产生它们。在其他变化之中,种类却是不变的。难道'戏剧'修改祖先的规则,灵巧地混合悲剧与喜剧,生产兼有二者的一个新的愉快品种——并且承担二者的特征,从悲剧引入严肃的人物,从喜剧引入滑稽与可笑的人物,就有什么了不起吗?我认为古希腊的埃斯库罗斯与欧里庇得斯(犹如拉丁的辛尼加和泰伦斯)才华出众,建立了这些大师们经久的规则,我们西班牙的洛佩·台·维伽掌握两种戏的风格,他给修改这些古老的规则带来了足够的权威。正因为戏剧的精致与完美受到高度的重视,事实使它本身成为一支学派,使我们有权利为这位大师而骄傲,骄傲作他的学生,高兴为他的学说辩护,反对任何强烈非难它的人。他在他的作品的许多章节中说起他不遵守古代技巧这一事实,因为他可以使自己的技巧成为人民的财礼,这只是他天生谦虚的结果;常言说得好,抱有恶意的傲慢不得强加于事实上是教育良好的完善的傲慢。就我们来说,我们有理由把他视为新戏剧的改革者,也正是由于这个缘故,我们才尊敬他。"

・下　集・

法兰西

盖·德·巴尔扎克

盖·德·巴尔扎克（Guy de Balzac, 1597—1654）生在法国外省昂古列姆（Angoulême）的一个贵族家庭。他在故乡和巴黎读书，去过荷兰，并作为一位大贵人的代理人在罗马待了几年（1618—1622），回国以后，不知道由于什么缘故，留居故乡，一直到死。他的书信初集，一六二四年在巴黎刊行，很受重视。此后他专心致志于书信体的写作，并通过书信，表示意见。他虽然很少到巴黎去，由于黎塞留的敬重，也被约参加法兰西学院。夏普兰也不断向他写信，报告私人和巴黎发生的情况。

一六三六年梢，《熙德》在巴黎公演，有人认为是剽窃之作，高乃依承认西班牙方面的影响，但是傲世宣称："是我自己给我赢来我的全部名声。"他的回答引起斯居代里（Georges de Scudéry, 1601—1667）一连串的指责，斯居代里出身贵族，起先在军队做事，对戏剧有兴趣，就在巴黎定居下来。他以高乃依的保护人自居，《熙德》在当时的成功使他们对立起来。高乃依写了一封公开信为自己辩护。斯居代里向各方面求援，也写信给远在外省的盖·德·巴尔扎克。不料后者的回信却十二万分出乎他的意外，对斯居代里的所谓亚里士多德的诗学规则并不尊重。

盖·德·巴尔扎克在回信里说起的"懂得如何取悦的艺术并不高于懂得取悦而无艺术"，表明他强调"取悦"，贬低"艺术"。"艺术"的涵义，在这里应当是艺术规则。他的意思是：根据新生活写出来的作品，不该受旧规则的约束。但是另一方面，他又拿"人们的制作和上天的礼物"对立起来，从而贬低"人们的制作"，容易引起听其自然的自在论的误会。他的本意只是强调"三一律"属于一种外来的人为的规定，剧作家没有必要遵守。

译者

致斯居代里先生书

您和高乃依先生之间的争论，不是我所鉴别得了的；我的习惯做法是，宁可迟疑一下，也不裁决。我可以对您说，我觉得您的攻击有力而又灵巧，您提出来的反对意见，大部分见识高超，绵密有致，甚至彬彬有礼。不过，先生，有一点您需要考虑一下，那就是：全法兰西站在他那一边，尽管谣传您和裁判之间有密契，却没有一位裁判不赞扬您希望他谴责的作品的，因而即使您的论点是不可反驳的，甚至您的敌手认输，他的败诉也尽可让他引以为荣，并对您说：满足全王国，要比写一出规规矩矩的戏，伟大得多，好得多。没有一位意大利建筑师不认为枫丹白露①的结构有缺点，不把它叫做一个石头怪物的；然而这个怪物，却是国王们的美丽府邸，宫廷在这里住下来，也不感到不方便。比起其他更使人愉快和不那么尽美尽善的东西来，有些尽美尽善的东西，反而逊色；因为知识和本性一比，就不怎么高尚了；人们的制作和上天的礼物一比，就不怎么贵重了。他还会对您说，懂得如何取悦的艺术并不高于懂得取悦而无艺术。亚里士多德责备阿伽同的《花》②可是也说他仍然使人喜爱，而《俄狄浦斯王》也许不使人喜爱，尽管得到亚里士多德的赞可。使观众满

---

① 枫丹白露（Fontainebleau）是法国历代国王游憩之所，行宫的主要部分兴建于十六世纪初叶。
② 参看《诗学》第九章及有关的注解。

意是戏的目的,甚至行家有时候请凯撒帮忙,还请人民大众帮忙,——倘使这些话都确实的话,法国诗人的《熙德》既然像古希腊诗人的《花》那样使人喜爱,难道他收到演出的效果,难道不靠亚里士多德的道路或者他的诗学规则,他达到他的目标,就会不真实了吗?

1637年8月27日

奥日艾

奥日艾（François Ogier, 1600—1660）生在巴黎一个资产阶级家庭，有一个哥哥在最高法院当律师，自己吃宗教饭，当修道院院长。他是当时文坛上赫赫有名的书信家盖·德·巴尔扎克的知己朋友，在后者受到抨击的时候，就挺身而出，写文章为他辩护（Apologie pour M. de Balzac, 1627）。他是好客的豪绅的座上客，喜欢和人论争，写文章，写诗，从事各种活动，但是后人记住他的，却只是他在一六二八年为《太尔与西顿》（Tyr et Sidon）写的序。

《太尔与西顿》的作者叫谢朗德（Jean de Schélandre, 1584—1635），第一次付印他的诗剧，是在一六〇八年，原来是一个五幕悲剧，形式接近古希腊悲剧，后来接受年轻朋友们的劝告，取消歌舞队和大段的报道，把戏改成两部（journées），每部五幕。第一部大多是报道部分改写，第二部即原来悲剧，为了迎合盛行一时的悲喜剧体裁，增添了一些滑稽场面，改成喜剧结尾。尽管这些改变本身并不成功，但是形式上却正好满足奥日艾在序里提出的要求："诗，尤其是为舞台编写的诗，只是为了快感和娱乐。这种快感只能来自舞台上搬演的事件的变化多端。"

把快感看作戏剧的目的，亚里士多德在他的《诗学》第十四章第一段末尾就已经这样说了。问题在快感是否"只能来自"奥日艾这里说起的"变化多端"。我们决不否认"事件的变化多端"是戏剧快感的一个根源，但是必须指出，不是唯一的一个根源。他之所以这样强调这一点，完全是因为他要拿它作武器，把束手缚脚的时间规律赶出戏剧园地。

如果古人在他们的典范之作中都不能遵守，或者遵守而不能没有缺陷，某些人文主义者们又有什么理由强迫后人非遵守不可呢？不能死学。那是反常的。"古希腊人是为古希腊而写作的"，他们根本没有想到后人；万一我们要在他们的典范之作中都不能遵守，或者遵守而不能没有缺陷，某些人文主义者们又有什么理由强迫后人非遵守不可呢？不能死学。那是反常的。"古希腊人是为古希腊而写作的"，他们根本没有想到后人；万一我们要摹仿的话，就必须"强调一下我们民族的特性和我们语言的长处"，不能"死学他们的意图和他们的表达方式。"奥日艾认为不能向过去索取自己的时代和民族性格的东西；否则，坚持要根据古希腊人的戏剧法则死学，就只有和他们的"优秀的作家在古希腊一道长大"。

对奥日艾说来，"事件变化多端对增加演说的情趣是必要的"，而要达到这一目的，就必须在各种情况下，满足"适合"。他从过去的"适合"肯定了古人的制作，又从今人的"适合"否定了摹仿古人的制作。所谓"适合"（bienséance），让我们想起亚里士多德在《诗学》第十五章里谈性格时说起的"适合"。亚里士多德说："性格必须适合。人物可能有勇敢的，但勇敢或能言善辩与妇女的身份不适合。"在他那个时代，他认为妇女一般是不勇敢、不善于言词的。亚里士多德举的例仅仅把"适合"限制在人物性格和社会关系这方面。"适合"在拉丁文是 decorum。十六世纪末，法国一个小贵人楼端（Pierre de Laudun d'Aigaliers, 1575—1629），在他的《诗学》（1598）里，还直接使用 decore 这个拉丁字，虽然早在一五五五年，柏莱及艾（Jacque Pelletier, 1517—1582）在他的《法兰西诗学》里，就已经用了法文自己的 Bienséance 这个字。这是一个在法国古典主义理论中占有重要地位的字。从情到理，从理到礼，它把统治阶级的个人和整体之间的各种关系几乎无所不包地概括在它的涵义之中。逼真性（Vraisemblance）和它起着表里为用的关系。十七世纪末，拉班神甫（Père René Rapin, 1621—1687）在他的《亚里士多德的诗学与古今诗人的作品浅论》(Reflexions Sur la Poétique d'Aristote et Sur les Ouvrages des Poètes Anciens et Modernes, 1674)里，对"适合"有过这样一个解释："没有它，诗学的其他规则就变成假的了，因为它是逼真性的最牢靠的基础，而逼真性又是这一艺术的根本。逼真性正是靠适合才收到它的效果的。只要适合能在各种情况下保持它的性格，一切就逼真了。我们通常违背这一规则，或者由于混淆严肃与诙谐，……或者由于……总之，一切违反时间、风尚、情感、表现的规则的作法，都有害于适合。"奥日艾就是从社会关系上对时间规律，报信人、歌舞队的使用提出非难的。他也同样根据这一原则，对悲喜剧体裁加以维护。

三十年前，楼端在他的《诗学》里，也举了几项理由来反对时间规律。没有什么人注意到他的反对。然而他不得不反对。因为诗人和学者在提倡正规戏剧的同时，特别强调时间规律。

奥日艾反对时间规律的进步意义，不只表现在重视民族性格和因时而异的观点，也更表现在重视人民大众作为观众的意见。我们看一下布瓦洛四十多年以后在他的《诗的艺术》(1674)里所显示的鄙视人民大众的态度，就不能不称道奥日艾在他的序里所显示的倾向。他对悲喜剧从日常生活做出的肯定，事实上，由于人民大众的喜爱，在十七世纪初叶和来自民间的闹剧，一直在剧团的剧目方面就占有压倒的优势。高乃依的成名作《熙德》就是一出悲喜剧。而且还因为符合"三一律"受到攻击。

"三一律"之所以一再被诗人学者所强调，在法国十七世纪初叶，是有其原因的。这不单纯是一种错误地理解亚里士多德的《诗学》的学术问题。对法国戏剧来说，这里还牵涉到上演一出戏的实际困难。拿《熙德》来说，故事发生在"一个"城市，但是地点却有几个，如剧作者在《检查》(Examen) 中说起的,"一时在宫廷,一时在公主的房间,一时在施曼娜的家里,一时在街上或广场"。我们千万不要以为当时一场戏换一次景,如果地点连续不同的话。相反,剧场尽管不演宗教戏,布景还照着中世纪的方式装置,这就是说,一出戏的几个地点一次在布景上画好了,安置好了,从头到尾同时在舞台上排列,即所谓"平行布景"(Decor Simultané)。一个矛盾的现象是,意大利的透视布景在开始发生影响,而平行布景也继续存在。演员演这一场戏,站在相应的地点之前,即使走向舞台前部,仍然被想象为在该一地点之前。地点规律正好针对并列布景,在"适合"的要求下,起着"逼真"的积极作用。时间规律对剧作家从而也就显出特殊的压力。提倡"三一律"是有着消灭不合理与落后的布景的一面的。

整个十七世纪前半处在舞台装置革新的缓慢的过渡状态。了解"三一律"为什么能在法国站住脚跟,除去强迫剧作家一道来革新舞台装置之外,还有一个更高的政治上的配合作用。如果在奥日艾写序的年代,黎塞留首相推行统一王国和君主专制的政策还没有能让人人感觉到的话,很快就显示了颜色和威力。他不单要在军事上打击封建贵族的对抗局势,在宗教上压制新教的活跃,而且在文艺上也迫使作家为他的政策效劳。大势所趋,法国终于逐步摆脱十六世纪的战乱年月,进入短期的稳定状态:这是上升时期的资产阶级衷心欢迎的。戏剧活动自然也应当不例外地纳入一定的轨道。

这样我们就明白,奥日艾反对时间规律,就当时而论,在进步之中,又有其落后的一面,因为他和自己的时代的步伐并不完全一致。

译者

《太尔与西顿》序

……

捍卫古代诗人的人们,可能对我们的作者的创造,有所非难,而附和现代诗人的人们,又可能对他的表达方式,有所不满。第一类人有学问,说我们的悲喜剧不是按照古人制定的戏剧法则编写的,在他们看来,戏剧只能表现一天之内可能发生的事件。对他们的批评,我们绝对尊重。但是我们的戏的第一部和第二部,偏偏都有些事不能包括在一天之内,需要好几天的时间才能完成。

然而,为了避免那种几小时把时间上相隔很远的事件接连在一起的困难,古人犯了两种错误,而且和他们希图不犯的错误同样重大:一个错误是,他们预见到事件变化多端对增加演出的情趣是必要的,便让大量事故和会晤在同一天之内出现,而这些事故和会晤,在这样短暂的时间,大概是不可能发生的。可是这样一来,判断力强的观众就不满意了,因为他们希望在这些事件之间,能有一个真实或者虚拟的距离,好让他们不在这里发现一点点过于做作的东西,人物也不至于像常常被用得不合时宜的"机械上的神"那样,派在指定的时间出现。这种缺点几乎在古人所有的戏里都能看到,尤其是在认领一个早先丢弃的孩子的场合:因为就在同时,为了巩固关于年龄、相貌或一只戒指与其他标记的猜测起见,受指使去害他的人、养育他的牧人、喂他奶的老妇人都碰头了,像中了魔法一样,忽然都在舞台上露面,尽管这些人聚在一起,很可能要费许多时间和周折。古人的悲剧和喜剧都充满了这些例子。

甚至最有准则的索福克勒斯,在他的被行家作为一个完美的悲剧的典范来向我们推荐的《俄狄浦斯王》里,也有这种缺点:因为就在克瑞翁去得尔福①求神回来的同时、正在找不到拉伊俄斯的凶手的同时、正在派人去找一个晓得一些情况的旧仆人的同时、并且在他就要随时来到的同时，诗人又让那个先前从这个被等候的老仆人的手上接过婴儿俄狄浦斯并带走他的老人，突然由科任托斯赶来。结局是全部真相一下子就大白了，唯恐悲剧的过程超出一天的期限。谁看到这里，不觉得老人从科任托斯突然来到，是打埋伏、是牵强附会呢？一个不为这个效果而来的不速之客，来和俄狄浦斯交谈，时间正好就在派人去找拉伊俄斯的老仆之后一个短短的空当，谁不觉得这不逼真呢？难道这不是硬把两个不相干的人物派在一起，以便在一个时间以内，掀开这位可怜的国王的死亡的秘密吗？

  诗人有了这种任何事也不要留到一个虚拟的第二天做的考虑，就只能让某些事件立即接二连三地发生，尽管依照必然情况，它们希望在情理之中，彼此之间能隔开一段显著时间。例如，埃斯库罗斯在阿伽门农遇害的同时，就打发出丧的仪仗上场，还伴着长长一队哭泣和奠酒的人②。其实这桩杀害国王的命案应当使王室和全国混乱才是，凶手们应当藏起或者丢开尸体才是，舞台上应当充满紧张的活动、怜悯与报复才是。然而他们却极庄严地、秩序井然地走进送殡的行列，这不幸的国王的血还整个是热的，不妨说，气只断了一半。

  企图把一出悲剧的事故限制在日出与日出之间，古代诗人不免犯了第二个错误，那就是，不得不时刻借用一些报信人，讲述前些日子发生的事情和舞台上眼前完成的事件的起因。结果是差不多在每一幕里，对恼人的情节，这些先生们都用一篇冗长的详细报道来招待观众，哪怕听的人多愿意听，也要不耐烦的。说实话，老让那么一个人霸住舞台，就是一桩讨人嫌的事；不断看见一些报信人来，与其说对一出卓

---

① 得尔福（Delphes）是阿波罗的神庙所在地。
② 《阿伽门农》没有这场戏。

越的悲剧相宜,不如说对一家上等客栈合适。在悲剧里,必须尽一切可能摆脱这些演述别人的遭遇的讨厌的唠叨人,由着人物自己行动,把那些冗长的叙述留给故事家①或者负责编写剧情说明与主题介绍的人们。请问,埃斯库罗斯的《波斯人》和一篇关于泽尔士与希腊人交战的简单叙述,又有什么两样?有什么文章像这出戏那样乏味和那样单薄的?读者的厌恶是怎么来的?还不是由于一个报信人扮演了所有的人物,诗人不肯放弃这条错怪我们破坏的规则?不过,对于一位保卫祖国的自由、敢于在马拉松、萨拉米斯和普拉泰亚②那些有名的日子里英勇作战的诗人的作品,一再吹毛求疵,却不是我的性格。他对打败波斯人出过很大的力,高兴用这种形式絮叨,还是由他好了,我们谈谈别的吧。

诗,尤其是为舞台编写的诗,只是为了快感和娱乐。这种快感只能来自舞台上搬演的事件的变化多端;这些事件既然不能在一天之内轻易碰头,诗人被迫逐渐放弃前人把自己缩紧在过于狭窄的界限以内的写法。这种变革不是新近才有的,我们在古代也可以看到一些例子。谁细心研读一下索福克勒斯的《安提戈涅》,谁就会发现在第一次和第二次埋葬波吕涅刻斯之间,是隔着一个夜晚的;不然的话,不是在黑夜里,安提戈涅怎么能在第一次骗得过看守这可怜的王子的尸体的士兵,不被许多人看见呢?因为她第二次去,正好赶上一场狂风大雨,士兵统统躲开了,她才能在暴风雨中埋葬她的哥哥,完成丧礼③。所以《安提戈涅》这出悲剧,表现了至少两天的事情,也正是由于这位公主罪名来自克瑞翁的法律,法律却是在大白天当着忒拜城的居民元老,

---

① 也可以译为"历史学家"。
② 马拉松(Marathon)、萨拉米斯(Salamine)和普拉泰亚(Platée)是古希腊与波斯战争期间三个重要战役(公元前490年;公元前480年;公元前479年)。萨拉米斯是雅典附近的一个小岛,波斯的海军在这里被击败。马拉松在雅典以东,萨拉米斯在雅典西北,波斯的陆军在这里分别被击败。埃斯库罗斯参加了这些战役。
③ 剧中只说起出现了风暴,没有提到大雨。

在舞台上公开颁布的①。因而这出悲剧的时序就是：克瑞翁的法律或者禁令，在白天制定并公布；第一次埋葬波吕涅刻斯，我认为是在夜晚干的②；第二次，正当中午大风雨，也就是第二天。

不过我们有一个更显著的例子，就是为米南德的一出喜剧（因为我们的批评家，在解决我们处理的困难这个问题上，希望喜剧和悲剧遵守同一的规则），名字是《自寻烦恼的人》，由泰伦斯译成拉丁文。诗人在这里毫无疑问地容纳了两天的事情，并让演员用再明白不过的话交代清楚。克奈麦斯在第一幕第二场里，吩咐他的儿子不要到离家太远的地方去，因为天已经太晚了。在第二幕第四场里，克利提弗同他的一伙人走进房子，和老头子一道用晚饭，夜晚是在欢乐之中度过的。第二天，克奈麦斯惦记着通知麦尼狄穆斯一声，说他的儿子克利尼亚回来了，一早就起了床；他跨出大门，揉揉眼睛，说着这话："天快亮了，"等等③。倘使有人胆大已极，说什么米南德和泰伦斯在这个地方错了，忘掉在舞台上应当保持情理，却要当心别得罪了罗马第一流人物、西庇阿和赖里屋斯④，因为尼波斯⑤认为这出喜剧的真正作者，不是泰伦斯，倒是他们。

这样看来，古人和本行最高明的能手也不永远遵守这条规则，而我们的批评家，却希望我们一成不变地加以保留。不过即使他们时刻应用，也不见得由于他们相信为了满足观众的想象起见，就非完全照办不可，其实就我方才说起的两种作法来看，他们倒是大大加以破坏的。不过他们的习惯却是一步不敢走出前人给他们规定的道路。舞台

---

① 不是第一次，只是克瑞翁重申一次。
② 可能是在第一批守兵到达之前干的。
③ 亚里士多德说："悲剧力图以太阳的一周为限。"这句意思有些含混的话，引起对时间规律的各种解释。这里攻击的是那些主张"太阳的一周"只指一个白天的人。
④ 西庇阿指小西庇阿。赖里屋斯（Cains Laelius）是罗马共和国公元前 140 年的执政官。据说泰伦斯写喜剧得到他们的帮助很多，尤其是后者。
⑤ 尼波斯（Cornelius Nepos，公元前 100？—前 25？）是罗马共和国时期的一位历史学家。

最小的改革，古人也作为国家极为重要和极引人注目的变化记载下来——可以说明这种情形。索福克勒斯发明高底靴，给歌舞队增加了三个人物。歌舞队原先只有十二个人。这种变化影响很小，仅仅关系到演员的身材和歌舞队的人数，其实不管他们有什么样的数量和质量，总不受欢迎。

依我看来，古代悲剧作家其所以不敢违背他们早先的典范（即使违背，也很微小，也是一步一步违背的），有两个原因。第一个原因是，他们的悲剧构成敬神仪式和宗教典礼的一部分，所以如果创新和变化不是自愿的和（比方说）不觉察的，创新就永远可憎，变化就难以得到欣赏，结局就是诗人对不合乎通常作法的任何尝试，也不敢轻易一试。也许正是由于这个原因，他们尽管表现一些暴行，并继续伴以暗杀和其他种类的残忍手段，却也决不当着观众流血，一切血腥场面都不言自明地在场外进行，唯恐杀人的景象把盛典污渎了；因为，只要仔细留意一下，就看得出来：索福克勒斯的埃阿斯不是在舞台上杀死自己的，而是在附近一个小树林里，观众很容易听到他的声音和他生命最后的呻吟的①。

第二个原因使古代悲剧几乎面目相同，几乎可以说全充满了歌舞队和报信人的，来自诗人希望夺得竞赛中胜利者的奖品，不得不迎合人民大众和裁判的口味和爱好，而人民大众和裁判，毫无疑问，会拒绝在这些场合不遵循前辈的写作形式的人来参加竞赛。甚至诗人当年应当写的题材，也被规定下来，也受到建议的拘束。这就是为什么，古代悲剧的题材全都一样，部分作品流传到今天的悲剧作家如埃斯库罗斯、索福克勒斯和欧里庇得斯，也都用的是同一情节。还有一个情况就是，这些情节，来自人民大众熟悉的少数的希腊传说和故事，而人民

---

① 一般认为埃阿斯离开帐篷，当着观众，在一个荒凉的地方自杀的。景已然换过。

大众除去有关忒拜和特洛伊的戏之外，偏偏又是什么都不爱看。另外还有，就是雅典人热爱埃斯库罗斯的悲剧，愿意它们获得特殊的权利，能在他死后继续公演。它们的名声那样大，后来的悲剧诗人觉得不应该丢开一个深受敬重的范例不学，必须顺应人民大众的意见，因为这是主子的意见。

从此以后，由于文学和科学都是从希腊人那边学来的，拉丁人也就听命于希腊人的创造，不敢挪动人家给他们竖立的界石，尤其是我们谈的这个题目。因为罗马人摹仿希腊人的其他诗体，甚至在史诗和抒情诗上，还和他们争争短长，可是在悲剧上，却把自己限制于或者大体限制于翻译，所用的任何题材也都在希腊舞台上出现过好几回。

……

拉丁人以后，戏剧以及其他更优美的文学都被抛弃了。随着文学这种长期荒芜而来的是野蛮，它的威望仅仅在我们祖先的回忆中有所恢复。可是在恢复工作中，也出现了几种错误；不过，我没有意思在这个地方谈它们，否则，我就要把一篇序写成一本书，说许多离题的高论。我只希望弗兰西斯·培根①这位对人类知识的缺点的公开批判者，在他的书里谈一下，也似乎只有这样做，他才能完成他的题材的要求。我这里单单就诗谈谈我的看法。我认为由于希望摹仿古人的心愿过于热切，我们第一流的诗人没有达到古人的声誉，也没有达到古人的造诣。他们不考虑民族在精神事物和身体方面的爱好各不相同，拿摩尔人②来说吧，——用不着那么远，拿西班牙人来说吧，他们所想象和喜爱的一种美，就完全和我们在法国所重视的不一样，他们所希冀于他们的情人的肢体比例和面部线条，也和我们的追求不一样。差别

---

① 弗兰西斯·培根（Francis Bacon，1561—1626）是英国的唯物主义哲学家，主要著作有《新工具》、《学问的进展》，等等。
② 摩尔人：指北非一带信奉伊斯兰教的柏柏尔人后裔，从八世纪起，进入西班牙，直到十五世纪末，信奉基督教的西班牙人才打败他们统一西班牙。

甚至可以大到这种地步,同一相貌,我们用来构成丑陋,而有些人却用来形成他们对美的观念。同样毫无疑问,民族精神在爱好上也一定各有不同,对精神事物的美,例如对诗,就有迥然不同的看法;不过,这里可不能把哲学算在里面。因为哲学希望做到每一个人,不管生在什么地方,应当在为达到最高的善而对有关的必要的事物的判断上,求得一致,尽哲学的力量,把事物串连在一道,寻找真理,因为真理只能有一个;但是对于仅供娱乐和无关重要的事物,例如我们正在谈论着的东西,哲学却就听凭我们自由表示意见,决不拿它的裁判权扩延到这方面来。

这个真理一经接受,就能找出一条顺当的捷径,来安排对古代诗人的作品在攻击者和拥护者之间天天发生的争论。例如有两三位诟诗的人,说品达①愚蠢、狂妄,说荷马异想天开,等等,我简直想不责备也不行;又如新近摹仿他们的那些人,把他们夸成完美的典范,我们有那么一星半点不死学,也不许可,我看也是反常的。对后一种人,我们必须说,古希腊人是为古希腊而写作的,根据他们同代的有修养的人的判断,他们是成功的;我们只有强调一下我们国家的特性和我们语言的长处,我们才能摹仿好了,而不是强迫我们亦步亦趋,像我们中间有些人的作法那样,死学他们的意图和他们的表达方式。所以在这个地方,正如在别的地方一样,必须根据判断,从古人那里选出能适应我们的时代和我们的民族性格的东西,而对多少世纪都受公众称赞的作品,却也用不着去责备。在它们的时代,评价它们的观点是不同于我们今天的观点的;当时观察到的某些优点,对我们说来,已经湮没了,想把它们发掘出来,就需要呼吸阿提刻②的空气,和这些优秀的作家在

---

① 品达 (Pindare) 是古希腊公元前六、前五世纪的抒情诗人,以颂歌知名,传到后世的有诗集四卷。
② 阿提刻 (Attique),即古希腊以雅典为首的疆土。

140

古希腊一道长大。

这确实就像某些肉食和某些水果一样，外国觉得可口，却不合我们的胃口；同样是一位希腊人或一位拉丁人的某一妙思或某一佳章，从前得到高度的赞扬，我们却不欣赏。在品达的诗行里，我们今天看到美的地方，雅典人一定还看得出别的美的地方，因为这位诗人歌颂本城的一个字，都得到他们的报酬，比起今天的王公报酬一首颂扬他们的《伊利亚特》来，要慷慨得多了。

所以我们千万不能像瞎子那样被牵着走，对古人使用的方法或者建立的艺术那样入迷；而是必须根据时间、地点和人士（为了他们，才把这些方法组合起来）的具体情况，查核并考虑一下这些方法，加以增减，来顺应我们的使用。亚里士多德一定会批准这种作法。因为这位哲学家，希望处处尊崇最高的理智，一点也不向人民大众的意见让步，一定会在这一点上承认：为了便利演员的动作，诗人应该给他们某些方便，多顺应一下观众的愚蠢和心情。亚里士多德对整个民族的爱好和判断，也必然会大大让步的。倘使他为一出在我们这样一些急躁、爱变和务新的人民大众面前上演的戏制定一些规则的话，他会小心在意，不让报信人的那些异常频繁和异常讨厌的叙述来苦恼我们的，也不会像欧里庇得斯在他的《伊菲革涅亚在奥利斯》里那样，让歌舞队一口气吟诵将近一百五十行的诗的。

所以甚至古人，也看到他们的戏剧的缺点，也看到观众由于戏里变化少而忧郁，被迫以幕间戏的形式把萨提洛斯①介绍进来，肆无忌惮地诽谤和损害最高贵的人物，吸引人们的注意。人通常是爱听人讲别人的坏话的。

有了他们这种作法和安排，再来谅解悲喜剧的创造，我们就不感

---

① "萨提洛斯"是民间滑稽剧种，以嘲笑统治人物为乐。

觉困难了。意大利人首先采用这种形式，其所以这样做，也正由于他们意识到，让重大的事和欠严肃的事，在一次讲话里混杂，在一个传说或故事的题材里碰头，比拿萨提洛斯的小品和一些悲剧拼在一起，要合理得多了，因为它们二者之间，既然没有丝毫联系，就只能混淆、扰乱观众的视觉和记忆。至于说在一出戏里，不宜于让同一人物一时料理严肃、重大和悲惨的事件，紧跟着就又料理普通、空泛和诙谐的事情，那简直等于漠视人的生活状况。实际上，人随着好运与厄运的扰乱，时刻都在笑与泪、欢乐与悲痛的经常交错中生活着。从前有那样一位神，希图拿喜悦和忧愁合为一个东西，没有做到，只好把它们一前一后地绑住①。这就是为什么，它们通常极其靠近，自然本身也告诉我们，它们彼此之间没有什么差别，画家不就观察到，构成脸上笑容的肌肉和神经的运动，同样形成我们的哭泣和我们用来表示极端痛苦的那种忧愁的姿态。再说，那些希望对古人的创造不作任何改动或变化的人们，事实上，争论的也只是字面，不是实物，因为，欧里庇得斯的《圆目巨人》不是一出悲喜剧，又是什么？还不是一方面充满了嘲弄和酒、萨提洛斯和塞勒诺斯②，另一方面充满了瞎掉一只眼的波吕菲摩斯③的血和忿怒？

所以事物是古老的，只不过名字是新的而已。问题在于如实处理，使每一个人物按题材和情理说话，知道及时脱掉悲剧的高底靴（因为这里许可使用这些术语），像我们的作者这样，换上喜剧的便鞋。

…………

---

① 见于柏拉图的《斐多篇》(Phaedo)。苏格拉底在这里谈快感与痛苦，说："快感个东西多古怪呀！和痛苦的关连也多奇特呀！痛苦一般被认为是它的反面；因为它们不同时来到人这里，然而他追求其中一个，通常却不得不遇着另一个；它们的身体是两个，可是用一个头连着。所以我不由想，假使伊索想到了它们的话，一定编一篇寓言，说神试着调解它们的纷争，调解不了，就把它们的头绑在一起；这就是为什么，来了一个，另一个跟着也来。"
② 塞勒诺斯 (Sileni) 是酒神的随从。
③ 波吕菲摩斯 (Polyphêmo)，即圆目巨人，他在戏里被奥德修把眼睛弄瞎了。

夏普兰

约翰·夏普兰（Jean Chapelain, 1599—1674）是法国十七世纪一个走运而又不走运的文人。走运，因为他一直有人庇护。不走运，因为圣·艾佛尔蒙在《学院院士》里拿他取笑，后来布瓦洛又在诗里加以讽刺。他是黎塞留首相最宠信的文人之一，最早加入法兰西学院，首相去世之后，他继续走红，马萨林首相死了又成了路易十四左右手的考拜尔（Colbert）的心腹。他紧跟考拜尔的政策，推贤选能，甚至推到自己；不过他很老实，为人还算忠厚，于是有权有势，做了法兰西学院的终身秘书。他是最早提出二十四小时演戏时间限制论者之一，又是读者望眼欲穿的史诗《贞女》的作者，不料史诗出来以后，很让读者失望，又遭到布瓦洛无情的讽刺。后者以《诗的艺术》窃取了他的荣誉，然而一切他报之以沉默，活到《诗的艺术》发表的第二年死掉。拉辛这个年轻的孤儿，看准了他这个实权在握的人，写诗拍他的马屁，他让考拜尔送了他一笔津贴；拉辛爬上去了，他还是默默地做他的工作。

夏普兰也是一个拍马之流，然而谨慎小心，唯恐得罪人，偏偏事情落在他的头上。高乃依的《熙德》上演了，引起同行斯居代里的妒忌，他在公开攻击之余，要求法兰西学院予以"评论"；黎塞留首相本来称赞《熙德》，可能因为自己也爱私下写戏，又正在和西班牙打仗，就接受了斯居代里的要求，让夏普兰负责执笔对《熙德》的批评，他勉强答应下来，却交不出卷，最后赶鸭子上架，修改了几次，首相又亲自加以润色，于是发表了，这就是轰动一时的《法兰西学院对悲喜剧〈熙德〉所提"评论"的意见》。

他不敢得罪马莱尔伯，但是他最尊重的前辈文人却是书信家德·

巴尔扎克。他每事必向他报告，请他提出意见。

他与法兰西古典主义和十七世纪文艺昌盛全有密切关联，可是现在法兰西人几乎把他完全忘掉。功成而身不居，此之谓乎？

译者

论表演诗

戏剧诗或称表演诗，是以模拟人的行动为对象的作品。逼真性是它的必要条件而奇妙则是它的最高境界。

逼真而又奇妙，相互结合恰到好处是这类作品的优点所在。而这二者都属于创作的领域。

戏剧作品最高贵的是悲剧，在悲剧里诗人模拟的是大人物的行动，他们的结局是悲惨的，他们本人既不太好也不太坏。

在喜剧里诗人模拟的是低贱人或者最多也不过地位不怎么高的人们的行动，他们的结局是圆满的。

悲喜剧在古代叫做结局圆满的悲剧，例如《伊菲革涅亚在陶洛人里》①，在现代法国作家手中，这种剧作大为流行，从剧中的人物与行动来看，悲喜剧近于悲剧多，近于喜剧少。

牧人剧是近百年来意大利人在牧歌的基础上发展并搬上舞台的戏剧，也是一种悲喜剧，模拟牧人的行动，但方式和思想比牧歌要高出一筹。

在人的行动中，诗人所模拟的除实事之外，还有不同的习尚和不同的激情。

他们特别注意让每一个角色按照地位、年龄、性别来说话；他们

---

① 希腊悲剧家欧里庇得斯的作品。

不把公正的事物称为礼节，而是符合人物、无论好人或坏人，如实引入戏里。

高明的古代作家不论在悲剧还是喜剧里只写一个主要行动，一切别的行动都必须服从主要行动，这便是人们所说的情节的一致性。

他们给予戏剧情节最长的长度，是自然的一日，我们把它称为二十四小时的规则。

他们将表演的全部经过，固定在同一地点，这就是我们称为的地点一致性。

这一切都建立在逼真性的条件之上，没有逼真性，精神既不被感动，也不被说服。

布局包括事件的开始、它的纠纷与它的发展。

戏剧作品最可贵与最可取的效果，是通过巧妙的安排，使观众心摇摇，看不出后来的结局，无法推断事件如何收场。

拉丁作家将戏剧作品，一律分为五幕，而希腊作家只分为若干场。

每一幕一般都分为若干场。不到四场的，就显得太短，七场以上的就显得太长。

在第一幕里，事件的基础打下了，第二幕困难产生；第三幕，通过意料不到的途径，以逼真的手法解开了结，并由此达到奇妙的结局。

有些人主张，在戏里不能让三个以上的角色同时出现，以免产生混乱，我完全同意这种看法，除去最后一幕最后几场，一切在这里接近结束，混乱使结束更高贵、更好。

有些人主张，每一幕的各场戏都紧密连在一起，确实，这一定会使戏更为悦目；但是就古人的实践来看，这并不是必要的。

我认为有绝对必要的是任何一个角色，每次出场或下场，都必须有非如此做不可的缘故和理由①。

书信选

1. 致德·布瓦洛拜尔先生②

关于喜剧，它是诗的类别之中最大的一类，古人用它来做教育人民和人类生活的一面镜子，我有意以艺术的功力来写一篇完美喜剧的论文，严厉的规则在这里不但不破坏娱乐，反而使创造与安排得以精致与新颖，结与解得以高贵，风尚与激情得以各守其说，愉快只会对教益有利，我用心把它写出来，主要是为了效劳大主教大人③，以博他的一笑；随后也让意大利人明白，世上不只他们拥有学问艺术，达到它们的高度纯洁，把法兰西人看成野蛮人，也有人能在法兰西写出他们需要的事物，知道利用大主教大人的伟大天才的灵感，使法兰西人从而精于各种艺术。

……④

2. 致德·巴尔扎克先生，1673 年 6 月 13 日

得悉《熙德》对你像在我们这里一样发生效果，我很高兴。西班牙给它的题材、美丽的思想，以及我们法兰西诗人添上去的装璜，值得人民和宫廷的喝彩，它们过去都不习惯于领会这样优雅的东西。说实话，《熙德》可以说有幸由一位法兰西人在法兰西处理，戏剧诗的精美在这里还没有人知道，这话也只能在你我之间谈谈。在意大利，它会

---

① 这可能是夏普兰在法兰西学院的讲话稿，讲于 1635 年 8 月 6 日，在字典计划之前。这是第二稿。这里比第一稿多了对牧人剧、悲喜剧和礼节（Bienséance）的解说。
② 布瓦洛拜尔（François de Boisrobert，1592—1662）修道院院长、诗人，是黎塞留首相的宠信，他建议成立法兰西学院，所以夏普兰总是通过他向首相表示效忠。信写于 1635 年 6 月 4 日。
③ 指首相黎塞留（Richelieu）。
④ 译此信，仅为指出他迎合首相，媚态可掬。

被当作野蛮东西看待，也没有把它贬于司法之外的。这对斯居代里先生、高乃依的敌手就有利了，反对他的过错，这些我在书里做了记号，你看了也就明白了。老实人高乃依用辩护的方式，在复信里回答得不好，措辞严厉，有些地方还显得声色凌人。该复信附内。现在两位诗人的火气却给我们添了麻烦，因为斯居代里坚持真理，要你作为高贵学院的主要成员之一，申请裁决他们之间的是非，申请书也附内。学院必须做出答复，你也不可免地要作出判断，假使高乃依同样服从。相信不是在说笑：事情照正常诉讼手续进行，我是通知你的报告人，还要在第一次会议上发言，讨论这出新戏。

……

3. 致德·巴尔扎克先生，1637年12月29日

我忘记了告诉你，最近我们最有口才的哲学博士统统尊敬笛卡儿先生；古人中只有西塞罗可以和他相提并论，他的地位和他一样高，因为西塞罗讲的都是有关别人的话，而笛卡儿讲的全是他自己的思想，大部分是既崇高又新颖。他的《折光学》与《几何学》是两部大师判断的杰作。他的《流星》未免专断、问题多，但是值得赞佩。

4. 致德·巴尔扎克先生

先生，我的胆子也太大了，竟敢作为私人权威，来判断这样一个崇高的问题，就是：龙沙在我们的诗歌中应当占什么地位，与他和后来者之间的比较问题。所以我给你写这封信，这只能是一种简章的看法，而且急中可能出错，像我寄给你的所有的书信一样，我只能说我是放弃了我的其他必要和讨厌的工作来做的。……

……依我看来，构成诗人特长的有两种情况，可以作为规则来衡量诗人是否真正的诗人，这就是天才和判断力。谁有这两种情况，谁

就是最大的诗人,尽管我们指责龙沙缺点重重,而另外一些诗人却性质相反,缺少这两种情况。倘使龙沙有天才也有判断力,我让他超越我们当代诗人,就不会感到丝毫困难,因为它们是诗人的根本,这正是维吉尔之所以成为自然的伟大奇迹,从来没有争议长短的人。龙沙有天才,凡是他不愿意以学者露面的地方,他就胜人一筹。如阁下所云,这种美好的自然与这种多产的想象力没有生在今天,希望诗人得到自由,并有所调整,宫廷的爱好成为诗人的规则,而不是诗人的爱好成为宫廷的规则。

至于马莱尔伯的判断,作为美妙的诗歌,我并不尊重,对他写出来的东西,我大致也是这种看法。他讨论,把这种愚昧看成一种品德,使他的世纪受到毒害。他是瞎子王国的一条独眼龙,他的知识极为有限,我以为一位文人应该小心在意,不能看成一位向导,按照他的意见去写诗,如果这位文人不想马失前蹄,摔得太重的话。他的不可及的优越之处就是他表达术和写诗的方式,和细节上一些整饬而又浮夸的高雅,人可以学,但是想赶上他却就不行了。可是这些部分是演说式,却一点不是诗的。人家说他一点也没有错,他的诗句是很美的押韵的散文而已。

5. 致考拜尔大人,1671 年 6 月 28 日

我相信我应当为欢迎一本新书做好准备,书是吉洛拉冒·格辣齐亚尼伯爵[①]写的,他在这上头用了六年多的工夫,毫无疑问,是他最大的力作,他有意献给国王[②]、他的恩主和阁下大人,您是他的保护人和

---

① 吉洛拉冒·格辣齐亚尼(Girolamo Graciano)伯爵是意大利人,可以说是他第一个写本时代的时事悲剧:克伦威尔(Cromwell)。他的戏相当成功,在意大利各城市演出,还在西班牙首都演出。克伦威尔(1599—1658)是 1644 年英国资产阶级的革命者,戏里被写成了暴君,和复辟时期巴尔扎克与雨果相同。夏普兰与他本人通信,所以知道的情形转告考拜尔。
② "国王"指路易十四。

他的资助者。他研究前英吉利国王之死的悲惨事故和克伦威尔的过分成功的专政，用作悲剧一个真实的题材，计划用悲剧的各种装璜来处理，国王的赞赏也自然能引起前英吉利王后的关切，她是一位慷慨大度的女英雄，又是国王的姑母，他用这个题材，为了取得最远的后世的赞赏。

……

6. 致德·巴尔扎克，1637年6月13日

听说《熙德》对你和对别人一样，产生同样的效果，我很高兴。西班牙人所给与它的题材、美好的思想和我们法兰西诗人所增添的光耀，值得人民与宫廷喝彩，他们还不习惯于那样精致的东西。在你我之间，不妨实说了吧，可以说《熙德》有幸由一位法兰西人在法兰西处理，在这里还没有知道戏剧诗的妙处。在意大利，也许要被当作野蛮东西看待，不见得没有学院不把它流放在它的裁判边界之外。这有利于斯居代里先生，他是高乃依的竞争者，他指出他的缺点，该书随函附上；老实的高乃依的回信写得也不好，用的是辩解形式，语言粗鲁，有些地方还显出了很大的才情，这封信我也附给你看。现在，诗人们的争论反而使我们为难了，因为斯居代里自以为真理在握，要求高贵的学院裁判他们的争执，你是学院的主要院士之一，我把他的诉状也附给你看，你一定会及早做出决定，学院是否应该表示意见，不久高乃依也会做出同样的请求，相信我会认真对待：事情变成正常的诉讼，我同你说话成了报告人，应当在下次会议报告新的情况和新的文件。

……①

---

① 这封给书信家巴尔扎克的信，报告斯居代里向学院控告高乃依，要求学院帮他做出公正的裁决。夏普兰不得不在该院做报告的准备。

《文人名单草稿》

莫里哀   他了解喜剧人物,并刻画自然。他最好的戏的创造也恰如其分地创造出来。他的道德教训是好的,他只要留心不说下流话就行了①。

夏普兰   这个人②以无私地爱好道德为他的严格的职业。他年轻时就精于各国语言,他深于读书,加以社交活动,使他知识相当丰富,深受黎塞留与马萨林两位红衣大主教的器重,认为可以负担外交事务;但是他的谦虚的天才仅仅满足于这种有利的评价,而闭门从事于英雄诗的写作,说诗不久就将脱稿③。大家相信他相当精于语言事项,极愿听取完成一部精神作品的计划所采用的方法,不论属于哪一类性质,因为他研究过一切种类作品,而他的性格与其说是聪明,不如说是公正。尤其是他为人坦率,他一向赞同真正良好的事物,他的勇气和他的真诚决不允许他对不应表示好感的一切表示好感。他不是一心在写诗的话,他也许还好写写历史,因为他相当精通它的条件。

费尔迪耶尔 (Furetière)   写诗也写散文,有剧烈的热情,风格相当纯洁,而且有才情,有创造力,又工于诙谐。他有讽刺的倾向,然而不伤人,自然多于知识,尽管他并不缺乏知识。假如他能有

---

① 这是他 1662 年草拟的法国作家名单中关于莫里哀的一条。夏普兰大概准备送给考拜尔看的。不过还没有誊清。
② 这是他自我介绍的文字。对我们了解他有一定的帮助。
③ 英雄诗指他的《贞女》,成书问世后,大失众望,尤其是布瓦洛,奚落备至。但是他的戏剧理论,布瓦洛却全部接受了。

	人领导的话，他可以写出大作品来，但是他对自由与他对自己的看法不允许人有这种希望。
斯居代里 （Scudéri）	对古代语言不怎么了然。他自己的语言，他说得相当纯洁。他的主要优点是他的天性良好，如果他能遵守判断力，学问从中再加以扶持，他就有一种活力，会使他出乎常人之外。证据是他写的几出喜剧和他的《阿拉里克》(Alaric) ①。
高乃依	是一种精神奇迹与法兰西戏剧的光耀。他有理论，有见识，他的戏的整个细节表现了这一点，在关键问题上就不成了，计划经常是虚假的，以致落入最平常的行列，仗着这种一般艺术的缺点能为个别精彩处所大力抵消，而局部写得又再美妙不过。除去戏剧之外，人不清楚他在散文和诗歌方面的功力如何，他一切自作主张，因为他没有社交生活，本行之外一无所知。他对《耶稣·基督的规范》的意译非常美，不过这是翻译，不能算做创造②。

---

① 这是他对《意见书》中"评论者"的看法。高乃依的《熙德》的成功使斯居代里妒忌万分，写了一份"评论书"，送到学院，请求判决。

② 夏普兰对高乃依的看法大致和《意见书》中相同。大处差，小处好：有贬义。此外，还是公正的。《耶稣·基督的规范》(L'Imitation de Jésus-Christ) 是用拉丁文写的一部流行广泛的著作。

欧毕雅克

欧毕雅克（1604—1676）修道院院长是法国十七世纪唯一用德文写了一部《戏剧实践》（La Pratique dr théâtre）的人，他筹划了十多年，最后在一六五七年把它发表。它自然受到官方对《熙德》的批评的影响，主张严格遵守"三一律"。莫里哀嘲笑人搞戏剧规则却写不出一出好戏，就指他说的。他写戏失败了，但是他关于逼真性的讨论是比较重要的。当时还很少有他这样用功的。所以我们这里选译的两章，都是他对逼真性的看法。逼真性不是真人真事，也不是可能性。他的说法有独到之处，造句有些古拙，我们也就由它了。他写过四出散文悲剧，为了证明他的理论。他是首相黎塞留的外甥的家庭教师，还是一位很有口才的宣道师。

他那本厚厚的《戏剧实践》对古典主义的形成，有不小的作用。全书共分四卷，第一卷包含八章，第二卷与第三卷各为十章，第四卷包含九章。他开始计划的时候，黎塞留还活着，约摸是一六四〇年的光景，他写书本来是为了首相黎塞留，不料一六四二年首相就死了，所以拖了十七年，他才把书写成，这正好发表在莫里哀剧团进京之前。语言和材料因而不免有些过时之感。

译者

《戏剧实践》

论诗人应当如何重视观众

我这里的设想不是教那些如何看一出悲剧，他们应该如何保持安静，判断时他们应该如何注目观看，批评时应当出之以何等才情；他们应当做些什么来避免错误,讨好与厌憎诗人会让他们干出什么,以及无数其他可能需要加以解释的事。

我的用意是谈观众,由于诗人的缘故,仅仅和他发生关系,为了让他认识到他写戏时应当考虑到他们。

我这里用一幅画做比喻,我决计在这篇论文时常用它,我说可以从两方面来看这个问题。首先作为一幅画,就是说,这是出于画家之手的作品,只有颜色,没有别的东西;有阴影,没有身体,有假光,有假高,有透视上的远距离,有虚幻的缩短,以及一切不同于实物的表面现象。第二点是,有他所画的东西,不管是真还是假,地点是确实的,性质是自然的,行动无可怀疑,根据左右为难和理性安排整个环境。

戏剧诗亦如此。我们可以首见景物和简单的表现,艺术给的是事物的形象,不是事物本身。这里是形象上的王公,着色的布的宫殿、假死,一切正如绘画。为了达到这一点,演员装出他们所表演的那些人的全部特征,舞台布景是当地的形象,我们假定他们身居其中,这里有观众,人物用通俗的语言说话,一切事物应当在这里被感觉到。诗人为了做到这种表演地步,一会儿让这个人物说话,一会儿让另一个人物说话,编造一些大家没有见过的故事,分成几个景,和舞台上用各种不同的机关一样。在埃斯库罗斯那里,克吕泰涅斯特拉的宫殿打开了,为了表演阿伽门农死亡,身体躺在门槛上;在索福克勒斯那里,泰克麦斯打开埃阿斯的帐幕,为了表演他的疯狂,屠杀他周围的走兽。在欧里庇得斯;赫卡柏在舞台上晕倒是为了表演她的极度苦难。在普鲁图斯那里,俘虏被捆着、看守着,是为了表演他们受奴役的情况:在所有这些场合中说的话,我们可以在演出后读到。

不管这些诗是真有其事,还是假设真有其事,所有的遭遇全接着真正的次序、时间与地点、接着我们面前出现的情节发生。人物的性格也根据他们的情况、他们的年龄、他们的性别而有自己的不同;他们说的话、做的事，全都像我们亲目所睹一样。我明白诗人是主子，他随心所欲地安排他的戏的次序和布局，他由着自己的意愿安排时间，拉长和缩短，他觉得怎么合适挑选地点，他根据自己的想象和灵活虚构情节：一言以蔽之，他改变事物，只代以形式，根据自己心里的想法来决定：可是全是真的，所有这些事物应当这样得到安排，就像来自它们本身一样，不管他给他们的身世、进展和结束是些什么。他虽然是作家，却必须加以灵活运用，就像不是他写出来的一样。所以埃斯库罗斯那里，一切如真有其事，阿伽门农遇刺而死。在索福克勒斯那里，赫卡柏的奴隶像真在海边找到波吕多洛斯尸体。在普鲁图斯那里，就像两个俘虏，真正作为战俘出卖一样；同样是古人所有其他的戏。所以当我们想赞赏或者谴责我们舞台上的戏，我们就假定真有其事，或者，至少，理应或可能这样，根据这种假设，赞美那些被行动与说话人的所能做的全部言语、行动，按照第一个情况能发生的全部事件，因为只有这样，我们才相信是真正这样做的，或者至少是这样做的，或者应当是这样做的。而和这相反，我们就谴责不按照人物、地点、时间和戏剧的最初形象所建立起来的行动和言语；因为我们不信事情会这样发生。悲剧确实是如此，作为一个真正行动加以考虑。

  要了解诗人应当如何针对观众来制约自己，他们对他是否重要，就该考虑一下我们关于图画的话。因为把它看成一幅画，或者一件艺术品，画家努力把画画好；因为它将被看，为得到重视，他尽力来做。但是通过重视被画的事物，他依恋他所表现的"自然"，做点儿什么出来，都在于它的所有情况，成为逼真，原因就是他把一切作为真正的事物观看一切：例如，如果他画悔罪者抹大拉，他不会忘记他的故事的任何最重要标志，因为他的看法不是那些视而无睹的人的看法。他给她一种合适的姿势，否则人看起来就会厌恶的。他用绚丽的色彩；为的是眼睛在这里得到更多的满意。他不让她面向地,因为那就要藏起最好的部分,而是让她跪下。他不让全身穿苦衣,因为那就不好看了,而是让她半身赤裸。他不表现她在一块岩石的深处,因为那就看不见她了,而是让她待在一个洞口。他这样处理,因为他把他的作品看成一幅画,应当渗入感觉,应当讨人欢喜。但是审查它时却用别的方式,作为一个真东西,他使这张脸脸色苍白、消瘦,因为她刻苦修行,换成别的样子就不可信了。他在她面前放的不是一顶王冠,而是一个十字架。他不让她躺在一张丝绒锦绣的床榻,而是跪在地上。他的周围不是宫廷而是沙漠。在她旁边的,不是僮仆,也不是女仆,而是一些野兽,不过都安安静静,为了她能在这个地方生活。山洞不是在一座金山里,而是长满了青苔。树木不是花果遍枝,而是半枯,四周是一片荒芜。总之,他给他的作品装璜的全是逼真的事物,按照人物、地点和故事有依附关系的事物,可能适合于悔罪的情况;因为他有了这种思想,他才考虑他要绘画的东西的真实。诗人写他的悲剧,考虑观众或者表演也完全相同;他必须让他的艺术和他的才情向观众提供可称赞的东西,因为他的工作就是讨他的欢喜。他保留一个故事的全部最高贵的事件。他努力把全部人物放在他们能容忍的最称心的状态;使用修辞学的最美好的比喻,和道德的最强烈的激情。凡是应该知道和满足的不做丝毫隐瞒;凡是应该忽略,而且使人憎恶的,他就不做丝毫揭露。总之,他想尽一切办法获得观众的尊重,而不只是在他脑子里设想。

但是当他把他的悲剧看成真事或者假定是真事的时候,他就留意保留事物的逼真性,从而制作所有行动、对话和事件,就像真是那样发生的一样。他取得思想和人物一致,时间和地点一致,旁枝和主体一致。最后,他那样依恋事物的"自然面目",他也不要驳斥、顺序、后果和礼貌;一言以蔽之,他的指导只是逼真性,抛去一切不和它相干的东西。他完成一切，就像观众并不存在，就是说，所有的人物应当言语、行动，好像他们真是国王，而不是贝耳罗斯或者蒙道利①；就像他们是罗马的贺拉斯的宫殿②，而不是在巴黎的勃艮第府③；好像只有同台表演的场合里活跃的人们在看、在听他们一样。他们经常用这条规则说，只有他们能看、能听，别人不在其内；他们决不应当害怕谈话被打断，扰乱他们的安静，发明他们的行动，阻挠他们的计划；而这一切是当着两千人前做的，说的，因为他们在这方面当作真有其事地跟随行动的自然发展看到底，而在表演之时观众奠基人并不存在。我们应当这样指出，一切受到观众影响的都是恶劣的。

我明白，诗人不拿"行动"当作真事来写，顶多也就是所能表现的东西；因而我们不妨下结论说，这两种说法些掺和，但是应当把它们分开来看。他靠听、靠眼睛审查一切他愿意和必须让观众知道的事情，决计为他们吟诵或者使他们亲眼看到；因为他必须注意到他们，在考虑作为表现的"行动"的时候。但是他不说叙述，也不给表演这些景象，仅仅是由于观众应当知道。这又是怎么一回事呢？他必须在当作真事看的"行动"里搜索一种动机和显而易见的理由，即叫作色彩的，使这些叙述和这些景象有可能这样。我敢说，最伟大的戏剧艺术就在于寻找到全部这些色彩。必须有一个人出来在舞台上，说话的意图在表现他的激情。必须叙述一遍过去的事；因为观众不知道过去的事，对此后的事也就不会了解。必须亲眼看见景象，因为必须使在场者痛苦或者仰慕。这就是写"行动"当作表现来写，是诗人的工作；表现是

---

① 贝耳罗斯（Bellerose），法国演员，死于1670年，是勃艮第府的首席演员。蒙道利（Mondory, 1578—1651），法国演员，1920年参加马莱剧团，以主演《熙德》知名，1636年患疯瘫，退出舞台。
② 贺拉斯（Horace）指高乃依的同名悲剧，地点在罗马。
③ 勃艮第府（L'Hotêl de Bourgogne）剧场原是勃艮第公爵的府邸的旧址一部分。受难兄弟会，买下演灵迹剧，1548年，巴黎最高法院不许演灵迹剧，转让给剧团演戏。对法国戏剧发展很起影响，上演过高乃依与拉辛的悲剧，1680年国王路易十四敕令剧团与盖乃古剧团合并，成立法兰西喜剧院。

他的主要意愿。但是他必须把它藏在什么有赖看成真事的"行动"的色彩之下。藏得如此之好，应当说话的人物不要在舞台上露面了；因为不在寻找某人，就在寻找某种。任务叙述这时就碰到了，因为它有助于为现在的事作参照，或者为了取得一种必要的帮助。一个景象出现了，因为他必须刺激某人报仇，这就要把情景当作真事来写，过问不到观众了，因为这一切都是可能的，从发生的事物本身来看事物。关于上面的道理，我们看四个例子。埃斯库罗斯使阿伽门农在宫里遇刺，但是必须使观众知道这事，他们是怎么发生的；他让这不幸的国王在宫里喊叫，好像死在那些谋杀他的刀斧之下。索福克勒斯写到俄瑞斯忒斯杀死克吕泰涅斯特拉，也是照样行事，我不知道有谁有意说，这里两位诗人血染舞台，一个是国王被杀，另一个是这位王后被杀。因为他们死在舞台上的房间里，而不是在观众眼前。他们仅仅听见喊声，在行凶事后看尸体。在同一索福克勒斯这里，埃阿斯成了疯子；但是观众必须在舞台上看到他和俄底修斯在一起，不对他使坏，为了这个，雅典娜让他走出营帐，慑服他的眼睛，中止一时他的疯狂。在欧里庇得斯这里，观众必须知道波吕多洛斯死了，为的是赫卡柏加倍痛苦，为了合情合理起见，王后的奴隶到海边为埋葬波吕克塞娜找水去了，无意中发现这位王子的尸体，回来向这位不幸的母亲报告。为了这件惨事恰巧让她知道，有些人就滥用想象，差遣赫卡柏到海边，亲自看见她儿子的尸体。在普鲁图斯这里，如果两个俘虏不活动的话，观众就将推动路斯的诡计所造成的最有趣的事件；假如他们候在这里，他们在公共场所行动自如，就不那么合情合理了。所以为了满足情节的表现和真事起见，诗人就让海吉奥把他们买了下来，也不愿关起他们，也不愿给他们戴上锁链，而是允许他们行动自如，待他们很好，也许希望上天同样对待他的儿子，因为敌人把他儿子作为囚犯看待。我们如果愿意举古人作为例证来表示这种谋划，就得说个没完没了。因为他们

157

的戏剧就没有行动。没有语言、没有叙述、没有激情、没有情节，只要把故事当作真事来写，尽管是诗人创造出来为表演的，就没有一个不有它的色彩的。总而言之，观众对诗人的，重要在表演上，倘使我们根据这个准则审查一下我们时代的大部剧作，我们就会明白，他们就会违反人们认为最优良事物的可能性；因为作者们想它们摆在观众面前，仔细设想它们存在，一点也不谋求色彩。所以在故事的真实方面一个人说了一段必要的故事，这是好的，因为观众不该不知道；可是这个人不能知道他叙述些什么；那么，他就没有可能来做叙述了。一个爱人在戏里出现，有着强烈的激情，这是为了观众的缘故；但是他不能在戏里所表现的地点埋天怨地。理性要他到另一个完全不同和很遥远的地点去。所以该寻找一种色彩，使他不得不在舞台上埋天怨地；换一句话说，就是违反了逼真性；正如我们舞台上出现的成百上千的事故，天天看见进去的形象，都是从来没有存在过、不可能存在，也不应当这样逼真地存在。

第二卷　第一章　题材

……

关于题材的分类问题，我不把它们分成简单的与复杂的，也不用亚里士多德与他的注释者们通常用的分类方法，我把它们分成三类。第一类属于事故、阴谋或者事件，一幕一幕发展下来，几乎是一场一场发展下来，演到后来，出来了新的变故，改变了戏剧的面貌，全体人物抱着各自的打算，发明各种方法来使它们成功，互相为难，互相冲击，出现意外的事故：观众感到万分满意，一种愉快的期待与一种连续的娱乐。

另一类题材属于激情，诗人靠伟大的思想从细微的事实妙手回春地引出维持戏剧发展的变化，并在几乎和题材一致的会合中，人物有机会提高奇特的、狂暴的与高贵的活动：观众的心灵发生新的印象。

第三类题材是混合体，意思是说，事故与激情的混合。遇到意外然而显著的事件，人物爆发出来的激情各式各样，使观众感到无限满意，看到全部事故使他们震惊，精神的活动使他们感到喜悦。

只要诗人的戏协调有方，这三类题材都确实可以大功告成；不过，我在戏里又看到各种区别，事故题材一开始十分令人喜悦，但是一经察觉，就不复感动人了，因为它们只有惊奇与新颖来维护自己。激情题材比较持久，不会立刻使人厌倦，因为心灵有力量保持它们的印象。只要"记忆"把形象保留下来，就能同样长久，同样强烈；甚至再看一遍，我们往往更为喜爱，因为情节的继续与作品的协调在第一次看时，我们的想象力深入人物的思想还缺欠能力，第二次看时，我们不再在题材上用心了，更多地致力于他们说些什么，也就更容易接受他们的痛苦或者他们的畏惧的印象了。

但是毫无疑问，混合体最好；因为事件有激情支持，就能延续它们的乐趣，而激情由于同一性质的意外事故似乎再生，几乎永远令人感到神妙，需要一段长时间才可以消失它们的魅力。

我们不应当忘记（也许这正是我对戏批评得最尖锐的地方），题材不符合观众的世态和思想，即使诗人多么小心在意，多么使用修饰来维持，他也不会成功；因为戏剧诗应该根据民族不同而有所不同，演出就为了他们；从而成功也就永远不会相同，尽管民族永远有些相似之处。所以雅典人喜欢在他们的舞台上看到国王的暴行和苦难、显耀世家的祸殃，与人民反抗君主行为失检的叛乱；因为他们生活的国家是人民政府，他们坚持这种信念：君主政体永远独裁专制，存心毁灭他们共和国所有大人物变为主宰的意图，唯恐惹起全体人民的忿怒：这种想法看来是公正的；而我们这里却正好相反，我们对我们的王公的敬爱不许可我们给公众上演充满恐怖的那些场面；我们不愿相信国王们相继肆虐，也不允许他们的臣子，即使表面受到虐待，触犯他们的御体，背叛他们的权力，甚至一笔掠过也不可以；我不相信有人能在我们的舞台上暗杀一个暴君，会得到彩声，除非是极端小心，好比说，合法的继承者得到公认，他的臣民可能起来造反，恢复他的统治，并在篡位者的暴政下为所爱的迫害进行报复；可是仅仅靠违反臣民意愿的篡位，还不足以使君主死于反叛之手而不产生恐怖；……

同样是喜剧：因为希腊与罗马的年轻人，和娼妓放荡作乐只是一件情场好事，希腊人与罗马人也就自愿接受戏上娱乐，唯娼妓的阴谋与语言之是求，在法律所许可的淫荡行为以内：他们喜欢看老头子受骗出钱，听差为了他们年轻的主人诡计百出。年老的观众同情老头子的遭遇，因为他们就有个中经验；他们有感于怀，因为他们受过害；而仆人的诈财手法也教育他们用同样方式来对付。我们正好相反，不接受这类风习，至少不感兴趣，由于基督教正直生活，不允许贵人们称赞这些恶习事例，也就不以为乐：我们治家之道既无仆人的作伪的事例，也就没有必要加以防止。

这也正是为什么，法兰西宫廷爱看悲剧甚于喜剧，而老百姓却爱看喜剧，甚至爱看闹剧，他们觉得戏里滑稽胡闹要比悲剧有趣。在这个王国里，不是由于出身，就是由于自幼生长在大人物中间，谈吐的只是慷慨的思想，做的只是高尚的事业，或者品德异常，或者雄心勃勃，因而他们的生活和悲剧表演有许多相似之处。可是小民成长于微贱之中，说的话和内容都俗不堪耐，就很容易把闹剧的滑稽胡闹当作正经，永远爱看戏里表现他们惯常说的和做的形象。这不仅可以在戏的主要情节的内部看到，也可以从它的每个枝节看到，尤其是激情中可以看到，正如我们要说起的一样，赶着我们加以个别处理的时候，就分外惹人注目：因为只要某幕或者某场不符合观众的世态，无论是题材，无论是思想，彩声立即就停止了，连原因也不知道，就起了厌恶之心：因为戏和演说一样,即使道理不同样清楚,不学无术之辈和饱学多识之人都同样体会到它的优缺点。

第二卷 第二章 逼真性

这是一切戏的基础,每个人在谈论它,可是很少人懂得它;这是必须承认的发生的一切事物的一般特征。一句话,必须这么说,逼真性是戏剧诗的本旨,没有它的话,我们就写不清,也说不清舞台合理性是什么。

这是一个普通准则,真实不是戏的主题,因为有许多真事不该在这里看见,有许多事是不能被表现出来的。此其西内席屋斯[①]才说得那么明确;诗和其他建基于模仿之上的艺术并不遵守真实,而遵守的是人们的见解和日常看法。

尼禄勒死他母亲,打开她的肚子要看看她在哪个部位怀他怀了九个月的胎,这是真事;可是这种野蛮行为,只有执行者称快,不但看的人们觉得狠毒,而且简直不能相信,因为这不可能发生;诗人所用的任何故事,他想就中提取他的主题,没有一个、至少我不相信有一个能承担戏里的任何环境,不管它们多么真实,不改动一下它们的顺序、时间、地点、人物以及许多其他特点就能成功的。

"可能"也不能做成主题,因为有许多事可能完成,或者由于自然的原因会合,或者由于道德上的巧遇,就滑稽可笑,不大可信了。一个人暴死,这是常有的事,也是可能的;但是这招致人人见笑,为了结束一出戏,让情敌中风而死,仿佛害了一场通常的自然的病一样,要不就得费尽心血做出巧妙的准备。一个人有可能被雷打死,可是对诗人来说,这样去掉一个为喜剧情节一直使用的情人,就是一种恶性创造。

---

① 西内席屋斯(Synesius, 370—413)是亚历山大派的新柏拉图派,是一位有学部基督教主教,利比亚人,留下一些书信、赞美诗和一篇讲演。

所以只有"逼真"才能合理地建立、支持、结束一出戏剧诗：不是说真事和可能的事因此就被赶出舞台；而是它们之所以被接受下来，是由于它们有逼真性的缘故；为了它们进来，就必须取消或者改换没有这种性质的所有环境，把这种性质打印在一切被表现的事物之上。

我这里不是在谈日常的或者独特的逼真性，所有的大师对它们谈得很多了，没有人忽略自然发生的可能事物，它们凭借神的力量或者魔术变成可能和逼真了；而戏剧的逼真性也不要人非仅仅表现按照人的普通生活经历所发生的事物；它本身是含着"奇迹"，事物越在事前意料不到，越高贵，尽管全是逼真的。关于这件事，我所要一清二楚地谈到的，是很少人领会这种逼真性走到什么地方为止：因为人人相信，它应当被保留在一出戏的主要行动上和最有粗鄙之感的事件里；可是没有比这走得再远的了。大家应该知道，戏里被表现的最细小的行动都该逼真才是，不然的话，它们就缺点满身，不该待在这里。人的行动不是那样单纯，而不伴有构成它的几种情况的，好比行动的时间、地点、人物、尊严、意图、手段和理由。再说，戏剧不该是一种完善的形象，必须全部表现出来，逼真性在各个部分都得到遵守才是。

一位国王在舞台上讲话，必须写一位国王，这是尊严的条件，朝它的反面走而要逼真，是不可能的，除非是有别的理由免去这头一个情况，例如他乔装打扮。我还要说，这位在舞台上按照他的尊严说话的国王，毫无疑问，说话的时候，是在某个地点上；因之，戏必须做出他当时在这个地点的形象：因为有某些事，要说像或做得逼真，只有在某些地点。所以也就必须表现和让人明白他说话的时间：因为必须常常要根据时间来谈话；一位国王，在打仗以前，和在他打仗输赢之后再说话，就完全是两个样子。可是在戏剧行动各种情况上保持这种逼真性，就必须知道这出戏的规律，付诸实施；因为它们所教的东西不外乎使一个行动的各部分全逼真，摆在舞台上，做成一个完整和可识别的形象。

说到这里，有人要发话了，判断这些事，有常识和自然的道理就够了，我同意：不过这必须是一种有知识的常识，人们愿意在舞台上做些什么，为了完成起见，必须注意一些什么：因为我们不妨假设，一个有见识的人从来没有见过舞台，而且从来没听人说起，他确实不知道，演员是否真正的国王和亲王，或者只是一些活着的假象；他懂得了这一切全是装出来的，还是乔装打扮的，他也许就没有能力批评戏的优缺点了：的确，他必须多看几回，多思维几遍，来理解是逼真不是逼真。是的，的确，为了完善地批评戏剧诗，这种自然的道理就该在形象这方面有完整的知识，人们愿意用来表现某种行动，准确地知道逼真性以什么方式可以保存在这幅生动的图画的全部线条，然而要想到这个，就得长时间和好几个人做出整套的规律遵守。正是这些规律，古人才从事于戏剧艺术，进展是缓慢的，自从忒斯庇斯头一个把一个演员加入合唱队，从以前就一个人扮演古代悲剧起，又经过了二百年，直到亚里士多德的时代，头一个谈论这方面的艺术，或者至少是头一个关于这个主题的写作流传到今天。此其所以，想大胆立刻就对一出戏剧诗进行批评，不研究，不考虑，就心想可以做得很好，往往是自骗自：因为他很难就能自然而然具有全部用来审查逼真性的规律，往往发生这种情况，有些才情很高的人，开始相信戏剧某些行动很公正，创造得很好，有过知识以后，不但觉得不逼真，反而觉得十分滑稽可笑了。

但是一件非常奇怪的事，也十分真实，就是我看见有人在剧场工作了多年，几次看或者读一出戏，不承认时间的跳离，也不承认场景的地点，也不承认最重要的行动的大部分情况，为了寻找它们的逼真性。海希屋斯①很有学问,教我们写悲剧的艺术,甚至于弄错了普鲁图斯的《昂分垂永》,相信用了九个月,其实不出八小时,或者顶多也不过是半夜与同一天的中午罢了。渥丝屋斯②是我们时代最渊博者之一,非常理解古代戏剧,也像他一样,谈起这同一出戏来,普鲁图斯让海尔库耳怀孕并在一个夜晚生下来,而确实的是,他让他在九个月前就怀孕,水星还专门为这说过两回。此其所以,我不得不在这里警告我的读者,必须当心他的第一部的第三章,他谈论戏剧家的错误,想修改古人;因为他本人陷入最大的错误。斯卡里皆③曾经两次写道,埃斯库罗斯的普罗米修斯死在一次电击之中,然而不可否认的却是,他只是在狂风暴雨之中震掉了,这有普罗米修斯的话为证,甚至水星也清清楚楚地说起这事。有人读了又读埃斯库罗斯,甚至十分不小心考虑他的戏的安排,甚至关于他的《阿伽门农》的提要的作者,也让这位国王当场死掉,其实已经解释得相当明白,合唱队听见他在宫里呼喊呻吟,有人在杀他,合唱队决定进去看一下出了什么事,却被克吕泰涅斯特拉出场给打断了,她来讲起这个悲惨和罪恶行为,是她亲手干的。许多学者曾说,泰伦斯的第三出喜剧包含两天,斯卡里皆、米莱④、渥丝屋斯、芒布栾⑤全这样想;可是它只用了十小时,正如我在《为泰伦斯辩护》的第一篇论文中所指出的;梅纳吉先生关于这个问题以恶意反对真理,也不致让他多到十四五小时⑥;而他这样做,还不得不改变雅典

---

① 海希屋斯 (Heinsius, 1580—1655),本名 Daniel Heiuse,著名荷兰文学家,教授希腊-拉丁文,著作多译成各国文字,价值不等。
② 渥丝屋斯 (Vossius, 1577—1649) 是荷兰学者,一生研究古代历史。
③ 斯卡里皆 (Scaliger, 1484—1558),生于意大利,死于法国。他的《诗学》(1561) 在法国起了很大的影响。
④ 米莱 (Muret, 1526—1685),法国作家,人文主义者,写过一出拉丁悲剧。
⑤ 芒布栾 (Pierre Membrun, 1600—1661),耶稣会教士,写拉丁诗。1652 年曾发表过一篇论文。
⑥ 梅纳吉 (Ménage, 1613—1692),创造字源学,是当时有名的诗人、学者,曾在《女学者》中受到莫里哀的讽刺。他和欧毕雅克公开就泰伦斯的喜剧《自寻苦恼的人》互相攻击。本书就有好几处给人这种印象。

人的月份的顺序，为了省去白昼，延长夜晚，推翻自然的布局，为了找话反对这出戏的布局。看见有些人，我几乎难以相信，他们说索福克勒斯在《厄勒克特拉》里，欧里庇得斯在《腓尼基妇女》里，阿里斯托芬在《云》里，不遵守地点单一规律；许多古老的错误有时封住了我们的眼睛，在这种艺术犹如在所有其他艺术一样，规律认识确实对自然的道理是必要的，如果想批评某一作品的优缺点的话。我简直想大胆说，读这篇论文的人将谴责好几种他们以前曾经以为是很有道理的书。

拉·罗什富科

拉·罗什富科（La Rocheroucauld, 1613—1680）是贵族的格言家，敌视首相黎塞留，下狱，并被流放。一六三九年，他赦免回来，参与了投石政变，反对新首相马萨林，但随后又和马萨林妥协，出入路易十四宫廷。他的《箴言录》(1665) 是他对贵族阶级道德风尚不满的表现。他和拉·法耶特（La Fayette）夫人（1634—1693）关系密切，对她的心理小说具有一定影响。

一七三一年，出现了一个匿名版本、七篇《箴言录》。一般怀疑其真实性，但是后来在他的公爵府里发现了他的《箴言录》的十九篇手稿，证明确实是他写的，只是写作年月不明就是了。我们从中选译了四篇。他对"社会"赋与了一定的新的意义，虽然只是片面的、贵族等级社会的，但是我们可以从这里看到逐渐发展成为十八世纪孟德斯鸠的社会意义，人与人的来往逐渐形成一种概念，因而对后世文学有一定的意义。我们同样也选译了他的《审美力》，也说明审美概念在他这里也逐渐取得一定的初级形态。

译者

随感录

1. 真实

不管在什么题材出现真实，真实都不能在任何比较之中被另一个真实取消；两个任凭怎么不同，一个题材的真实取消不了另一个题材的真实：它们的幅度可能有大小，它们的光彩可能有大小，可是它们在真理上却永远相等，在最大或最小的题材之中就因而不再是真理。战争艺术是幅员最大的了，比诗的艺术还要高贵、还要显著；但是诗人与胜利者可以在一道相比；只要他们真是他们，例如立法者、画家，等等，等等，都可以相比。

同一性质的两个题材可以不同，甚至相反，如同西庇阿和汉尼拔①，法毕屋斯·马克西姆和马尔斯路斯；然而由于他们的性质是真实，它们彼此存在下来，比较也取消了它们。亚历山大与凯撒封了好些国王；寡妇投了一个小钱②：这些礼物不管怎么不同，慷慨在其中是每一个人都是真实的、相等的，每一俱都按着本人的财富比例施舍。

一个题材可以有几个真理，另一个题材只能有一个。有几个题材具有最大的价值，可以在一些地方熠熠发光，而另一个却就做不到了；可是就真实一点而言，它们的光辉都是相等的。艾巴米龙达斯③是伟大的队长、善良的公民、伟大的哲学家；他比维吉尔还要受人敬重，因为他具有更多的真理；但是作为伟大的队长，艾巴米龙达斯却比不上作为伟大的诗人的维吉尔，因此就这一点而论，他就不比维吉尔更真实。一个小孩子挖掉了乌鸦的眼睛，罗马执政官把他处死了，这种暴政比起菲利浦二世处死他儿子来，显得不重要多了，这里也许有别的恶习，不过也小多了；一只动物弄死了人，跟最残暴的国君一比，就不行了，因为他们不同的残暴级别具有相等的价值。

两所房子都有自己的美丽，虽然不成其为比例，彼此并不因而就可以取消；尚地伊具有无限的各种美丽，然而取消不了理昂古尔，而理昂古尔也取消不了尚地伊：原因就在尚地伊具有适宜于国君的伟

---

① 西庇阿 (Scipion, 公元前 235—前 183) 是罗马的将军，战胜迦太基的名将。
汉尼拔 (Hannibal, 公元前 247—前 183)。
② "寡妇给了一个小钱"见于《新约》《路加福音》第 21 章，原作为"双见一个穷寡妇投了两个小钱"。
③ 艾巴米龙达斯 (Epaminondas, 约公元前 410—前 362) 是古希腊忒拜 (Thèbes) 民主制首领之一，战死后，忒拜不存在了。

大的美丽,而理昂古尔却有适宜于一个私人的美丽,它们各有各的真实美丽。我们看见有些妇女,长得十分漂亮,可是不整齐,往往胜过了真正最美的妇女;可是审美力是美丽的裁决者,很容易加以防止,而最美的妇女的美丽并不永远相等,如果不怎么妇女占了上风,不过是一时之事;正如光亮与白天的差异,多少区别得出面貌或者色彩的真理,不怎么漂亮的倒成了美丽,阻挠另一个妇女真实与美丽而已。

2. 社会

说起社会,我的意思不是讲友谊;虽然二者有些关联,其实大不相同:友谊具有更多的高尚与尊严,而另一个的最大的,都能就是和它相似罢了。所以现存会说起正人君子在一起的私人交往。

社会对人是必要的,已经是多余的话了:人人愿意而且人人寻找它,可是很少人想方设法让它得人欢心并持久不变。每一个人希望谋求自己的欢乐和牺牲别人所取得的优势;对自己一道生活的人,总自以为高于他们一等,还差不多总让他们感觉到这种居高临下的架势;这就扰乱了、破坏了社会。既然我们不怎么能甩掉这种天性,至少也应该懂得收敛这种自以为高的欲念;就该心甘情愿使别人欢喜,宽容别人的自尊心而决不加以伤害。

这么巨大的工事需要大量的精神,我们要做到这一点,得走各种道路,可是要走各种道路,单看精神是不够的。假如没有见识、性情和愿意在一道生活的人们的互相关切加以规划和支持。精神关联不足以长久维持社会。假使有时出现一些人,性情相反,精神表面一致,毫无疑问,他们靠外在关系维持交情,交情不会持久的。我们可以从出身高贵和个人品德而以优势与人在社会相处;不过有这种优势的人也不应当加以滥用:他们应当绝少让人感到,使用它们只为了教育人;他们应当让人明白需要加以引导，接受理性劝告，尽可能使其符合他们的思想和他们的利益。

要想社会便利，必须人人保持自由：大家在一道游戏，甚至在一道起腻，必须看出自己或者看不出自己受到拘束；必须能彼此分开，而这种分开不带什么变动；假如你有时不想拥抱，就必须让人来往自如，就该记住自以为对人不会不方便，而往往却令人不方便。就必须尽你的力量，帮忙一道过活的人作乐；可是不该永远勉强帮人。在社会上好意是必需的，但是应当有所限制：过了分，好意就变成一种奴役；少说也应该看起来自由，照朋友的思想办事，也要说服自己，我们是照自己的思想办事。

必须容易谅解我们的朋友，因为缺点生而有之，比起他们的好品质来要小多了；尤其要避免让他们看出缺点受到注意，发生反感；人应当试着做得让他们自己看到自己的缺点，给他们才能自己改正。

正人君子交往，有一种礼貌是必要的：由人取笑，防止发生反感，并以太生硬、太无情的某种方式的语言引起别人的反感；人在热烈支持自己的见解时，往往就在无意之中说出这些话来。

正人君子交往，不可能没有隐情见告；这应当是共同的；每一个人都必须有一种谨慎的神态，决不使人畏惧自己不小心说出什么危险的话来。

精神必须多样：只有一类才情的人不可能取悦长久。人可以采取各种不同的道路，观点不同，甚至才分不同，只要有助于社会的喜悦就行；人在这里遵守同一规律，好比不同的声音与各种乐器应当遵循音乐的要求。

几个人能有同一利益，是不容易的事，可是至少为了社会的安宁，也必须利益并不相反。人应该迎合朋友喜欢的事情，想办法对他们有用，减轻他们的苦恼，在不可避免时，就该和他们有难同当，在不知不觉中消除它们，而不要妄想一下子就把它们扫除干净。安置他们喜悦的事物，或者至少他们关心的事物。你可以同他们谈些有关他们的事情，不过要在他们所能领情之中，做什么都要讲究分寸；要有礼貌，有时还要人道，不要太贴近人家内心的深处；让人看出他们的心事，他们往往不乐意，连他们自己都弄不清楚的心事，你要弄明白，那就越发使人难堪了。正人君子交朋友，尽管彼此相熟，谈起话来没完没了，真诚相见，难得有人却有足够的顺从和见识，接受各种有必要维持社会的劝告：人希望在某一点上提醒他，可是不希望事事加以劝告，害怕晓得形形色色的真理。

看东西需要保持距离，看社会也应该如此：各人有各人的观点，他从这里出发来考虑问题；他经常有理由不希望解释得太一清二楚，也几乎没有人愿意事事如见肺腑。

3. 谈话

其所以很少人在谈话中能谈笑生风的，就是由于各人都想着自己要说什么，一点也不想着别人要说什么。你要人家听你的，你就必须听别人的；必须让人家有自由把话说完了，甚至说得净是些废话。你不但不像常做的那样反驳他们，或者打断他们，反而应当深入他们的精神世界和审美观，表示在听他们讲，说起他们关心的事，恭维他们值得赞扬的话，让人明白是有选择地恭维，不是由于讨他们欢喜才恭维。必须避免争论一些不相干的事，绝少提出几乎永远是无用的问题，决不要叫人以为自己比别人理由更充分，乐于让出决定一切的优势。

应当说话自然、随便和多少带点儿严肃性，按照谈话人的性情和爱好来进行，不要强迫别人赞同你说的话，也不要强迫别人做出回答。人在礼貌应酬满足这种作法，你可以谈谈你的看法，不带偏见，不带主见，做出好像你在寻找听者的意见来支持的样子。

必须避免老谈自己，经常以典范自居。谈话人的嗜好和作用，你没有法子摸清楚，就该和才情高过于你的人亲切，把你的思想添上去，尽量让人相信是他的思想做成的。

千万不要以权威的姿态说话，也不要用大于事物的语言、词句。见解有理，你就坚持下去好了；只是坚持的时候，千万不要伤害别人的见解，也不要对人家的话一来就反感。总想支配谈话，说的又总是一件事，就有危险性；应该无所谓地谈目前一切顺耳的话题，千万不要让人看出你有意拉长别人想说的话。

有必要指出一件事来，任何种类的谈话，不管话多诚恳，多聪明，别不适宜于任何种类的正人君子：必须选择合适各个人的话，甚至看准了时候才讲；不过，即使有许多艺术谈话准确，也没有比懂得缄默更好。沉默表示最有口才：它有时可以用来称赞或者责备；有揶揄的沉默，有敬佩的沉默；总之，经常有神态。声调与方式表白谈话的喜悦或者不喜悦，细心或者厌恶，很少人懂得使用它的秘密；甚至订立规则的人们也有时在这方面弄错了的；依我看来，最妥当还是没有的好，比不能改变的好，宁可让人看出讲话疏忽，也比装腔作势听人、讲话开口和强迫自己不开口的好。

……

10. 审美力

有些人才情高于审美力，另一些人审美力高于才情；但是审美力比起才情来，就更多样、更任性。

审美力这个名词有好几种意义，因而也就容易引人误会：有我们面向事物的审美力与使我们的认识并用规律以区别其性质的审美力的差异；人可以爱看喜剧，而缺乏相当精致与相当细心的审美力加以判断，人可让有相当良好的审美力判断喜剧而不爱看。有些审美力是感觉不到地靠近我们，有些却用它们的力或用它们的时距强迫使我们认识。

有些人的审美力无处不错；有些人只在某几种事情上发生错误，就理解力而言，他们的审美力是正派的，公正的。有些人的审美力却是各别的，他们的审美力恶劣，不能遵循。有些人的审美力模糊两可，靠机会来确定：他们随意改变，关系到一时之喜或一时之苦，跟着朋友的语言变动。有些人始终抱着成见；他们是自己的审美力的奴隶，无事不加以尊敬。有些人对良好有感觉，对恶劣有反感；他们的观点又干净，又公正，他们从他们的才情和他们的鉴别中找到他们审美力的理论。

有些人，仗着一种本能吧，不明白原因，就决定面前的事物，永远做出良好的决定。这些人让人感到他们的审美力高于他们的才情，因为他们的自尊心与他们的性情没有使自己超乎他们的自然的知识之上；一切在这里是一致，一切在这里是一个声调。这种和谐使他们健康地裁判事物，能形成一种真正的观念；不过，就一般而言，很少人的审美力是固定的，独立于别人的审美力之外：他们照着典范和习惯来说话，他们的审美力几乎全是向别人借来的。

我们方才讲起了审美力的所有的差异，想遇到那种高尚的审美力，能把价值赋与每一件东西，认识它的全部价值，帮助一切走上健康的道路，就很难遇到，几乎成了不可能的事：我们认识太有限了，而这种善于裁判的公正的安排，通常只在和我们有间接关系的事物之中才存在。关系到自己的时候，我们的审美力就缺乏这种必要的公正了；担心扰乱了它；一切和我们相关的东西对我们就另是一个样子了，人不能用同一眼睛看和自己相干与不相干的东西；这时引导着我们审美力的是自尊心与性情的爱好，它们向我们提供新的观点，它们奴役我们于无限数目的变换与一片模糊之中；我们的审美力不复属于我们了，它不再受我们支配了；它不等我们同意就改变，而同一事物，本来我们觉得各方面都不相同，最后我们也不认识我们先前看过和想到的东西了。

拉·封丹

拉·封丹（La Fontaine, 1621—1695）是法国著名的寓言诗人，一个天性真挚的"老好人"(bonhomme)。他不仅是法国最大的寓言家，而且是各种文体运用自如的诗人。整个路易十四时代的风尚都可以从他的寓言里找到回声。他小时不喜欢读书，不知道古希腊文，中学毕了业，他进修士会想念神学，可是他对神学也不感兴趣，整天阅读诗作。一六四九年，他弄到巴黎最高法院的一个律师头衔，还写诗。可是他运气不好，投错了保护人。保护他的是财政大臣福该(Fauquet)——一六六一年被路易十四关进了监狱。他对福该一直怀着感情，因而又得罪了路易十四。他写诗的兴趣非常广泛；他的自由诗体为他赢得了最大的声誉。他做人看起来糊涂，做起诗来，谈起理论（见于他的各种序言）来，却头头是道。差不多可以说他是信手写来便成诗的唯一诗人。晚年他生活潦倒，不得不向路易十四低头认罪，写诗恭维他的战功，而路易十四却并不喜欢他，勉强让他当了学院院士，因为他的名气太高，而又低声下气，"太阳王"也就不得不放他进学院。其实他的自由思想精神和早死的莫里哀类似，他和莫里哀也是后人最喜爱的法国十七世纪诗人和散文家。

译者

《致莫克瓦先生》[①]选

……

这是莫里哀的一部作品：[②]
这位作家现在以他的风度

风靡了整个宫廷。
看他的名字跑的样式,
应该已经传到罗马那边③:
我喜欢他,因为合我的口味。
你还记得我们从前
有一个一致的看法,
他会把泰伦斯的式样和神态
带回法兰西来吗?
普鲁图斯只是一个小丑,
他从来没有在喜剧上
搞得这样好过;
因为从前赞赏的许多妙语,
和当时认为的好东西,
我想现在都不会逗人发笑。
我们改变了方法:
姚得赖④已经不时髦了,
现在必须一步
也不离开自然。
……

(1661年6月22日)

《寓言》序

我的若干寓言得到的宽恕使我有理由希望这个集子得到同样的恩

---

① 莫克瓦(Maucroin, 1619—1708)是法兰西诗人,拉·封丹的好友。
② 当时上演的正是莫里哀的《讨厌鬼》(Les Fâcheux)。写诗时,他们还不相识。
③ 当时收信人正在罗马。
④ 姚得赖(Jodelet)是早于莫里哀的喜剧演员。

遇。不赞成把它们写成诗的,只有我们一位修辞大师①:他相信他们的主要装潢是什么装潢也没有,再说,诗的约束加上我们的语言的严格要求会使我在许多地方感到困惑,从大部分这些故事驱逐简短,即我们叫做故事的生命的东西,因为没有了它,故事就必然萎靡不振了。这种见解只会来自一位有卓越鉴赏力的人;我们的要求在他这方面放松一点,他承认斯巴达人的语言简洁,并不那样仇视法兰西文艺,他们经常结伴而行并非不可能。

总之,我从事于这件事是有例可援的;我的意思不是指古人说,这对我是无足轻重的,我指的是近代人。而且,一贯如此,凡是以诗为业的民族,文艺之神也把这看成是它的特权。传说寓言是伊索写的,才一露面,苏格拉底就给它们穿上了文艺之神的号衣。柏拉图讲起的事是那样有趣②,我不由自己就拿过来做成这篇序的装饰之一。他讲,苏格拉底被判死刑,执行判决的日子由于某些节日推迟了。赛拜斯③在他死的当天看他来了。苏格拉底告诉他,在他的梦里众神警告过他好几次,他必须在死前制作音乐④。他开头没有理会梦的意义;因为音乐不会使人更好,注意它又有什么用处?这里面显然有奥秘,尤其是众神不断向他做出同一的启示。在这些节日里,又做了一次梦。想着上天可能要他做的事,他最后想到:音乐和诗关系很深,问题可能就在后者。没有好诗离得开和声的:但是没有诗是虚构的,苏格拉底不知道真实的又将如何。最后,他来了一个折中办法,选择寓言,还算有点儿真实的东西,像伊索写的那些东西。所以他用他生命的最后期间把他们写成了诗。

---

① 国家学院的巴垂(Patru),著名的律师,曾经做过这种建议。
② 在他《费道》(Phédon)谈录论的对话录里。
③ 赛拜斯(Cébès)是苏格拉底的弟子。
④ 古希腊用音乐泛指一切文艺。

苏格拉底不是唯一把诗和我们的寓言当作姊妹看的。费德①证明他也是这个见解，我们凭借他著作的优异，可以判断这位哲学之王②的著作。费德之后，阿维亚弩斯③做了同样的工作。最后，踵继而来的是近代人：我们不仅有国外的例证，而且国内也有。本国先挚做这种工作，语言大不同于今天，确实也只能把他们看作外国人。这并没有使我放弃我的事业，正相反，我以这种希望为荣，就是，假如我做这事不成功，至少可以给我开创的荣誉。

也许会出这种事，我的工作会引起别人的兴趣，走得比我还要远。题材多得是，有许多寓言还该写成诗，我做得还很不够。我的确选了最好的，就是说我认为是这样的：不过，我可能在我的选择上做出了偏差，甚至给我挑选的题材另一种方式，也并不怎么困难；如果这种方式不那么长，毫无疑问，将得到更多的赞扬。不管发生什么事，人总欠下我的情分；也许我的冒昧之作是成功的，我离必须走的道路并不太远，也许我仅仅促成别人写得更好。

我想我已经对我的计划做出了充分的解答，说到写作，公众是它的裁判。人在这里看不见优雅和使费德见重于人的极端的短小：这超过我的能力的素质。学他这一手，我既然做不到，我相信作为补偿，就该使作品多在愉悦上下功夫。并非我责备他死守这些限制，人就从这位作家看到泰伦斯的真正性格与真正天分。这些大人物的语言朴素是了不起的：而我，不像他们那样掌握完美的语言，我没有办法把它抬到那样高的一个顶点。所以也须从别的地方得到补偿：我做的比堪地利安④说的话还要胆大，他说人在叙述方面无所谓过分愉

---

① 费德（Phèdre）是公元前后的罗马寓言家，奴隶出身，对事态讽刺备至。
② 指苏格拉底。拉·封丹跑远了，苏格拉底并没有这方面的著作，尽管用了个判断字样。
③ 阿维亚弩斯（Avianus）是罗马帝国二、三世纪之内的寓言家。
④ 堪地利安（Quintilien）是罗马帝国一世纪的修行乡土师。

悦。问题是这里没有提供一个理由：堪地利安讲过这话，也就够了。不过我考虑到这些寓言既然家喻户晓，我要是不用些特色提高它们的味道，让它们变成新东西，我就等于什么也没有做。这正是今天人所要求的：读者需要新奇的乐趣，我所谓的乐趣又不是引人发笑；而是某种魅力，一种人可以赋予各种题材的一种快意的风度，甚至最严肃的题材。

不过衡量这部作品的价值，并不单靠我赋予这部作品的形式，也要看它的用途和它的内容：因为在精神制作之中，值得推荐的不全在寓言里见到了吗？这里的东西太神圣了，古代有好几位就把寓言的绝大部分归功于苏格拉底，为了做他们的创始人，选择和公众最有亲切关系的人事。我不知道他们怎么会不让这同一寓言下凡，他们怎么会不指定一位司理的神，像诗和口才一样。我说的话并非完全没有根据，假如允许我把我们最神圣的事务加入异教的差错之中，既然我们看见真理用比喻和人们讲话①，比喻不是别的，不过是寓言而已，就是说，虚拟的例证，把最普通和日常熟悉的东西很容易、也很见成效地转移过来。谁不对我们建议作为我们的借口模仿智慧大师？在蜜蜂和蚂蚁②能完成我们所要求的事的时候，就没有什么借口不借口了。

正是为了这些原因，柏拉图从他的共和国赶走荷马，却给了伊索一个极为体面的位置，他希望孩子们把这些寓言和奶一道吸进去；他叫奶妈教他们这样做；因为人养成智慧和道德的习惯，不会嫌为时过早的。与其迫使修改我们的习惯，还不如在习惯对善、恶都无所谓的时候，努力使它们改好。然而有什么方法能使这些寓言更为有用呢？告诉一个小孩子：克拉徐斯征服帕尔特人，在国外打仗，不考虑怎么样

---

① 指《新约》中常用比喻布道。
② 指《旧约》。蚂蚁聪明，见于《箴言》。蜜蜂多见于《旧约》各篇。

退出国土,后来用尽了气力想退也没有退出,他和他的军队全覆没了①。告诉同一个小孩子:狐狸和公山羊为了解渴,下到一个井的深处,狐狸利用同伴的肩膀和犄角爬出井来了,好像爬梯子一样,相反,山羊没有远见,待在井里,因而,事事必须考虑到后果。我要问这两个例子,哪一个对这个孩子印象最深?难道他注意的不是后一个,因为更符合他的小小的头脑,不像前一个离他太远?不必对我提出,孩子的思想本身就够孩子气了,还不用再添新的傻事。这些傻事只是表面现象,因为,事实上,它们都有一个非常牢固的意义。正如仗着点、线、面的意义,和其他非常熟悉的原则,我们得到最后测量天地的知识一样,同样靠着从这些寓言得来的推理和结论,孩子们形成了判断力和好品行,能够担当大事一样。

它们不仅是道德的,还有别的认识作用:表达出来的还有动物的属性和它们不同的个性,因而也表达我们的个性,因为我们是无理性创造物的善与恶的缩影。普罗米修斯决心造人的时候,他提取了每个走兽的特征:他用这些各不相同的成分构成人类,他完成了这部被人叫做"小小宇宙"②的作品,所以这些寓言是一幅图画,我们每个人在这里被描绘到了。它们所表现于我们的,也都符合大人,他们靠使用先就掌握了这些知识,把小孩子应该知道的东西教给他们知道。因为孩子们出生得晚,他们不知道世上的居民;他们连自己也不知道,我们应当尽我们的力量不使他们停留在愚昧之中;应当叫他们知道什么是一只狮子、一只狐狸、诸如此类的东西,和为什么有时候要拿一个人和这只狐狸同这只狮子作比较。这就是寓言的目的:这类事物的最早概念

---

① 克拉徐斯 Crassus 是公元前一世纪罗马共和国三执政之一,公元前 55 年,率领军队,深入美索不达米亚平原,预备征服占领该地的帕尔特人,全军覆没。
② 费尔迪耶尔 Furetiere 的字典:"人被叫做小小宇宙或者微物,因为是世界奇遇的一个缩影。"他的字典在他死后发表于荷兰 1690 年,比国家学院编成的字典早了 4 年。

就是从他们来的。

我已经超过了序的普通长度，不过我还没有说明我的作品的布局。

寓言由两部分组成，一部分可以叫做身体，一部分可以看作生命。身体是寓言；生命是教训。亚里士多德只承认寓言中有走兽；他把人和植物全从这里驱逐出去。这条规则合乎社交惯例，远比必然为多，所以伊索、费德、任何寓言家，都不加以重视，完全相反的是教训那一部分，没有人肯加以舍弃。假如我也照搬的话，只是在它乐意进来的地方，读者很容易把它替换掉。人在法兰西更重视讨人喜欢的东西：这是大规则，可以说是唯一的规则。所以我也就不相信超过古代风俗等于犯罪，我所能做的，也一定不伤害他们。在伊索的时代，语言讲得很朴素，教训分开了，永远在末尾。费德来了，没有屈服于这种顺序：他美化叙述，有时候把教训从结尾搬到开始。在必须给他们找位置的时候，我就按照一条并非不重要的教导来做：给我们这条教导的是贺拉斯。这位作家不希望一位作者执意反对自己精神的无能，或者反对他的题材的无能。根据他的意见，一个人想成功就不会走到这一步，他放弃他不晓得怎么做才能做好的题材："凡是他认为不能经他渲染而增光的一切，他都放弃。"①

有些教训，我对它们的成功不怎么有信心，我就这样办。

现在就剩下谈谈伊索的生活了。浦拉女德曾经给我们留下一部传记②，我看差不多人人认为是自己的东西。有人想象这位作家曾经给他的主人公一种适合于他的语言的性格和奇遇。起初我觉得合情合理，最后我却认为这种评论很不可靠。部分建立于桑色斯③和伊索的交往上：蠢话

---

① 见于贺拉斯的《诗艺》，149行—150行。
② 浦拉女德 Planude（约1260—约1330）是希腊僧人，编辑《伊索寓言》，并给他写过一篇传说多于真实的传记。主要是相隔太远，史实已经无从收起。
③ 桑色斯 Zanthus 是公元前七世纪的希腊诗人。

在这里太多了。先哲又有谁不遇到这些事啊？苏格拉底的传记整个不够严肃。在我看来，浦拉女德赋予伊索的性格就像浦拉女德在他七哲宴会①中所赋予他的一样，一个狡猾人，什么也不知道。据说七哲宴会也是虚构。怀疑一切是方便的：至于我，我看不出为什么普鲁塔克用这篇论文来欺骗后人，何况他处处以尊重事实为职，对每个人保持他的性格。既然如此，别人都相信，我怎么就好不信呢？我要是止步不前，难道人就相信我了？因为我能做的，也就是把我猜测到的一点点写出来而已。我将给它取一个名字，叫做《伊索传》。不管怎么样让它逼真，人也不会确信，寓言到底是寓言，读者们永远认为浦拉女德的传记比我要写得好。

(1668)

《故事（诗）》序

……

　　主要反对的意见有两种：一种，这本书是淫秽的；另一种，它不给妇女留余地。关于第一种，我大胆地说，故事的性质要这样做；按照贺拉斯，或者不如说依照理性与常识，符合所写的事物的要求是一条必不可少的法则。既然有许多人这样写，而且写成功了，我被许可写这些故事，我不相信人会加以反对；人要谴责我，就要谴责在我之前的阿里约斯陶与阿里约斯陶之前的古人。人会对我说，我取消若干情况或者少说加以掩盖，那就更好了。没有比这更容易的了，可是这么一来，故事就减色了，等于剥夺了他们可爱之处。许多作品的题材，或者处理题材的方式，一开始就大力期许审慎，小心从事也只有在这方面才有必要。我承认在这方面有限度，限度越小越好：因而我不得不承认，

---

① 原文为 Banquet des sept Sages。原文为斜体。——编者注

过分慎重会损害一切。谁想叫薄伽丝跟维吉尔一样动作合度，必然就写不出什么有价值的东西，自以为遵守社交惯例的法则，其实正好违反。因为就诗和散文而论，要人不上当，就该指出动作合度和社交惯例完全是两回事。西塞罗谈起后者的内容来，就认为后者和交谈的地点和对象都有关系。一把这个原则提出来，用稍稍自由一点的故事来娱乐今人，就算不上是判断力的过失了。我在这方面也没有不合道德的地方。我们的写作如果能对心灵起作用的话，绝不是这些故事的快活意味，这种快活意味是表面东西；我怕的倒是有点儿忧郁，最贞洁和最谦易的传奇小说在这上头倒是大有作为，而这是谈情说爱的一种巨大的准备阶段。至于第二种反对，怪我的书得罪妇女，如果我把书写得严肃了，不见得没有道理：可是谁看不出这是游戏，因而也就不能危害妇女啊？要害怕，只好将来少结婚，丈夫多加小心。有人也可能反对，这些故事没有根据，即使有也容易随地加以摧毁，总之，这里是荒唐之言，一点也不和逼真性沾边。我用一句话回答也就行了，我有我的保证；再说，这些故事既不靠真实，也不靠逼真，才把美丽和优雅弄到手；它靠的仅仅是叙述它们的手法而已。

这就是我相信我不得不为自己做出辩护的主要论点。此外随批评家说去吧，想回答一切，将是一种没完没了的事业了。……

(1665)

《浦西色与居比东的恋爱》序

我写的作品没有比这部觉得再难的了。毫无疑问，这将使读者大惊小怪：人绝想不到一个用散文演述的寓言会耗尽了我的闲暇[①]；因为

[①] 原文为 loisir，译者手稿字迹难辨，编者按近似笔迹和原文字义，译为"闲暇"。——编者

关键问题在于指导,而我是有我的向导的:我不可能走进岔路的。阿浦雷①提供我内容;剩下的也就是形式了,即语言,把散文写到某种完善的程度,这似乎不是一件太难的事:这是一般人的自然语言。尽管这样,我承认它像诗一样吃力;我写东西要是吃力的话,就是这部作品了。我不晓得挑选哪一种性质好:故事的性质太简单;小说的性质还不够修饰好,诗的性质又没有必要。我的人物要我写出点儿文雅的东西:他们的遇合,在许多场合充满了神奇,要我把东西写得神奇一些、高尚一些。在一个场合用一种,在另一个场合用另一种,是不允许的:风格的一致是我们现有最狭窄的规则。所以,我需要一种新的性质,还要把所有性质都糅合进来;我必须把它缩小到一种正确的气质里来。我小心翼翼地寻找这种气质:我又没有找到,公众会教我知道的。

我的主要目的永远是使人欢喜:为了做到这一点,我考虑本世纪②的审美力。可是经过几次探索,我觉得这种审美力似乎倾向于文雅与风趣:不是由于人蔑视激情;正相反,人在一部小说、一首诗、一出戏里看不见激情的时候,人就对激情不再埋怨了;但是在像这样一个故事里,说实话,充满了神奇,而且神奇还加上戏谑,也就是哄哄孩子罢了,就该从头至尾戏谑才是,必须寻求文雅和风趣。在没有必要这样做的时候,我的爱好就把我朝这条路上带,可能在许多地方我就违反了理性与礼节。

(1669)

《基督与其他诗集》序

虽然柏拉图威信很高,今天却极少人尊重他对诗人的意见。他把

---

① 阿浦雷(Apulée)是二世纪的拉丁作家,以《金驴》知名,他在这里提供了《恋爱》的故事。
② 作者指的是他所在的十七世纪。——编者

他们全赶出他的共和国；我们所要驱逐的却只是那些诗人，以及那些不仅把诗写成渎圣的作品，还写成罪恶的作品。毫无疑问，这种决定是最好的决定：因为希望劝人完全放弃一种对之有如此强烈爱好的艺术，怕是太过分了。我不审查这种爱好是否有理性做基础；我明白的是，用哲学家的话来讲，人为了用一定的节奏表现他的思想，把思想关在一定数目的奇迹之内。自讨苦吃，小心从事，是够难加以辩解的了；既然语言的使命只是为了传达我们和别人的思想，使用这种更艰难和更不方便的方法，似乎就不合乎理性了。

可是，你爱怎么说这种爱好不合理就怎么说好了，它也确实不合理。你甚至可以说，没有比它更为普遍的了。因为值得瞩目的是，凡是有人的地方，没有不喜欢这些字句安排和这些格律的表现的。甚至这些民族，一种完全野蛮的生活几乎消灭了自然的全部特征，忽视最容易、最方便与最必要的艺术，照样保留着对字句的节奏和格律的爱好。我们发现卡拉伊布人和卡尼巴人①都有歌曲和诗歌，它们喜爱它们正和我们一样。

所以，如果诗歌是一种摆脱不掉的事物，就必须想办法让它尽可能讨人欢喜，尽可能不为害于人。然而没有写平庸的诗句既没有力量，又不雅致，不但不讨人欢喜，反而以它危险的题材有害于人，挽救这两种弊病的最好的方法就是用坏诗句使人讨厌，让他明白用好诗句写出有用或无辜的题材并非不可能。

首先，如果只关系到劝告理性，说，写平庸的诗句是滑稽，事情也就容易了。因为人人以通宵与赞成这种古老的箴言为荣，就不允许世人以平庸自居；人相当明白，诗的目的是娱乐与引起诗人的敬重，不是好诗就得到相反的效果，因为他们使读者疲倦，诗人做出的评价对

---

① 卡拉伊布人（Caraïbes）是今天已经不存在的一个食人民族，曾在中美一带为欧洲人所发现。卡尼巴人（Cannibales）即食人者，一般指卡拉伊布人而言。拉·封丹误为两个民族。

那些费尽心血而不讨人欢喜也就不怎么有利了。可是不管人怎么信服这些简介，总有一种自然的幻觉让诗人不做出任何结论来反对自己。他们信口开河，说什么写坏诗句是不许可的；但是为了维护自己有权利这样做起见，他们从来不肯承认他们写的是坏诗句。

所以，必须不以写坏诗句引人反感而知足，坏诗在这里也包括平庸的诗句而已；还必须告诉那些从事于这样写作的人，自己给自己做出评价，对他们的作品做出公正的评价，以防读者的严厉的批评。所以才有好些人希望成功，建立了一些规则和一些鉴定的原则，来评判好诗与坏诗；我们甚至有思想做同样的事，在这个世纪前头来一篇论文，标明我们的诗的好处在哪里，哪些是主要的缺点，人应当回避。但是自从人可能容易找到这些规则与这些观察，把它们集为一体以来，人就认为他们没有什么能使人信得过的大用处；它们可能很快就欺骗虚伪的才情，把他们扶植起来，引导他们走上歪路。

表面上还有什么比古人的修辞法则更正确和更有用的？其实，这是一堆消化不良的规则，做成人们的书出气，是一种不可容忍的特征，倒不如一无所知，也比做这种学者好，"结果对他们倒是什么也不知道更好。"①最后，找到受修辞学毒害的人，比找到用起来得力的人要无限地容易多了。

建立普遍真实的规则是困难的；但例外就多极了，尽管人不容易看出缺点来，我们还是可以说，它们有些地方还是缺点重重。然而正是这种缺点，某些没有某种鉴定力的人把它们抬高在规则之上，从来就是按照这些规则来写的。

模棱两可一般受到责难；他们通常也有道理；但是在这类修辞格中，却也找到一些修辞格令人欢喜，惊叹不已。震发心灵的东西：我看

---

① 原文拉丁语，引自西塞罗的 Tusculones，卷24章。

不出有什么必要，非得发一通脾气，非得谴责它们的规则一致不可。

人们为悲剧、喜剧、讽刺诗定了一些规则；人们希望它们各有自己的特殊特征，不许离开一步；可是尽管如此，人们却总相信有权利对那些讨他们欢喜而违背规则的人们宽宏大量。一位有名望的诗人就这样通情达理地辩护他的一出戏，反对某些批评家的恶意评论。①

有人向那些想写诗的人们建议准备他们的题材，把因之形成的观念弄得又干净又准确，在写成诗句之前先写成散文，尽可能用最高贵和用最诗意的方式；最后，不要为一个模糊的题材工作，由着韵脚给他们提供的思想领导着他们来写。我们不否认，这是一种可行之道，甚至我有几位写诗的朋友，也许是今天最好的诗人，就用这种方法来写诗，还写得挺好②：可是那些不像他们那样有才情与鉴别力的人们，不习惯于这种写作方式的人们，就是不这样做，也没有法子写得很好；因为韵脚向他们提供思想，他们的鉴别力让他们抛弃坏思想，选择好思想。所以这种建议往往对某些人是一种无益的困扰，而对另外一些人却是一种极为有利的习惯。

有些规则本身优良，然而却很少有用处，因为他们仅仅形成一种非常模糊的观念；所以全看每一个人怎么使用，按照他的智慧和他的才华的限度。

有人说，鉴定的美丽存在于真实之中；一切虚伪的东西都不能长久讨人欢喜；诗句应当和自然有关系；千万不要拿布局和行动连在一道，因为自然从来不把它们连在一道，如同性情产生俏皮话与修辞格，带着痛苦与恼怒一样；必须处处遵循社交惯例与逼真性；而且诗句要有某种表现力，不但不使聪明人苦恼，反而能使他们满意于听到人人

---

① 指莫里哀的《〈太太学堂〉的批评》。
② 指拉辛。拉辛的儿子在《约翰·拉辛生平札记》中说他父亲写悲剧："当他写出一出悲剧时，他把每一幕先写成散文。他这样把场面完全连贯起来，他就说：'我的悲剧完工了'，此外都不在话下。"

所听不到的东西。这一切会有道理，事实上，有判断力的人们在照着做，不管他们是否经过考虑才这样做；但是那些不这样做的人们，并不因为不知道就不更为聪明。

所以，必须高出于规则之上，他们总有一股阴沉与尸首的气味。也必须不单单靠抽象与形而上学的理论来孕育诗歌的美丽，应当一下子就感到与体会到它；对它有一种十分生动与强烈的观念，它使我们毫不迟疑地抛弃一切并不符合它所需要的东西。

这种生动的观念和这种印象叫做美感与审美力，和世上的全部规则相比起来，同样微妙；它看出树立一些并没有标记出来的一些缺点和一些优点；就是靠这个我们超越规则，使人并不奴役化；人评论它，并不加以滥用，人也并不照着它的缺点和虚伪办。总之，正是这种生动的观念在写作里被表现出来：这些规则永远不结果实，人之所以认识它们也就全凭空议和推论，它们渗入精神也就只靠这种认识而已。

所以，我们看见，要人们真正理解诗，就必须帮他们形成美感或审美力。可是做到这一点，却只有一个方法，那就是读大量诗词，而且不读坏诗。读好诗，观念深入人心；不读坏诗，就阻止这种观念陷入晦涩，不至于腐化。

要想领会这种见解的用处和重要性，人就应当考虑我们的精神并不单只孕育事物，而且以一定的反方法在孕育，所以在表达他的思想时，就会赋之一种愉快或不愉快的方式与神态。所以他不仅保持他所孕育的事物的观念，而且也保持下来他孕育观念时同时孕育出的风格、方法和神态，而这些风格和方式的观念停留在记忆之中，犹如精神打印在人随后产生的新思想的模型或印记，就像披上了衣着一样。结果就是有些人说起话来就比别人说得好，也更动听，原因是他们的精神充满更悦耳的方式与风格的观念。

人在这里还有这种好处，人不单只学会了表达，而且也学会了思想。因为那些有这种搅动肝肠的生动思想的观念的人们,就是由于一种不知不觉的模仿产生出同样的东西;他们不找到能使他们深深感到的东西,他们就不满意:这就使他们不满意于最先出现的东西。

但是写的人无论是写诗句,无论是写散文,他的精神应该充满从观念产生出来的好处,如同从这些风格和这些生动而愉快的思想产生出来的一样,我说,这种好处暴露我们,同时使那些有心在诗中力求上进的人们不再能受到伤害,同时却也是人在精神上充满卑鄙、平庸、无味、慵懒、乏力、疲沓、没有快感的观念;这就是为什么写不好诗的通常原因。因为这些平庸的观念最容易和最先来到精神方面,他的思想就照着他总在本身找到的模子来形成;因而他写出来的东西也就只有平庸了。

我们用不着重大的推论,就由此得出结论,说:一本好诗的集子是人所能想象出来的最好的诗艺,因为我们在这里看到有一部分可以作为典范的诗作,形成审美力和美感,而另一部分,我们就要把那些能损害集子的诗作用心删掉。

……

(1671)

帕斯卡

帕斯卡（Blaise Pascal, 1623—1662）是法国十七世纪的一个"神童"。他在无人帮助之下，十四岁就理解欧氏几何定理，十六岁又一个人写出了圆锥形截面的论著，惊动了笛卡儿。其后他不仅在数学上，而且在物理学上有重大贡献。但是最引一般人注意的却是挖苦天主教耶稣会（正统派）的几本小册子：《与外省人书》。他属于让逊派（Jansénisme）。他死后，路易十四把让逊派的修道院取消了。古典主义悲剧大师拉辛野心勃勃，脱离了让逊派，进入宫廷，但是帕斯卡却是认真的、虔笃的。他的《随感录》（Pensées）每代都有专家整理，因为他设想到出书，仅有手稿可据，后人就根据他的手稿加工出书。我们这里选译了他关于"口才"与"文艺"两部分的残简断篇，他身子不好，活不到四十岁就死了，死时，正当路易十四成年掌权，莫里哀以他的独特的喜剧赢得宫廷赞赏的时期。帕斯卡对喜剧、诗歌、绘画都缺乏好感，可是古典主义者对他私下表示十分崇敬。他和笛卡儿同样抬高理性，贬低感觉，但是他留下一篇论文，《论恋爱的激情》。他一上手就说：

人生下来就为了思想，所以没有一个时间不在思想，纯洁的思想使他幸福，只要他能永远支持，否则社会让人疲倦、低落。人不能适应一种单纯的生活，他需要动荡与活动，就是说，他必须有激情骚扰，他感觉的根源十分生动并十分深沉，因为就在他的心里。

据十九世纪唯心主义哲学教授库辛说，这篇论文可能写于一六五二与一六五四年之间，当时他还年轻，可是有人认为那不是他写的，因为他一生虔诚，不会写这种亵渎文章的。不管怎么样，谈论恋爱的激情的文章，却收在他的文集里。就风格而言，从第一段开始，我们就嗅出了他的独特的哲理气味。

他的十八封《与外省人书》用匿名发表，从一八五六年开始，立即轰动法国与欧洲。法国散文开始向前跨了一大步。它们在这里所表现的战斗性，抨击了罗马天主教的腐朽，极嬉笑怒骂之能事；它们的胜利使耶稣会蒙羞，无法加以抵制。有人从这里看到了莫里哀的《达尔杜弗》的家长与家庭良心导师。

他说过克伦威尔毁在尿道有了一粒沙子（肾结石）；又说，古代美人埃及女皇克娄巴特，如果鼻子短一点，世界就会另换一个样子。他嘲笑笛卡儿的"我思，故我在"，主张思想只是人之所以为人的特征。他说人荏弱如一根芦苇，而伟大处却在于人是一根有思维的芦苇。他说：

思想使人伟大。

思想的芦苇。——我不该在空间寻找我的尊严。而是在我对思维的条理之中，因而拥有大地也就多了。通过空间，宇宙了解我，作为一个位置，把我吞掉，通过思维，我了解到这一点。

人只是自然界最弱的一根芦苇，并且是一根有思维的芦苇，不需要全宇宙武装起来把它压倒，一团雪、一滴水就能把它弄死。但是在宇宙压倒人的时候，人却比弄死他的一切都更高贵，因为他知道他死和宇宙的优势。宇宙却一无所知。

所以我们的全部尊严都在于有思想，我们该从这里站起来，不是从空间和我们没有能力充满的时间站起来。所以努力思维吧！这是道德的原则。

人的尊严就在思想里。

这些带有辩证法的妙话，都在他的《随感录》中。我们拒绝他的笃信的唯心主义言论，但是却不能不肯定他的有哲理意味的妙论。而这些妙论都是很难用一支笨笔所能翻译出来的，如我的翻译便是。

译者

随感录

节 一

3. 那些惯于用感情来判断的人们一点也不理解推论的事物，因为他们一下子就想了解它，而不惯于寻求原则。另有一些人正相反，惯于用原则来推论，一点也不理解感情事物，寻求原则，不能一看就了解。

4. **数学，本能**。——真正的口才忽视口才；真正的道德忽视道德，就是说，判断的道德思想精神的道德——这是没有准则的。

因为判断是属于感觉的东西，正如学问属于理智；直觉是判断的部分，数学是理智的部分。

忽视哲学，是真正钻研哲学。

5. 那些判断一本著述而没有准则的人们是为别人而发的，正如那些〔没有〕戴表的人们是为别人而戴的。一个人讲："现在两点钟啦"，另一个人讲："现在只有三刻钟"。我看了看我的表，告诉后一位："你日子过得无聊"；告诉前一位："时间跟着你飞跑"；因为现在才一点半钟。——我不在乎那些告诉我 "时间慢啦"我是信口开河的人们：他们不知道我用我的表在判断。①

6. 正如有人伤害自己的理解，也有人伤害自己的感情。

---

① 他的手腕上总是戴着表。

人依靠交谈形成自己的理解和感情，人靠交谈伤害自己的理解和感情。正如有益的交谈和无益的交谈形成或者伤害理解或者感情一样。问题全在善于选择，形成而不伤害。倘使没有早就形成，也没有伤害，人就不能做出这种选择。所以一个圈子就形成了；逃出来的人们走运了。

7. 人越有理智也就觉得越有独创性；普通人看不出区别的。

9. 一个人希望有利于改正，告诉另一个人受骗了，就必须想一想从哪个角度来看问题，因而问题真是经常在这个角度，再把真话对他讲，然而要指出他错在哪个角度。这就让他满意了，因为他看见他并没有错，仅仅是没有向各个角度看罢了；人不会为照顾不周而生气，可是人不愿意接受他是受骗的；也许这来自人自然而然地不能照顾周到，因而也就自然而然地不能在面对的角度犯错误；正如感觉的体会总是真实的。

10. 人通常更爱听取自己找到的理由，而不是来自别人想到的理由。

11. 任何娱乐对基督教生活都是危险的；在人所发明的所有的娱乐中，最可怕的莫过于喜剧。这是激情的一种极其自然与极度微妙的表现，它们受到激动，在我心里扎下了根，尤其是爱情这种激情；主要就在被表现得十分贞洁与十分正直。因为无辜的人们越觉得它无辜，人们也就越能受到感动；它的暴烈情况讨我们自尊心的喜欢，它马上形成一种欲望，产生我们常常看见表演的同一效果；人还同时给自己形成一种意识，建基于我们看见的感情的正直上；这些感情勾消人们真活的害怕，以为这不会损伤贞洁，爱他们认为极其正经的恋爱。

就这样人看完了喜剧，心里充满了爱情的各种甜蜜之感，它的无辜说服了灵魂与理智，做好准备接受它的初步印象，或者不如说是做好准备来接受在某人心里使这些印象生根发芽的机会。来领会同样乐趣和同样牺牲,我们在喜剧里曾经被描写得如火如荼。

12. 斯卡拉木赦①只想着一件事。

博士充满了说话的欲望,已经把话说完了以后,再说一刻钟。

13. 人爱看克莱奥毕琳②的过失、激情,因为她不认识它;假如她不受骗的话,人就不爱看了。

14. 一篇自然的讲话描写一种激情或者一种后果,人在自身找到他所理解的真理,他原先不知道它就在那里,结果就被带动去爱我们受感动的人;因为他们没有向我们露出他的利益,而露出的是我们的利益;于是这种恩情使我们觉得他可爱,不算我们和他共有的这种智力必然使人倾向于爱他。

15. 口才以动听而说服,并非以威望而说服,像僭主,不像国王。

18. 人不知道一种事物的真相的时候,出现一种共同的错误把人类的精神固定下来也是好事,例如,人把季节更换、疾病进展等等归之于月亮就是。因为人的主要疾病是他不能知道事物的不安的好奇心,于是对他来说,比起这种无益的好奇心来,犯错误就不那么坏了。

艾皮克太图斯③,蒙泰涅④和所罗门·德·屠尔梯⑤的写法是最有用处的写法,最能深入人心,最被人记牢,最常被人引用,因为它是由得之于日常生活的思想所组成的;正如人说起的人也常有的共同错误一样,月亮是一切的原因,人就不会不说所罗门·德·屠尔梯说过,人不知道一件事物的真相的时候,出现一种共同的错误也是好事等等,这是说过的另一种思想。

---

① 斯卡拉木赦(Scaramonche)是意大利即兴喜剧的著名演员。"博士"指喜剧的人物。
② 克莱奥毕琳(Cléobuline)是女作家德·斯居代里(Madeleine de Scudéri)小姐的传奇小说《阿尔达曼》Artamene 的人物,见于该书第二卷七部。
③ 艾皮克太图斯(Epictète,约55—约135)是罗马帝国时期一个奴隶出身的斯多葛派哲学家,以为受苦应当听之耐之。
④ 蒙泰涅(Montaigne,1533—1592)是十六世纪法国知名的随笔作家。
⑤ 《随想录》出版时用名,众人猜测,这就是帕斯卡用的笔名。

19. 写一部作品，末一件要做的事就是晓得应当要做的事。

21. 自然让全部真理各不相属；我们的艺术却让它们互相依赖，这不自然：各有其位。

22. 别讲我没有说过任何新东西：材料的安排就是新的；人玩网球的时候，打来打去的只是一只球，不过有人打得好些罢了。

我倒爱听人家对我讲，我用的是旧字。好比同一思想由于不同的安排做不出另一种讲话一样，同一字句仰仗不同的安排做不出另一种思想一样。

23. 不同地安排出来的字句做成一种不同的意义，而不同地安排出来的意义做成不同的效果。

24. 语言。——千万不要转移精神方向，除非为了得到休息，然而就是这，也要适当其时；需要休息时休息，不能出现其他情况；因为不合时宜地休息，就使人疲倦；不合时宜地疲倦，才使人得到休息，也不合时宜，人就不干了；狡黠的欲念十分高兴完成人希望从我们这里得到而不给我们乐趣的反面东西，那是我们付出别人要我们付出的现金。

25. 口才。——必须有快感与真实；而且必须这种快感来自真实。

26. 口才是一幅思想的图画；因而画成之后，还想再添东西的人们画成的不是一幅画像，而是一幅油画。

27. 杂记。语言。——那些强迫字句做出对比的人们就像那些为了对称做假窗户的人们一样；他们的准则不是把话说正确了，而是把借喻做正确了。

28. 一眼看来，对比建基于没有理由另来一套上，也建基于人的脸型上，结局就是，人只想到宽的对比，而不是高，也不是深的对比。

29. 人看见风格自然的时候，就感到万分惊奇，万分喜悦，因为原来期待在这里看见一位作家，却找到了另一个人。他们赏鉴力高，看见一本书,以为找到了一个人,不料却找到了一位作家:"你说话像一位诗人,不像一个人。"①前者为自然争到光荣,教它知道,它可以谈论一切,甚至神学。

30. 他们只和耳朵商量,因为缺少心:准则是正直。诗人,不是有教养的人。删削的美丽,判断的美丽。

32. 有一种愉悦和美丽的典范,含有我们弱或强的如实的本性之间的一定的关系与我们喜欢的事物。

凡是照这种典范做出来的东西,我们统统欢喜:无论是住宅、歌曲、讲话、诗词、散文、妇女、飞鸟、江河、树木、房间、衣服等等。凡不照这种典范做出来的东西,赏鉴力高的人们就不欢喜。

正如有一种完善的关系存在于按照这种良好典范做成的一首歌曲与一所住宅之间,因为它们类似这唯一的典范,尽管个别东西是照自己的种类做成的,同样有一种完善的关系存在于按照恶劣典范做成的事物之间。并非恶劣典范是唯一的,因为这里有无数恶劣典范;而是例如,每一首恶劣的十四行诗尽管是按照某种虚假典范做成的,却完全类似一位照这种典范装扮起来的妇女。

听一首虚假的十四行诗已经够滑稽了,可是还比不上查看一下它的本性和它的典范,比不上事后想象一个照那种典范做成的妇女或者一所住宅。

33. 诗的美。——如同人说诗的美,人是应该说几何学的美与医学的美。可诗人绝不这么讲,理由就在人清楚什么是几何学的目的,包括证明在内,什么是医学的目的,包括痊愈在内,可是人不知道娱乐包括些什么,什么是诗的目的。人仅仅知道它必须模仿自然的典范,缺乏这种知识,人构造了一些古怪说法:"黄金世纪"、"我们时代的奇

---

① 原文拉丁。引自罗马诗人佩特洛尼(Pétrone)。

迹"、"宿命的",等等;人就把这种莫名其妙的话叫做诗的美。

34. 人在社会绝不标榜自己是精通诗词的行家,如果不挂出诗人、数学家等等的招牌出来的话。但是博学的人们绝不想挂招牌,也绝不在乎诗人行业和绣花者行业的区别。

博学的人们既不被称为诗人,也不被称为几何学家,等等;然而他们全是,也是他们的评论家。人猜不出他们来。他们进来了,说着他们说过的话。人看不出他们有一种才分高于另一种才分,除非有必要使用这一点的时候,于是人就想起这一点来了,因为这同样属于这种才分,人决不说他们的话说得好,当问题不在语言的时候;人说他们话说得好,当这成为问题的时候。

所以这是一种虚伪的颂扬,人在他进来的时候说他写诗很有才灵;这是一种恶劣的标记,当问题牵涉到批评某些诗词,人并不需要别人帮助的时候。

35. 人必须能讲:他不是数学家,不是宣道者,没有口才,然而是一位有教养的人。只有这个普遍的身份使我欢喜。看见一个人,想起他的事,这是恶劣的标记;我宁愿人任何身份也看不出,除去场合和机会所用的身份,——超过了,①——害怕一种身份占上风,成为他的名字;人不想他说得好,除非问题关系到说得好,人才往这上头想。

38. 诗人,不是有教养的人。

43. 某些作者,谈起他们的作品来,说:我的书,我的注释,我的故事,等等,他们发出市民有一所临街的房屋的气味,嘴上老挂着"我的家"。它们倒不如说:我们的书,我们的注释,我们的故事,等等。——鉴于通常这里别人的东西,远多于自己的东西。

45. 语言是数学,不是字母在这里变字母,而是变换字;结局就是

---

① 原文拉丁文:Ne quid nimis。

一种不为人知的语言可以辨认出来。

46. 说漂亮话的人，恶劣的性格。

47. 有人说得好，写得不好；原因是地点、听众使他们振奋，从他们的精神得到远比他们没有这种振奋心情想到的东西多。

48. 在一篇讲话中遇到一些重复的字句，试着修改它们，发现它们十分合适，一改反而损害讲话，让它们待下来了：这是标记；正是这里，盲目的妒忌在起作用，不知道这种重复在这地方不是过失；因为没有一般的准则。

49. 伪装自然，把它掩饰起来。听不见国王、教皇、主教；可是听见"至尊的君主"，等等；听不见巴黎，——听见的是"王国的京城"。有些地方必须喊巴黎为巴黎，另外地方必须喊王国的京城。

50. 同一意思根据表现它的语言在改变。意思从语言取得它们的尊严，自己却拿不出尊严来给它。必须寻找例证……

节 二

69. 读得太快，或者太慢，人就什么也听不懂。

82. 想象。——这是人的骗人的部分，这位过错和虚假的主妇，唯其不总狡诈，才格外狡诈；因为她会成为真理的可靠的准则，如果她是谎言的可靠的准则的话。可是，时时刻刻虚假，她决不显示她的本色的标记，给同一性格打上真实虚假的标记。

我说的不是疯子，我说的是头脑最清楚的人们，正是他们，才有了了不起的想象的天赋，能说服人们。理智怎么反对，也无济于事，它不能给事物开价。

这种骄横的权力、理智的仇敌，喜欢自己来管理和通知它，为了表示无所不能，给人建立一个第二天性。她有自己走运的人，自己不走运的人，健康的人，病人，阔人，穷人；她让人相信、怀疑、否认离职；她中断感受，另外形成感受；她有自己的疯子①和通情达理之士；看见她使她的客人满意，像理智一样饱满与完整，没有比这个更让我们怨恨的了。聪明的人们靠想象取得自己的欢心，正如小心翼翼的人们靠通情达理能愉悦自己。前者以威望临人；他们大胆争论，充满信心；后者争论起来，战战兢兢，信心不足；这种面貌的轻快神情往往使他们左右旁听的人们，正如有想象的通情达理之士获得同样天性的法官的欢欣一样，她不能使疯子变成通情达理之士；可是她使他们快乐，气死理智，因为理智只能使他的朋友愁苦；而想象力给他们以荣誉，理智给他们以羞辱。

谁不顾名声？谁敬重人们、作品、法律、名人，除非是想象力这种功能？没有它的同意，地球上的全部财富都不够！

这位法官的可敬的老年使整个民族起敬，他以一种纯洁而崇高的理智处理世事，以事物的本性来判断事物，决不停留在虚有其表的情况之上，因为这些情况只能损伤弱者的想象。难道你不这样说吗？你看他讲起经来，虔笃之至，热诚之至，以他的慈悲的热衷加强他的理智的坚定性；他以一种典范的尊敬准备好了听取下情。宣道者出现了，自然给了他一副嘶哑的嗓子和一张古怪的脸盘，他的剃头匠刮坏了他的胡子，也许在某个偶然的机会还给他添了些花里胡哨的东西，不管他宣读的真理多么伟大，我打赌我们的元老院议员要丢尽了他的威严。

世上最大的哲学家站在一块超过他需要的大板上，假如底下是一个悬崖，尽管他的理智保证他的安全，他的想象还是占了上风。好几位简直就顶不住往这上头想而不失色、流汗。

我不想多讲她的全部后果。

---

① 也可以译成"优"，即"小丑"，因为前面已经译成"疯子"，这里还是译成"疯子"。

85. 我们最关心的东西，正如隐藏我们的少量财富，往往几乎等于一无所有，这是乌有之物，我们的想象把它们变成了大山：想象一转就毫不费力地帮我们发现了它。

88. 孩子们害怕自己画出来的花脸，他们是孩子；可是因为是孩子，方法看上去那样无力，年纪再大些，就很强大了！变的是心血来潮；一切靠进步完成的东西也以进步毁灭，一切原来是无力的东西就决不完全强大。人会讲：他长大了，他变了；他还是老样子。

89. 习惯是我们的本性。谁惯于信仰就相信它，不再害怕地狱，也不相信别的物事。谁惯于相信国王可畏……等等。难道谁还怀疑我们的灵魂，惯于看见数目、空间、运动，相信这些，而不相信别的？

95. 寄予、喜悦是直觉；甚至几何公式变成了直觉，因为理智使直觉自然，而自然的直觉由于理智而自行销毁。

（以上译自 Brunschvicg 的版本）

小品之二
—— 有关口才与风格的思维录

2. 口才来在无聊以后。

——公王有时也玩乐。他们不总坐在他们的空座上头，他们在这上头感到无聊，为了被感受到，伟大需要把自己甩掉。

——持久使一切生厌。对取暖而言，寒冷令人惬意。

4. 口才是以某种样式说东道西的艺术：① 听的人们不费气力，带着乐趣就能听懂；② 他们对这有利益关系，自尊心不期而然地就使他们对这多加考虑。所以它含有企图建立听者一方理智与心的一种相应关系 correspondance，另一方面企图建立说着使用的思想与表达，这就设想先要研究人心，以使知道全部原动力；随后以便找出所要安排的讲话的正确比例。必须让自己站到听者的立场上来，必须在自己的心灵实验讲话的方式，看一下自己是否为别人而发，能否保证听者好像被迫纳降一般。必须尽量保持自然的淳朴，不要让小变大，让大变小。一件事光美是不够的，必须符合题材，不要过，也不要不及。

5.一切对话和讲演，必须有能力使听者为之生气："你抱怨什么呀？"

16.知道每一个人的主要激情，保险你会让他们欢喜，可是每一个人有每一个人的怪想法，甚至在他关于利益的观念中，也违反本人的利益，这是一种反乎各种变化的怪现象。

30.我从来没有准确地判断过同一事件。我在写我的作品时，判断不了我的作品：我必须像画家那样来写它，我离开一点，但是也不要离开得太远。到底多少远？猜猜看。

说服的艺术

说服的艺术和人为自己向他们提出建议的方式有必要的关系，也和希望自己相信的事物的条件有必要的关系。

人全知道，灵魂接受意见有两个入口，它们是两种主要势力：理解和意志。最自然的是理解势力，因为人该同意的只是被证明的真理；但是最常见的势力，尽管违反自然，却是意志势力；因为全部人事几乎永久不是由于证据确凿才为人相信，而是由于乐趣才为人相信。这条道路是下贱的、可鄙的与外来的：所以人人加以否认。每一个人声称只信和甚至只爱他所认为值得他信和爱的。

我这里是不谈神的真理，我绝不会让它们落到说服艺术的名下，因为它们是无限地高于自然的：只有上帝能使它们进入生命，高兴用什么方式就用什么方式。我知道他希望它们由心进入理智，而不由理智进入人心,为了屈辱那种推理的绝高势力,以为应当由它来论断意志选择的事物;为了治疗这种虚伪的意志,后者用自己肮脏的爱好来腐蚀自己。因而就出现这种情况;在谈人事的时候,人讲在爱它们之前必须加以认识,正如谚语常用的:"不识之,故不欲之。"正相反,圣者谈神事的时候,却讲爱它的,为了认识它们,人进入真理只靠慈悲就行了,他们拿这句话做成他们最有用的一句格言。在这方面,上帝似乎建立了这种超乎自然的顺序,正好不同于自然事物里对人应当是自然的顺序。可是他们腐蚀这种顺序,应当做成圣事的,却做成了渎圣的事,因为说实话,我们差不多只信我们所喜欢的。因而就出现了完全和我们的乐趣相反的我们所同意的基督教真理的距离。犹太人对摩西讲:给我们讲有趣的事吧,我们会听你的;倒像乐趣应当管理信心似的!正是为了惩罚这种混乱,一道适应的命令下来,上帝输入他的智慧于理智,只在克服意志的叛乱之后,用一种完全是上天的柔和来陶醉它,来吸引它。

  所以我只讲手边的真理;生命接受它们,通过理智和心就像通过大门一样,说的就是它们,不过它们很少从理智进来,它们成群结队,不听推理报告,单凭意志的鲁莽任性,就把自己介绍进来。

  这些势力各有各的原则与其行动的原动力。理智势力是自然的真理,人人知道,如同全体大于部分,除去几种特殊公理有的被接受下来,有的不被接受之外,只要一被承认,就和真的一样,有能力让人相信,尽管是假的。

  意志势力是人们所共有的某些自然欲望,好不幸福的欲望,没有人不会没有的,有几种特殊事物,每一个人追逐,为了把它们弄到手。它们有力量讨我们欢喜,它们强大到足以促使意志行动,尽管实际上有害,好像它们做成人的真正幸福之前。

  这些就是我们倾向于同意的势力,但是关于我们应当说服的事物的性质方面，它们是很不一致的。

有的由于一种必然的后果，来自共同的原则与被承认的真理；前者必然能被说服；因为在指出它们和被接受的原则的关系时，就有一种要说服的必要性，因为灵魂早已接纳这些真理，所以一经能让它们加入这些真理，灵魂不接受它们，也就不可能了。

有的和我们满足的事物有一种紧密的联结，就实实在在地被接受下来，因为灵魂一望见一件东西能使它非常喜爱，它就在势难免地、大喜若狂地投奔过去。

但是那些具有全部这种交往关系，和被承认的真理，和心的欲望，拿稳了它们的效果，自然中也就没有什么更不一致的了，相反，和我们的信服和我们的欢乐没有关系的事物，就让我们厌烦，感到虚假，完全成了外来的了。

所有这些场合全部可信。可是，有些要人相信的事物，牢牢建立在已知的真理之上，同时却又和最感动我们的欢乐相反。它们使我开始讲起的话展示出要冒巨大的风险，这在经验上已经太寻常了。这专横的灵魂夸耀只靠理智行动，其实跟着走的是一种被腐蚀的意志所想望的可耻与鲁莽的选择，不管太渊博的理智能做出什么样的抗拒。于是真理与意志之间就出现了一种可以的摇摆，对一个人的认识和对另一个人的感受就构成一种胜利难料的冲突，因为要想加以评论，就必须认识一切发生在人的内心极为隐秘的事情，而本人却差不多就永远也认不出来。

这样看来，你虽然希望说明，你必须重视你想说服的某人，必须认识他的理智与他的心，他承认什么原则，他爱什么食物，随后，还必须在有牵连的事务中，注意它和被承认的原则有什么关系，或者称心的原则有什么关系，而后者的魅力乃是人为的。结局就是说服的艺术同时包括着同意的艺术和说服的艺术，人类受制于理智，远不及受制于任性了。

  而这两种方法，一种说服，一种同意，我这里只给头一种定规则，就是这个，也还要假定人接受原则，而且坚决承认原则：否则我就不知道有没有一种艺术对我们任性的无常能协调证据。

  不过同意的方式是无可比拟地更艰难、更微妙、更有用与更可称赞；所以，我不谈它，原因是我没有这份能力；我觉得如此不成比例，我相信事情是完全做不到的，并非我不相信肯定有规则，既能论证，又能讨人欢喜，也不相信谁能完善地掌握这些规则，加以实用，就肯定能使国君和各色人等宠爱自己，其成功程度，犹如论证几何学因数能使有相当想象力的人们了解假定一样。不过我估计，也许是我的弱点让我这样相信，做到这一步是不可能的。至少我知道要是有人能做到这一步，这些人我都认识，而我知道的，是还没有人在这方面有如此清晰与如此丰富的智慧。

  这种极度困难的理由来自娱乐原则既不坚定，又不巩固。它们因人而异，变化到这样一种复杂的地步，在不同的时间以内，没有一个人自己和自己不同，比和别人不同还要厉害。一个男人比一个女人有其他娱乐；一个阔人和一个穷人也不相同；一位君王、一位战士、一位商人、一位市民、一位农民、老年人、年轻人、健康人和病人各有所好；一点点意外事情就左右他们变换爱好。然而这里有一种艺术，也就是我们要说起的艺术，让人看出真理和它们原则的联系是真实的，还是娱乐，只要一次承认原则之后，能继续坚定，不相违背。不过，这类原则世上少有，除去几何学仅仅考虑几种十分简单的格式之外，差不多就没有我们可以永远保持一致的真理，尤其是我们时刻在变换我们的娱乐的事物，我就不知道对我们任性的无常有没有能力制定坚定的规则在推论上加以协调。

  这种艺术，我叫做说服的艺术，其实就是完美的有条不紊的证据的实施，包括三个主要部分：用清楚的定义规定所用的词句；提出原则或者明显的公理证明有关的事务；精神上永远在论证中做出定义来更换早先的定义。

（译自 J.-F. Astié 的版本）

绘画引人赞美事物的相似，却不以之赞美原来的事物，多大的虚荣！

（译自 Henri Massis 的版本）

费尔迪耶尔

《市民传奇》(Roman Bourgeois) 是一六六六年法兰西学院院士费尔迪耶尔 (Furetière, 1619—1688) 写的一部创新小说。他用我们今天的现实主义手法开始这部小说的写作。他的精神——在他的两篇《致读者书》里说得清清楚楚——和莫里哀有些相仿。他写各方面市民——新兴的资产阶级——生活，虽然叫作"传奇"，实际上 Roman 这个法文字，已经含有后来的"长篇小说"的意思。他和布瓦洛、莫里哀、拉辛、拉·封丹都是好朋友，但是，后来法兰西学院发现他在家里编写一部字典，却抱着成见，把他从法兰西学院开除出去。这在一六八四年。本来学院从成立的那一年，一六三五年起，就以编写一本字典相期许，可是他们都是外行，对文字的来源又都不甚了了，而费尔地耶尔在这方面却下了苦功夫，他懂得许多语言，他讨厌这些院士的条条框框，便自己在家里另编一部字典。学院的字典迟迟出不来，受到当时人的讥笑，参加这次工作的十多人很失面子，于是他们造谣侮蔑，群起而攻，无所不至。为他抱不平的，有布瓦洛，而拉·封丹晚年投靠路易十四，却站到官方的队伍里去了。路易十四不表态，只是不许在他生时有人顶他的位置。把他开除出院（多数票）是在一六八五年一月二十二日。三年以后他去世了，他的字典终于在一六九〇年在荷兰以四大本问世，即所谓特莱夫字典 (Dictionnaire de Trévoux)。他生在一个小资产阶级家庭。一生勤勤恳恳，想不到蒙受了这场不白之冤，直到一八五二年，才有学者叫万衣 (Wey) 的，在《当代杂志》上为他平了反。

译者

《市民传奇》

1. 出版人告读者的话

朋友读者，尽管你买这本书，读这本书只为了作乐，可是你在这里找不到别的东西的话，你对你的光阴和你的金钱就会惋惜的。所以我告诉你，它不光是为了娱乐才写出来的，它最高的计划是教育。好像有些医生用可口的药水止泻，也有些取悦的书说些十分有用的话来。大家晓得教学的道德是不见成效的；人宣扬有益的箴言，白费气力；听人讲，已经吃力了，再照着去做，就更吃力了。可是我们看见恶习变成笑料，我们害怕变成公众耻笑的对象，就会改的。人可能对我印的这本书现在有所指摘，因为他说的只是些无足轻重的事，它的教育意义不大。不过我们必须考虑到，太多的宣道人宣扬高尚的品德，大声疾呼，反对恶习，很少人指责普通的缺点，这些缺点越是经常存在，也就越危险；因为我们习之已久，差不多就不提防了。难道我们每天不都看见无数的粗暴的人、讨厌的人、吝啬的人、爱找碴儿的人、好吹牛的人和卖弄风骚的男男女女？可是谁敢把她们的缺点和他们的胡闹告诉他们，除非是喜剧和讽刺剧？后者把和战斗罪恶的责任留给教士和法官，而自己负担起修正不合礼行的东西，加以嘲弄，假如允许我用这个字的话。它们并非不必要，往往比所有的正经话还有用。正如某些人用不着哲学教授，可是离不开小学教师，同样我们更需要有人指责人人爱犯的小过失。我们取笑别人的欢愉正是对我们健康有利的那服甜药。这就需要故事的性质和人物的性格完全符合我们的世态，我们相信在这里有看到我们天天看见的人们。正如我们赞美一幅卓越的画像，尽管我们对被画的人并不赞美，同样可以说用心编写的虚假故事，借用别人的名字进行，比起真名姓和真事来，对我们的精神作用还要深。这样就明白，假装驼背的人，当着一个真驼子，会让人感到他的怪样子，比起另一个真驼子的效果就要大多了。这样就明白，吕克莱斯的虚无缥缈的故事，你将在这本书里看到的，我听人家讲，挽救了城里一位极有身份的女孩子，因为她爱一位伯爵，按照外表看来，结局似乎已经成为定论了。这就是，读者，我给你的验方。我求你做的好事，就是，听过说明这本书全是假的，你千万不要枉费心神去把真人找出来，你以为你认出画像或者故事了，把它接在一位先生或者一位小姐头上，借口你看到一个名姓近似或者某种性格雷同。我清楚你读这本小说，头一个用心处就是找寻本人；可是你找不到，因为画像是混合的。你以为看到一个人的画像，你找到的却是另一个人的遭遇。没有一位画油画的画家，唯一的助手是他的想象力，画出来的脸相，都有我们认识的什么人的神态，尽管他的意图是描画虚假的主人公。所以你看到这些人物画出了你熟识的某人的一些性格，不要贸然做出判断，说这就是他；还是小心一点好，因为这里有好几种的傻瓜的画像，你别撞上了自己的画像。因为几乎没有人有特权可以作为例外，不能看出他的脸相的某些特征，就精神上说来，你也许要说，我不是作为一位出版人说话，而是作为一位作者说话；真情是我方才说的这番话来自作者本人给本书写的一篇长序。可是不幸的却是，这是好久以前写的了，写的人当时还很年轻，一个旧抄本的头几页会赶上各种意外的。现在，他专心致志于更正经的工作，这部作品会永远不问世的，假使不是他信托的一些人不可靠，让他落到我的手里。所以我没有办法给你整个序言，我尽我的可能剔出一些来，正如本书一些部分一样，我根据我的式样把它们搭配起来。我大胆抽掉太旧的东西，添上新东西，让它也赶上时髦。倘使你喜欢它，我用相同的式样再安排后面的东西，作为给你的一份礼物，假如你高兴为它出这份书价的话。

　　《市民传奇》Le Roman bourgeois 的序

2. 卷二 《致读者书》

读者，假如你期待这本书是第一步的续编，二者之间有一种必然的联系，你就上当了。早些别让自己受骗了；你要知道，这种情节的互相连续是很适合那些英雄诗和虚假的诗的，人在这里可以随意消减的。给他们塞些插曲进来，按照发明者的任性或者天才，用传奇的线把他们缝在一起，是容易做到的事。可是照样来对付这种极为真实和极为真挚的故事就不行了，我给故事的是形式，一点也没有改变内容。它们是城里各区发生的小故事和奇遇，它们在一起就没有一点共同的地方，我尽我的力量努力把它们聚在一道罢了。至于小心联结，我就留给装订的人去做了。所以请你们还是把它们当作些不连续的故事看吧，不要向我要求时间和地点的统一性，也不要向我要求一位主人公主宰全部小说。也不要期待我让我的人物在书的结尾全部结婚，人通常在这里像在狂欢节看见许多喜事一样；因为就许多人在求爱之后愿意过独身生活，有人会在你我不知道的情况下私下把些恋爱故事搬上舞台，这里就会出现仇恨和诉讼，如同下面要讲起的故事那样。总之，骚扰市民心灵的各种激情全可能有机会在这里遇到。你希望在这里重新寻到那种伟大的一致性，你是寻不到的；毛病不是出在作品上，而是出在标题上，知道这个也就够了。不要叫它传奇了，你就不会大惊小怪了，作为个别其余的故事也就好了。前面是计划出来的，不如说是偶然巧合而已。譬如我想到的夏罗塞耳 Charroselles，我已经给过他一个小小的样品，我让他在这里再露面，就有意删去关于他的描述。假如你对他有好奇心，你还是接着看下去吧。

《市民传奇》第二卷

拉　辛

　　古典主义主流悲剧家拉辛（Racine，1639—1699）没有理论文字，只留下九篇序言，这满足不了我们的期望。他太重要了，他是公认的古典主义大师，而且是唯一被后人视为浪漫主义的敌手。他是使用三一律得心应手的戏剧诗人。他在戏剧形式上做到和莎士比亚完全对应的地步。莎士比亚把生活各方面发掘出来，让人感到他能掌握错综复杂的生活面，从这里提取他所需要的主题和真理。就是这个，他也像大自然一样，让人猜不透，还不一定猜得对。拉辛不这样做，他走的是另一条路。人物只有几个，事情只有一个，如他所说，是单纯的；然而语言却是对人物激情的深刻的认识和分析，犹如行云流水，自然到了极点。他是后人（特别是法国十八世纪）学写悲剧的楷模。十九世纪的巴尔扎克在二十岁上学写悲剧《克伦威尔》，就对他的大妹说："我连吞带咽我们的四位悲剧作家：克赖比永（Crébillon）使我安心，伏尔泰使我害怕，高乃依使我激动，拉辛使我放下了笔。"[①]一句话，拉辛的自然而又动人的语言把他吓住了，他只好长叹一声，"放下了笔"。拉辛为什么会成为古典主义的典范？我们猜想他掌握住了几个道理：一、就是他说的，他让行动线单纯，他拒绝莎士比亚式的复杂情节；二、他选择最高激情的时刻与人物，承担单线情节；三、在承担的时候，他往深里挖，从生活细处探索行动的秘密；四、因而人物的语言都准确无误，自然流畅，而不故作姿态，使人感动，他的戏剧力量来自激情的自相矛盾。而自相矛盾的痛苦是最细致而又最能感人的！

　　高乃依和他是死对头。年迈的高乃依妒忌他，但是无能为力。拉辛摆脱了莫里哀，摆脱了莫里哀对他的爱护，把他的悲剧给了勃艮第府剧场，还把悲剧女演员拉过去主演他的戏。他投靠夏普兰，夏普兰主张三一律；他想办法来满足悲剧的条件。他是一个孤儿，到了二十岁，他不得不投靠宫廷，走考拜尔（Colbert）的门路，二十三岁靠一首诗就得了津贴六百法郎。后来他又做了路易十四的史官，从三十七岁做到去世为止。他和扶养他成人的教派也闹翻了。他三十三岁就被选入法兰西学院。他懂得入世之道，然而因此也得罪了许多人。我们不能因为他写戏写得好，就说他的人品也了不起。在这点上，他远不及前辈莫里哀。《费德尔》的演出是在一六七七年，莫里哀已经去世了将近四年。上演两天之后，盖乃古（Quémégaud）剧场（莫里哀剧团在这里演出）上演浦拉东（Pradon）的《费德尔》。两个剧团唱起了对台戏来了。一些贵人在和他作对。一位公爵夫人和她兄弟用了一万五千法郎，把两处的前六场戏全包了下来，于是勃艮第府的包厢全部空了，卖出了戏票，却没有人看戏！结果是浦拉东的坏戏大演特演，而拉辛的杰作却被逼得走投无路。拉辛一生气，搁笔不再写戏了。一六八〇年，两个剧团奉路易十四旨令合并，第一个上演的戏就是拉辛的《费德尔》，到一九三二年为止，法兰西喜剧院一共演了一千二百三十八场，而浦拉东的戏早已为人忘掉！

  三一律在拉辛这里运用自如，但是到了十八世纪，变成条条框框，终于在一八三〇年浪漫主义以雨果的《欧那尼》(Hernani) 造了他的反。偶像推倒，伪古典主义无所依据，戏剧形式解放了，在十九世纪得到了跃进。但是拉辛还是拉辛，他的杰作仍旧是杰作，这却是推不倒的事实。

  晚年他又皈依了早年育养他的教宗让逊派，违背了路易十四统一宗教的雄心，他不再出入宫廷了，在失宠之下抑郁而死。

译者

---

① 1819 年 11 月巴尔扎克致妹书。见《书信集》第一册，皮埃罗编注。

《布里塔尼居斯》1670年版序

在所有我发表的作品之中，没有再比这一部获得更多的掌声和谴责的了。不管我赔了多少小心来修理这出悲剧，都似乎我越努力使它好，越有人努力在谩骂它。他们的阴谋层出不穷，他们想到的批判也是无所不用其极。甚至有人站在尼禄 Néro 一方来反对我。他们说我把他写得太残忍了。就我而言，我相信，仅仅尼禄的名字就会令人意想到还应比残忍更残忍的事。不过也许过分钻研他的历史，想说他早年是正人君子来的。我们只要读一遍塔西佗，就知道，他如果有时是一位好皇帝，却永远是一个穷凶极恶的人。我的悲剧不牵涉外务。尼禄在这里是干私事、干家事。所有能容易证明我不必再做什么修补的片段，他们就免了我再向他们报道了。

另外一些人却说，正相反，我把他写得太好了。我承认，就尼禄本人而论，我没有把他当作一个好人看的见解。我一直把他看成一个怪物。不过这里是一个怪物在开始，他还火烧罗马。他没有杀他母亲、他女人和他的教师们。除此之外，我觉得他躲开了相当的残暴，却也不至于使人认错了他的面目。

有些人同情拿尔西斯，埋怨我把他写成了一个坏人和尼禄的心腹。回答只要引证一段话就行了。塔西佗讲，尼禄对拿尔西斯之死感到焦急，因为这个获得自由的奴隶和太子开头的恶习有神奇的一致之处：cujus abditis adhus vitiis mire congruebat。①

另外有些人觉得我挑选布里塔尼居斯这么年轻的一个人作为悲剧的主人公，未免反感。我在《安德洛玛克》的序里，已经对他们讲过，亚里士多德对悲剧主人公的看法，本人不仅不完善，而且经常有不完善之处。不过，我这里对他们再说两句，一个十七岁的年轻人，富有感情，富有爱情、直爽与轻信，一个年轻人的普通的成分，我觉得很能引起同情的。我不希望更多了。

可是，他们说，这位亲王死时还不到十五岁。他和拿尔西斯多活了两年。这种反对意见我本来不会提起，可是有一位就有自由让一位做了八年的皇帝统治了二十年，这样做的时候，还充满了热情②；尽管这样做在表面上是重大的改动，用皇帝的年月补足了时间的不足。

玉妮亚也有不少人指责，他们说我把一位老交际花叫玉妮亚·席拉纳的变成了一个循规蹈矩的少女。假如我告诉他们，这个玉妮亚像《熙德》里的爱米利，像《郝辣斯》里的萨毕娜一样，是一个虚构人物，他们该怎么回答我呢？不过，我倒要对他们讲，他们真读历史的话，就会发现有一位玉妮亚·卡尔维娜，属于奥古斯都亲族，是西拉鲁斯的妹妹，克楼狄屋斯曾经许配给奥克塔维的。这位玉妮亚年轻、美丽，正如辛尼加说的，festivissima omnium puellarum。③她喜爱她的哥哥，塔西佗告诉我们，他们的仇人"指控他犯乱伦罪。虽然他们犯的是一点不谨慎罢了"。假如我表现她比原来的她格外有克制，就没有听见有人讲，不许我们修改一个人物的风度，特别是无名小辈。

有人觉得奇怪，她会在布里塔尼居斯死后出现。的确是顾虑不小，甚至不要她经过奥克塔维的居所说四行相当动人的诗，可是，他们说，这也犯不上叫她回来，我一个人替她说说也就行了。他们不知道，戏剧有一个规则，就是，情节上不出现的事不讲，所有古人往常让演员出场，不说别的话，除非是他们从一个新地方来，回到另一个新地方去。

我的批评人讲，一切无益。戏在叙述到布里塔尼居斯之死就完

---

① "他难以言传地和尼禄还在潜伏的恶习配合着。"
② 指高乃依，在《海拉克里屋斯》中。
③ 在年轻女孩子当中她是最美的。

了，以后就不该听。可是人也听了，甚至仔细听到悲剧的末尾。就我而言，我从未明白，悲剧是一个完整的情节的提法，这里有几个人在一道努力，这个情节不算完，除非人知道这几个人被留在什么境况之中。索福克勒斯几乎处处就这样使用：他在《安提戈涅》用了许多诗行在公主死后表现海蒙的气愤和克瑞翁受到的惩罚。我在这里同样用在布里塔尼居斯死后，玉妮亚出走，格瑞皮娜的申斥，纳尔西斯受到的惩罚，和尼禄的绝望。

怎么做，才能满足这些刁难的法官呢？事情本来是容易办到的，只要人家存心不出卖常识就行。不应当为了避免自然而投入奇异。一个情节简单，没有什么事故，在一天之中也可以完成，但是，越往前走，一级一级升到结尾，就只能靠人物的兴趣、思想和激情来维持了，就必须以大量事件充实这同一情节，而这些事件要一个月才能完成，要一大堆表演手法，越惊奇，也就越不可能，拿无限量的演说辞令交给演员说，正好和他们应说的话完全相反。例如，需要表现一个人物酒醉，要他相好无缘无故地恨他；一位爱说话的斯巴达人①，一味卖弄爱情格言的胜利者，一位妇女教训战胜者如何骄傲。毫无疑问，这些先生们会高声叫好。可是我努力讨好的少数明理之士又该怎么说？我有什么脸，好比说，作为典范选出的古代这些大人物在他们跟前现眼的？因为，用古代人的话来说，他们才是我们应当为自己提出的真正的观众；我们应当不断问自己："荷马的维吉尔会怎么说，假如他们说到这些诗句的话，索福克勒斯该怎么说，假如他看到这样的场面？"不管怎么样，我绝不妄想禁止有人反对我的作品。我的妄想终归是妄想：西塞罗说得好："别人在看着，会谈论你，不管怎么样，他们都会谈论你的。"

---

① 斯巴达人以不爱说话知名。

我仅仅请读者原谅我这个小序,我写它是为了维护我的悲剧。受攻击而不公正,被迫出来声辩两句,没有比这再自然的了。……

《贝蕾妮丝》1670年版序

Titus reginam Berenicen, cum etiam nuptias pollicitus ferebatur, statim ab Urbe dimisit invitus invitam.

这句话的意思是:"提突斯强烈地爱着贝蕾妮丝,据说,甚至答应下她要娶她,然而才一登基,就不顾他和她的感情,把她送出罗马。"这个情节在历史上很有名,由于它所引起的激情的暴烈,我觉得也非常适合舞台上演。说实话,在所有诗人之中,没有比维吉尔诗中的埃尼亚和狄东的分离更动人的了。谁怀疑这能为英雄史诗提供一张足够的材料、情节有几天之久,就不能满足一出悲剧的题材,时间只要几小时呢?不错,我绝不把贝蕾妮丝逼到非自杀不可,如同狄东那样,因为贝蕾妮丝当时还没有和提突斯做到海誓山盟,如同狄东和埃涅斯那样,她没有必要像狄东那样殉情一死。除此之外,她最后和提突斯告别,她自己为了和他分开所尽的力并不就使这出戏减少悲剧气息;我敢说,这足够重新唤起观众心中早已被其他成分引起的感情。一出悲剧并不需要流血和死亡:剧情伟大,任务不凡,可以引起激情,处处感受到这种称为悲剧的快感的庄严的忧郁。

我相信所有这些构成的因素我都可以在我的题材中遇到;但是最使我喜欢的,是我发现它极为单纯。很久以来,我就想尝试一下我能不能写出一出悲剧,情节单纯,极受古人喜爱。因为这是他们留给我们的重要规则之一。贺拉斯说:"你所做的永远单纯,只用一件事就好。"他们称赞索福克勒斯的《埃阿斯》,它不过叙述埃阿斯,为了继承阿喀琉斯的武器遭到拒绝,发了疯,因而痛苦自尽。他们称赞《菲罗克忒忒斯》,整个题材是奥德修来窃取赫剌克勒斯的箭。甚至《俄狄浦斯》虽然充满了事件,比我们今天最单纯的悲剧含有的事物还少。最后我们看一下泰伦斯的拥护者,把他抬得比任何喜剧诗人都高,由于他的词采文雅和人物逼真,却也不得不承认普鲁图斯在单纯上是一个大优点,普鲁图斯大多数的题材都是单纯的。毫无疑问,正是这种不可思议的单纯使得古人对他发出所有的赞美之词。米南德还要单纯许多,因为泰伦斯不得不用这位诗人的两出戏来写自己的一出戏!

千万不要相信这条规则不过是那些执行者的幻想:悲剧中动人的只有逼真,在一天之中发生许多要几个星期才能发生的事,这是什么样的逼真啊?有人心想,这种单纯是一种缺乏创造力的标志。他们不想想,正相反,任何创造力全在从无到有,而大量的事件永远是诗人们的藏身处,他们觉得自己的天才不够丰富也不够有力维持他们的观众五幕之久,用一个单纯的情节,有激情的暴烈、思想的美丽和表现的文雅来支持。我并不相信这些东西恰好全在我的作品汇合;但是我也不能相信,公众会责备我写下这么一出悲剧,赢得那么多的热泪,第三十次公演正如第一次客满。

这并不是说,我费尽心血,寻找的这同一单纯,就没有人怪罪我。他们相信,一出悲剧的情节如此之妙,不可能遵循戏剧规则。我请教他们它有没有让他们感到无聊。他们全对我说,它并不无聊,有好几个地方甚至感动他们,他们还会抱着快感来看它的。他们还要什么呢?我请他们坚持自己的相当正确的见解,不要相信一出感动他们的并让他们快乐的戏会完全违反规则。主要规则是讨好与感动:其他规则全做出来完成这第一规则。但是所有这些规则有详尽的细节,我劝他们不要为它们自寻苦恼:它们都有更重要的职责。亚里士多德的《诗学》的难题由我们不厌其烦地去解释吧;他们保留涕哭与被感动的快感吧;他们允许我对他们说起一位音乐家对马其顿国王费立浦说过的话吧：一首歌不是按照规则写出来的："陛下，但愿上帝不让您知道这些东西比我更知道，那您就不会那么不幸了。"

这些我将永远引以为荣来讨他们的欢喜的人们，我要说的也就是这些话；因为，至于攻击我的那篇诽谤文字，我相信读者们将很高兴免却我予以回答。对一个不用思想，甚至不知道如何构成他的思想的人，我回答什么？他说起"开场"protase来，好像他懂这个字；希望悲剧的四个部分的这个第一部分，永远最靠近最后一个部分：结局。他抱怨说，对规则知道得太多阻扰他欣赏喜剧。当然了，假如单从他的论文来看，这种抱怨是毫无根据的。他似乎从来没有读过索福克勒斯，他恭维他的"一大堆的复杂的事件"，是极其不公正的；他甚至连《诗学》也没有读过，只是在悲剧的几篇序文知道一点诗学而已。但是我原谅他不知道戏剧规则，因为，他并不用来写这类作品，这是公众之大幸。我不原谅于他的，是他不大知道开玩笑的规则，他却开口就拿人取笑。……

《忒拜政变》序

读者允许我为这出戏比起此后的戏来要多要一点宽容。写它的时候，我年纪很轻。当时我写的一些诗歌，偶然为一些有才情的人士看到。他们劝我写一出悲剧，建议尝试忒拜政变的题材。这个题材前此已经被罗特卢写过，题目是《安提戈涅》。可是他在第三幕的开始就让两个兄弟死掉。后来就有另一出悲剧开始的味道，人怀着崭新的兴趣来看戏。他把两个不同的行动并入了一出戏，一个行动的材料来自欧里庇得斯的《腓尼基妇女》，另一个来自索福克勒斯的《安提戈涅》。尽管有些地方备极美丽，我意会双重行动可能妨害了他的戏。我就根据欧里庇得斯的《腓尼基妇女》大致拟定了我的提纲。因为，至于辛尼加的《忒拜政变》，我的看法有一点和海因希乌斯①相同，我和他一样，认为这不仅不是一出辛尼加的悲剧，倒是一位演说家的作品，不懂悲剧是怎么一回事。我的戏的结局也许有点流血太多了。说实话，几乎没有一个人物不在最后死了的。不过这是《忒拜政变》的要求。我的意思是说，这是古代最悲惨的题材。

通常，悲剧总少不了爱情，这出戏却几乎不见踪影。除非重写，我相信我不会再多给了。因为两个兄弟之一不闹恋爱，就是两个兄弟全闹恋爱。兄弟间仇深似海，除去这一引人注目之外，表面看来，还有什么可吸引人的？所以就必须把爱情给二流人物，我就这么做了。而这种激情，在题材之外，也就只能产生平庸的效果。总之，在俄狄浦斯的故事和他不幸的家庭所有的蒸母、弑父和所有其他惨事中间，我相信柔情蜜意和情人的妒忌是很少有地位的。

(写于 1676 年) ②

《巴雅泽》1676 年版序

……巴雅泽被杀的详情还没有在任何刊印的史书读到。这个悲剧事件在宫廷发生的时候，塞伊 Cézy 伯爵当时正是君士坦丁堡的大使。他晓得巴雅泽的恋爱和皇后的妒忌，他甚至见过几次巴雅泽，他被许可当时在黑海的运河附近，宫廷的一头散步。塞伊伯爵说这位亲王看上去仪表不错。他把他死亡的经过写了出来。他回到法兰西，还有几位贵人记得他讲起这件故事。

有些读者可能大惊小怪，居然把一段这样新近发生的历史搬上舞

---

① 1611 年，海因希乌斯（Daniel Heinsius, 1580—1665），荷兰人，在他的新版辛尼加中说过此话。
② 这出悲剧写于 1663 年，交给莫里哀，1664 年 6 月 12 日演出，相当成功。这是拉辛头一出戏。

台。但是我没有看到戏剧诗的规则不许我这样做。说实话，我不会向一位作者建议用一个如此现代的事变作为一出悲剧的题材的，假如它发生在他希望上演的悲剧的国家，也不会建议将大部分观众熟知的一些人物写成戏。悲剧人物应当用另一种眼光看待，不像我们的通常观众人物就在眼前一样。我们不妨说：major e longinquo reverentia①。国家遥远可以说补救时间过于接近：因为人民对离他们一千年和一千里远无所区别，假如我可以这样说的话。所以举例来看，土耳其人物不管如何现代，都在我们的舞台上具有尊严之感。大家就把他们看成古人了，只是风俗习惯完全不同而已。我们很少和我们所尊重的亲王和其他住在宫廷的人物来往，就像他们活在另一个世纪一样。

古时雅典人对波斯人差不多也是这样看法。所以诗人埃斯库罗斯不感到一点为难，把也许还活着的泽尔士的母亲介绍到悲剧里来，在希腊剧场表演这位皇帝溃败之后波斯宫廷的绝望。然而这同一个埃斯库罗斯本人就参与了萨拉米斯战役，泽尔士就在这里被打败的。他还参加了在马拉松平原打败泽尔士的父亲大流士的将士之役；因为埃斯库罗斯是军人。……

《费德尔》1677 年版序

现在又是一出悲剧，题材取之于欧里庇得斯。尽管我处理行动有一点不同于这位作家的道路，我认为他的戏最出色的东西，我并没有全用过来丰富我的剧作。只有费德尔的人物这唯一观念，我可以说我欠下他的情分，我说这话，同时还可以说的是，我也许把更合情合理的东西放在戏里。我不奇怪在欧里庇得斯的时代，这个人物会得到那样

---

① 义同上文。

顺利的成功，在我们的时代又会成功，因为这个人物具有亚里士多德要求于英雄的成分，适宜激起怜悯与恐惧。说实话，费德尔不会有罪，也不会无罪。她的命运纠缠住了她，她在开始时对这种非德的激情也是厌恶的。由于公众的恼怒，她尽使她全部的力量来克制它。她宁愿自尽也不要告诉别人。在她被迫说出的时候，她讲了个乱七八糟，人一看就明白这不是她的意志的行动，而是蠢动的一种惩罚。

我甚至当心在意，让她不那么可憎，像她在古人们的悲剧中那样，她决计亲自控诉伊波利特。我认为诽谤太下流，太丑恶，放在一位王妃的嘴里并不相宜，再说，她具有如此高贵与如此贤贞的感情。这种下流行为我觉得对一位奶妈更合适，她可能具有更奴颜婢膝的倾向，然而，她之所以做出虚假的控诉，也只为了营救她女主人的性命与荣誉。费德尔只是在一种不由自主的心情激动之下才助了她一臂之力，过后，她一时又盘算讲出实情，解救无辜。

在欧里庇得斯和辛尼加的戏里，伊波利特被控告事实上强奸他的后母：vim corpus tulit[①]。可是我这里只控告他有这种意图而已。我希望这样可以免去忒修斯为难，观众不会感觉怎么愉快的。

至于伊波利特这个人物，我注意到大人们责备欧里庇得斯把他表现得像一个哲学家，没有任何缺点。这样一来，这位年轻太子的死就造成更多超过怜悯的愤怒。我相信应该给他一点短处，对父亲犯了点罪，无论如何，不取消这种心灵上的伟大，免得费德尔的荣誉受羞辱，自己受迫害也不控诉。他情不自禁爱上阿瑞斯，她是他父亲的死敌的女儿和妹妹。我把这叫做激情的缺点。

这位阿瑞斯不是我创造的一个人物。维吉尔说伊波利特娶了他，在艾苏拉浦救活他后，还有一个儿子。我还读到一些作家，说伊利亚

[①] 辛尼加的《费德尔》第五幕92行："我的身子受过他凌辱。"

特娶了一位出身高贵的雅典女子，名字叫尼西，把她带到意大利，把她的名字给了意大利一个小城。

我说起这些权威来，因为我照搬故事是极其小心的。我甚至遵照普鲁塔克讲起的忒修斯的历史来写。

就是这位历史家，给我机会相信，忒修斯下到地狱抢救浦洛塞尔皮娜，是这位王爷的一次旅行，他从艾波鲁斯走到阿凯隆的水源，到了一个国家，皮瑞陶乌斯想抢走国王的夫人，他把忒修斯当作囚犯扣留住，后来又处死了皮瑞陶乌斯。我就是这样尽力保存历史的逼真性，不遗失故事的装饰品，这绝对有助于诗意。也就是忒修斯死亡的谣传，有这种传说的旅行做根据，才使费德尔公布她的爱情，成为她的不幸的主要原因之一，相信她丈夫活着的话，她绝不敢这样做的。

而且，我还不敢就说，这出戏事实上是我写得最好的悲剧。我请读者和时间来决定它的真正的价值。我所能确信的，就是我在这出戏里把坚贞写得明明白白。最微小的错误都在这里受到严厉的惩罚。仅仅罪恶的思想就在这里以同样的厌恶被看成罪恶本身。爱情的弱点在这里也被看成真正的弱点。激情在这里被表现出来，只为指出它们是紊乱的原因；恶习在这里到处用颜色被描绘出来让人看出它们来，让人憎恨丑恶。这正是每个为公众工作的人所应当向自己提出的目标。这是第一流悲剧诗人所首先在意的。他们的戏剧是一个学校，道德在这里讲授，并不少于哲学的学校。所以亚里士多德才这样制定戏剧诗的规则；苏格拉底、最懂事的哲学家，并不拒绝参与欧里庇得斯的悲剧的写作。我们希望我们的作品能像这些诗人的作品的教诲那样坚定、多方面有用。这也许是一件和解悲剧与大量以虔诚与学说而著名的人士，后者在最近贬责它，毫无疑问，他们会更有利地加以批判，如果作家们想到教育他们的观众，如同想到娱乐他们的观众，如果他们在这方面遵循悲剧的真正的意图的话。

《安德洛玛克》再版序

……

说实话，我被迫让阿斯堤阿那克斯多活些日子；不过我那是在一个自由不会受到误解的国家写的。因为，龙沙就选择了同一的阿斯堤阿那克斯做他的《法兰西纪》的主人公，大家知道我们的国王来自赫克托耳这个儿子，我们古代逸史救下这位殿下的性命，饱经祸乱，成为我们国家的建基人，不用说，龙沙是完全清楚的。

欧里庇得斯在他的悲剧《海伦》中胆子就更大了！他在这里公然触犯希腊的共同信条。他假定海伦从未去过特洛伊；这座城市火烧之后，墨涅拉俄斯在埃及找到他的妻室，她根本就没有离开。这完全建基于只有埃及人才接受的一种见解，我们在海伦的史书读到这段事。

我以为我不需要欧里庇得斯这个例子来为我的自由使用辩护两句。因为在破坏一个故事的主要基础和改变某些小事之中，有什么重要区别，这些小事在处理者手中几乎改变了整个面貌。好比阿喀琉斯，依照许多诗人来说，只是脚腿受伤，尽管荷马让他受伤的部位是胳膊，并不相信他身体的任何部位不能受伤。同样，索福克勒斯一经认出俄狄浦斯之后立即就让伊俄卡斯忒死去，和欧里庇得斯相反，让她一直活到两个儿子战死之后。正是这种矛盾性质，一位古代索福克勒斯的注释者就说得很好："我们不该为了诗人们改变故事就大兴问罪之师；我们应当考虑他为这些改动做出的良好使用，和他们能把故事与主题协调起来的聪明手法。"

拉·布吕耶尔

拉·布吕耶尔（La Bruyère, 1645—1696）是法国十七世纪后期的著名散文家。他一辈子只写了一本书，就是《品格论》。这部书他迟疑了又迟疑，最后，在一六八八年，还是硬着头皮，交给书店出版了。朋友看过他的手稿的，对他讲，它会给他招惹是非的。可是书出来了，固然得罪了一些人，却成了一本畅销书，当年就一连再版了三回。他很小心，书前面也没有作者的名字，还把古希腊的代奥夫拉斯特（Théophraste）的《人品论》翻成法文，放在前头正文位置来打掩护。

他平日过的是独身者的朴素的生活，当时出书也不是为了赚钱来维持生活的。靠书来维持生活，对当时的作家来说，是可耻的。拉·布吕耶尔出这本书，就把他应得的利益全部给了书店老板的小女儿，据说帮她弄到一笔二三十万法郎的嫁妆，她嫁给了一位金融家。

书的成功使他放心了，第四版在一六八九年，第五版在一六九〇年，第六版在一六九一年，第七版在一六九二年，第八版在一六九四年，第九版来不及出版他就去世了，只差几个星期。每版都有新增的条目，全书共分十六章，每章长短不等，一共有一千一百十九条。最后还有一个短短的结论，算是他对自己的书的评价吧：

> 大家不欣赏这些"人品"，我觉得怪；大家拉家常，我照样感到怪。

这个尾巴应当是第一千一百二十条。

单看这个评价，我们已经觉得此公古怪了。欣赏不欣赏，一样是"怪"，你不免要问了，他的标准是什么呢？其实说破了也不太难：他表示谦虚,同时对读者欣赏或者不欣赏的动机有些怀疑。这话说起来就长了,我们只好从头说起。

拉·布吕耶尔把书叫做《品格论》,实际是一本议论当代人情风俗的书,就连文坛事故,他也不免要议论两句。他贬斥了一个月刊,叫做《文雅使者》(Mercule galant)的,他这样说起它:

《文雅使者》是直接地在任何东西之下。类似的作品,为数并不在少。靠一本蠢书致富,正如买它要愚蠢一样,都要有聪明:有时不冒险来干绝顶无聊的事,就是忽视人民的审美力。

《文雅使者》恨透了他,参加了今派。他本人也卷入了古今之争。他站在布瓦洛一边。我们已经一再说起,论点并无实质的不同,"进步"这个字眼下得过早,也有毛病。拉·布吕耶尔就赶上了两派火气最足的日子。他自己又给今派提供了机会。

这发生在一六九三年。他在这一年当选为法兰西学院院士。这个观察社会动态的人,却不懂得做人的艺术:他在学院接受他作为四十名人物之一的仪式上致词,有些措词伤了今派不算之外,还敢在高乃依的兄弟和内侄面前恭维拉辛,而主持仪式的又不是学院院长布瓦洛。主席指责他在刻画人物之中攻击个人。仪式过去了,《文雅使者》用匿名方式发表了一篇文章,对《品格论》攻击了个不亦乐乎。他进入学院的发言也被说成"是直接在任何东西之下"。他不认输,在一六九四年这一版的《品格论》附录里发表了他的发言和他为驳斥他们的谰言而写的序文。公众和国王路易十四都在他这方面,《文雅使者》不作声了。

《品格论》是一本什么书呢?

我们已经说过,这是一本有关当时的人情风俗之书。也是独具一格之书。作者说他是学古人代奥夫拉斯特。这位古人是亚里士多德的学生,亚里士多德离开雅典,就由他来主持讲学。他的《人品论》并不厚,一共二十八篇,每篇描述人类社会生活的一个方面,当然都是恶劣的方面,例如两面三刀、奉承、吝啬等等。每一个时代都有这类通病。拉·布吕耶尔就不同了。他这里什么都有,有时像格言,有时像画像,有时像小品,有时像讽刺杂文。这些都是他观察他自己的社会的结果,他的意义就在于他是历史的;这有不好的一面,他在历史条件下暴露了他难免的缺点和短处,可是也有好的一面,我们从他这里知道了他所述说的时代:路易十四的晚年的法国社会生活。他真实,不撒谎。他的书因而成了历史的见证。这就是说,他的态度是现实主义的,有唯物主义的一面。

他有一个保护人,就是当时天主教的领袖博须埃（Bossuet）。他介绍拉·布吕耶尔到权倾一时的孔戴亲王府里做家庭教师,这是一六八四年的事,年薪是一千五百法郎。他的学生是波旁公爵,在一六八四年已经十四岁了,不是一个听话的好学生,也不能指望这个学生是个好学生。他桀骜不驯,厉声厉色。一言不合,就大叫大骂。他有一个办法对付:就是保持沉默。他讲地理和历史。学生不听。他们是各行其是。一六八五年,学生就结婚了。一六八六年年底,亲王跟着也就去了世。他没有由于无事可作就辞职,他继续作为一个低级"贵人"在府里呆下来,改作秘书,或者像一位学者说的,改作图书管理员的工作。为什么他要在这里呆下去？很简单,这是一个在那种社会活着能从事思维、观察和写作的最平安的方法。因为他是学法律的,可以在法庭当律师,后来还买了一个地方上的司库职务,可以当理财官,然而他都不干,只要做这个清静的食客:最下级的"贵人"。这是一种保护色。

他就这样在亲王府里观察了贵族社会。他揭了贵人的底。他在大主教博须埃的保护下同样揭发了教会的黑暗面。他的出发点是虔诚的宗教感情。你因此就责备他。他该受责备。可是哪位古人在暴露时不都这样为自己辩护啊？他到底没有歌功颂德啊！莫里哀不这样谴责那些伪信士来的？十九世纪的巴尔扎克不就这样卫护他的吃苦守穷的农村教士来的？我们不妨看一下他的《讲经》的第一条：

基督教布道变成了一场戏。它的灵魂是福音的严肃性，可是这种严肃性不再在这里看到了：取而代之的是外貌的讲究、声音的抑扬、手势的考虑、字句的选择与冗长的举例。人不再用心听神圣的语言了：这成了许多种消遣之一；这成了一种竞争与打赌的游戏。

莫里哀笔下的家长奥尔贡不就这样受了"良心导师"达尔杜弗的诈骗了吗？如果布道场所都是类似情况，心地简单的家长和老太太怎么会不上当呢？这该是暴露文学一类的东西了，可是从另一个角度来看，揭发出来不也是为了巩固正统的势力范围吗？从这个观点来看待拉·布吕耶尔所揭发的，正是他的保护者大主教博须埃之流。

拉·布吕耶尔是一位有独特风格的散文家。大家单看他怎样描述伊奈娜求医就知道了。他精炼、平易，精炼和平易是一对矛盾；最后，他在收煞处，轻轻一笔，画龙点睛，不说破而又说破地结束了。他是一位有心人。他用字经过再三斟酌，才选中了一个字，而这一个字的含义使他成为一字之师。他最恨啰嗦。他最恨拖沓。他要一个字有一个字的分量。福楼拜就从他这里学会了一个字有一个字的修辞之道。他反对雕饰。他要求自然。我们单看他主张下雨、下雪就说下雨、下雪，就明白他和莫里哀的精神是相近的。然而他却因此责备莫里哀用语粗鄙：

莫里哀的过错就在不知道回避莫名其妙的语言和粗话，就是说，需要写得干净些：多热情、多自然、多取之不尽的诙谐、怎么样的世态模仿、怎么样的形象、对滑稽人怎么样的鞭挞！

他的赞美我们原封收下，可是他的指责，我们就敬谢不敏了。莫里哀在写戏，什么样人说什么样的话，什么样的身份说什么样的话，这才叫精于描绘，难道说叫下等人也说话文雅，叫伪君子也说话朴素，叫自名有才情之士也说不风雅而又为人所易于了解的语言，拉·布吕耶尔的褒词等于白说了。

看来，拉·布吕耶尔到底是一位散文家！到底过的是书斋生活！他的散文还有一个妙处，也就是难处，即耐人寻味。看上去容易懂，其实要你思考很久。这正是他的散文的妙处。

译者

《品格论》选

第一章　精神著作

1. 自从人们思想七千多年以来，话全说了，我们来得太迟；最美和最善良的风俗不见了；我们只在古人之后和现代人之间有才能者中收割罢了。

2. 必须单单寻求思想和说话正确，不希望让别人来接受我们的爱好和我们的看法；这是一桩太高大的事业。

3. 写一本书是一种手艺，好比制造一座挂镜：要想成为作家，必须有更多的才情。一位官员靠着他的才干即将升到头等职位，他是精通业务和老练的人：他印了谈论风俗的书，罕见在于可笑。

4. 靠一本完善的书而成名，并不那么容易，还不如靠已有的名气写一本平庸的书为人所尊重。

5. 一本讽刺的书或者包括了些佚事的书，在成书以前，私下散发出去，条件是如法归还，即使平庸，也会被人看成奇迹；印成书就危险了。

6. 假使从许多风化著作抽取卷头语、献词、序言、目录、同意出书的公示，几几乎就没有多少页可以成为一本书了。

7. 某些事物中，平庸就不堪容忍：诗歌、音乐、绘画、演说。

听人豪华地演讲一篇冷淡的演说，或者以恶劣诗人的全部浮夸朗读平庸的诗句，此公该受什么样的罪呀！

8. 某些诗人写戏，惯于长篇大论，看上去是强烈、卓越，富有伟大的情操。老百姓用心在听，恨不得一口吞下去，抬高眼睛，张着嘴，心想这讨他欢喜，越听下去越不怎么懂，仰慕之情也就越高；他没有呼吸的时间，他几乎没有喝彩和鼓掌的时间。在我还年轻的时候，我从前认为那些好演员，对他应和台座①清楚和可以理解的地方，作者自己也懂得的地方，我以全部注意力集中在听，毛病出在我什么也没有听懂，我现在清醒了。

9. 截到现在为止，哪一部有才的杰作是几个人合作？荷马的《伊利亚特》、维吉尔的《埃涅阿斯纪》、提特-李维和他的《十卷集》②以及罗马演说家与他的《演说词》③。

10. 在艺术上有一个完美的定点，正如自然中有善良和成熟的顶点一样。感觉到和爱它的人有完善的鉴赏力；感觉不到和爱它以外的人有不完善的鉴赏力。因而就有一种良好的鉴赏力和一种恶劣的鉴赏

---

① 台座指法国十七世纪以来舞台上的座位，票价极高，贵人以在此看戏为荣，剧场经营者看在收入面上，也不肯取消。
② 提特-李维 Tite-Live（公元前 59—17）是著名的罗马历史学家。他写了 142 页。抄写者分为十卷。
③ 指罗马大演说家西塞罗（Cicéron）（公元前 106—前 43）。

力，人的鉴赏力的争论是有基础的①。

11. 人的感受力比鉴赏力多多了；或者，说得更准确些，人的才情很少伴有一种稳定的鉴赏力和一种正确的批评的。

12. 英雄的生活丰富历史，历史美化英雄的行为，我不知道谁更受惠，写历史的人们归功于向他们提供伟大业绩的人们，还是这些大人物归功于他的历史家。

13. 一堆辞藻，拙劣的歌颂，应当颂扬的是事实和述说的方式。

14. 一位作家的全部才情在于准确与刻画。摩西、荷马、柏拉图、维吉尔、贺拉斯高于别的作家只在于他们的表现和他们的形象：必须表现真实，而写却要自然地、强烈地、细致地写。

15. 我们在风格方面应当做的，我们在建筑方面全做了。我们完全放弃了哥特式，野蛮人为宫殿和庙宇把它介绍进来；有人提起多立克式、爱奥尼亚式、考林辛式；按说只会在罗马和古希腊的废墟中看到，却一变而为现代，在我们的柱廊和我们正面的列柱廊有了辉煌的生命。同样是写作，想达到完美的地步，如果有了可能的话，以模仿古人来超过古人罢了。

多少时机白白过去了，人们才又能在学问和艺术上回到古人的鉴赏力，最后重新掌握了朴素与自然！

我们以古人与现代干才为糈粮，我们挤奶，尽我们可能来挤，把我们的作品吹得鼓鼓的；我们成了作家，以为可以独自走路了，我们反对他们，虐待他们，像那些有气力的孩子，强壮由于吸过好奶，打他们的奶娘。

一位现代作家，通常证明古人在两方面不如我们，理论和例证：他从他个别的爱好来推理，以自己的作品为例。

---

① 古典主义者认为美是绝对的。这种看法直到十八世纪才有所改变。

他承认古人不管怎么说，尽管不匀称，不规则，还是有美好的地方的，他引证它们，结果很美，它们使人们读他的批评。

某些有才之士宣传爱护古人，反对现代，不过他们是可疑分子，似乎在为自己的事业做评论，他们的作品是照古代的爱好写出来的：他们被否定了。

16. 应该读自己的作品给那些比自己在这方面知道多的人听，为了修改它们，为了批判它们。

不希望听人劝告或者修改自己的作品是一种学究气。

一位作家必须以同样的谦逊接受别人对他的作品的颂扬和批评。

17. 在可能反映我们唯一的思想的各种不同的表现之间，只有一个表现是好的。人在谈话或者写作的期间并不经常遇见，它的确存在着，凡不是它的地方就软弱无力，满足不了一位希望人家听得懂的有才气的人。

一位细心写作的好作家，经常感到许久以来他寻找而不相逢的表现，最后找到了，就是那最朴素、最自然的表现，似乎应该一下子不费事就露面才是。

那些兴之所至就挥笔的人们，容易修改他们的作品，因为兴致不固定，有时有所变异，他们的情绪很快就低落了，不再固执于他们最热爱的表现与词句。

18. 使我们写出好东西的同一正确才情又使我们担心它们不够好，值得别人一读。

一位才情平常的人相信神来之笔；一位才情高的人相信通情达理地写。

19. 阿里斯特说："有人劝我读我的作品给绕伊耳听，我照着做了。它们一下子就据而有之，连说坏话的空隙也不给他留下来。他当着我的面称赞了两句，此后就在任何人面前不称赞了。我原谅他，我不向一位作家要更多的东西,我甚至可怜他听人读了许多好东西而自己写不出来。"

那些由于身份而免于作家妒忌的人们,由于激情或者由于需要而分心,冷落了别人的构思的人们,由于才情、心灵与财富的布置,几乎不能欣赏一部作品的完美所赋予的乐趣。

20. 批评的乐趣夺去我们感受极度美好事物的乐趣。

21. 许多人听人给他们读一部手稿,甚至感到它的优点,却又不能宣布自己对它的好感,直到后来看见它印成书在社会上风行了,或者在行家那里看到它的遭遇,他们不贸然宣称他们称赞,却愿意被人推动,被群众卷入。于是他们开口了,说他们最先称赞这部作品,公众和他们的观点一致。

这些人放弃最好的机会说服我们。他们有才灵和知识,他们懂得批评,觉得好的就是好的,最好的就是最好的。一部好书落入他们的手中,又是第一流书,作者还没有取得大名声,也没有丝毫东西让人对他产生好感,称赞他的著作也不关联到奉承或者阿谀大人先生;妒忌者们,人家也不需要你嘶喊:"这是一本杰作,人类的水平到此为止;这是人类语言所能达到的极限;人们只能根据他对这出戏的鉴赏力来批评某人的鉴赏力的未来;"过分的、惹人厌恶的词句,让人感到艺术津贴或者修道院的味道,甚至有害于这本值得称赞和人家打算称赞的书。你们为什么不单说一句:"这是一本好书"呢?不错,你们也说了,和全国人一道说的,和外国人一道说的,好像他们是你们的同胞,这时书已经在全欧洲印行,译成了几国语言,不劳阁下捧场。

22. 有些人读到一部作品,举出他们不明白意思的某些特征,还拿他们自己的东西改换人家的意思,于是这些被曲解和被歪曲的特征,原来只是他们自己的思想和他们的表现,他们拿出来示众,坚持它们恶劣,人人也承认它们恶劣,但是这些批评家自以为引证的原文,事实上并未引证,两相比较,也不更坏。

23. "你看艾尔冒多尔的书写得怎么样?"昂底默回答说:"写得坏。"——写得坏?——他继续道:"写得坏,就不是书,少说也不值得碰。"——可是你读过它了?昂底默说:"没有。"他怎么不添一句:费尔维和梅拉尼没有读就贬了它,他是费尔维和梅拉尼的朋友呢?

24. 阿尔塞纳,站在他的才情的最高处,遥望众人,他们的渺小使他惊恐;他受到某些人恭维、颂扬、一直被捧上了天,彼此答应互相吹捧,他虽说有一点才分,他相信自己具有人可能具有的一切才分,他将永远得不到的才分;集中、充满他的崇高的观念,自己却几乎不留出空间来宣示一些权威性意见;他的性格使其高出于人类的判断,他把应付一种连贯与单调的生活的才能扔给普通人,他的变化无常的行为却仅只对膜拜它们的会友负责:只有他们懂得判断,懂得思想,懂得协作,应当写作;社会上没有一部被认可而又为正人君子所普遍爱好的才情之作,我不说他乐于称赞,而是他肯屈辱一读,他也不会由于这副描绘而能有所改正,因为他就不读书。

25. 代奥克利知道有些东西相当没有用,他的见解一向是独特的;他有条理,然而不够深刻;他只用他的记忆力;他内向,傲慢,心里似乎总在笑话那些比不上他的人。偶然使我有机会读我的作品给他听,他听了。读完后,他同我谈起他自己的著作。"关于你的作品,你告诉我,他觉得怎么样?"——我已经对你们讲过了,他在向我讲他自己的作品哩。

26. 没有一部作品完美到这般地步,会整个儿融化在批评之中;除非作者愿意相信所有的批评,个个去掉他们最不喜欢的地方。

27. 这话已经是老生常谈了,如果找得出十个人去掉一本书一种表现方式或者一种思想的话,也很容易提出同样的人数来抗议。后者叫喊道:"为什么取消这种思想?它新颖、它美丽,方式也值得称赞;"

前者从反面证明，他们应当忽略这种思想，或者给它另一种方式。后者说："你的作品里有一个词，用得很妙，把事物自自然然就描绘出来了；"前者说："有一个字用得勉强，再说，也不够要表现你们要表现的意思。"其实这些人统统用的是同一思想和同一个字，全自命是行家，也被认为是行家。一个作家怎么办才好，怎么敢和称赞他的人们表示同感呢？

28. 一位认真的读者大可不必让他的精神负担别人所说出来的全部胡言乱语、全部恶言恶语、全部蠢言蠢语，以及用来顶替他的作品某些地方的错误东西，更不要说把它们删掉。我们确信，各人有各人的写法，不管多么追求完美，不怀好意的冷言冷语总是一种难以避免的恶行，最好的办法就是常常使他们只干傻事，此外一无用处。

29. 假使听信某些急性子和果断者的话，表达思想的词句还是太多，就算用手势同他们说话，或者干脆不言不语也能听懂。为紧凑和简明不管你费了多少心血，不管你在这方面有多少名声，他们总嫌你冗长。必须为他们弥补一切，专为他们写作。他们看头一个字，就完全了解一个复合句，看一个复合句，就完全了解整个一章；你为他们仅仅读了一段你的作品，足矣，他们已经掌握情况，理解作品。继续交织在一起的文章对他们倒是一种娱乐性读物，让他们心醉神怡的那种残缺风格，可惜太少见了，绝少作家能够适应。用一条大河作比喻，河流尽管急，却也均匀整齐，或者用一堆狂风卷起的大火作比喻，远远向一座森林烧去，烧毁了橡树和松树，都无法向他们提供任何口才的观念。让他们看他们惊奇不已的烟火，或者他们眼花缭乱的闪电，他们帮你解除了善良与美丽。

30. 在一部美丽的作品和一部完善的遵守规则的作品之间，有多少不可思议的距离！我不知道还能不能找到这后一种。避免各种错误也许比例外的天才结合伟大与崇高还不那么困难。《熙德》出现时只有一票称赞；这一票却是赞美的一票，它看见自己比权威和政治都更强大，他们想摧毁它，可是白费气力；它为自己团结了见解和思想分歧的有才之士，大人物与人民：他们一致之处在于能把它背下来，在演员登台之前就默诵下来。《熙德》终于是人所能写的最美丽的一出戏；对任何题材加以品鉴的最好的批评之一就是《熙德》的批评。

31. 你读一本书，提高了精神境界，你受启发，思想为之高贵与勇敢，不要另外寻找规则评论书了；他是一本好书，出自大师之手。

32. 卡皮斯挺然而立，以美丽的风格的法官自居，以为与布吴尔与拉毕旦无异，①行文反对公众舆论，一个人讲：达米斯不是一位好作家。达米斯向群众让步，和公众一同坦率地说：卡皮斯是一个冷漠的作家。

……

35. 蠢人读一本书，并不了解；才情庸常的人以为完全了解；高明之士有时候不全然了解：他们觉得隐晦的地方隐晦，正如清楚的地方清楚一样；自命不凡之徒想在不隐晦的地方发现隐晦，从而不了解非常清楚的地方。

36. 一位作家想方设法要人称赞他的著作，白费力气。蠢人有时候称赞，然而他们是蠢人。有才情的人们本身具有各种真理和各种见解的种子，在他们看来，没有什么新颖的东西，他们极少称赞，他们同意。

37. 我不知道人能否把巴尔扎克和茹瓦杜尔②的书信中看不到的才情、方式、乐趣与风格更多地放进书信里来，它们思想空洞，它们的出现由于妇女，从这时起，就独占鳌头了。女性在这类写作方面比我们走得还要远。她们的笔下有某些方式与表现，是我们长期用功和辛勤

---

① 布吴尔 P. Bouhours (1628—1702) 是耶稣会成员，是布瓦洛的朋友。毕西·拉毕旦 Bussy-Rabutin (1618—1693) 是一位书信家。
② 巴尔扎克，参看本书专章。茹瓦杜尔 V. Voiture (1598—1648) 以书信与诗知名。

搜索的结果，她们善于选辞，用得其所，尽管早已为人熟悉，却具有新颖的魅力，似乎只为她们使用才写出来的；只有她们才能用一个字概括整个见解，细致地表达一个细致的想法；她们有一种难以模仿的谈吐的连贯。自自然然承上启下，只是用感觉连在一起。如果妇女永远是正确的话，我敢说她们之间有些事也许会成为我们的语言写出来的最好的东西。

38. 泰伦斯不那么冷淡就好了：多么纯洁，多么完美，多么有礼貌，多么文雅，多么性格化！莫里哀能回避行话、粗话，写纯洁些就好了：多么热情，多么自然，什么样诙谐的源泉，什么样事态的模仿，怎么样描绘，什么样对滑稽人的鞭打！可是什么样人才能把这两位喜剧家合成一个！

39. 我读马莱尔伯和代奥菲尔①的诗。两个人全晓得大自然，不同在于：前者，风格饱满和匀整，同时显示出它最美、最高贵、最自然和最朴素的地方；他完成了它的图画或者描绘了后者，不加选择，又不完美，文笔随便，时好时坏，一会儿又描写过多，细节沉重得要命：他分析；有时幻想、夸张，超过大自然的真实：他在写传奇。

40. 龙沙和巴尔扎克，在各自擅长的体裁中，都留下了优点和缺点，不足以形成他们之后最大的诗人和散文家。

41. 就措辞和风格来看，马洛②似乎写在龙沙之后；在前者和我们之间，不同处只是几个字。

42. 龙沙和他的同代作家致力于风格，远不及致害之深；在完美的道路上，他们稽迟了它的进展；他们在这方面永远使其有所缺欠，无能

---

① 代奥菲尔 Théophile de Vian（1590—1626）是当时唯一写过关于景物的诗人。马莱尔伯 Malherbe（1555—1628）完全不知道大自然。这里的评论，只能是个人的偏见。布瓦洛把后者捧上了天。实际上，他善于想象。
② 古典主义者看重马洛 Malot（1496—1544）；但是他们无视龙沙 Ronsard（1524—1585）和"七星诗社"，犯了一个严重错误。直到十九世纪的古典主义被打倒，他的真面目才恢复过来。

为力。奇怪的是，马洛的作品十分自然与十分流畅，龙沙也充满了热情与灵感，竟然不能使龙沙成为一位比龙沙和马洛更为伟大的诗人；相反，贝罗、若岱尔与巴尔塔斯①不久就被一个拉岗和一个马莱尔伯赶上了，我们的语言尽管受到些损害，也就复元了。

43. 马洛和拉伯雷在他们的著作中全有脏话，这是不可宽恕的：两个人笔致流畅，全有天分，本来用不着这种脏话的，就连那些在书中搜索笑料远过于赞美的人们也意想不到。尤其是拉伯雷，令人难以理解：他的书是一个谜，不管怎么说，是解说不来的，这是一个怪物，有一张美人的脸，有蛇的脚和尾，或者一个别的什么畸形动物；这是一种骇人听闻的集合。一种细致和灵巧的伦理学和一种肮脏的腐败。说是坏吧，他走得还要远，简直是下流人的魅力；说是好吧，简直好到精细和优异的境地，可能最考究吃的菜肴。

44. 两位作家在他们的作品里指摘蒙田，我和他们一样，不相信他躲得了各式各样的责备：两个人一点"也不重视他。一个不好好地想想，来欣赏一位想了很多的作家；另一个想得太细致了，就适应不了自自然然的思想"。

……

50. 人在剧场开怀大笑，而在这里哭就觉得难为情，这是怎么回事？难道滑稽引起的大笑远比感人的伤心符合人性？难道脸型改变对我们起抑制作用？和最辛酸的痛苦一比，纵声狂笑，脸型改变要大多了，当着大人物和所有受尊敬的人，无论是笑还是哭，人都转过脸去。让人看出自己的同情，表示某种弱点，尤其是关系到一个似乎受人愚弄的虚假问题，就感到苦恼万分吗？但是，不提庄重的人或者自行其是的人对大笑和对哭泣一样觉得是弱点，同样禁止自己苦笑之外，人

---

① 贝罗 R. Belleau (1528—1577)，若岱尔 E. Tadelle (1572—1573) 和龙沙都是"七星诗社"的人；巴尔塔斯 Du Bartas (1544—1590) 写过一部《创世周》。

所期待于悲剧的又是什么？使人发笑吗？再说，难道真实性只是在喜剧中间才以栩栩如生的形象存在下来？还是心灵在激动以前就不迎合两种题材的真实性？难道它就那么容易满足？一点也不需要逼真性？所以看到一出喜剧某个地方，戏假定有趣，演得极其自然，在剧场爆出一阵阵笑声来，也就不成其为一件怪事了，正如人人抑制自己流泪和掩饰自己流泪的勉强笑声所用的极度暴力那样，清楚地证明：伟大悲剧演员的自然效果是值得使人放声大哭的。当众同声大哭，不算擦眼泪的麻烦，除去得到同意之后才哭之外，人还能体会出，往往有理由害怕在剧场哭比在剧场冻僵的趟数少。

51. 悲剧从一开始就坚持人心，在它的全部过程中不给你留下自由呼吸和恢复的时间，或者，如果给你留下喘息的时候，只为再次把你投入新的深渊和新的惊恐之中。他从怜悯把你引向恐怖，或者从恐怖引向怜悯，使你流泪、呜咽、犹疑、希望、畏惧、惊奇、憎恶，直到灾难的结局出现。所以，这不是一篇可爱的见解、温柔的表明心迹、多情的谈吐，诗意的图画，假意殷勤的语言的组织，或者有时令人发笑的诙谐，紧接着最后一场戏的真实性，反抗者不讲道理，于是为了适合礼貌起见，最后流了血，某个不幸者送了命。

52. 戏剧的品德不坏是不够的，还必须得体，并有效益。可能这里有一种滑稽，极其下流、粗俗，甚至极其乏味和无聊，诗人在这些方面用心是不许可的，也不可能使观众有所娱乐。农民或者醉鬼给闹剧演员提供一些戏，他根本就不算真正的喜剧：这怎么可以做成喜剧的内容或者主要情节呢？有人说："这些性格自然"。于是仗着这种规则，剧场不久就将充满一个听差吹口哨，一个病人上厕所①，一个醉汉睡觉或者呕吐；还有比这更自然的？这是一个女人气的男子的特征：起来晚，白

---

① 这显然是指莫里哀的《没病找病》中自以为有病的父亲。

天一部分时间花在打扮上,照镜子、洒香水、涂假痣、接信和写回信。把这个角色放在舞台上吧。你越让他生命持久,一幕两幕下去,他也就越自然,越和原型一致;不过也就越不吸引人,越乏味。

53. 小说和戏似乎很能有用又有害。人在这里看到忠诚、德行、柔情和无私的十分高尚的范例、极其美好和完善的性格,只要年轻人向周围横扫一眼,发现这些人不配,远低于他方才赞美的形象,我惊奇他的最小的缺点能应付得了他们。

54. 高乃依在其优异处没有敌手:他的特征是创新与不可模仿的;可是他时好时坏。他早期的戏是枯燥的、乏味的,让人想不到他以后会走得那么远,正如他晚期的戏令人纳闷,他能从那么高的地方摔下来。在他写的某几出最好的戏里,人物有些难以宽恕的过失,一种打断行动,拖延行动的演说风格,诗句和表现都有疏忽的地方,这样一位大人物会这样糟,人简直就不能了解。他最了不起的地方是灵感崇高,写出某些诗句,是我们读到的最成功的诗句,还有戏的布局;尽管有时担受风险和古人的规划抵触,最后,就是收场收得好;因为他不总屈从于希腊人的爱好,和他们的伟大的朴素:正相反,他让戏承担过多的事件,而且差不多总能排除困难;尤其值得赞美的是极度多样性,在他写的那么一大堆戏里,构思绝少联系。在拉辛的戏里,似乎有许多相似之处,多有同一的倾向,但是他典雅,都写得好,处处势均力敌,无论是戏的结构和布局,都准确,符合规则,得之于常识与自然,诗句也无疵可挑,韵脚丰富,高洁,声调和谐,铿锵悦耳;对于那些准确模仿古人行动的人们,他小心翼翼地维持着,使他们的行动清楚质朴,甚至还不欠缺伟大和神奇,正如高乃依并不缺欠感人与悲怜。散落在全部《熙德》、《波里厄克特》、《贺拉斯》这些戏里的柔情不是最伟大的柔情又是什么?谁看不到米特里达特·波吕斯、庇吕斯所表现的伟大?这些古人宠爱的激情,悲剧家喜欢用在戏里,人称之为恐惧与怜悯,这两个人全知道。《安德洛玛克》里的俄瑞斯忒斯,同一作者的费德尔,和高乃依的《俄狄浦斯》和《贺拉斯》,就是证据。不过,如果允许在他们之间做比较的话,表示他们各自最独特的地方,和最终常见于他们著作之中的东西,也许人可以这样说:"高乃依迫使我们服从他的人物和他的精神创造,拉辛的创造和我们近似;前者描绘人们应该如此,后者照他们的样子描绘。前者有更多人们钦佩的东西,有人应该模仿的东西;后者有更多从别人身上看到的东西,或者人从自身感到的东西。前者提高、震慑、控制、教育;后者讨人欢心、搅动人心、激动人心、深入人心。前者操纵了理性中最美丽、最高贵和最急迫的东西;后者操纵了激情中最虚伪和最细致的东西。前者有格言、法则与规例;后者有体味和感情。高乃依的戏使人更为关切;拉辛的戏更为震动与更感动。高乃依有更多的理想,拉辛更自然。前者似乎模仿索福克勒斯,后者更多归功于欧里庇得斯。"

55.……

崇高是什么?好像没有人下过定义。这是一种比喻吗?它来自比喻,或者至少某些比喻?一切种类写作承受崇高,还是只有伟大的主题才能担当?在牧歌里,除去成功的自然之外,别的东西有可能出头吗?在家常书信和谈话中,除去十分细致之外,别的东西有可能出头吗?还是自然与细致做成作品的完善,和作品的崇高是不是一个东西?什么是崇高?崇高归于哪一类才是?

同义字是几个不同的字和词表示同一内容。对比是两种互相说明的真理的比照。隐喻或者比喻从一个外在事物借来一个真理的物质与自然的形象。为了使人最好地认识真理,夸张高于真理。崇高仅仅描绘真理,不过有一个高贵的主题;它描写全部真理,前因后果,说得明明白白;它是最配得过这个真理的表现或者形象。平庸的人找不出唯一的表现,就用同义字。年轻人喜欢对比的光辉,就用它来表达。公正的人喜欢做出明确的形象，就自然而然地爱用比喻与隐喻。性情急躁的人感情冲动，一种宽广的想象力不受公正的规则的拘束，只满足于夸张。甚至在伟大的天才之间，也只有心地最高贵的人才能达到崇高。

56. 任何作家，想写得明白清楚，就该站在读者的地位上，检查自己的作品，如同什么新事物，他第一次读，就跟一点儿也不是他写的一样，作者应该听听他的批评才是；然后说服自己，不是因为他了解自己，而是由于他实际上容易理解人家这才听得懂。

57. 写东西为了人懂，可是至少必须拿些好东西来让人听。他的词汇应该纯洁，用恰当的字句，话是不错的，可是这些字句必须十分恰当，表达高贵、生动、认真的思想，含着一个很美的意思。让风格用于一种枯燥无味、不结果实、不风趣、不实用、不新颖的事物，等于糟蹋语言的纯洁性与清澈性。容易和不费力地领会一些浅薄与幼稚的事物，有时又平淡无奇，又粗俗不堪，现实掌握不住作者的思想，又为他的作品而苦恼，对读者有什么好处？

如果某些写作有点儿深度，如果得到某种方式的微妙，有时还精细到了极点，都不过是靠他的读者有好评而已。

……

69. 贺拉斯与布瓦洛已经说在你前头了。——我相信你的话；不过我作为自己的话来说。难道我就不能思索一件真实的事，在我以后别人不也要想？

第五章　城市

7. 你说什么？怎么？我听不懂，你好不好再说一遍？我越发听不懂了。我终于猜出来了：阿希斯，你想对我说，天气冷；你为什么不直说："天气冷？"你想告诉我下雨或者下雪，就直说"下雨啦，下雪啦"。你觉得我气色好，你想道喜，就直说："我觉得你气色好。"——可是，你回答，这太死板，太清楚；再说，谁不会这么说啊？——有什么关系，阿希斯？你说话，世上人全这么说，人家听得懂，难道一桩了不起的坏事？阿希斯，你跟类似你的人，你们这些说谜语的人，少一样东西；你不怀疑你自己，我要让你大吃一惊：你少一样东西，就是才情。这不完整；你有一样东西太多，就是你比别人的才情都高的想法；这就是钩辀格磔的大话，你乱七八糟的句子和你毫无疑义的空话的根由。你挨近这个人，或者走进这个房间，我揪你的衣服，在你耳边说："不要想到你有才情，你根本没有，这才是没有，这才是你的角色；可能的话，用简单的语言，就像那些你认为没有任何才情的人用的语言一样，这时也许有人先信你有才情。"

第六章

18. 用过一顿悠长的正餐，撑爆了肚子，嘴上留着阿如内伊或者西勒里①的葡萄酒的甜滋滋的酒香，尚巴尔签了一道要他署名的命令，它会剥夺一省人的面包，要是不设法补救的话，他是可以原谅的；在消化的初期，有什么办法来理解有人在某个地方会饿死呢？

19. 希尔万拿钱弄到了出身和另外一个姓；他成了教区的人物，他的祖先交过人头税②，他从前不能到克莱奥比尔府上当侍童，现在成了他的姑老爷。

44. 在各色社会中，穷人最具备品德，阔人离欺诈并不远。才干和本领不导致巨富。

47. 世上有些灾难使心肠为之痛裂；有时人甚至连吃的也没有；他

---

① 阿如内伊镇在法国马恩省，以产汽酒知名。西勒里也是马恩省一个市镇，以产葡萄酒知名。
② 人头税是法国资产阶级革命以前一种直接税，一般是地主老爷加给佃户、农奴的。教会和上层人士是轮不到的。

们畏惧冬季,他们担心生活。他们吃早熟的果子;他们逼着土地和季节要他们供给吃的东西;只有资产者,仅仅是因为他们富裕,才有胆量一口吞下一百家的吃食。谁愿意,谁就来对抗这么大的贫困吧;我能的话,我既不想遭殃,更不想交运;我将到中等境况里来。

第九章

25. 要我拿人的对立的两种地位在一起作比较,我的意思是说,贵人和老百姓;后者有必需品就知足了,前者却东西多得不安和贫困。一个穷人不会做任何坏事;一位贵人不要做任何好事,却能干些大坏事。前者指在有用的事物中成长和受锻炼;后者却和有毒的事物连在一道。那边,坦率地表现出粗野与真挚;这边,在政治的表皮底下藏着一种邪恶与腐败的汁液。老百姓缺乏精神,贵人没有灵魂。老百姓那里,有一个好里子,没有外表;贵人这里,只有外表和一种简单不过的外表。必须选择吗?我不怀疑:我要做老百姓。

35. 伊奈娜花了大钱来到阿皮道尔①,在埃斯库拉浦②的庙里见到了他,向他讨教他害的各种疾病。开头,她诉苦自己疲倦、劳累;神就宣告,这就是她新近跋涉的缘故。她说她到了黄昏就没有胃口;神谕要她少吃。她接着讲她失眠,他的处方是不到夜晚不上床,她问他为什么她变得迟钝了,有什么法子好活;神谕让她喝水;她患不消化:他叫她少吃。伊奈娜说:"我的视力衰退了。"埃斯库拉浦说:"戴眼镜吧。"她继续道:"我自己少气无力,也不像先前那样壮实,那样健康。"神就说:"这是因为你老了。""可什么办法治得好这种萎靡劲儿?""伊奈娜,最快当的法子就是死,像你母亲和祖母那样。"伊奈娜

---

① 阿皮道尔是希腊罗尼克湾南岸上的一个地区,一两个建筑物而知名:一个是保留到现在的露天剧场,一个是医神庙。
② 埃斯库拉浦是希腊传说中的著名医生。

喊了起来:"阿波罗的儿子呀,你给我出的这叫什么主意啊?难道这就是人讲你有学问,人间都尊敬你的缘故吗?你不会叫我写罕见的秘密方子?你给我开的那些方子,我不早就知道了吗?"——神回答道:"那你为什么照着办呀?犯不上跑这么远的路来找我,跑这趟远门缩短你的寿命啊?"

第十一章

128. 人看见某种沉默,有雄的和雌的,漆黑、苍白,赤日当头,遍野全是,它们盯着土地,以一种所向无前的固执在搜寻、在翻找,它们发出一种清楚的语声;它们站直了,露出一张人脸,说实话,它们是人。他们夜晚回到窝里,靠谁、青菜和黑面包过日子;他们省下别人的辛苦,为生活播种、耕地和收割,因而才配由他们种出来的这块面包。

130. 外省的贵人,对他的祖国没有用处,对他的家庭和他本人也没有用,经常没有房子住,没有服装穿。一点本事都没有,白天重复十回他是贵人,看不起资产阶级的博士服和法官帽,一辈子就关心他的门第和他的头衔,绝不肯拿来换一位掌玺官侍从举起的权杖。

圣-艾佛尔蒙

圣-艾佛尔蒙（Saint-Évrenond, 1613—1703）年轻时学法律，后来参军，跟随孔戴（Condé）元帅作战，因为开玩笑，两下闹翻了。投石政变中，他心向国王，得到旅长头衔。他是一个自由思想者，过社交生活，写戏讽刺法兰西学院，他写信给克雷基（Créqui，嘲笑比利牛斯山和约（1654）险些被投入巴士底监狱，他得信较早，逃往荷兰，随后来到英国伦敦，一直居住到死（1703）。路易十四在一六八九年赦他回国，他也谢绝了。他在英国照样和过去作风一样，以自由主义者的身份，谈论文学戏剧。他的好处在于他的环境自由，站在对岸的英国，可以自由表白他对十七世纪作家理论的探讨。他的独立的见解可以使我们了解他当时对法国文学活动的一些看法。奇怪的是，他在英国居住了那么多年，对英国当时蓬蓬勃勃的戏剧一点也不感兴趣，没有一个伟大的剧作家能引起他的兴趣，而兴趣仍然集中在对同代高乃依的崇拜，活像他待在法国一样。这对我们说来，是一个很大的损失，他没有能担负起沟通莎士比亚与法国古典主义的桥梁来。按说他完全有理由做好这个工作的。法国古典主义者对一海之隔的戏剧活动一无所知，今天看来，我们不免深感遗憾。迟到十九世纪浪漫主义运动的兴起，才开始了向莎士比亚的学习运动。对圣·艾佛尔蒙说来，尽管是一位自由思想者，古典主义思潮还是对他有着不小的影响，尽管法国文学大家对他漠然置之。

但是，他在戏剧理论上以他的敏锐与大胆的做法，企图推翻亚里士多德的悲剧作用（恐惧与怜悯）的论点，这在他的一些短论中得到明白无误的表示。他认为时代不同、信仰不同，因而悲剧也就必然在现代有所改变。基督教不适宜用于戏剧表演。世俗题材也就必然集中于激情,特别是爱情的激情。他对激情和现代悲剧的举足轻重的关系开始有了独特的认识。他指出古代悲剧写的是神祇,其实是把人的活动样式给了神祇的活动。激情,特别是爱情,占有主导的课题。他肯定了现代悲剧与激情之间的关系。这个肯定不一定正确,但是他在这里看出了社会变动的消息。相形之下,布瓦洛的《诗的艺术》就四平八稳了许多。不过他人在海外,对本国影响不大,我们只能从发展来看问题。

译者

论悲剧

我承认,我们在写戏方面高人一筹,高乃依有许多悲剧超过古代的悲剧,我这么说,我不以为是在恭维高乃依。我知道,古代悲剧作家在任何时代都有一些赞美者;但是,我不知道,这种高潮的说法是否理由充分。为了相信索福克勒斯和欧里庇得斯像人说得那样好,必须想象更多有关他们的作品的事,他们的作品我们靠翻译可以读到;按照我的看法,他们悲剧的美丽有一部分和措辞及语调是分不开的。

通过他们那一派最知名的人士的颂扬,我似乎看到,他们很少晓得伟大、豪华和尊严:他们是一些美好的才分,压榨在一个小共和国的家里,他们最需要的首先是自由。万一他们不得不表现一位伟大国王的庄严,走进一种不为人知的伟大场合,看到一些对象又下流、又粗野,他们的感情就像被奴役住了似的。

同样有才气的作家,厌恶这些对象,也确实有时把自己提高到崇高和卓绝的境地,但是他们这是往它们的悲剧里放进那么多的男女神祇,人差不多在这里就看不到人性。所谓伟大,乃是虚构;所谓自由,乃是又可怜又微不足道。在高乃依这里,伟大由本身来说明。他希望用装饰品来打扮他们的时候,他所用的修辞也配得上它;而通常,他忽略这些外在的徒劳:他不上天去寻找什么东西来衬托地面上已经相当了不起的东西,他只要进入事物之中就行了;他的饱满的形象都留下真正的印象,正是有见识的人们所乐于接受的。

说实话,自然处处可赞美;人求助于这种外来的光辉,以为这样可以美化事物,往往是一种心照不宣的供认:自己不知道适合性。由此就来了大多数我们的比喻和比较,我是不赞成的,好像它们是那样罕见,完全高贵,并极为公正;不然的话,就仗着聪明来寻找一种娱乐,为的是回避自己不晓得的事物。不管比较可能有什么好处,它们更多地适合于史诗,而不适合于悲剧:在史诗中,精神于主题之外寻找自我愉悦;在悲剧中,灵魂充满感情,占有激情,围着一种相似性的简单光辉不方便地在转动。

让我们还是回来谈谈这些古人吧,我们不知不觉已经离远了;让我们对他们公道些,承认他们极为成功地表达他们的主人公的性质远过于描写伟大帝王的庄严气象。一种对巴比伦伟大的混乱观点,与其说是提高他们的想象,不如说是损害他们的想象;可是,它们的精神不会误解武力、忠贞、正义与智慧,他们眼前每天都有范例。他们的感觉从一个庸俗共和国的豪华之中解脱出来,让他们的理性有更多的自由用人来考虑人。

这样,他们就可以不受干扰地研究人性,专心于领会恶习与道德、倾向于天才。他们从这里学会构成所希望更准确的性格强烈的人,根据他们生活的时代而更准确些,如果我们满足于靠人物的行动来认识人物的话。

高乃依相信,是他们行动还不够,他进入他们的灵魂深处寻找他们行动的原则:他下到他们心里,看激情在这里怎么样构成,发现他们的行动在这里最隐秘的东西。至于古代悲剧作家,他们忽略激情,致力于准确地发现发生的事情，要不然他们就让对话者在散乱之中谈话，告诉你些警句，而你却在期待发生动乱与绝望。

高乃依不回避发生的事情：他突出一切行动，尽可能达到适合性所能容纳的地步；但是他也交代明白他们要求于感情的东西；引导自然而不成它的绊脚石，也不由着它自己乱来。他删去古人戏里野蛮的东西。他合理地分配爱情上的柔情蜜意，然后又用它们来缓和戏里的恐惧；可是他并不因而就不小心给悲剧主题保留下我们的畏惧和我们的怜悯，也不会让灵魂离开它应当忍受的真正激情，流连于无聊的微小呻吟，呻吟尽管有一百回变化，老是一个模样。

我虽然赞扬这位卓越的作家，并不意味着他的剧本是我们舞台上唯一值得拍手喝彩的剧本。打动我们的有《马利雅娜》《索福妮丝柏》《阿尔席奥奈》《万塞斯拉斯》《斯提李孔》《安德洛玛克》《布里塔尼居斯》①以及其他剧本，并不因为我不一一举出，就丧失它们的美丽。

我尽力避免我可能使人感到腻烦，不过，我这样说也够了：没有一个国家能和我们国家竞争长于悲剧的优势。关于意大利悲剧，不值得一提：仅仅说起它们的名字，就够人腻烦的了。他们的《石宴》②，就会使一个有相当耐心的人腻烦得要命，我一看见它，就希望剧作者和他的不信奉基督教的异端②被雷轰死。

英国有些古老的悲剧③，说实话，应该删掉许多东西，删改之后，

---

① 《马利雅娜》Marianne 是莱尔米特 L'Hermite（1601—1655）的悲剧。《索福妮丝柏》Sophonisbe 是麦奈 Mainet（1604—1686）的悲剧。以首先遵守三一律见称。《阿尔席奥奈》Alcioné 是杜里耶 Duryer（1605—1658）的悲剧。《万塞斯拉斯》Vences 是罗特鲁 Rotrou（1609—1650）的悲剧。《斯提李孔》Stilicon 是高乃依的兄弟陶马 Thomas（1625—1709）的悲剧。《安德洛玛克》Andromaque 和《布里塔尼西斯》Britanices 是拉辛 Racine（1639—1699）的悲剧。
② 就我们所知而言，意大利剧作家齐柯尼尼 Cicognini，约死于 1650 年，留下一出戏《石宴》三幕，散文体。《石宴》Festin de Pierre 是西班牙堂·璜 Don Huan 的故事。堂·璜是这个"异端"，在宴会中被父亲的石像丢入地狱。参看莫里哀的《堂·璜》或《石宴》。
③ 原注："例如本·琼森 Ben Jonson 的《卡提利纳》Catilina 与《赛扬》Séjom, 等等"后者在 1603 年；前者在 1611 年。莎士比亚曾在 1603 年参加演出。本·琼森（1572—1637）是稍后于莎士比亚的以喜剧见称的剧作家。

就完全变成好戏了。在这一时期的其他悲剧中,你看见的只是一种引导无方和不成形的素材、一堆混乱的事故,不分地点、时间,丝毫不顾适合性。喜欢在戏里看到残暴的人,只要在这里看行凶和满身是血。用叙述来拯救恐惧,像在法国这样,就成了盗窃人民最感动的东西。

这种感情可以说是相当不人道了,正人君子不赞成这样建立的一种习俗;可是,就习惯、民族的喜好,一般说来,战胜了个别人的精细之感。死亡对英国人算不了什么;要打动他们,就得来些比死亡还要悲惨的形象。所以我们才相当公正地责备他们,他们的感觉给舞台给得太多了。他们从另一个极端来责备我们,说我们称赞的悲剧,过分纤细,对精神起不了强烈的印象。我们也就容忍了下来。一种柔情蜜意写得不算不好,我们心里一时不满意,就希望演员的演技更能感动我们;一时我们希望,演员比诗人还要激动,凭着一种平庸的骚动、一种太普通的痛苦,增强狂怒和绝望。说实话,应该温柔的地方,经常只是甜蜜的地方;构成怜悯的东西,使柔情蜜意感到苦恼:情绪代替了震动、惊奇、恐怖。我们的感情欠缺一些相当深刻的东西:隐藏一般的激情只能在我们灵魂里激起不完善的行动,灵魂既不懂得把行动留在他们的盘子内,也不懂得怎么样才能把自己撤掉。

英国喜剧

就风俗而论,符合古人的喜剧的,要数英国喜剧了。这不是一种充满奇遇和情言爱语的纯粹的文雅东西,像在西班牙和在法国一样;这是普遍生活的表现,按照不同的性情、人的各种性格。这是一个炼金术士,凭借他的技术的幻觉,维持一种徒然好奇心的骗人的希望;这是一个简单而轻信的人,他的傻里傻气的方便之门永远让自己上当;这有时是一位滑稽的政治家,严肃、装腔作势,什么也懂,有神秘的疑心，相信在最普通的意向之中也找得出隐藏的计划，以为在生活最天真的行为中也发现得了诡计；这是一个古怪情人、一个假勇士、一个假学者、一个有自然的怪癖，另一些人有滑稽矫揉造作。说实话，照我们看来，这些奸诈行为、这些天真行为、这位政治家，以及这些聪明拼合的性格的其他东西，走过了头，就像我们的戏，依照英国的品鉴，有些人未免有点儿乏味；这也许是因为英国人想事情想得太厉害，而法国人通常却想得不够。

说实话，我们满足于事物所给与我们的初级形象；我们停止在简单的表面，外表几乎永远代替真实与天然的流畅。我不妨捎带一句，这后两种性质有时很不适宜于混乱的谈话。在它们的对比中，方便与自然相当适合于生硬与勉强，但是，牵连到进入事物的性质，或者人物的自然，有人向我承认，不是永远依靠方便可以成功的，假如我们懂得怎么样更好地深入素材的话，我们就会发现有什么我不知道的内在东西、什么我不知道的潜藏东西涌现出来。我们不方便进去的地方，英国人也难以出来。它们变成实物的主人，还思维不属于他们的思维。他们占有他们的主题，精神上全是它们，他们还在挖掘，其实什么也找不到，可是由于过分深刻，超过了该有的公正与自然的观点。

说实话，我没有见过比法国人更有智力的人了，他们探讨事物是集中了注意的，英国人有可能离开他们过于伟大的思维，回到谈话的便利，回到某种精神的自由，如果可能的话，精神的自由必须经常有。世上最正人君子的，是思维的法国人和说话的英国人。我不知不觉滑到过于一般的考察上来了。使我回到我的戏剧主题，来看我们与它们之间存在着一种不小区别的，是关心古人的规律性，我们把一切都放在一个主要情节上，其间的变化也只是那些我们为之达到的手段的变化而已。

我们最后必须同意，一个主要事件应当是悲剧表现的目的和意图，精神在这里受到变化中的某种压力，而变化会转移精神的思想之路。一位可怜的国王的不幸、一位伟大英雄的悲惨与壮烈的死亡都牢牢掌握住紧密依附于这些重要事物的灵魂。晓得导向这一主要情节的种种手段，就变化而言，对它说来也就够了。但是，戏剧既然写来为了娱乐我们，不是为了占有我们，对英国人的感情说来，只要逼真性得以保持，胡闹得以避免，变化就是惬意的惊奇和世人欢喜的变动；而不是继续期待同一事物，期待也期待不出什么重要东西，我们的注意必然要软弱无力了。

所以，他们不表现一个值得注意的轨迹，由一些全和同样意图攸关的手段来引导，却变现一个重大的骗子，玩弄种种诡计，每个诡计又以自己特有的组织，产生其独特的效果。他们差不多永远放弃情节的单一性，来表现一个主要人物，他以各种情节来取悦他们，他们也常常离开这个主要人物，看几个人在公共场地发生的各种事情。本·琼森在《巴尔扫洛妙集市》①就是这样写的。最近《埃普索姆矿泉》②也是这样写的。这两出喜剧都表现了这些公共场地发生的滑稽事故。

还有些戏是两个主题，巧妙地搀混在一起，观众的精神不但不被太敏感的变动所伤害，反而喜欢它们所产生的惬意的多样性。必须承认这里没有规律性：不过英国人都信服地认为，这里为逗笑而偏爱的自由手法，远过于准确的规则，一位虚弱而才华已尽的作家也就拿它当作一种腻烦的技术。

想要避免混乱，必须热爱规则。必须热爱见识，它克制一种炽热的想象的活力；但是必须从规则去掉一切使人感到拘束的束缚，消除

---

① 《巴尔扫洛妙集市》(Bartholmeux Fair, 1614)，描写集市的流氓生活。
② 原注："夏德威尔的喜剧。" 夏德威尔 Shadwell（约 1642—1692）的《埃普索姆矿泉》(Epsom Wells, 1673)，描写矿泉的仕女生活。

一种谨小慎微的理性,他依附公正依附得太深了,就流不下来什么自由和自然来。那些大自然使他们生下来没有天才的人们,自己永远不会把天才弄到手,只能给艺术他们所能得到的东西;为了显示他们所具有的唯一才干:整齐,他们就贬低完全不整齐的作品。对于热爱滑稽的人们、乐于领会智力的人们、关怀真正性格的人们,就会按照他们的欣赏力,发现英国人的美好喜剧比起他们所曾看到的任何戏剧来,不是一样好,就是也许还要好。

古人曾经形成莫里哀对戏剧的良好精神,莫里哀是他们的本·琼森的敌手,在表现各种性情与人的不同的方式上,两个人都在他们的描绘中,和他们的民族天才保持着正确关系。我相信在这一点上走得比古人还要远;但是,我们不能否认,他们重视性格远过于多数主体,他们不能在临了连贯起来,使是结局更自然些。

评论一些法国作家
—— 致马萨林公爵夫人书

你要我评论若干我们的作家,夫人,这里就是。马莱尔伯一向被我们奉为我们最优秀的诗人;不过,不是由于创造与思想,而是得力于方式与表现。

在一切灵活而又文雅的题材方面,茹瓦杜尔的第一流的地位是无人争议的;萨拉散能取得第二流的地位,已经不错了,和同类诗方面最受敬重的古人可以平起平坐了。

本斯拉德的格调十分特殊;一种谈论事物极为惬意的方式,最细心的人也容忍得了他的尖酸与影射。

高乃依的悲剧没有敌手;拉辛别具一格:人物的多样性允许竞争,如果竞争使他匹敌的话。高乃依受到赞扬,在于英雄灵魂的伟大的表现、在于激情的力量、在于对话的卓越。拉辛的成就在于感情更自然、在于思想更准确、在于语言更纯洁、更流畅。前者提高灵魂，后者赢得精神；后者不给读者任何指摘的借口，前者不给观众留下空隙审查。拉辛统帅作品更小心，不信任自己，依靠希腊人，完全掌握了他们；高乃依利用时间给他带来的知识，找到亚里士多德不认识的美丽。

莫里哀以古人为范例；他模仿的那些古人，如果还活着的话，却模仿不了他。

没有作家像布瓦洛那样给我们的世纪更多的光荣了：给他做出一个更广阔的颂扬，就要读他的全部著作，而它们本身就是他的颂扬①。

拉·封丹使古人的寓言更美；古人会损害拉·封丹的故事。

贝卢找到古人的缺点，而证明今人的优点，就不行了。就整个来看，我觉得他的作品很好，有见地，有用处，能治好我们许多毛病。我希望的倒是：骑士少写些童话，主席谈他的理论稍微开阔些，修道院院长也压缩压缩他的理论②。

夫人，你希望我谈谈自己，我却要谈谈你。要是那些先生有谁处在我的地位的话，每天可以看得见你，拜领你所引起的知识，他会超过古人和今人。我利用到的太少了，在名人之中也就不配任何地位。

论　诗

奥古斯都世纪是优秀诗人的世纪，我承认；但是这不等于说，它是成熟的才华的世纪。诗需要一种特殊的天才，它不太和见识相适

---

① 他对布瓦洛的倾倒只能说明布瓦洛当时在文坛的地位而已。
② 他贬低贝卢的童话，反映他的文学成见。我们今天记得贝卢的，只是他的童话。

应。它说的话一时是神的语言,一时是疯子的语言,极少是一位正人君子的语言。它喜欢虚构,喜欢形象,永远置身于现实之外;正是这种现实,才能满足一种相当健康的理解。

这不等于说,赏心悦目的诗,我们就有才情写得出来;可是,我们必须是自己天才的主人:否则,智力就受什么外力的支配,不许可他有相当的方便来使用自己。西班牙人说,不写两行诗,必须是傻瓜;写四行诗,必须是疯子。说实话,如果人人坚持这一格言的话,我们就不会有成千锦心绣口的著作,读起来是一种十分精致的快乐:不过,格言关系到社交场合中人,远过于职业诗人。再说,有本领写出这些伟大作品的人,不会为了我说的话,抗拒得了他们天才的压力;确实的倒是,作者中就会有人不肯写出大量的诗来,为难他们的不是我的理论,而是他们才华已尽。

为了我们的快乐,必须有优秀的诗人,犹如为了我们的实用,必须有大数学家一样:可是就我们而言,我们能评论他们的作品,也就不需要像一些人在寂寞中梦幻,也不需要像另外一些人搜索枯肠,永远思维。

在所有诗人之中,写喜剧的人们最该出入社会;因为他们有赖于自然地描绘一切这里的作为,正确表现人们的思想和激情。不管用什么新手法表现旧思想,我们也不会爱看一种永远在和黎明、太阳、月亮、星星相比较的诗。我们描写海面平静、动荡,再高也不及古人表现的那样尽善尽美。今天,问题不仅在我们所提供的同样观念;而在同样的表现和同样的韵脚。我听见飞鸟啁啾,就要准备听泉水淙琤;女牧人永远睡在蕨草上,人在诗中看见没有树荫的小林子,少于他们所在的真正地点。人在末了不感到十分腻味就不可能,喜剧就不这样,我们欢欢喜喜看见我们所能表现的同样事物,我们感到行动,就像我们看到所表达的那样。

人在对话中只谈树林、溪流、牧场、田野、花园，除非有崭新的乐趣之外，给我们的印象十分腻味；而一切人性、爱好、柔情、友爱，自然而然就在我们的灵魂深处使人感到，同样的大自然产生它们，接受它们，它们也就轻而易举地从所表现的人们过渡到观看表现的人们。

费纳龙

费纳龙（Fénelon，1651—1715）的生活变化很大，他是路易十四的孩子的教师，一六九五年晋升为冈布雷大主教，但是一六九七年他发表他的清心寡欲的寂静主义宣言，受到教会和国王的指责，他给太子殿下写的小说又秘密出版了，对朝政多所议论，路易十四一怒之下，不许他离开冈布雷，撤了他的宫廷教师的职务。尽管这样，他对世事还是关心的，死后问世的《致法兰西学院书》就是一个明证。他在这封信里谈到字典，并主张应当出一本文法书，因为语言本身已经丰富了，应当有一本文法书解决所带来的各种问题。同时为了达到这个目的，一本修辞学也是必要的。

在第五章里，他谈到诗学，他对法国诗的韵脚的单调提出独特的看法。他谴责许多诗人在使用韵脚问题上的单调之感。甚至马莱尔伯也受到他的贬责。他称赞拉·封丹如意的自由诗体，也称赞莫里哀的《昂分垂永》的自由诗体的运用，对后者的语言他在《喜剧计划》中加以指责，认为他的散文喜剧一般比诗喜剧写得中看。他在《悲剧计划》中对高乃依和拉辛都提出了批评，尽管他也肯定他们的成就。这是一个不懂戏剧之所以为戏剧的文学家的指责，带些正人君子的意味，这里有人民与宫廷之分，而他们实际是站在宫廷与纯洁语言的立场来看待喜剧语言的。至于对《达尔杜弗》的指责，显然，还是从宗教立场出发，因而也就得不到后人的赞同。

但是他对编写历史的看法，却是第一次表现了他的独特的创见。这是布瓦洛在《诗的艺术》所没有接触的题目，而龙沙在他的史诗《法兰西纪》"与用心的读者"里早已谈到的问题。他要求历史家坚决以公正简明的态度来处理民族的、复杂的材料。他所要求历史的，也正是中国历代史官所要求于自己的。

　　这篇论文写在一七一四年，学院接受了它，并且付印，但是迟到他死后一七一六年才问世。他的措辞一般具有内容而又不疾言厉色，和布瓦洛的"大师"口吻相比，完全别具一格。这特别表现在对古今之争的问题上。他对古人的看法，从基督教立场出发，显然也不能抛开他的宗教身份而从时代、社会来看荷马。他对荷马使用神祇的指摘是错把荷马作为今人对待了。他也不懂荷马作为史诗诗人创造人物性格的手法。不过他的委婉陈词还是可取的。总之，他表现了古典主义思潮末期自成一家的说法，一切以个人心得为依据，不是陈词滥调，我们可以从他的言论，看出他本人的风格。

译者

致法兰西学院书

第五章　诗学计划

　　依我看来，一部诗学不就比一部修辞学那样不被需要。诗比俗人所相信的要严肃、有用多了。自从有人类以来，宗教应用诗为自己服务了。在人有神圣的写作原本之前，他们记在心里的神圣感恩歌，就保存下来世界起源的记忆与上帝奇迹的传说。什么也比不过摩西的感恩歌①庄严与热狂；《约伯记》是一首诗，充满了最胆大和最庄严的比喻；《雅歌》表现上帝作为丈夫和人的灵魂作为妻室的神秘的结合，优雅而又柔情；《诗篇》将是各世纪和各民族的仰慕与安慰，真正的上帝在这里被认识到和被感觉到。整个《圣经》充满了诗，甚至在没有丝毫诗的痕迹的地方。再说，诗为世人订立最早的法律：由于它，野蛮无知的人柔

---

① 摩西有两次歌颂耶和华，一次在《旧约》的《出埃及记》第15章；另一次，是他临终为以色列祝福，在《申命记》第33章。

化，他们西亚森林内是分散、流浪的，也聚在一起文明化了，道德化了，形成了家庭和民族，感到社会的温暖，恢复理智的使用，培养美德并创造艺术；由于它，提高勇敢去打仗，而又为和平使勇敢有所节制。

"当人类尚在蒙昧之时，神的通译——圣明的俄耳甫斯——就使人类不嗜杀戮，放弃茹毛饮血的生活，因此传说他驯服老虎和凶猛的狮子。同样，忒拜城的建造者安菲翁，据传说，演奏齐特拉琴，琴声甜美，感动了顽石，他的祈祷使它们倾倒，由他。指挥就是古代诗人的智慧……因此诗人和诗歌该当接受神圣的名义，受到人们所给的荣誉，著名的荷马和提尔太俄斯激起人们的雄心，奔赴战场。"[1]

赋有生动形象、伟大的比喻、激情的热烈与和谐的魅力的语言，就被叫做众神的语言；甚至最野蛮的民族也并非无所觉察。我们不但应该蔑视坏诗人，还应该仰慕、喜爱一位伟大的诗人，因为他不以诗为精神游戏，博取一种虚浮的荣誉，而用诗在智慧、美德和宗教方面促使人类激昂。

许不许我在这里表现我的苦恼，因为我觉得法兰西诗体的完美几乎就不可能？使我坚信这个思想的，是看见我们最大的诗人写了许多低劣的诗句。马莱尔伯写诗写得最好了；有多少诗句就配不上他的名声？我们最受敬重的诗人也极不一致，有的诗句往往就写得粗糙、隐晦、虚弱。他们希望给他们的思想一种精细的方式，必须寻找一下他们的思想。为了取得韵脚，他们充满了勉强的修饰语。删削某些诗句，并不因而就删削任何美丽：我们很容易就看出了这一点，倘使从严审查一行他们写的诗句。

---

[1] 贺拉斯《诗艺》，第 391—403 行。

我要是没有弄错的话，我们的诗体在韵脚上丢的比赚的要多多了：它丢了许多变化、流畅与和谐。诗人寻找韵脚寻找得很远，韵脚往往使他放长他的文章，空洞无力；为了弄到一行他需要的诗句，他必须来上两三句假诗。他小心在意，要用也只用丰盈的韵脚，而思想和情感却跟不上趟。韵脚先给最后音节以单调之感，使人听了厌烦，写散文就回避了，因为它一点也不中听。这种最后音节的重复甚至在伟大的英雄诗里也使人疲倦，两个阳性永远跟着两个阴性单音节。

在颂歌和分节的诗里，我们确实有更多的和谐，交织的韵脚有更多的节奏和变化。可是伟大的英雄诗，需要最甜蜜，变化最多与最庄严的声音，往往却在这方面最少完美之感。

不规则的诗句和颂歌一样，有着同样韵脚的交织、再说，它们的不整齐，由于缺乏一致的规则，根据提高或者降低的意愿，有自由变化它们的格律和它们的节奏。拉·封丹先生用来就非常妥帖。

无论如何，我没有意思废弃韵脚；没有韵脚，我们的诗体也就不成其为诗体了。我们的语言没有长短的变化，这种变化使希腊和拉丁语言有尺度的规则和诗句的格律。不过我相信使我们的诗人在韵脚上多一点宽适之感是相宜的，获得方法在内容和在和谐更准确些。放松一点韵脚的尺度我们就会让理智更为完善，我们也就更容易到达美丽、伟大、朴素、流畅的目的；我们最大的诗人也就会免却勉强的方式、缝合的形容词，不能立刻就使精神清楚的思想。……

聪明人不幸变弱他期望装潢的激情。在贺拉斯看来，一首美和光彩的诗算不了什么；它必须感动、可爱，而就必然、朴素和激动：

"诗单单美是不够的，要柔和，有随意打动听者的心灵的力量。"①

---

① 《诗艺》，第99—100行。

美不过是美，而光彩奕奕，不过是一半的美，它必须表现激情以引起激情；它必须占有人心，使其转向一首诗的合理的目的。

第八章　历史论著计划

为了学院的荣誉，我觉得它应该给我们来一部历史论著。很少有历史家免得了大缺点的。可是历史又非常重要：仗着它，我们举出伟大的例证，连坏人的恶习也对启迪好人有用，弄清起源，解释民族走什么道路从一个政府形体过渡到另一个政府体制。

好的历史家不属于任何时代；任何国家。即使他爱他的祖国，他也决不无谓地加以奉承。法兰西历史家应当立于法兰西与英吉利之间。他应当自愿称赞塔尔博特与杜盖克兰①。他公正处理威尔士亲王的军事才分与查理五世的明智②。

他回避颂扬，也回避讽刺：只有既不奉承，也无恶意，有好就说好，有坏就说坏，这才值得信任。描绘主要人物，揭示事件的原因，他不删削任何有用的事实；但是他取消一位学者希望炫耀自己博学的任何议论；他的批评局限于一些可疑的事件，在把历史提供给他的材料表述之后，就让读者自己来判断好了。学者胜过历史家，批评多过真正的天才，他会让他的读者知道全部日期、全部多余的情况、全部乏味与脱离主体的细节；他照自己的爱好来做，也不考虑公众的审美力；他希望人人像他一样，对他无止无休的好奇心也同样好奇。正相反，一位有节制和有明智的历史家只引导读者领会有重要目的的细节。取消这些细节，你丝毫没有勾销历史：它们仅仅打断、拖长，好比说，把一部历史切成小块，并不增加生动叙述的任何惯性。应当把这种准确的迷信式留给汇编家。重要的是在一上手就使读者深入事物，使他发现

---

① 注释遗漏。——编者
② 注释遗漏。——编者

关系，免于使他来到结局。历史在这一点有些类似一首史诗。

"他总是急于奔向结局，在情节中心，"等等
"他叙述而无力增加光彩的地方，他就放弃。"①

有许多迷蒙的事实，告诉我们的也只是些枯燥的姓名与日期罢了：不晓得这些姓名，比知道它们也好不了许多。单知道他的姓名，我还是不认识这个人。我爱一位历史家，不怎么准确，也不怎么公正，姓名也说不清楚，但是自自然然描绘出整个细节，如付华萨②做的那样；历史家们告诉我说，查理曼大帝在英皆莱姆召集最高会议，随即离开，和撒克逊人打仗去了，又回到了埃克斯-拉-沙派耳③：有用的东西我这里一点也没有学到。不说明情况，事实变成去肉之骨：只是一部历史的骨骼而已。

历史的主要完善在于有层次与有安排。为了达到这美好的层次，历史家总括与占有他的全部历史。他应当一目了然，揽有全局。他必须四面八方看问题，找出他的真正的观点。他必须指出它的统一性，好比说，必须从一个来源抽出依赖它的全部主要事件。他由此而有益地教育他的读者，他给他预见的喜悦，使他兴味盎然，往他眼前摆出每个世纪的事件的体系，帮他理清应有的结论，使他有理论而不向他议长论短，为他免去许多重复，永远不让他生厌，甚至凭借事实的关联，为他做出容易记忆的叙述。我重复贺拉斯议论史诗而有关历史的地方：

---

① 贺拉斯的《诗艺》，第148—150行。
② 付华萨（Froissart, 1337—1404）是法国的《史乘》（Les Chroniques），他在信教之后于1378年开始写史，直到约15世纪才完成。
③ 这里可能指查理曼大帝的史官艾金哈尔德（Éginhard）做的《查理曼传》。
  埃克斯-拉-沙派耳（Aix-la-Chapelle）是查理曼大帝的京都，即今日的埃森（Aachen），在德意志境内。

"层次的品德和美丽,倘如我没有弄错,
就在于把即时应该说的话即时都说了,
别的话先放一放,留到适当的机会再说。"

  一位枯燥与可怜的年鉴的作者,除去年表的层次之外,对其他层次一无所知;他每次重复一件事实,需要讲说一遍这件事实的经过;他敢引申,也不敢推迟任何叙述。正相反,真正有天才的历史家,在二十个地方里,挑选最好放进一件事实的地方,好让光辉扩大到所有其他的地方。往往另一件事实放在后面,反而光闪闪。放在后面,更合适引起别的事实出现。这正是为什么,西塞罗比较一位有良好审美力的人,小心翼翼,把良好画幅放在一个有利的亮光的地方。

  所以一位聪明读者喜欢不断地向前走去,不顾旁枝衍义,永远看见一个事件根据另一个事件发生,寻找结局寻找不到,好让他急不可待地赶到结局。他读完这部历史,他朝后望去,仿佛一位好奇心重的旅客,走到顶峰,转过身去,欢欢喜喜,瞭望他一路走来的路程和他游历的全部胜地。

  历史中一个独创与珍贵的特征就是把一个情况挑选准确,重述一个字,有关一个人的性情或者天才的一个手势。它把这个人整个的放在你的眼前。这一点普鲁塔克和徐埃陶做得尽美尽善;这也正是我们爱读奥萨红衣主教①的《书信》之处。你以为看见克莱芒八世②一时同他无所不谈,一时又有保留。

  一位历史家应当删掉许多多余的形容词和其他语言的装饰:他这一删,历史就更简短,人在居鲁士大帝还是孩提的时候③,和他的邻居

---

① 奥萨(Ossat,1537—1604)红衣主教是法国亨利四世驻罗马的大使。他的《书信》很有声望。
② 克莱芒八世(Clément Ⅷ)是1532—1605年期间的教皇。
③ 居鲁士(Cyrus,约公元前560—前519)大帝,是波斯帝国创建者。

米底亚人一样朴素,米底亚人又文弱、又爱讲究阔气。波斯人随后也沾染上了这种文弱和这种虚荣之风。一位历史学家显示自己不学无术,假如他表现库里屋斯或者法布里齐屋斯①吃饭也像鲁库鲁斯或者阿皮齐屋斯②用酒宴一样。说起斯巴达国王宫廷的富丽或者弩马③的富丽,这位历史家会惹人笑的。我们必须描写古罗马人的强大与快乐的贫穷。

"贫穷而强大,"等等。④
"并不富裕,"等等。⑤

我们不该忘记,在亚历山大时期,和亚洲人相比,希腊人是多么质朴不讲究排场:卡里代姆⑥对大流士三世⑦的讲话足以说明这一点。奥古斯都住了四十年十分纯朴的房子,不该,这就错了,"蠢材"。这种精赤条条又高贵又庄严,往上再添点儿绚丽的东西,懂道理和有精致审美力的人也办不到。

对一位历史家来说,最主要和最珍贵之点就在他准确地知道他写的每一世纪的历史的政府体制与民族世态细节。一位画家不懂得人们所谓的地方色彩 il costume,任何真实东西也画不出来。伦巴第画派的画家表现自然可以算是自然了,在这方面也缺乏技巧。他们画犹太人的大祭司像画一位教皇,画古代希腊人像他们看见的伦巴第那些人一

---

① 库里屋斯(Curius)是公元前290年的罗马执政官,拒绝敌人贿赂,以俭朴著称。法布里齐屋斯(Fabricius)是公元前282和公元前278年的罗马执政官,以俭朴知名。
② 鲁库鲁斯(Lucullus,公元前约109—约前57)是罗马的将军,以生活饮食豪华知名。阿皮齐屋斯(Apicius)是罗马帝国讲究吃食的人,同名有,在每一时代都以讲究吃食名。
③ 弩马(Numa)是古罗马传说中第二国王(公元前714—前671)。
④ 维吉尔《埃涅阿斯纪》第六章,834行。
⑤ 贺拉斯《书简》之二,179行。
⑥ 卡里代姆(Charidème)是公元前四世纪的希腊将军。
⑦ 大流士三世(Darius)是波斯末代君王,在位时间公元前336—前330,为亚历山大大帝所战败。

样。把亨利二世时代的法兰西人画成了戴假发和打领带，或者画当代的法兰西人留着满嘴胡子和两层皱领，没有比这再假和更惊人的了。每个民族有自己的风俗，非常不同于近邻民族的风俗。每一个民族经常改动自己的风俗。波斯就更生动，就更质朴，就更高雅。他不用教训人，就该单凭一种纯洁的叙述引起最坚定的道德感；他该避免警句，如同避免真正的暗礁一样。只要他往这里放上真正的层次，而语言又清楚、纯洁//简短与高贵，他的历史就算有了相当的装潢。历史一打扮，就损失了许许多多。西塞罗关于凯撒的《回忆录》的话讲得最好不过："在历史里，没有比质朴与透明的简洁更得人爱了。他回忆事实和他的手势，高度值得注意。事实上，它们是笔直、高雅、赤裸了，文笔的一切藻饰全像一件衣服一样脱了下来。他单想着为别人准备材料，他们可以写一部历史，也许要使蠢人开心，想用烫发钳子，然而却不要有见识的人动手。"一位有才情的人蔑视一部"精赤条条的"历史；他想给它穿衣服，用刺绣打扮它，为它"烫烫头发"用尼禄不久之后修建的金宫来表现。

> 罗马要变成一个村庄，公民们，搬到外伊①去吧，
> 除非外伊本身不包含在这个村庄之内②

我们的国家不该用单一方式来描绘；他不断在变化中。一位历史家描写克劳维斯③，宫廷文质彬彬，谈情说爱，富丽堂皇，即使个别事件上再真实也没有用；就整个民族的风俗的主要事件而论，它是假的。法兰克人当时不过是一个流氓与野蛮的部落，几乎没有法律，没有警察，

---

① 外伊（Véies）是古代埃特鲁（Étru）的一个村庄，离罗马仅十二公里，和拉丁人征战了三个世纪年，最后（公元 396 年）被灭亡，成为罗马人的殖民地。
② 徐埃陶：《尼禄》。
③ 克劳维斯 Clovis（466—511）481 年为法兰克人的国王。国家一分为四，由四子统治。

到处进行抢掠和侵略。不该把被罗马人开导的高卢人和这些极为野蛮的法兰克人混为一谈。查理曼帝国出现了一丝礼貌之光，不过马上就消逝了。它的家族迅速倾覆又使欧巴陷入可怕的野蛮境地。在铁的世纪，圣·路易是一位理性与品德的奇迹。我们几乎没有走出这悠长的黑夜。文学与艺术的复兴在意大利开始，很晚才过到法兰西来。死钻牛角尖的才子推迟了进步。

一个民族的政府体制的改变应当加以细心观察才是。比方说，我们应当区别本国的撒利克①土地与其他土地，由国家的军人统治。千万不要混淆查理曼时期的本人的伯爵领地和世袭的伯爵领地，前者原身为止，后者变成家族建立的继承之物。……注意到全民族的这些改变，远比单纯叙述个别事件重要得多了。

……

第十章 《关于古人与今人》

不错，学院可能经常在下列问题上有所争执：有些人爱好古人，另外一些人爱好今人，可能阻挠他们互相同意。不过我对这样一种温和、文雅与有节制的内战一点也不担心。人人可以在这问题上自由发挥他们的爱好与他们的见解。这种争论对文学可能是有利的。我何不斗胆谈谈我的想法呢？

1. 我最初希望现代人胜过古人。在我们的世纪与我们的国家，我高兴看见一些演说家比代冒斯太尼更激昂，一些诗人比荷马更崇高。古人不会因而就不像往常那样高超，今人会给人类加添一个新的荣耀。古人永远会有开始的荣誉，向别人指明道路的荣誉，给后人以超过自己的荣誉。

---

① 撒利克 Saliques 是法兰克人的一种法定名称，可能指私有地产，不受命于国王。

2. 用时期来判断一部作品，有固执成见之虞。

"一切没有离开人间的，一切没有过期的

"只使他引起反感和恶感

"因为希腊人最古老的著作写得最好

"倘使时间能使诗和海一样更好，

"我倒想知道一本书在哪个时期获得最多的声誉……

"考年表办事，断定价值只由于来自古代，

"爱慕一切只因死神敬奉……

"倘使他赞扬古代诗人，说他们

"无人可比，无物可拟，他就错了……

"倘使希腊人对现代人和我们一样憎恨，

"今天哪里还有古代人？……

"广大读众的一般读物，又将有谁来读？"①

如果维吉尔不敢学荷马，如果贺拉斯不愿紧跟品达，我们损失有多大？荷马和品达也不是一下子就达到这种高度完美的地步。他们之前还有别的诗人，为他们铺平道路，为他们最后胜过了后者。为什么我们不会有同样的期望？贺拉斯又自许了些什么？

"我将教唱神奇与独创的事物，迄今还没有人唱

"我的诗里没有丝毫庸贱、乏味与世俗的东西……

"……②

---

① 贺拉斯："书简"，卷二之一，《上奥古斯都书》。
　（编者附注：所有此文中应用的诗句原文全是拉丁文。）
② 贺拉斯：《颂歌》，第三卷，第23首。

"我完成着这座纪念碑比青铜还耐久。

……

"我将不会完全死去,我有一大部分……"①

为什么不让马莱尔伯用同样的歌呢?

"阿古龙敞开大门……"等等②

3. 我认为现代人和古人竞争有危险性,如果竞赛变成对古人的蔑视,不注意加以研究的话。战胜古人的真正方法是利用他们一切精彩之处,试图比它们模拟美丽的自然的见解还要走得远。我心甘情愿向我最崇敬的当代全体作家呼吁:

"你们白天翻阅希腊的典范

"夜晚也要翻阅。"③

倘使他们希望胜过古人,就该以他们为目标,赢得胜利的荣誉。

4. 一般明智与审慎的作家应当提防自己,不信任最尊重的朋友的奉承之词。自尊心把人引入歧途,友谊让朋友们对他的才分的称赞逾越限度,也是自然之事。要是有一位朋友,喜爱他的才华,对他讲:

"我不知道还有什么比《特洛伊》更伟大的事出现?"④

---

① 贺拉斯:《颂歌》,第三集,第三十首。
② 马莱尔伯:《颂歌》,给马丽·德·美弟书。
③ 贺拉斯:《诗艺》,第268—269行。
④ 贺拉斯:《颂歌》第二集,第十六首。

他听完了,该怎么办?他就是应该学学伟大与明智的维吉尔才是。这位诗人想在死前烧掉他的《埃涅阿斯纪》,其实各个世纪都受到了他的教益。谁能像这位诗人,有一种清楚的观点,认识伟大与完美,就不夸口说自己做到了这一点。他没有本领完成他的见解,并满足他的一切敏感。正相反,世上就没有完全完美的东西:

"没有完美的幸福"①

所以,谁看见真正的完美,觉得自己比不上,谁自负超过了它,就没有看清楚。满足于自己和他的作品,谁的才华就受到偏爱和虚荣的限制。自我满足的座驾通常是独自满足:

"为了阻止你钟情自己与自己的作品,自许天下第一。"

这样一位作家可能是稀有的才分,但是他必须想象多于判断与健康的批评。正相反,想要和古人匹敌,必须表示出最活跃与最深刻的想象的判断力。一位作家必须抗拒他所有的朋友,被称赞的文字要经常修改,他应该记住这个规矩:

"把它收起来,藏上九年。"②

5. 我喜欢一位作家努力胜过古人,假定自己不会做到和古人相等的地步。读众应当称赞他的努力,加以鼓舞,希望他以后能到达更高的境界,赞扬他已然接近古代的典范:

---

① 贺拉斯:《诗艺》,第444行。
② 同上,第388行。

"他敢于成功。"①

我愿听见整个帕尔纳斯都在歌颂：

"他用他的诗句走进阿波罗
……
"牧人，给新诗人带上常春藤吧。"②

一位作家不相信自己，对作品还要再加修改，他就越受尊重：

"他为瓦鲁斯唱的歌还没有做最大的修改。"③

我称赞一位作家自己说这种美丽的话。

"我不相信我唱的歌配得上瓦鲁斯或者西拿，
"这是和谐的天鹅队中的大鹅的呼声。"

于是我愿意听见各派联合起来颂扬他：

"好像阿波罗的合唱队全部为他起立。"④

假如这位作家还不满意自己，尽管读众满意之至，他的审美力和他的天才超越他受赞美的作品。

---

① 贺拉斯：《书简》：第二卷，第一封。
② 维吉尔：《田园诗》，第七首。
③④ 维吉尔：《田园诗》，第九首。

6. 我不怕说，最完美的古人也有缺点：任何时期的景况都不允许人达到一种绝对完美的存在。假使我判断古人，不得不仅仅由我一个人批评，我在这一点上就会胆怯的。古人有一个大便宜：不完整知道他们的风俗、他们的语言、他们的爱好、他们的见解，我们批评他们，只能试探进行：倘使我们和他们是同代人，我们或许批评他们就胆大多了。贺拉斯，这位十分锐利、十分倾倒荷马的批评家，在我敢于说这位伟大诗人有时在一首长诗中打盹时，我不得不向他求救：

"……伟大诗人荷马偶尔也有打盹的时候，

"但是作品十分长，打盹就可能发生。"①

难道我们抱着明显的成见，想给古代要出更多的东西，谴责贺拉斯不顾事实，支持荷马从没有过任何坎坷之虞？

7. 假如允许我说明我的想法，而又无所反驳于比我更清楚的人们的想法的话，我将认为我觉得最尊重的古人有不少的错误。比方说，我不能喜爱悲剧的合唱队；他们打断真正的清洁；我在这里看不到一种准确的逼真性，因为某些场面不该伴有一队观众。合唱队的歌唱往往含糊其词，毫无意味。我一向疑心这些类型，类似插曲的东西在悲剧达到一定完美之前就已经有了。我更认为古人有些玩笑开得一点也不文雅。西塞罗，甚至最伟大的西塞罗，在文字游戏上就写进非常冷淡的东西。在这首小讽刺诗里我就看不到贺拉斯：

"对于'王爷'的亡命人鲁波里乌斯的咒骂与恶声……"②

---

① 贺拉斯：《诗艺》，第359—360行。
② 贺拉斯：《讽刺诗》第一卷，第七首。

假如不知道作者的名姓，你读了会打呵欠的。我读到同一诗人的这首奇妙的颂歌：

"正如飞鸟带着雷电。"

我在这里读到这几个字总觉得难受：从什么地方来的习俗？[1]等等。去掉这段文字，作品就完整与完善了。你说，贺拉斯试图模拟品达的这类插入语，适合颂歌的激越；我不争论；可是我并不因而多为这种模拟感动，只是又冷漠与又人工气而已。我认为一种来自激越的美丽的紊乱，有其隐蔽的艺术手法；但是我不能赞成一段离题的话，在一个小小的细节上发表奇怪的议论，它放慢一切。西塞罗痛骂安东的话[2]，我觉得一点也不配他的演说的高贵与伟大。他给鲁奇伊屋斯的著名的信件充满了最粗鲁和最滑稽的虚荣心。小普林尼的《书信集》[3]差不多有同样的毛病。古人往往有一种近似我们民族所称为"书生气"的做作。其所以陷于这种做作境地，是由于缺乏某些知识。由于我们有了真正的宗教和物理学，也就有了这些知识，我们并不称赞他们对各样事物的称赞。

8. 最聪明的古人可能像今人一样，希望超过眼面前的今人。好比说吧，为什么维吉尔希望《埃涅阿斯纪》在第六卷来到地狱，会超过荷马在荆靡人的土地上所唤起的鬼魂呢[4]？尽管维吉尔谦虚，也高兴在《埃涅阿斯纪》卷六创造出来一些荷马没有写过的新奇的东西。

9. 我认为古人由于宗教的缺点与哲学的粗糙，处于十分不利的地

---

[1] 贺拉斯：《颂歌》第四集，第六首。
[2] 参看他的演说《菲利皮》Philippiques。安东 Antoine（公元前83—前30）是罗马共和国末期第二次三人执政之一。由于西塞罗的痛骂，他暗杀了西塞罗。
[3] 小普林尼 Pline le Jeune（62—113）是罗马帝国博物学家老普林尼的侄子。
[4] 参看荷马的《奥德修纪》卷十一；奥德修在荆靡人 Cimeriens 的土地看见鬼魂，看他的谈话。

位。在荷马时代，他们的宗教只是一幅童话般可笑的寓言的奇形怪状的织锦；他们的哲学只是一种空洞与迷信的事物。在苏格拉底之前，道德很不完善，尽管立法者为民族政府立了些很好的法则。我们甚至必须承认柏拉图关于灵魂不朽让苏格拉底发了一通微弱的议论。维吉尔这个美丽的地方：

"能知道事物根由的人是有福的，"等等①。

后果是让明智的人们有福气解脱了对预感和地狱的畏惧。这位是人对最纯洁最英勇的品德高尚之士许下来生在菜地游戏的快乐或者在沙滩战斗，或者跳舞与歌唱，或者骑马，或者乘战车与拿起兵器。而这些人与娱乐他们的这些景象不过是些空洞的影子；而这些影子又是呻吟又急于返回肉身，重受今世的种种苦难，生一场病，再死而已："不幸的人生"②。这就是古代对人类建议最安慰的话了。

"有些人在角力场练习武艺，"等等③
"……
"这些不幸的人们，为什么热爱阳间？"④

荷马的英雄一是也不像正人君子，而诗人的神祇又十分不如这些英雄，我们对正人君子的看法他们一点也不配。谁也不愿意有一个父亲像朱庇特那样坏，甚至一个女人像玉农那样不能容忍，而维纳斯的名声就越发糟不可言。谁愿意有一位像战神那样粗鲁的朋友，或者像

---

① 维吉尔：《耕作》Georyiques，第二卷，第490行。
② 维吉尔：《埃涅阿斯纪》，第二卷，第268行。
③ 维吉尔：《埃涅阿斯纪》，第六卷，第642行。
④ 同上，第721行。

水星那样窃贼一样的听差？这些神祇似乎是人类的仇敌特意创造下来，来认可所有的罪恶，转而取笑神圣？……

10. 我们必须承认，古人当中很少有优秀作家的，而今人当中，有几位作家是宝贵的。我们说古书，既没有学者的贪切，也不是由于想知道某种事件的需要，我们也必须限制自己爱好少量的希腊和拉丁的书籍。尽管这两个国家用了很长的时间来培育文学，优秀的书籍却并不多。所以我们也就不奇怪我们今天，从野蛮一步一步走出，很少法兰西语言写出的书籍，值得人经常阅读，怀有极大的喜悦的。我可以轻易举出许多故人来，如阿里斯托芬、普鲁图斯、悲剧加赛耐克、吕堪，甚至奥维德，人甘心不看他们。我也可以不费事就举出相当一部分现代作家，他们有理由受到大家赞扬；但是我不愿说出他们的名姓，害怕因此伤害我说起的那些位的谦虚，而又错过了不提名道姓的人们。

高乃依

高乃依（Pierre Corneille, 1606—1684）是法国古典主义前期成就最高的戏剧家。他生在外省的鲁昂。一六二四年，他得到律师证书，后来改做公务员，同时写些喜剧，公务员一直做到一六五〇年。他的喜剧获得相当成功，一六三三年，首相黎塞留接见他。但是他的独立的天才不愿过奴颜婢膝的生活，他回到鲁昂继续写自己的戏。一六三六年，《熙德》问世了，征服了巴黎和法兰西。这引起了同行（包括首相本人在内，他也以剧作家自命）的妒忌。首相正在和西班牙打仗，他却用了一个西班牙的传说，并因此轰动法兰西，首相在哪一方面都感到不愉快。这做成了夏普兰的《意见书》。其实，夏普兰本人心里很佩服他，参看他给德·巴尔扎克的书信，就明白他的依人篱下的处境。高乃依知道《意见书》的来由，他勉强遵守"三一律"，写了一系列的悲剧杰作。一六四七年，他终于被选入法兰西学院。其实那些院士们最初都是他的好友。一六六二年，他住到巴黎，实际上他还是一个土头土脑的外省人。他的兄弟陶马（Thomas）也是戏剧家，娶的是他的小姨，两家始终友爱相处。但是他不像他兄弟，始终过不惯巴黎的社交生活，他的戏也越写越不像他所要求的那样逼真。他开始灰心，转向天主教。最后十年，经济生活拮据，又死了两个儿子，一个在战场战死，路易十四的津贴两千法郎也忽然勾销了，最后由于布瓦洛的争执，才又恢复了津贴，这已经是他快死的时候了。

他在无声无息之中死去。

而他的名声，作为法国古典作家，却并不因而有所贬低。作为第一位古典悲剧诗人，作为描绘英雄人物的高手，他始终受到后人尊敬。

他的《论戏剧诗》是一篇重要的经典论文,写于一六六〇年;原来分刊在三本他的戏剧集内,所以分成三部分来表达他对亚里士多德的诗学的不同看法,并且以自己的戏为例,说明他同意和不同意不是随随便便的。这表明他对自己批判的认真和他对规则不同观点的坚持。他是一个"老实人"。

发表这三篇论文的时候(1660),他已经写出了许多杰作,受到戏剧界的尊重,成为闻名全国的"伟大的高乃依"。但是在法国十七世纪,戏剧虽然出现了繁荣的局面,依然受到各方面的歧视。首先,仅就高乃依而言,他的悲喜剧《熙德》受到以戏剧保护人自居的黎塞留的敌视,并引起轰动一时的争论,见罪的理由之一是他不遵守"三一律"。他接受教训,又写出了他的悲剧杰作《奥拉斯》,表示他有能力遵守"三一律"。

他这样做,是为了应付来自戏剧界(不见得和政权没有紧密的联系)的批评。另一方面,整个戏剧界需要对付一个共同的敌人,就是声势浩大的天主教。法国天主教在十七世纪,有自身分裂的问题需要处理。尽管如此,在反对戏剧,特别是喜剧上,双方的意见几乎完全一致。天主教的在野派和当权派都把戏剧看成伤风败俗的媒介。

高乃依在这样的环境下,写出他的戏剧论三篇。第一篇主要谈戏剧的三种功用,第二篇谈悲剧,第三篇谈"三一律"。他对"三一律",像他在《论悲剧》里所表示的,诗人"有更多的变通权利"。他反对墨守亚里士多德在《诗学》里留下的权威性见解,主张应当根据历史发展的实际来看问题:古代雅典人的爱好不一定符合十七世纪法国人的爱好,宗教信仰先就不同,例如降神的手法,在他的时代,就一定会让戏"变成滑稽可笑了"。他非常同意罗马帝国时期历史学家塔西佗的话:"古人的一切不都是好的,我们这时代也能给后人留下许多值得赞赏的匠心之作"。他这种站在自己的时代的立场,应该得到重视才是。不幸的是一般文学史家,把他放在古典主义旗帜之下,并不考虑他的实际情况及他的见解。

单从《论悲剧》这篇来看,我们就能看出他在戏剧实践上勉强接受"三一律"的心情。重要的不在他为自己开脱,更在他对《诗学》里的悲剧论点,提出了自己的解释或者看法。它们可能不完全正确。德国的莱辛(Lessing)在十八世纪对他毫无同情地加以反驳。不过莱辛的反驳也不就完全正确。我们必须深入这些争论,以便得出自己的结论。高乃依在反驳亚里士多德之余,还提出写正面人物的问题。"我们应当小心在意,尽量不使我们的主人公犯罪。甚至于不让他们的手染上血,除非是光明正大的斗争"。此外,他对历史题材的看法,也值得我们重视。

有人指摘他自视过高,不该根据他的剧作阐发他的理论。我们应当知道,他是法国悲剧的创始人,这些悲剧经过舞台的考验,他不从他最熟悉的例子出发,就难找到更好的例子,因为英国戏剧,对他说来,等于是一无所知。而且在他写戏剧三论的时候,这些悲剧已经属于历史陈迹了。也只有这些戏,观众比较熟悉。毛病只在:他对他的剧作还不能做到完全客观的地步。

译者

论戏剧诗

第一篇　论戏剧诗的功能与各部分

依照亚里士多德,尽管戏剧诗的唯一目的是取悦观众,这些戏的大部分已经做到这一点,可是,依我看来,我倒希望它们之中有许多达不到艺术的目的。这位哲学家说"我们不应要求悲剧给予各种快感,只应要求它给我们一种它特别能给的快感"。①为了找到它所特有的这种快感,把他交给观众,就必须遵循艺术的规律,按照法则来取悦他们。既然存在着一种艺术,就一定存在着一些规律;不过,它们是些什么,却就不那么一定了。名字上意见一致,并不说明实物上意见一致;人在语言上同意,在意义上却争论不休。必须遵守行动、地点与时间的一致性,没有人怀疑这一点;可是,要懂得什么是这种行动的单一性,更进一步延展到这种时间和地点的单一性,却不是一个小小的困难。剧作者必须按照逼真性和必然性来处理他的题材;亚里士多德这样说,他的注释家也全重复这句话,在他们看来,话已经够清楚和易解了,不光是他,就是他们中间也没有一个人肯对我们说明什么是这个逼真性和这个必然性了。只有一次谈喜剧,这位哲学家才说到末一个词,却总伴着前一个词,而许多人却极少重视这末一个词,竟然得出了一条十分错误的原则:"一出悲剧的题材必须是逼真的。"这样就把他谈处理的方式一半用到题材的条件上来了。这不等于说,人就不能用一个纯属可能的题材来写一出悲剧;他举阿伽同的《花》为例,人名和事件纯属虚构,如同喜剧一样;但是强烈地激动激情并用急躁来反对义务的规则和亲族的感情的重大题材,应当永远走出逼真性之外,如果题材得不到有说服力的历史权威的支持,或者早被说服了的这同一观众所信奉的公共舆论的关切的支持。美狄亚杀死她的两个孩子,克吕泰涅斯特拉暗害她的丈夫,俄瑞斯忒斯刺死他的母亲,就不可能;可是,历史这么讲,这些重大罪行的表演也就没有人不相信了。受海怪欺负的安德罗梅德被一个脚生翅膀能飞的骑士从险境救出,既不真实,又不可能;但是,这是古代接受的一个虚构,流传到我们今天,任

---

① 见《诗学》第14章。

何人在戏里看到也不嫌怪。可是，如法炮制，就不被许可。原因在于真实或者舆论所承认的东西全被抛掉，如果没有其他基石近似这种真实或者这种舆论的话。所以我们的博士才说："题材来自命运"，来自事物，"不是来自艺术"，艺术把事物想象出来。命运是事物之主，它所选择的事件含有一种秘密的禁令，不得加以干扰，不得在舞台上出现不和它的程式一致的东西。所以"古代悲剧只写几个家族，因为只有几个家族才出现配作为悲剧的事"。其后世纪给我们提供了相当多的东西来跳出这些界限，不再步希腊人的后尘；不过我并不认为他们提供我们自由摆脱他们的规则。如果可能的话，我们必须适应它们，把它们带到我们跟前。我们取消了合唱队，我们就不得不在戏里添加比他们更多的插曲；这是些多出来的东西，不该超过他们的原则，尽管超过了他们的实践。

所以必须懂得什么是这些规则；但是，我们的不幸却是，亚里士多德和他以后的贺拉斯，写出它们来，相当隐晦，非有人注释不可，而一厢情愿做注释的，往往只是一些文法家和哲学家。因为学识和空论多，舞台经验少，阅读他们使我们更有学问，却难以提供我们许多可靠的知识，保证我们更有学问，却难以提供我们许多可靠的知识，保证我们在舞台上成功。

我写戏有三十年[①]了，冒昧谈谈我的体会，十分简单地说说我的想法，不为维护它们而同人争论不已，也不奢望有人为了我的缘故而放弃他原来的想法。

所以在这篇文字的开始，我就提出"诗剧的唯一目的是取悦观众"，并非固执己见，压制那些同时主张受益和取悦为其目的并以之提高艺术的人们。这种争论会毫无用处，按照规则就不可能取悦，因为

---

① 1668 年版，改为："四十年"。1682 年版，改为"五十年"。

在这里碰不见多少功能作对手。

亚里士多德在他的《诗学》中确实没有一次用过这个词；他把诗的起源归结为摹仿人们的行动所得的快感；他重视戏剧诗有关题材的部分远过于有关个性的部分，因为前者包含最能取悦的东西，例如"发现"与"突转"；他让对话的快感进入以之构成的悲剧的定义；最后，他重视悲剧远过于史诗，原因是前者有更多的外在装饰和音乐；它们有强烈的娱乐性，而且由于更短，不散漫，人从这里获得的快感就更完善；不过，贺拉斯告诉我们的话，也不见其就不真实：我们不掺和功能进来，我们每一个人也就不会取得快感；而庄重严肃的人们、老年人和道德的爱好者，如果在这里找不到什么有益的东西，就会感到无聊。

"一出没有益处的戏，长老的'百人连'就会从舞台把它赶走。"①

所以功能虽然只是以娱乐的形式进来，却是必然的；看一下它以什么方式能在这里找到它的位置，是很值得的，比起议论有关这类戏的功能的一个无用的问题来，像我已经说起的那样，要好多了。依我看来，功能可以分为四类。

第一类含有道德箴言和教训，人几乎可以在这里随地播撒；不过，使用必须有分寸，一般对话要少用，或者推得过远，尤其是一个有激情的人在谈话，或者在回答别人的问话的期间；因为他不光没有耐心听人说话，而且领会和说这些箴言或教训，也心情不平静。商量国家大计，一位国王在征询，一位重要人物沉住气在解说，这类对话就有更宽阔的幅度；不过，最后，把它们经常从论题压缩成假设，永远是桩好事；我宁可让一个人物说："爱情让你大为不安"，也不要让他说："爱

---

① 见于贺拉斯的《诗学》。

277

情让它占有的心情大为不安。"

我完全无意驱除这末一种陈述道德和政治箴言的方式。把混入这类戏的箴言删掉，我的戏也就都残缺不全了；不过，我再说一回，只能在个别情形下推而极之：否则，老生常谈，观众一听就腻，因为这会拖长行动；不管这种道德展览多么幸运成功，必须小心让这不成为贺拉斯命令我们删掉的那些雄心勃勃的装饰之物。

可是说的人和听的人，双方都相当心平气静，合理地保持这种耐心，一般对话往往也就招人喜爱。在《梅里特》①的第四幕，她见爱于提尔席斯的喜悦之情让她容忍她的奶妈的责备而不感到丝毫痛苦，而奶妈方面，也满足于贺拉斯认为老年人爱教训年轻人的那种渴望心理；可是她要是知道提尔席斯相信她背信，对她大为失望，像她后来所得知的那样，她不会容忍四行诗的。有时候，甚至这些对话对支持感情也是必然的，感情理论一通，也不是立足于我们说起的那些人的任何个别行动的。罗多古娜在第一幕，辩解不了克娄巴特对她的戒意；在一场明显的冒犯之后，贵人们即使和解，通常也难得真心相见；因为这位女王自从签订和约以来，还没有做出什么事来，引起人们对她藏在心里的那种憎恨的疑心②。在《说谎人续集》的第四幕，梅利丝仅仅见过道朗特一面，她对他所做的爱情的初次表白确信无疑，只能得之于这天生一对情人建立起交谈的信心的轻易与迅速；拿一般字句来表示这种道德的十二行诗非常惹人喜爱，许多有才情的人都乐于把它们哨下来。你们可以在这里找到同类性质的一些其他例子。我们这里可以建立的唯一法则，就是必须把它们安排得合理，尤其是要放在心情轻松而又不被热狂所

---

① 《梅里特》(Mélite) 是高乃依写的第一个 (1629) 成功的喜剧。不遵守 24 小时规则。演出时，没有用他的名字，因为他太不出名了。
② 参看《罗多古娜》(Rodoguna, 1644)、高乃依的悲喜剧。罗多古娜是帕提亚 (Parthie) 帝国 (也被译为安息帝国) 的国王弗拉特斯二世的妹妹，克娄巴特 (Cleobatre) 是埃及的女王。

左右的人的嘴里①。

戏剧诗的第二类功能，就是对恶习与品行的本色的描绘，只要描绘到家，它就一定能收到它的效果；特征一下子就认了出来，你是你，我是我，决不混淆，更不会拿恶习当品行看。后者虽然遭际不幸，却永远为人喜爱；前者即使幸胜一时，也永远招人憎恨。古人对这种描绘本身就十分爱好，不再分心酬劳善行，惩罚恶行：克吕泰涅斯特拉和她的奸夫杀死阿伽门农，没有受惩罚；美狄亚同样杀死她的一双儿女，阿特柔斯同样杀死他兄弟提厄斯忒斯的孩子，让他吃他们的肉。仔细考察一下这些行动，不错，他们当作悲剧的危机来使用，受惩罚的是罪人，可是惩罚的罪行比他们惩罚的人的罪行还要大。提厄斯忒斯诱骗他的嫂子；可是，他受到的报复比这最初的罪行要可怕得多。伊阿宋忘恩负义，抛弃把一切给了他的美狄亚；可是，当着他的面，屠杀他的孩子，罪行还要重大；克吕泰涅斯特拉埋怨阿伽门农从特洛伊带回一些姘头；可是，阿伽门农没有企图伤害她的性命，像她对他那样；这些艺术大师还写了她的儿子俄瑞斯忒斯的罪行：为父亲报仇，杀死母亲，又比她的罪行更大，因为他们放出复仇女神来折磨他，并没有让复仇女神来折磨他的母亲，他们让她和情人埃祭斯托斯太平无事地享受她

---

① 《说谎人续集》(la Suite du Menteur, 1644) 是高乃依继《说谎人》(le Menteur, 1643) 之后写的一个喜剧，演出不成功。这里所说的十二行诗，是女主人公梅利丝对她兄长克莱昂德说的话：
　　别瞧我没见过他，我知道他多勇敢：
　　这之后，脸不脸还有什么关系？
　　他没有一个地方不让我喜欢；只要他的心高尚，
　　只要灵魂完善，他就是没有缺点。
　　添上你的奇遇，你本人对他的描画，
　　依我看来，一点也不让我讨厌；
　　既然你在这方面是行家，你看中的人
　　就是我看中的人，我全都听你的。
　　我的哥哥，别再问我了，我会爱他的；
　　假使我这个脸蛋儿他并不喜欢，
　　假使他另有所爱，你也用不着担这个心：
　　他既然慷慨大度，他就不会不好好儿用它。

暗害的丈夫的王国。

这类题材,我们的戏剧很难接受。辛尼加的《提厄斯忒斯》在这方面很不成功;他的《美狄亚》比较走运;但是,伊阿宋的忘恩负义和柯林特国王的横暴,对她的迫害极不公道,观众很容易站到她那一边,把她的报复看成一种正义行为,她不得不亲自报复那些迫害她的人们。

正是由于我们对有德行的人的这种关切,才迫使我们改用别的方式来结束戏剧诗,惩罚恶行,奖励善行,这不是艺术规律,而是我们遵守的一种惯例,每一个人都有可能不冒他的风险。这种惯例从亚里士多德时代起就有了,也许这位哲学家不太喜欢它,所以才说:"由于观众的软心肠,这种结构才被列为第一等;而诗人也为了迎合观众的心理,才按照他们的愿望而写作。"[①]事实上,我们的确希望在戏里看见正人君子交好运,看见他们交厄运我们就生气。他受到厄运折磨,这使我们离场时难过,对作者和演员都有一股子气;但是,事件满足了我们的愿望,德行受赏,我们离场时就十分畅快,对作品和演员也会感到充分满意。德行摆脱逆境与险境,幸而成功,就鼓舞我们和它结为一体;罪恶或者不正义的悲惨遭遇,就能加强我们的自然恐怖,担心自己也会受到同样祸害。

上面所说的含有戏剧的第三类功能,正如第四类功能靠怜悯和恐惧来净化激情一样。不过,因为这类功能是悲剧的专利,我的这本戏剧上集差不多全是喜剧,它在这里没有位置,我将在中卷专谈悲剧时来说明这个问题,现在还是审查亚里士多德划归戏剧诗的各个部分吧。我说的是一般诗剧,尽管他谈这个问题时谈的只是悲剧;因为他说的话对喜剧也适用,而这类戏剧的区别只在它们模仿的人物与行

---

① 见于亚里士多德的《诗学》第十三章结尾。

动,不是模仿的方式,也不是模仿的事物。

戏剧由两类部分构成。一类叫做数量或者外延部分,亚里士多德举出四个:序幕、插曲、下场和合唱队。此外可以叫做本体部分,见于前一部分的每一项,又和它们合成一个整体。这位哲学家细分为六项:情节、性格、思想、言词、歌曲与舞台装置。在这六项中间,只有情节的完美结构专门依靠戏剧艺术;其他五项需要其他次要艺术来辅助:性格,来自伦理;思想,来自修辞学;其他两项各有它们自己的艺术,因为有旁人代替诗人,他不需要受到专门训练;亚里士多德也就不讨论了。可是,头四项都需要他本人来料理,它们所依赖的艺术的知识对他是绝对必要的,除非他得天独厚,有一种相当丰富、相当深湛的常识,弥补他的缺点。

悲剧与喜剧的情节的条件是各式各样的。我现在只谈谈后一种,亚里士多德下了一个简单的定义:"一种对比较坏的人的模仿。"①我不能不说,这个定义不能让我满意;既然许多学者认为他的《诗学》没有完整地留传下来,我就愿意相信,在我们流失的年月里,会见到一部更为完整的《诗学》。

按照他的说法,戏剧诗是各种行动的一种模仿,他谈到人物的身份就止住了,没有说清楚这些行动是什么。无论如何,这个定义与他的时代的惯例有关,喜剧中说话人物的身份都很寻常;可是,在我们的时代里,就不完全正确了,国王的各种行动并不比他们高,就连国王也被卷了进来。国王之间闹恋爱的简单的情节,我们用在戏里,他们的生命,他们的国家都没有受到什么危害,人物虽说显赫,我相信行动不会一直高到悲剧的程度。它的尊严要求有关国家的重大利害,或者某种比爱情更高贵、更雄伟的激情,例如野心或者报

---

① 见于《诗学》第五章。

复,使人害怕要来的祸殃比失去一位情妇还要重大。掺和爱情也是合适的,因为它一向很惹人喜爱,可以用作我说过的那些利害和其他激情的基础;可是,它必须满足于第二位,而把第一位留给全部重大的激情。

骤然一看,这个箴言似乎新奇;其实,它有古人的实践作为依据,我们还没有看见一出古人的悲剧,只有爱情的利害需要理出一个头绪。正相反,他们往往把爱情排除出去;那些想考察一下我的悲剧的人们,会承认我以它们为范例,从来不让它抢先一步,就是在《熙德》中,毫无疑问,这是闹恋爱闹得最凶的一出戏,家世的义务和荣誉的爱护压倒我在这里说起的情人之间的一切柔情蜜意。

更有进者。一出戏纵然有国家的重大利害,一位王室贵人由于爱护他的荣誉而对他的爱情保持沉默,和在《唐·桑肖》①中那样,倘使这里没有生命危险,国家灭亡或者放逐,我认为它就没有权利得到一个比喜剧更高的名字;但是,也不能不回答喜剧所表演于行动的人物的尊严,我就冒昧在喜剧前头加上"英雄"二字,来和通常的喜剧相区别。这在古人之中无例可举;可是,把国王搬上舞台,没有大灾大难相随,也无先例可循。我们不该奴颜婢膝地摹仿他们,而自己不敢有所尝试;只要这样做,不推翻艺术的规则也就成了;哪怕单单为了无愧于贺拉斯对他同代的诗人的歌颂也好:

他们敢于不落希腊人的窠臼,……赢得了很大的荣誉。
而不蒙受可耻的赞语:
啊,摹仿者,奴隶的队伍!

---

① 《唐·桑肖》(Don Sanche, 1650) 即高乃依的《阿拉贡的唐·桑肖》(Don Sanche d'Aragon),是一出英雄喜剧。

塔西佗①说:"如今给我们做范例的先前并没有范例;我们没有范例就写出来的,可能有一天成为范例。"

喜剧不同于悲剧之处,就在:后者为它的情节要一个出名的、非常的、严肃的行动;前者止于普通而诙谐的行动。前者为它的英雄要求巨大的险巇;后者只要那些在人物之间处头等地位的人们不安和不欢就知足了。二者有这点相同:这个行动应当是完整的与完成的;就是说,事件收煞时,观众十分了解所有参预的人们的思想感情,离场时心情平静,不存任何疑问。西拿阴谋反对奥古斯都,阴谋发觉,奥古斯都逮捕了他。倘使戏到此为止,行动就不完整,因为观众走出剧场,拿不准这位皇帝怎么处理这位忘恩的宠臣②。托勒密害怕凯撒来到埃及,爱他的妹妹,对她有利,逼他交出父亲在遗嘱中留给她的那一半国土:为了博取凯撒的欢心,他就杀了庞培。这是不够的;必须看一下凯撒怎么样接受这重大的牺牲。他来了,生了气,恐吓托勒密,要他除掉劝告他杀害这著名的死者的人们。这位国王完全没有料到这意外的接待,决计先发制人,阴谋杀害凯撒,解除大祸临头的危难。这还是不够的;必须知道谁从阴谋中获胜。凯撒知道了,托勒密和他的大臣们在作战中送了命,克娄巴特③原先只要一半,现在全部归她所有。凯撒也脱离了险境。④观众没有什么再要求了,心满意足地散了,因为行动是完整的。

我认识一些文人和精通戏剧艺术的学者,说我不该潦草结束《熙德》和我的某些别的剧本,因为我没有完成主要人物的婚礼,散场时我没有安排他们结婚就把他们打发掉了。回答是容易的:结婚不是幸运

---

① 塔西佗(Tacite,约55—120)是罗马帝国早期的历史家,并写有《演说家的对话》。
② 参看高乃依的《西拿》(Cinna, 1640)。《西拿》最后得到皇帝的宽恕。
③ 埃及的女王。
④ 参看高乃依的《庞培之死》(la Mort de Pompée, 1643)。

悲剧的一个必要的结局,甚至也不是喜剧的一个必要的结局。就前者而论,是一位英雄的险境构成它,他一脱险,行动就完了。虽然他在闹恋爱,礼貌不许可,他就不需要谈起娶老婆来;清除一切障碍,不指定结婚日期,也就够了。施曼娜在罗德里克杀死她父亲的第二天就答应跟他结婚,将是一件不能容忍的事;罗德里克露出些微暗示他想结婚的意愿,也就滑稽可笑了。同样是安提奥库斯。他母亲刚刚在他们面前服了毒,不能让他们和自己同归于尽,气也气死了,他和罗多古娜谈情说爱,也就很不像话。①谈到喜剧,亚里士多德给结局增添一种任务:"人物在故事中是仇人……他们往往在终场时成为朋友。"②这话应该理解得更一般一点,不受字句约束,扩展为各种误会的和解;例如,父亲为了儿子放荡,和他生气,后来又得到父亲的好感,是古代喜剧相当寻常的一种结局;又如,一对情人活生生被人设下的圈套或某种统治势力硬给拆散了,其后圈套揭破,或者设置障碍的人们同意了,有情人终成眷属:几乎经常在我们的喜剧里发生,除了结婚,就很少有其他结局。不过,我们应当小心在意,不让同意来自意愿的简单的改变,而是一件事提供了机会。不然的话,父亲在前四幕不赞成,反对儿子或者女儿的婚事,临到第五幕忽然同意,就只因为这是第五幕,作者不至再写第六幕,一出戏的收场也就不用太费心计了。必须有一种不得不改变的巨大效果,例如他女儿的情人在什么场合搭救他的性命,他当时险些被他的仇人暗害;或者,出现某种意料不到的事故,发现情人的门第高贵得多,财产比他表面上也大得多。

  行动的完整是必要的,也不该添些东西添过了头;因为,效果已到,观众无所期待,对多余之事就腻味了。一对情人经过千辛万苦,如愿以偿,他们的喜悦之情就该很短才是;索福克勒斯让埃阿斯在第四

---

① 参看高乃依的《罗多古娜》(Rodogune, 1644)。
② 引自《诗学》第十三章结尾。

幕死去,又让墨涅拉俄斯和透克洛斯为他的墓地争吵起来,我不知道雅典人对他们的争吵有没有好感①;可是,我清楚,同一个埃阿斯,为了把已死的阿喀琉斯的铠甲抢到手,与奥德修争吵起来,在我们今天,作者即使是一位高手,观众也不爱听②。我不能隐瞒我难于领会观众怎么能容忍《梅里特》和《寡妇》的第五幕③。观众仅仅看见主要人物聚在一起,他们的关怀最多也只是晓得谁是拆散他们的诡计或者暴力的炮制人。其实,只要我愿意,他们早就可以弄明白的,似乎台上也只是给次要人物的婚事做见证人:这使整个结局拖沓,他们在这里无事可为。两位喜剧作家得到的好评,我不敢归之于对规律的无知,无知在当时是相当一般的,尤其是这些同一规律,遵循也罢,不遵循也罢,对那些作者应当起到好或坏的作用,他们不知道它们,也就听凭思想感情自然流露;不过,至少我不能不承认,当时观众具有的旧习惯看不到更好的组织,构成观众对这些错误并不生气的原因,而一种极其可喜的喜剧类别的新颖,头一回在台上出现,就让观众觉得体裁的各部分美好,看上去喜爱,虽说全部比例并不正确。

  喜剧和悲剧的相似之处,更在它们有意摹仿的行动"有一定的长度",就是说,"不该那样小,像原子一样,眼睛看不见,也不该那样大,搅扰观众的记忆,把他们的想象引入歧途"。亚里士多德就这样解释戏剧这一条件,还说:"为了有一定的长度,就必须有头,有身,有尾。"④这些话是如此一般,似乎什么也没有说明;不过,仔细一体味,就排除不具备这三部分的暂时行动。例如,郝辣斯的妹妹的死,也许就在前三幕毫无准备地突然发生的;我相信,西拿如果等到第五幕

---

① 见索福克勒斯的《埃阿斯》(Ajax)。
② 本斯拉德(Benserader)的《阿喀琉斯之死与他的军队之争》(la Mort d'Aachille et la Dispute de ses armes, 1636)。
③ 《梅里特》(Mélite, 1629)与《寡妇》(la Veuve, 1633)都是高乃依的喜剧。
④ 参看《诗学》第七章。高乃依的引文和人民文学出版社出版的中译本不全相同。这里依照的是高乃依的引文。

才暗害奥古斯都,前四幕全部用来表示对爱米利的海誓山盟,或者对马克西姆的忌妒,这场惊人的阴谋就会让人起反感,而前四幕期待的是另外一种东西。

所以,为了有一定的长度,行动必须有头,有身,有尾。西拿阴谋反对奥古斯都,把他的阴谋告诉爱米利:这是头;马克西姆警告奥古斯都:这是身;奥古斯都宽恕了他;这是尾。因之,在这第一卷的喜剧中,我差不多总是让一对情人和好无间;我用诡计扰乱他们,又以揭露把他们分开的诡计而使他们团圆。

我方才说的是行动要有准确的长度,对此我还要补充一句有关它的表演的长度的话,我们寻常以不到两小时为限。有些人把诗行吟读的数量缩减为一千五百行,希望剧本不要超过一千八百行,就不会留下忘记最美的东西的遗憾。我比较幸运的,是比它们的规则允许于我的要多一点,寻常给喜剧演员两千行,给悲剧比一千八百行稍微多一点,我没有理由抱怨我的观众过分嫌弃这种长度。

喜剧情节和它的必要的条件说得已经够多了。一个条件是逼真性,我将在另一个地方谈起;还有,喜剧的事件必须永远是幸福的,悲剧没有这种义务,我们有选择余地变幸福为不幸,或者变不幸为幸福。这就无需乎诠释了。我现在要谈戏剧的第二部分,就是性格。

亚里士多德给性格规定了四个条件:"它们必须善良、适合、相似与一致。"这些词句他很少解说,到底是什么含义,我们大有商量的余地。

我不能理解"善良"这个词怎么会变成品德。大部分戏剧,不分古今,就人物而论,如果删除坏人、有恶习的人,或者被某种弱点玷污和道德走样的人,就变得索然无味了。贺拉斯曾经仔细描绘过不同年龄的性格,给他们的缺点多于完善;他指示我们描写美狄亚桀骜不驯,伊克西翁不守信义,阿喀琉斯怒火冲冲,简直认为法令不和他相干,单凭武力来保障他的权利,他不要我们表现各种高尚的品德。所以,我们必须找到一种和这类性格相适应的善良;如果许可我揣测亚里士多德所要求于我们的意思的话,我相信的是品德高尚或者犯罪累累的一种积习养成的鲜明与提高的性格,按照它的本色和适应于他所引进的人而言的。在《罗多古娜》里,克娄巴特是个很坏的女人;只要能保住王位不丢,谋杀任何亲人也不手软,她的统治欲望可以说是强烈的了;不过,所有她的罪行都伴有一个伟大的灵魂,灵魂具有某种高不可攀的东西,我们憎恨她的行动,同时又欣赏它们所由出的来源。同样是《说谎人》。说谎无疑是一种坏习惯;可是,他说起谎来,一副悠悠自得的模样,一副玲珑剔透的模样,这种缺点在他这里惹人爱,好像他在对观众忏悔说谎的才分固然是一种恶习,不过,蠢人却是办不到的。至于第三个例子,那些愿意审察一下贺拉斯怎样描绘阿喀琉斯忿怒的手法的人们,离我的想法不会远的。我的想法有亚里士多德的一段话做根据,和我试图解说的话非常相近。他说:"悲剧是对于比一般好的人的摹仿,诗人就应该向优秀的肖像画家学习;他们画出一个人的特殊面貌,求其相似而又比原来的人更美;诗人模仿易怒的或不易怒或具有诸如此类的气质的人〔就他们的'性格'而论〕,也必须求其相似而又善良,〔顽固的'性格'的例子〕例如荷马写阿喀琉斯为人既善良而又与我们相似。"①善良一词值得注意,我们可以从这里看出,荷马在阿喀琉斯怒火冲冲之上增加性格所需要的这种善良,我以为它正包含有性格在人品上的这种提高。洛伯太劳曾就这一点说道:"每一种类型都有自己的无上的完美性和最完善的表现形式,但并不因此就脱离它的本性和原来面貌。"②

---

① 见于《诗学》第 15 章。人民文学出版社的中译本与高乃依的引文稍有不同,例如,"……,诗人表现忿怒或者懒散的人们的性格应当有所提高,成为公正或者严酷的好好的范例:荷马就这样写出来阿喀琉斯的善良。"
② 洛伯太劳(Robortello, 1516—1567),意大利语言学家。他的《诗学》版本问世于 1548 年。

我刚才引用的亚里士多德的正文，可能使人难于理解他的意思："忿怒或者懒散的人们的性格应当有所提高，成为公正或者严酷的美好的范例。"严酷与仇怒是相关联的；贺拉斯就这样描写阿喀琉斯的忿怒：

……忿怒的，无情的，怨慨的。

但是，公正却和懒散不相干，我看不出它在他的人品中有什么地位。这使我疑心希腊这个字 Ραθύμους，是否应该译为我沿用的拉丁翻译家们所译的亚里士多德的意思。帕奇屋斯①译为 desides；维克道利屋斯②译为 inertes；罕西屋斯③译为 segnes；我译为懒散 fainéants，与前三种译法大致相当，但是卡斯忒尔维特洛④译为 mansueti，"温良的"，或者"温和成性"；这不仅和"忿怒"相反，而且恰恰与亚里士多德称之为 ἐπιείχεαιαυ 的那种习惯相适应，他还向我们要一个美好的范例。前三位翻译家用相当于"公正"或者"正直"来译希腊这个字，切合意大利文 mansueti，远比他们的 segnes、desides、inertes 好，只要我们把这个字理解为不易发怒的"天性善良"即可；不过，我更喜欢后者的 piaceoolezza 这个字；我相信，用我们的语言保留实力，我们可以译为"迁就"或者"易于赞成、原谅与容忍一切事物的公正气质"。我不是有意评论这些大人物，但是，我不能隐瞒这段话的意大利译文比三种拉丁译文，依我看来，更正确些。在翻译的这种多样中，每个人都有选择的自由，倘使出现一种更使人喜欢的翻译，人有权利把这些翻译统

---

① 帕奇屋斯应是 Alexaaandre Paccius。
② 维克道利屋斯 (P. Vetton)，1499 年生于佛罗伦萨
③ 罕西屋斯 (Daaanniel Heinsius)，荷兰的语言学家。
④ 卡斯忒尔维特洛 (Castelvetro，1505—1571)，意大利文艺理论家，1570 年将《诗学》译为意大利文出版。

统抛开，最渊博的人的见解对我们也不是法律。

怎样理解亚里士多德作为性格的头一个条件的这种善良性，我还有一种推测。性格应当尽可能有品德，在我们处理的情节不需要之下，就不必把有恶习的人或者罪人搬上舞台。他本人显然是这样想的，他举欧里庇得斯的《俄瑞斯特斯》的墨涅拉俄斯作为违反这条规则的例子，毛病不在于他不公正，却在于没有必要这样不公正。

我从卡斯忒尔维特洛的译文还找到可能为人喜欢的第三种解说，就是性格的这种善良性只是对主要人物的要求，他应当永远被人喜爱，所以必须品德具备，而那些迫害他、毁灭他的人们就不这样要求了；不过，这是把亚里士多德说的一般的话缩小到一个人身上了；为了理解这头一个条件起见，我倒愿意停留在我说起过的人品的这种提高或者完善上来，因为它可以适用于舞台上出现的全部人们；依照这后一种解说，我就不能不谴责我的《说谎人》，因为说谎的习惯是恶习，尽管他是这出喜剧的首要人物，戏是以他命名的。

第二个条件，性格应当适合。这个条件比第一个条件容易理解。剧作家应当考虑他所引进的人物的年龄、职位、门第、工作和地区；他应该知道他对国家、父母、朋友、国王都有什么义务；他应该明白官员或者将军的职务，以便他符合他要使观众喜爱的人物，而疏远他要他们憎恨的人物：因为这是一个有效的箴言：为了成功起见，观众必须对主要人物感兴趣。贺拉斯谈起人物各种年龄的性格的话，是一个轻易不能背弃的规则。注意一下他这话是有益的。他说年轻人好挥霍，老年人好吝啬：相反的情况天天出现，不足为奇；但是，必须不让后者照搬前者的方式，尽管有时候一个人的习惯和激情更适合于另一个人。年轻人谈情说爱是当行，老年人就不行了；这并不阻挡老年人当情人：我们眼面前的例子就相当多；可是，他想照年轻人那样做爱或者妄想本人因自己的风度良好而见爱，就要被人当作疯子了。他可以希望对方听他求爱,不过,这种希望只该建立在他的财富或者他的风度上,而不是他的才能上;他的觊觎之心不可能有理性,倘使自以为不是在和一个全心向往财富的辉耀或者地位的野心的女人打交道的话。

亚里士多德要求于性格的"相似"的性质,特别指那些在历史或者神话中为我们所知道的人物,必须按照我们见到的那样来描绘。正如贺拉斯用这行诗所希望说的:

美狄亚要写得凶狠、剽悍。

谁把奥德修写成一位伟大的战士,或者把阿喀琉斯写成一位大演说家,或者把美狄亚写成一位低声下气的妇女,就要沦为公众的笑柄。所以某些解释者费尽心血,寻求亚里士多德所希望存在于这两种性质的差异而没有加以说明的,很容易就一致了,除非有人把它们分开,给被想象的人们以"适合"的性质,他们从来只在诗人的精神之中存在,而把另一个性质留给我们从历史或者神话之中所知道的人们,像我方才说起的那样。

剩下要谈的就是"一致"了,我们在开头赋予性格的东西,迫使我们直到结尾还留在我们的人物身上:

"……那么必须注意,

"从头到尾要一致,不可自相矛盾。"

不过,不一致可能引入而不犯错误,不仅是我们引进了一些精神轻浮而不一致的人们,还有在于我们保留内在的不一致,同时根据机会赋予外在的不一致。例如施曼娜在爱情方面的不一致:她心里头始终热爱罗德里克;可是,这种爱情在国王面前是一个样子,在公主面前是一个样子,在罗德里克面前又是一个样子;这就是亚里士多德所说的性格必须寓一致于不一致。

关于亚里士多德说这话的意思:"没有性格,仍然不失为悲剧。大多数现代诗人的悲剧中都没有性格,"①用这种方式去理解,就出现了一种困难,因为,按照他的话来看,一个人好或坏,聪明或愚笨,懦怯或胆大,果断或犹疑不决,政治上高尚或猥琐,都取决于性格,在戏里出现任何好或坏的性格,不具有这些性质之一,就成了不可能:这段话的意思是相当难于理解的。为了协调这两种见解,似乎一个反对另一个,我注意到这位哲学家接下去又说:"一位诗人写出道德的美好叙述与格言式的言词,他这样做还没有写到悲剧。"②这话让我考虑到性格不仅是一些行动的原则,而且也是推理的原则。一位好人按照好人来行动和推论,一个坏人按照坏人来行动和推论,二者都根据这种不同的习惯展示出不同的道德格言。所以,这种习惯所产生的这些格言,悲剧就可以有所忽略,不是习惯本身,因为它是行动的原则,行动是悲剧的灵魂,人应当在这里在行动中说话,或者为了行动而说话。因之,用另一段话来说明亚里士多德的这段话,我们不妨说,他谈起一出没有性格的悲剧来,他的意思是指一出悲剧,人物简单地陈述的见解或者只靠由事实得出的推论来支撑它们,就像克娄巴特在《罗多古娜》的第二幕那样,不像罗多古娜在第一幕那样,靠的是道德或者政治的格言。因为,我再重复一遍,写一出戏剧诗,其中任何人物不好又不坏,不谨慎又不冒失,是完全做不到的事。

性格之后是思想,人物靠思想来表示他所要的或他所不要的,他建议自己要做的事,只要能有一个简单证明人就行了,用不着道德推

---

① 见于《诗学》第六章。
② 见于《诗学》第六章,高乃依的引文与人民文学出版社出版的中译本有出入,这里用的是高乃依的引文。

论，像我方才说起的那样。这部分需要修辞学来描绘激情和精神骚乱，为了请教、考虑、夸张或者衰竭；不过，在这方面，戏剧诗人和演说家有这种区别：后者可以随意展示他的技巧，一鸣惊人；前者却必须小心翼翼地把它藏好，因为不是他在演说，而他使之说话的人们不是演说家。

言词取决于语法。亚里士多德所要求于它的修辞格，也就是我们通常所谓的修辞学程式。多在这上头没有什么可讲的，要讲也就是语言应当清楚，比喻要得体并有变化；诗要流畅，高于散文，但是，不能像史诗那样夸张，因为在这里说话的不是诗人。

我们取消合唱队，也就取消了我们诗的音乐。一首民歌有时候在戏里惹人喜爱，尤其是在机关的戏里，这种装潢对观众的耳朵是必要的，同时机关在下降。

舞台布景需要三种艺术使它美丽：绘画、建筑、透视。亚里士多德认为，这部分和前一部分不是诗人的事；他既然不讨论，我也就不多谈了，因为他没有教我。

为了结束这篇文章，我仅仅需要谈一下数量部分，即开场、场、退场和合唱。"开场是悲剧位于歌队进场前的整个部分，场是悲剧位于两支完整的歌之间的整个部分，退场是悲剧位于最后一支歌之后的整个部分。"[①]这些话是亚里士多德告诉我们的，让我注意的主要是这些部分的位置，和它们在演出时所有的顺序，它们应当包含的行动部分。为了适应我们的使用起见，开场是我们的第一幕，场[②]是以后的二、三、四幕，退场是最后一幕。

我说开场是合唱队头一支歌之前的朗诵，在通行的版本里，明明写着"各队进场前"，这话很让我们为难，因为在许多希腊悲剧中，合

---

① 见于《诗学》第十二章。人民文学出版社出版的中译本。
② "场"的译名遵照的是《诗学》中译本（人民文学出版社版）。高乃依的意思实际是"插曲"。

唱队总是头一个说话；所以，悲剧就没有开场了，亚里士多德看到了也不会不说的。为了解除这个困难，我就斗胆改变了这个字，亚里士多德用的这个希腊字 παροδος，我认为一般表示上路或者走进公共场合、我们的古人让他们的演员说话的日常的地点；不过，在这地方，它仅仅意味着歌队的头一支歌。他在稍后也说，合唱队的 παροδος 是全体合唱队的头一桩事。不过，全部合唱队说些什么，它一定歌唱；它不歌唱而说话时，是由合唱队的一个成员以大家的名义来说的。原因在于合唱队当时担任角色，它说的话对行动有用，因而应该让人听到；全体成员有时候有五十人之多，同时说话或者歌唱，就做不到了。所以，合唱队的这头一个 παροδος 是开场的界限，我们必须领会它为它单独在台上歌唱的第一次；在此之前，只有一个演员用一张嘴被引进说话；或者，如果它单独留在这里而不歌唱，它就分为两半，各自为自己一方用一个器官来说话，为了观众能听到大家说些什么，知道需要为领会行动的意义而知道的东西。

  我按照亚里士多德的意向，把这个开场压缩为我们的第一章；为了以某种方式补充他没有对我们说过的话，或者他说过而年久失传了的话，我要说它应该包含所有应该发生的事故的根源，这些事故无论是为了主要行动或者"场"；因而任何人物在以后各幕没有不在这第一幕进来过，或者至少被引进的某人提起过。这个箴言是新的，而且相当严厉，我并没有永远遵守过；不过，我重视它可以被用来建立行动上的一种真正的统一，把剧中所有走向一个方向的行动联系起来。古人不这样做，特别是在"发现"的时刻，为了发现，他们几乎总是用一些偶然在第五幕出现过的人们来完成，倘使戏有十幕，很可能就在第十幕才发生。例如，索福克勒斯和辛尼加的《俄狄浦斯》中那个来自柯林特的老头子，好像奇迹从云端掉下来一样，幸而及时掉了下来，否则，人物势将手足无措，不知采取什么姿势才好。我并不比他们强，也让

293

他在第五幕出现；但是，我在第一幕就准备好了他来，让俄狄浦斯说，他等他在当天告诉父亲死亡的情况。又如，赛里当尽管在《寡妇》的第五幕就出现，却是第一幕的阿耳席东带进来的。《熙德》的摩尔人①就不同了，第一幕没有做出任何准备。普瓦提埃的诉讼人在《说谎人》中有同样缺点，不过，我在本版做了补救，结局由费利司特准备，而不是他了。

所以，我希望第一幕包含全部它所形成的行动的基础，对此外就关了大门。就全盘理解情节而言，我纵然没有提供必要的线索，人物也不全部出场，只要他们谈起他们就行，或者，在这里露面的人们，需要寻找他们，弄清楚他们的意图，我说的这些话只应当联系到戏中以本身某种重大的兴趣而行动的人物，或者联系到一种起显著效果的重要消息，一个仆人行动由于主人的吩咐；一个听取朋友的秘密的知己同情他的忧患；一位父亲露面只为赞成或者反对儿女的婚事；一位安慰并劝告丈夫的夫人；总而言之，所有这些没有行动的人们，不需要在第一幕加以暗示；我在《西拿》纵然没有在第一幕说起李薇，却能让她在第四幕上场，而不违反这条规则。但是，我倒希望人们不违反地遵守它，两种不同的行动齐头并进，虽然最后合二为一。西拿的阴谋、奥古斯都和他和马克西姆的咨询，与行动没有丝毫关系，最初是平行而进，虽然一个结局对另一个产生良好的效果，也是马克西姆向皇帝揭穿密谋的原因。这需要从第一幕起，就透露消息，奥古斯都在第一幕召见西拿和马克西姆。人们不知道原因；不过，他终于召见他们，这就足以做成一次十分令人欣纳的惊奇，看他是否考虑同两个阴谋反对他的人商量，扔下帝国隐退。如果他不在第一幕召见他们，或者，人不知道马克西姆是这重大计划的首领之一，这种惊奇会减去一半颜色。在

---

① 信奉伊斯兰教的穆斯林。

《唐·桑肖》里，卡斯蒂利亚①的王后要选一个丈夫，阿拉贡②的王后要恢复她的宝座，是两件完全不相干的事；因而两件事都在第一幕提到；人引进两种爱情时，就非这样做不可。

在亚里士多德时代，这第一幕叫做开场，通常作者在这里开动情节，告诉观众在要搬演的行动开始之前的一切情况，与领会发生的事情必须知道的一切。这种理解的方式因时而异。欧里庇得斯的办法相当粗糙，有时用机关送下一位神祇，观众从而有所领会，有时一位主要人物自己出面说明，例如，在他的《伊菲革涅亚》和《海伦》中，两个女主人公一上场就讲述她们的全部历史，对观众交代明白，没有任何人物听她们讲话。

我的意思不是要说，一个人物独自说话，不能告诉观众许多事情；不过，必须有一种激情的感情使他激动，不是一种简单的叙述所能办得的。《西拿》一开场，爱米利的独白就足以让人知道奥古斯都杀死她父亲，她为了报仇，要她的情人把他阴谋杀掉；由于她给西拿造成的危险，他心里又是不安又是恐惧，我们从而知道了一切。诗人尤其应该记得，台上只有一个人物，他不得不自言自语，还必须让观众知道他说些什么、想些什么。所以如果另一个人因而晓得了他的秘密，势必铸成大错。激情如此强烈，不得不爆炸，人们是谅解的，虽然没有一个人在偷听；我不想谴责人这样做，但是，自己这样做，我就不能容忍了。

普鲁图斯相信可以弥补欧里庇得斯造成的这种混乱情况，引进由一个人物朗诵的脱离全局的开场，有时不叫别的，就叫开场，和戏的整体不相干。他就这样告诉观众，先前发生了什么，把情节带到第一幕，

---

① 西班牙北部一带通称。
② 西班牙东部地带通称。

行动便开始了。

在他之后,又来了泰伦斯,保留下这些开场,改变它们的内容。他用它们来开导那些妒忌他的人们,他为了开展他的情节,引进一个人物的新的类型,叫做"戏外人物"protatiques,因为他们出现在"戏外"protase,就在这里完成命题的建议。他们听故事,故事由另一个演员向他们叙述;由于这样的叙述,观众就知道了他们应该知道的事。例如他的《从安德罗斯来的姑娘》的索西和他的《佛尔米用》的达屋斯,听完叙述之后,再也看不见他们了,他们的用途就是在听。这种方法人工气息很浓,不过,我倒希望,为了它的完善起见,这些同一人物在戏里还有别的用途,用别的机会把他们介绍进来,不是为了谛听这个故事。《美狄亚》的波鲁克斯属于这种性质。他参加妹妹的婚礼,走过柯林特,想不到在这里遇见伊阿宋,他原来以为他在太刹利;他听他讲起他的财富,为了把克奈屋斯娶到手,和美狄亚离了婚;埃勾斯把克奈屋斯抢走了,波鲁克斯帮助他把她夺回来,然后和国王谈论要当心美狄亚的礼物。许多戏并不需要这些说明,因此人们经常略掉这些人物,在泰伦斯流传后世的六部喜剧中,也只用过两次。

我们的世纪为机关戏创造了另一种开场,不接触情节,只为了巧妙颂扬在座的王公大人。在《安德罗梅德》中,悲剧女神为了博得国王的宠幸,向太阳借来光明,照亮她的剧场,准备为他演出一个辉煌的场面。《金羊毛》的开场,祝贺陛下的婚典和西班牙和约,还要光彩夺目。这些开场必须匠心独创,我以为我们不能合理地引进古代虚构的神祇,不过,谈论我们时代的事还是可行的,用一种诗意的虚构,让舞台提供绝大的协调就行。

依照亚里士多德,"场"在这里就是中间的三幕;不过,他用这个名字称呼主要行动以外的行动、完全可以省却的装饰作用,我说,尽管这些三幕叫做"场",不是说它们就由"场"所组成。《西拿》的第二幕奥古斯都的咨询、这个无信者所告诉于爱米利的疚心，以及马克西姆劝告他暗地里爱着的这位对象同他一起逃走：都是一些插曲；但是，马克西姆通过欧佛尔伯对皇帝的劝告、这位皇帝的犹疑，以及李薇的劝说，却是主要行动；在《海拉克里屋斯》中，这三幕主要行动多于"场"。这些"场"属于两类：可以构成两个主要人物的特殊行动，不过，主要行动可以忽略，或者我们引进的第二对情人的利益，我们一般称之为插曲人物。二者都该在第一幕有它们的基础，与主要行动紧密相连，就是说，在这里起点作用；特别这些插曲人物，应该与主要人物交织在一起，让一个情节搅乱两者。亚里士多德十分非难脱离的"场"，说："坏诗人写它们由于无知，好诗人写它们为了演员各得其所。"《熙德》的公主属于这一类，人可以根据亚里士多德这段正文予以谴责或者予以宽恕，依照我们同代人所乐于给我的地位来看问题。

　　关于退场，我不说什么了，它就是我们的第五幕。我想，我曾经说过戏剧诗的行动应当是完整的，就已经解说它的主要用途了。我只要添上这句话：如果可能的话，必须为它留下整个灾难，而且尽可能把它推到末了。推得越靠后，人就越处于悬置之中，急于知道发展走势，是人以更大的快感接受它的原因，在它和这一幕一同开始的时候，并不出现这个。观众知道得太早，就不再好奇了，他们的注意力就丧失了，因为他们得不到什么新东西。相反是《玛丽亚纳》①，她死后在第四幕与第五幕之间，并不妨碍占有整个第五幕的希律大帝的不快特别使观众喜爱；但是，我不劝人学这个例子，以为这就保险了。奇迹不是每天都有，虽然已故的特里斯当先生费了不少的心思刻画这位国君的绝望，赢得这场美好的胜利，也许由于支持人物的演员演技高超②，帮

---

① 《玛丽亚纳》(Marianne, 1636) 是特里斯当 (Francois Tristan, 1601—1655) 的悲剧，演出盛况不亚于《熙德》。
② 该剧的主要演员是演《熙德》的著名演员孟道利 (Montdory)，在"沼泽剧场"(Marais) 演出。

忙很大。

关于戏剧诗的目的、功能与部分，我想到的就是这样。一些有身份、能左右我的人希望我把我对这种艺术的规则，公之于世，因为我已经相当成功地从事多年了。这个集子分为三卷，我就把主要问题分为三个讲话，用来代替序文。第一篇说明戏剧诗的功能和各部分；第二篇专论悲剧的特殊条件、人物的性格，可能提供情节的事件，遵循逼真性和必然性开展的方式；第三篇用来探讨行动、时间和地点的三一律。

这项工作值得对古代留给我们的全部戏剧和全部对注释亚里士多德与贺拉斯有关诗学的论文或者写过专门文章的人们下一番长久和很确切的研究；但是，我下不了决心拿出闲暇来，我确实相信我的许多读者会容易谅解我这种慵惰，也决不会生我的气，看我把我用在古世纪的作品的论点转移到我耗费了许多时间来探讨新的作品上来。我浏览了一下古人的著述，尽我所能想得起的，举了一些实例，我举自己的作品，因为我晓得它们总比晓得旁人的作品多些，我是它们的主人啊。还因为这样做可以避免对人家的优点颂扬不足，对缺点吹求过甚，造成旁人的不快。我写过几篇文章毫无野心，也不想争论，这一点我已经说过。我试着遵守亚里士多德谈论这些问题的见解；我也许只从自己的角度来理解，也不会妒忌旁人从另一个角度去理解。我用的注释就是我的舞台经验和我听到观众喜爱或不喜爱的反应。我设法用简单的风格来说明自己，不论我的看法是好是坏，我都说得很坦率，并不想在这里寻找什么富丽的口才。人家能了解我，我就满意了，我不奢望有人称赞我写作的方式，也不顾虑我往往用同样的词句，因为这样做可以节省时间，而且说不定变化多端，不会使我准确地表达我的意思。在这三篇通论之外，我要对我的剧作进行个别审察，看在什么地方依循了自己所定的规则，什么地方违反了它。我将毫不掩饰自己的缺点，但是，另一方面，遇到我认为写得还不算太坏的地方，我也要保留指出它们的权利。巴尔扎克先生同意有一种人可以享受这样的特权，认为他们可以坦率地说出旁人恭维他们的话。我不知道自己够不够这个资格，不过，我愿意表示相当的自信心，因之并不感到绝望。

第三篇　论行动、时间与地点的三一律

　　前两篇论文和我对两卷所包含的十六出戏的检查，已经给我提供了许多机会来阐述我对这些问题的意见，倘使绝对避免重复的话，我也就没有什么可说的了。

　　我曾经说过，现在依然认为，在喜剧中，行动的单一包括在情节的单一之内，或者主要人物的意图遭遇到的困难之内，而在悲剧中，行动的单一包括在危险的单一之内，无论它的主角平安脱险与否。我并不是说，悲剧不能允许几个危险存在，喜剧不能允许几个情节或者困难存在，除非是从一个困难必然陷入另一个困难；因为摆脱头一个危险不使行动完整，又引出了第二个来；而解决一个情节无助于人物的安宁，一个新的情节又出来作梗。我想不起古人有什么例证，讲起许多危险来，一个接连一个，而不破坏行动的单一；但是，我已经作为一个缺点指出，《郝辣斯》和《戴奥道尔》独立的双重性，不需要郝辣斯在胜利之后杀死他的妹妹，戴奥道尔在躲掉卖淫之后以身殉教；在辛尼加的《特洛伊妇女》中，波吕克塞和阿斯堤阿那克斯的死亡不作成同样的不规则的话，我的判断就大错而特错了。

　　第二点，行动的单一这个词并不意味着悲剧在舞台上只应显示一个行动。诗人为情节选择的行动必须有头、身、尾；这三部分不光有一样多的行动导致几个从属性质的行动，而且另外每一个行动还可以包含几个从属性质的行动。只应有一个行动完整，使观众的心平静下来。可是，要做到这一步，只能靠几个不完整的行动，帮他铺平道路，

置观众于一种适意的悬置之中。这必须在每一幕的结尾做到,以使行动继续。人不需要准确晓得人物在隔开他们的间歇时的全部活动,也不需要准确晓得他们不出场时的活动情况;但是,每一幕必须留下什么来期待即将发生的事故。

在《罗多古娜》中的克娄巴特,从第二幕离开她的两个儿子起到她在第四幕又和安提奥库斯相会为止,都干了些什么,如果你问我的话,我就没有办法讲给你听,我相信也没有义务交代清楚;可是,第二幕结尾,准备好了两兄弟为统治做出的友爱的努力,并免去罗多古娜遭受他们母亲激化了的憎恨。人在第三幕看到效果,又在第三幕结尾准备来看安提奥库斯另一次努力,一个接连一个,调解这两个仇敌,而塞勒库斯将在第四幕做什么,迫使这位变质的母亲下决心,等待她在第五幕努力实现她的计谋。

在《说谎人》中,第三幕和第四幕的间歇整个有可能消耗在人物的睡眠上;可是,他们的安息并不阻挠两幕之间行动的继续,因为第三幕的行动并不完整。道朗特在结束它时企图寻找方法再度得到吕克莱斯的欢心;下一幕一开始,他就上场和他的一个仆人努力谈话,倘使她露面的话,他就找机会告诉她本人。

我说不需要交代人物不在场上做什么事,并不是说,有时遇到十分合适的机会也不必操那份心,除非是幕外做的事有助于领会场上发生的事。所以,克娄巴特从第二幕到第四幕做什么事,我就一字未提,因为,在这期间,她对我所准备的主要行动,没有什么重要关系;可是,从第五幕的第一行诗起,我就让大家知道,她在使用这最后两幕的整个间歇来杀塞勒库斯,因为死在这里构成行动的一部分。因此,我就认为诗人不必把导致主要行动的全部个别行动都暴露出来:他应该选择那些对他说来最有暴露效果的行动,不是由于场面美丽,就是由于它们所产生的激情的光辉与强烈,就是由于它们所引起的快感,而把此外的行动放在幕外，用叙述或者用技巧的什么手法，再使观众知道；尤其应当记住，某些行动与另外某些行动必须具有一种共同的关联，后面的行动由前面的行动所产生，而所有行动全在结束第一幕开展之中有根源。这条规则，我从第一篇论文起就建立了，尽管新颖，不同于古人的用法，却在亚里士多德的两段话中有它的基础。在第一段的话中，他说："连续进行的事件与互为因果的事件是大不相同的。"在《熙德》中，摩尔人在伯爵死后入侵，不是由于伯爵之死才入侵；在《唐·桑肖》中，渔夫来在卡尔洛斯被疑心为阿拉贡的殿下之后，不是由于他被疑心才来；所以，两个事件都该受到谴责。第二段话还要明确，字句也更肯定："悲剧所发生的事都是前面的事的必然的或逼真的后果。"①

每一幕所特有的一个又一个的行动与联络全部行动的场景的关联，我在《女仆》的检查中已经谈起了，是一出戏的辉煌的装饰品，大量用于形成行动的连贯的表演；不过，最后，这只是一种装饰，不是一条规则。古人并不经常受到它的拘束，尽管他们的分幕不过两三场：这对他们比对我们要容易得多，我们有时就有九场或十场之多。我举两个他们蔑视的例子：一个是索福克勒斯的《埃阿斯》，他在自杀前的独白，和前后场的戏都没有任何联系；另一个是泰伦斯的《阉人》的第三幕，克莱麦斯和彼狄亚斯下场，安提丰上场，他的独白和前两人毫无联系。本世纪的学者，把他们留下的悲剧当作典范，比他们还要忽视这种联系，只要看一眼布坎南、格罗提屋斯和海希屋斯②的悲剧，就会意见一致，这我在《波里厄克特》的检查中已经谈过了。我们的观众看惯了我们这样做，看到一场与另一场不相连接，就把它当作一种错误看

---

① 文字大致相当于《诗学》第十章。
② 布坎南（Buchanan, 1506—1588）是苏格兰人，写过两个拉丁悲剧。格罗提屋斯（Grotius, 1583—1645）是法学家，荷兰人，写过拉丁悲剧。海希屋斯（Heinsius, 1580—1655）是比利时人，印行过校订的《诗学》，写过一出拉丁悲剧。

待：脑子连想都没有想，眼睛和耳朵已经觉得不对头了。《西拿》的第四幕跟不上其他幕，就由于这个缘故；从前本来不是一条规则，现在由于实践多了，也就变成规则了。

我在《女仆》的检查中谈到三种联系：我讨厌声音的联系，容忍视觉的联系，重视在场与道白的联系；谈到后一种联系，有两件事本来应该分开谈的，我给混淆起来了。在场和道白合在一起的联系，毫无疑问，是它们所能达到的杰出方式；不过，只有道白，而不在场，只有在场，而无道白，效果就有程度上的不同。一个人物从一个隐蔽的地点，不露面，向另一个人讲话，做成一种有道白而不在场的联系，很有趣；可惜这种情形极为少见。一个人待在舞台上，只为听取进场的人说些什么，往往并不讨好，落入乞来的俗套，与其说是为了完成被当作新的用途，不如说是为了情节的需要，留在舞台上。《庞贝》的第三幕，阿柯奈先对沙尔来永报告国王献上这位英雄的头和凯撒接见的情形，一直待在台上，看人过来过去，只为听他们说些什么，回去向克娄巴特汇报。在《安德罗梅达》的第四幕中，亚蒙为了费内的缘故做了同样的事，看见国王和朝臣进来，就闪在一旁。这些变成哑巴的人物，做连结场的工作做得相当坏，他们根本不参预，什么作用也不起。另外，他们藏起来，想从那些以为没有人偷听的说话的人那里偷听到重要秘密，就另是一回事了；因为，人家说的话与他们利害攸关，加上他们不能用别的方法知道的合理的好奇心，尽管他们不开口，也参预了行动；不过，在那两个例子里头，亚蒙和阿柯奈在台上干巴巴地听场上的人讲话，不管我给他们制造什么借口，他们不走开，只为了和前几场戏连结，而两出戏满可以不用他们。

虽然诗剧的行动应当单一，必须考虑到两部分："结"和"解"。按照亚里士多德："剧外事件，往往再搭配一些剧内事件，构成'结'，其余的事件构成'解'。境遇的转变做成两部分的分界。一切属于转变之前的是'结'，转变以及其后的事是'解'。"①

"结"完全依靠诗人的辛勤选择与想象；人不能为此制定规则，除非是依照我在第二篇论文讲起逼真性与必然性来安排一切事物；我再添上一个建议，就是：尽量不要和发生在演出开始之前的行动纠缠下去。叙述通常总是让人讨厌的，因为它们不是期待之物，它们损害听众的脑力，它们不得不强记十年或十二年以前发生的事，以便领会所要表现的问题；但是，对行动开始以来幕外进行的事情加以叙述，效果总比较好，因为它们是被一种好奇心所期待着，它们参预所表演的行动。我写的《西拿》之所以最得好评，原因就在没有往事的叙述，西拿向爱米利所作的关于他的阴谋的叙述与其说是为了了解后文，观众应当知道和牢牢记住的个别情况的必要的知识，毋宁说是一种引逗观众的精神活动的装饰。爱米利在头两场之中已经让他们晓得，他阴谋反对奥古斯都是为了她的缘故，西拿极其简单地告诉她说，阴谋者明天准备好了动手，他在推进行动的同时，他还用一百行诗句向她汇报他对他们说的话和他们的反应。有些情节从英雄诞生以来就开始了，例如《海拉克里屋斯》的英雄；但是，想象这些巨大的努力要求观众高度集中注意，他们看头几场演出，往往阻挠他们取得一种完整的快感，因为演出太让他们疲倦了。

在"解"里，有两件事我觉得必须回避：意志无理由的改变和机关的使用。一个人在前四幕从中作梗，主要人物不能由此完成计划，到第五幕放弃了，又没有显著的事故非放弃不可，戏的结束就太缺乏技巧了：我在第一篇论文里曾经提到过，不再补充了。机关降下一位神祇，调解纠纷，只因为人物不知道怎么收场，手法可以说是不高明的了。阿波罗在《俄瑞斯忒斯》中就这样行动：由于克吕泰涅斯特拉被

---

① 参看《诗学》，第十八章。

杀，遭到屯达尔和墨涅拉俄斯的控告，受到他们的追逐，俄瑞斯忒斯和他的朋友皮拉得斯就擒住海伦和赫耳弥俄涅，杀死或者以为杀死头一个，威胁说还要弄死后一个，如果不撤销逮捕他们的命令的话。为了解决这些骚乱起见，欧里庇得斯想不出别的好办法，只好让阿波罗自天而降，以他的绝对权威，吩咐俄瑞斯忒斯娶赫耳弥俄涅，皮拉得斯娶厄勒克特拉；又怕海伦被杀会成为障碍，不利于凶手俄瑞斯忒斯娶赫耳弥俄涅，阿波罗就告诉他们：她没有死，在他们以为杀死她的时刻，就把她抢救下来送上天去。这类机关完全不相宜，在戏的其他部分毫无根据，是"解"的缺点。不过，我觉得亚里士多德的看法有一点严峻，美狄亚对克瑞翁报过仇以后，驾着飞车逃出柯林特，把飞车也算做这类东西了：我认为美狄亚是个女巫，她在戏里又做过一些同样超乎自然力的事，所以飞车的基础还是相当大的。她在科尔喀斯为伊阿宋做事之后，回来恢复他父亲埃宋的青春之后，送给克瑞乌萨的礼物附加一些看不见的火焰之后，这辆飞车也就不算不可能了；这出戏也就不需要另做准备寻求这种奇异效果了。辛尼加有一行诗写美狄亚对她的奶妈道：

我将亲自带着你远走高飞。

我也让她对埃勾斯道：

我明天将从一条新路跟你走。

欧里庇得斯的谴责，事前没有做任何防备，也许是公道的，不过算不到辛尼加和我的头上；我也犯不上为这做辩白来反驳亚里士多德。

我放下行动来谈"幕"。每一幕都该有一部分行动，不过，不会那么均匀,譬如,多给末一幕保留一些,少给第一幕分一些,其余的幕照比例处理。甚至于人可以在这里只描绘人物的性格,铭记所要扮演的故事,有时还是早已开始的故事。亚里士多德没有规定幕;贺拉斯限制为五幕;虽然他不许再少,西班牙都坚持只写三幕,意大利人也常常如此。希腊人以合唱队的歌唱来区别;我有理由相信他们在某些戏里,唱的次数在四次以上,我也就不想回答他们的数目并不超过五次。这种分幕方式不如我们方便,因为,人们对合唱队的歌唱可以注意或不注意;如果注意的话,观众的精神太紧张,没有任何时间来休息;如果不注意的话,歌唱的时间一长,精神就涣散了,下一幕开始,就需要努力回忆他们已经看过的戏和行动停止在什么地方。我们的小提琴表演就没有这两种不方便;拉琴时,观众的精神可以休息,回想一下他们看过的戏,按照他们的喜欢或者不喜欢,表示赞成或者不赞成;拉琴的时间短,观众记忆犹新,演员回到舞台上来,观众就不需要努力追忆了。

　　每幕的场次就没有规则限制了;不过,整个幕应当有一定数量的诗句,长度与各幕的诗句应当均衡,场就可以随意多少,按照它们所用的时间的多少,把整个幕所用的时间消耗掉。如果可能的话,每个人物的上场与下场都该找出理由来;尤其是下场,我认为这个规则是必不可少的,一个人物下场仅仅是由于没有话说,没有比这更坏的事了。

　　我对上场就不那么严格以求了。观众在等待人物上场;尽管舞台上呈现的是说话人的房间或书房,他也不能随时都在场;他回家之前在城里做什么,不总容易找出理由来说明,因为他有时就不可能出门。爱米利在《西拿》开端,没有说明她为什么来到他的房间;可以想见,她在戏开演以前就在这里了,不是由于出的必要性,她才从幕外进来的。因此,对每幕的头几场,我也就不严格以求了,可是,对此外各场就不同了，因为一个人物已经在场上了，别人要上场就必须有话同他讲，或者至少机会来到，就该充分使用才行。尤其是一个人物在同一幕上场两次，无论是喜剧，还是悲剧，都该完全交代，在他第一次下场时，他还要回来，像郝辣斯在第二幕，玉利在同一出戏的第三幕那样，或者在上场时，举出他所以这么快又上场的原因。

亚里士多德要求，写得好的悲剧应当不借助于演员并在演出之外就美好自如，并能讨人喜欢。为了方便读者得到这种快感起见，千万不能干扰他的精神像干扰观众的精神一样，因为他不得不努力设想一切，在心里把它演出来，而这种努力就减少了他应有的满足。因此，我的意见是，作者应该小心在意，做好不配附加给他的诗句的细微动作的旁注，如果他贬低自己，有所说明的话，就会损害诗句的尊严。演员在台上加以弥补是容易的；可是，在书里，人就往往陷于猜测，有时甚至猜错了，除非是了然于这些小问题。我承认，古人不这样做；可是，我也承认，由于不实践的缘故，他们在戏里给我们留下许多晦涩之处，只有艺术大师才能弄清楚；不过，我还不敢就说，他们每次设想的问题，是不是彻底解决了。倘使我们完全按照他们的方法去做的话，就该像希腊人一样，对幕或场不用做任何区分了。这种缺欠往往使我不知道他们的戏分为几幕，或者一个人物在一幕结束时该不该下场，让合唱队歌唱，或者在合唱队歌唱的同时，他一动不动地待在台上，因为他们和他们的注释者，都没有在旁注给我们留下一句关照的话来。

我们还有一个特殊原因，不该忽视这细小的帮助；印刷使他们的戏落在外省演员的手里，我们只能仰仗这个旁注告诉他们做些什么，我们要是不用这些旁注告诉他们做些什么，我们要是不用这些旁注帮助他们，他们就会笑话百出的。他们就会在戏的团员结束的第五幕手足无措，而我们却把人物都聚在台上；古人并不这样做；人物往往会对一个人说给另一个人听的话，主要毛病出在同一人物，需要对三四个人一个接一个地说话。

有什么吩咐要人去做,例如克娄巴特叫拉奥尼斯去取毒药,如果不愿意增添旁注的话,就该来一行旁白的诗句;依我看来,这比其他办法难以忍受多了,其他办法提供真正的唯一手段,根据亚里士多德的意见来看,悲剧无论是读或者上演,都是美好自如,而舞台在观众眼前提供的一切,对读者的想象也就方便多了。

时间单一的规则有亚里士多德这句话做基础,"悲剧应当包括让太阳的一周为行动的时间,或者设法不要超过太多。"① 这些话引起这场著名的争论,就是,这句话应当理解为二十四小时的自然的一天,还是理解为十二小时的人为的一天;两种意见各有其拥护者。以我来看有些情节很难用这样短促的时间来包括,我不仅给它们完整的二十四小时,还要利用一下这位哲学家赋予我们的自由,让它们稍稍超过,无顾虑地延长到三十小时。我们有一条关于权利的格言,应当待人宽和,约制酷苛:"宁失之宽,勿失之严";这种约制已经给一位作家带来相当大的干扰,逼得我们某些古人写出想入非非的东西。在《恳求者》中,欧里庇得斯让雅典的忒修斯带着一支军队攻打忒拜城,两座城相隔十二或者十五古里② 之遥,下一幕胜利归来;从他出发到使者回来讲他胜利的故事,埃特拉和合唱队只有三十六行诗好唱。时间这么短,可以说是充分利用了。埃斯库罗斯让阿伽门农比从特洛伊回来还要快。他早先和他的妻吕泰涅斯特拉约定,特洛伊一陷落,他就点起山上的烽火让她知道,第二座山看见火也立即点起,第三座山以及此后的山都如法炮制,赶到深夜她也就知道这个重要的消息。就在点燃的烽火才一告诉她这个消息,阿伽门农就回来了:我记得他坐的船遇到狂风暴雨来的,可是船的速度必须像眼睛看到火光一样快,才能做到这一步。

---

① 参看《诗学》第五章。
② 每古里约合四公里稍多。

《熙德》和《庞贝》的行动有点急遽,可是还远远跟不上这种神速;假使它们在某些方面和通常的可能性有所违忤,至少还没有做到这样不可能的地步。

许多人反对这条规则,认为专制,也许有理由这么认为,可见它有亚里士多德的权威做靠山;不过,其所以接受这条规则,还有自然的理由在支持。诗剧是对人的行动的一种摹仿,或者说得更准确些,一种画像;毫无疑问,画像越近似本人越显得高超。演出的时间是两小时,如果演出的行动不为它的现实要求更多的时间的话,二者的近似就会无比完善。这样,我们就不停止在十二小时或者二十四小时,只要把戏的行动压缩到尽可能短的时距之中,以便演出近似,达到更完善的地步。如果可能的话,我们只要用两小时来充实演出就行了。我相信《罗多古娜》用不着更多的时间,《西拿》有两小时也就够了。倘使我们不能把它压缩到两小时以内,就多用上四小时、六小时、十小时,但是不要超过二十四小时太多,免得造成紊乱,画像缩得太小,失去比例,达到不完善的效果。

我特别愿意把这个时限留给观众的想象,永远不做决定,假如情节不需要知道的话,主要问题是可能性在这里有点勉强,像《熙德》那样,只用来提醒观众这种急遽情形罢了。即使戏里没有由于必须遵守这条法则而受到损害,有什么必要注明戏的开场,太阳出来了,第三幕是正午,而末一幕结尾是夕阳西下呢?这种作法只会让观众厌烦;把事情可能在一定的时间之中建立起来就够了,假使有人愿意在这里表示小心的话,不用过分操心就能方便地看出是什么时间了的。甚至于行动只有演出的时距来配合,倘使我们逐幕加以说明,如这一幕已经过了半点钟了,只会吃力不讨好。

我重申一遍我在别处说过的话:我们所用的时间比较长,多出了十小时,我倒希望有八小时在幕与幕之间消耗掉,而每一幕的个别情况仍然应该与演出的时间一样长,主要在场与场的联系是连续不断的,因为这种联系不许可两场之间有空的。不过我认为,第五幕仰仗一种特殊的权利,有权利压缩一点时间,所以被表演的行动所用的部分时间就可以比表演长些。理由在于,观众急于看到结局,而结局取决于下场的人物,于是交给待在场上等候消息的人物的对话只有使人感到厌烦,似乎待在那里而无行动。在《海拉克里屋斯》的第五幕,弗卡斯下场,直到阿芒塔斯来讲他的死亡,幕外发生的事比海拉克里屋斯、马尔提安与皮耳谢里叙述他们的不幸的时间要长,是毫无疑问的。在《尼高梅德》的第五幕里,普绿西亚斯和夫拉米尼屋斯到海上议事,回来保卫王后,所用的时间也是不足的;在公主和赖奥脑儿交谈,施曼娜和艾耳维尔交谈的期间,熙德同样没有足够的时间和唐·桑肖比斗。这些情形我早就发现了,可是,我依旧把这种急遽手法做到底,关于这一点,我们在古人方面或许找得到好几个例子;我已经讲起我的懒散,由于懒散,我举泰伦斯的这个例子也就知足了,这就是《从安德罗斯来的姑娘》。西蒙在这里让他儿子庞非勒进来,到格里赛尔家里,为了叫克里东老头子出来,向他了解他的情妇的出身,她是克莱麦斯的女儿。庞非勒进去,跟克里东说话,请他帮忙,和他一道出来;就在这进去、哀求和出来之际,西蒙和克莱麦斯留在台上,每人只说了一句话,顶多只够庞非勒打听克里东在什么地方,不够和他谈话,不够告诉他应当根据哪些理由帮她找出他所知道的这个不为人知的女子的出身。

行动的结局取决于不下场的人物,他们的消息用不着等候,如《西拿》和《罗多古娜》的第五幕,不需要这种特权,因为全部行动是一望而知:这对戏开始以来,有一部分在幕外发生的戏是做不到这一点的。其他各幕就没有这种特权了。一个人物出去的时间不长,回来的时间没有,或者出去干些什么又不知道,可以等待他在下一幕交代清楚；把两幕区别开来的小提琴演奏，可以根据自己的需要消磨时间；但是在第五幕就没有这样做的余地：观众的注意不集中了，必须结束了。

虽然我们必须把整个悲剧行动压缩到一天之内，我没有能忘记这并不妨碍悲剧用叙述或者用其他更人工的方式揭示的英雄在几年中都做了些什么，因为有些戏的"结"包括着需要说明的出身的隐晦所在，例如《俄狄浦斯》。过去的行动越是负担得小，观众的好感也就分外大，他受到的拘束少，事情历历如在目前，对看到的一切也不需要向记忆求救，关于这一点，我也就不用重复了；可是，我忘记不了，选择许久就期待着的重要一天，对一部作品来说，是一个富有意义的装饰之物。机会不常有；在我头两个集子里，你们将只发现，《郝辣斯》具有这种性质：两个民族用战争决定它们的统治。《郝辣斯》有三个同伴：《罗多古娜》，《安德罗梅德》和《唐·桑肖》。在《罗多古娜》这里，这一天是两个君主选择下来，为了在敌对的君权之间缔结一个和约，为了通过婚姻两个敌手取得完全和解，为了说明一个有二十多年的秘密，关系到王国与恋爱的胜利的两位孪生亲王的长子继承权的问题。《安德罗梅德》和《唐·桑肖》这里，这一天也不同寻常；而是像我方才说起的，机会并不常有；在我此外的作品中，就找不到这种非常的日子，不过是得之于偶然，并非来自公众治安所长久期待的使用。

至于地点的单一，我在亚里士多德和贺拉斯这里，都没有看到有关的规定：这就使一些人相信规则的建立是时间单一的后果，并自信可以扩大到包括一个人在二十四小时能往返的任何地点在内。这种看法是有缺欠的，假如人物乘驿车出门的话，舞台两侧就可以表现巴黎和鲁昂了。我倒希望，不让观众感到任何困难，两个小时所表演的事只能是两个小时的事，在一个不能变动的舞台上，一切只发生在一个房间或者一个大厅里，根据选择来规定；不过，这样做往往也有困难，还不说不可能；首先，必须延伸地点，像延伸时间那样。我在《郝辣斯》、《波里厄克特》和《庞贝》这里,地点都是准确的;然而,要做到这一点,就只能引进一个妇女,像《波里厄克特》那样;或者引进两个妇女,彼此十分友好,利害一致,住在一起,像《郝辣斯》那样;或者像《庞贝》所发生的情况那样,为天生的好奇心所驱使,克娄巴特在第二幕走出她的房间,高尔内利在第五幕走出她的房间,来到王宫的大厅听取她们期待的消息。在《罗多古娜》里不一样了;克娄巴特和她利害太相反了,不可能在同一地点讲出她们最秘密的思想。在《西拿》里也是如此,一般说来,发生在罗马,可是个别看来,一半在奥古斯都的会议室,一半在爱米利的家里。按照这个次序,《罗多古娜》的第一幕在罗多古娜的前厅,和第二幕在克娄巴特的房间,第三幕在罗多古娜的房间,可是,第四幕一开始,安排在罗多古娜的房间,戏就演不下去了,因为克娄巴特一个接一个地对两个儿子讲话就不是地方了。第五幕需要一间大厅,可以容纳一大群人。《海拉克里屋斯》也遇到同样的情形。第一幕在弗卡斯的书房很合适,第二幕在莱翁蒂娜的房间;但是第三幕一开始,却在皮耳谢里的房间,戏就演不下去了,弗卡斯会在这位公主的房间考虑谋害她的哥哥,就不成体统了。

　　古人让他们的国王在公共场合说话,就很容易使他们的悲剧在地点上遵守严格的单一。然而索福克勒斯在他的《埃阿斯》里并不遵守,他走出舞台,寻找一个偏僻的地方自尽,后来在人民面前自尽了,这就容易使人想到,人看见他自尽的地方不是原来他出去的地方,因为他出去就是为了挑选一个地方的。

　　我们没有自由让国王和公主走出他们的房间;既然住在同一王宫的那些人的利害关系往往不同甚至对立,不容许他们在同一房间倾诉衷肠,揭露秘密,我们就必须寻找别的方法来保持地点的单一,如果我们希望在我们所有的作品里维持地点的单一的话;否则,我们看见很多十分成功的戏就得被我们全部否定。

所以我坚持必须尽最大可能寻找这种准确的单一性；不过，因为它不适应各种情节，我很愿意同意人物在单一城市的活动算是地点的单一。我并不要求舞台搬演整个这座城市，那有点太大了，只要有两三个特殊地点包括在城墙之内就行了。这样，《西拿》的场面不离开罗马，一时在奥古斯都的宫殿，一时在爱米利的府第。《说谎人》的场面在巴黎的杜伊勒里和王家广场；《续集》显示里昂监狱和梅利丝的住所。《熙德》不离开塞维耳，可是增多了特殊的地点；由于场在这里不连接，舞台从第一幕起就是施曼娜的府第，国王宫廷的公主房间和公共场合；第二幕又添上国王的房间：毫无疑问，这种许可有点过分。为了改正一下这种地点的不单一，在不可避免时，我倒想做两件事：一件是，在同一幕，永不变更地点，仅仅改变幕的地点，例如《西拿》头三幕；另一件是这两个地点不需要不同的装置，任何一个也用不着说出名字来，只要举出包括两个地点的通称也就成了：例如巴黎、罗马、里昂、君士坦丁堡，等等。这有助于欺哄观众，他们看不见有什么特殊东西指出地点改变，也就不会注意了，除非是事后挑剔，有极少数的人批评，可是大多数人被搬演的行动所激动，顾不上分神到这上头。他们在这里得到的快意让他们对小小不准确处不做要求；问题太明显了，他们才不得不指出它来，像《说谎人》和《续集》那样，不同的装置让人认出地点的不单一，不得不有所指摘。

然而，利害关系对立的人们，在同一场合说破他们的秘密不逼真，有时他们又在同一幕中，而场与场的连结又必然带来这种单一性，这就需要找到一个地方来适应这种严格逼真性所形成的矛盾，看一下《罗多古娜》的第四幕和《海拉克里屋斯》的第三幕怎么样才站得住脚，两幕戏里都有敌对双方，我已经说起过这种别扭。我们的法学家承认法律的假设；我也想学他们，做戏剧假设，建立一个戏剧地点，既不是克娄巴特的房间，也不是罗多古娜的房间，在以她的名字命名的戏里；也不是《海拉克里屋斯》的弗卡斯的房间，也不是莱翁蒂娜的房间或者皮耳谢里的房间；而是一个通向这些房间的大厅；这有两项利益：第一项：在这里说话的每一个人，可以假设像在自己的房间那样保持同样的秘密；第二项：舞台上的人物想寻找书房的人们说话，按照通常的情形，这有时是合情合理的，前者为了保持地点的单一性和场的联结起见，就可以到舞台上来寻找他们而不违背情理。这样，罗多古娜在第一幕，来找拉奥尼斯，其实为了同她说话，罗多古娜应该派人请她来才是；克娄巴特在第四幕到同一地点寻找安提奥库斯，他方才在这里说服罗多古娜来的，虽然就严格的逼真性来看，这位殿下应当到书房寻找他母亲才是，因为她太憎恨这位公主了，不会到她的房间同她说话；第一场应当固定这一幕的其他各场：如果不接受这种解决办法的话，地点的严格单一就做不到了，这我已经谈过。

  倘使我这种变通办法不被接受，这本书的所有的戏都在这方面有缺欠了，我虽然不能满足这条规则的最严格要求，我将来也准备用这种变通办法来弥补。我只有三出戏合乎规则：《郝辣斯》、《波里厄克特》和《庞贝》。如果我对其他剧本过于宽容的话，我对于别人在舞台上得到成功而又表面整齐的剧作，我将更为宽容。理论家严格起来是容易的；但是，如果他们肯照样写十个或者十二个剧本的话，也许他们比我还要放宽规则，他们很快就会通过实践明白，他们的严格要求给人带来什么样的限制，从我们的舞台上驱除多少美好的作品。无论如何，这些是我关于戏剧艺术的主要论点的意见，或者你们愿意的话，就算做异端邪说吧；我不知道还有什么能使古代规则和现代娱乐结合得更好的方法。我不怀疑别人能容易找到更好的方法，只要实践起来和我的方法一样有成效，我决计奉行不误。

布瓦洛

布瓦洛（Boileau，1639—1711）是法国十七世纪古典主义文艺理论大师，他嘲笑夏普兰，而实际上他的理论，发挥的也还是夏普兰那些货色。他和路易十四同代，这正和他的好友拉辛一样。他的另外两个好友，莫里哀和拉·封丹，都比他年龄大，他对他们的成就一直表示崇敬的心情。《诗的艺术》发表于一六七四年，莫里哀已经去世了，在这里稍稍改变了他对莫里哀的态度，指责他不该写闹剧，写下等人；这种指责，维持了两世纪，一般人又从而指责莫里哀的语言不纯洁，下等话也用在戏里了。如像下等人必须说市民和宫廷的语言似的。这些评论家，从布瓦洛开始，都显出他们远不如莫里哀生机活泼，没有书生气。布瓦洛成见很大，他认为法国诗歌从马莱尔伯开始，前人不在话下。他对当时在野派的抒情诗不表同情，尤其是对七星诗社的蔑视，使沙龙迟到十九世纪才重新为人欣赏。他和贝卢的古今之争，在我们看来，并无理论上的价值，今派逢迎路易十四，抬高今人，而他在《诗的艺术》的结尾，早就号召诗人为路易十四的战功写一部新的史诗来歌颂。以太阳王自居的路易十四任命他和拉辛为宫廷的私人史官，并在一六八四年支持他当选为学院院士。实际上，他已经是一个官方文艺理论的代言人。所以这时贝卢引起的古今之争并无意义，他最后给贝卢写信表示和解，就说"拉丁人的奥古斯都比不过法国人的奥古斯都"，一语道破了双方的中心思想：双方都在歌颂路易十四。这里翻译他一封表示和解的书信，也就足够说明当时营垒分明，贝卢派与高乃依派形成今派，布瓦洛是古派盟主，只是他的《诗的艺术》种下的祸根的爆发而已。他在这里已经离开评论家的公正的轨道，心目中正和今派相同，也许还要厉害，溜路易十四之须而已。

他接受夏普兰的主张，用流畅的诗句表达出来，从而把"主张"变成规则，是错误的，也给后世带来了不小的灾难。他把题材限于"市民"与"宫廷"，也只能说明这是资产阶级上升期间的一种手段，并非真理。他要自然，理性、见识与美，大都是古已有之的一些老话，他本人的创见其实是很少的。尤其是，他照搬罗马诗人贺拉斯的《诗艺》的诗句，也在当代引起了文坛的窃窃私议与公开鄙视。

但是《诗的艺术》正如福楼拜在书信中对它的评价，还有一定的意义，虽然是二流的，但是对作家来说，仍旧有些用处。有些道理他用简练的诗句表达出来，一目了然，决不啰唆。后人从这里还是可以学到一些东西的。

译文接受他的形式，每两行一韵，有好处也有坏处。好处是帮人好记，而且本身易于明了，坏处就在押韵，偶尔多费一些手脚，但是我们决不改得过头，尽量保持他的推理与用语，因而使读者知道，他的道理并不难懂。

译者

诗的艺术

第一章

一位轻率的作家要上帕耳纳索斯山①，
妄想直达诗的艺术之巅：
他没有听到上天的神秘声音，
也没有注意生下来就是诗人，
只能永远是他有限天分的俘虏：

---

① 帕耳纳索斯山（Parnassus mount）是文艺女神居住的地方，一般指文学而言。

珀伽索斯倒退,福玻斯对他也视若无睹。①

　　所以你呀,被一种危险的热情所燃烧,
在才情的崎岖的道路上奔跑,
一无所得,成为诗歌的余烬,
错把爱好押韵看成你的天分;
当心骗人的诱饵,免得捞来一场空欢喜,
必须长期考虑你的才情和你的能力。
　　自然充满了优秀的人才,
写哪一类诗,全懂得如何安排:
有人能用诗写出多情的哀歌;
有人能用愉快的特征使警句诗酷刻:
马莱尔伯②可以歌颂一位英雄的功勋;
拉岗③可以歌唱费利司④、牧羊人和树林:
不过常常就有人炫耀过分,
缺少自知之明,不认识自己的天分;
例如以前有人就不管合适不合适,
拿木炭在酒馆的四墙涂诗,
和法赖⑤在一起,放声高歌,
歌唱希伯来民族的胜利逃脱,
法老穿过沙漠追赶摩西,

---

① 珀伽索斯(Pégase)即飞马,是福玻斯 Phébus 的坐骑。福玻斯即古希腊神话中的光明之神。
② 马莱尔伯(François de Malherbe, 1555—1628)是法国十七世纪初叶的诗人,极为作者所推重。
③ 拉岗(Racan, 1589—1670)侯爵,受意大利影响,写过一部《牧歌集》(Bergeries)。
④ 费利司(Philis)是牧歌中牧童的名字。
⑤ 法赖(Nicholaas Faret, 约1596—1646)是法兰西学院最早成员之一。这里攻击的是圣-阿芒(Saint-Amand, 1594—1661),他喜欢在酒馆饮酒赋诗,法赖不好酒,只是圣-阿芒的朋友而已。其实嗜酒也足以为诗人病。圣-阿芒曾写《得救的摩西》。

结果诗人和法老一同沉入海底①。

　　无论写什么题材，诙谐或者崇高，
要永远让见识和韵脚协调：
貌似冤家对头，其实两好无间，
韵脚是奴才，只该自称下贱。
开头费尽苦思寻找韵脚，
养成习惯，韵脚并不难找，
诗人甘心向理性的枷锁屈服，
不但不捣乱，反而帮它发财致富。
可是一旦受到怠慢，理性就造反，
再想捉住它，见识就得拼命追赶。
所以你要热爱理性：让你的文字
单向它借来写作的光彩与价值。

　　大多数人，受到感情的冲动会发狂，
经常离开正路寻找他们的思想：
万一认为别人和自己的想法分毫不差，
就以为自己古怪的诗句跟不上人家。
避免这些过头的想法，让它们统统留在意大利：
这些假钻石的光彩夺目的怪癖。②
凡事应当尊重见识；但是，道路光滑，
保持平衡不容易，很难到达，
一步走错，便有灭顶之虞。
理性往往只有一条道路可供驰驱。

---

① 参看《旧约》《出埃及记》第十四章。"法老"是古代埃及统治者的称号。
② 指意大利作家马利尼（Giambattista Marini，1569—1625），路易十三时期来到法国，对当时文风起了歪曲、引申的很坏的作用，形成马利尼流派。

一位作者有时材料成灾,
不用完,决不放弃一个题材。
他见到皇宫,就为我描绘它的正面。
又带我一座一座平台游遍,
近处一溜台阶,远处一条画廊,
那边又是阳台,围着一排栏杆,金碧辉煌。
他数着天花板的圆形和蛋形藻井,
"这不过是花饰,这不过是柱头的圆领①"。
为了结束这趟观览,我得跳过二十页,
我想跳出花园,跳不出去,仍在里头蹀躞。②
避开这些作者,虽说丰盈,实在空洞,
一个无用的细节,千万不要滥用。
把话说过了头,乏味又讨人嫌,
等于吃得太饱,马上呕吐,惹人讨厌。
不懂得克制自己,也就决不懂得写作。
　　怕犯过错,我们往往会犯更大的过错:
你嫌诗太单薄,却又让它滞浊;
我要避免冗长,却又变成了晦涩:
这句诗不够花哨,可是它的缪斯一丝不挂;
那句诗耽心匍匐而行,偏又在云彩里乱爬。
　　你想不想得到公众的喜爱?
写时你要不断变换你的词采。
　　一种风格过分匀,而又永远单调,

---

① 古建筑名词:环绕柱头的圆带(astragale)。
② 布瓦洛指责斯居代里(George de Scudéry, 1601—1667)的史诗《阿拉利克》(Alarric)。这里用五百行诗来描写皇宫。花园又用了五百行。

尽管耀眼欲花，必然让人睡觉。
这些作者天生使人乏味，没人读他们的诗词，
他们的笔调也总像在唱赞美诗。

  幸运的是诗人懂得用轻盈的声音，
从诙谐转入严峻，从严肃转入甘美，
他的书得到上天的喜爱和读者的欣赏
买书的人经常挤满了巴尔班书坊①。

  无论写什么，你要避免低三下四：
最不高贵的风格也有自己高贵的文字。
寡廉鲜耻的滑稽诗②不管什么见识不见识，
立即欺骗眼睛，让人喜欢它的新奇，
人在诗里只听见些，无聊的俏皮话；
帕耳纳索斯山的神们也学着粗话胡扯乱拉＊，
从此韵脚失去控制，不顾体面，
反串的阿波罗也就变成了达巴栾③。
这像瘟疫一样流毒内地群众，
从书吏、市民一直感染上王公：
最恶作剧的取闹者也有人捧场；
即使是达苏西④，也有读者欣赏。
可是宫廷终于明白这种风格不值分文，
蔑视这些信手拈来的诗句，认为不伦不类，

---

① 巴尔班 (Barbin) 是当时的书店。
② 滑稽诗 (le burlesque) 盛行于意大利十六世纪。斯卡隆 (Paul Scarron, 1610—1660) 把它介绍到法国。
③ 达巴栾 (Tabarin, 1584—1626) 是巴黎一个江湖医生的叫卖人。他有两个闹剧传下来，还有些说笑的短篇，影响很大。布瓦洛对这个卖艺人一直表示蔑视。
④ 达苏西 (D'Assoucy, 1604—1679) 写过许多滑稽诗，但是在斯卡隆死后，由于布瓦洛的攻击，他搁笔不写了。

让自然摆脱掉滑稽与庸俗,
让《堤丰》①去接受内地群众的佩服。
但愿这种风格永远不玷污你的著作,
让我们学习马罗②的文雅的说笑,
把滑稽诗留给新桥③的江湖艺人。
　　然而也别步布赖驳的后尘,
甚至在《法尔撒耳》中,两岸
"死人与垂死人含冤哀哀,堆积如山,"④
换一下你的声调。要巧于朴实,
崇高而不高傲,舒适而不粉饰。
　　献给读者的东西全要让他喜欢,
节奏要受到一种严格的训练:
你的诗要永远遵循方向,字句分离,
在半行诗处中断⑤,标志休息。
当心别叫一个母音过于匆忙,
在路上让另一个母音撞伤。⑥
一切全靠字句和谐的成功的选择。
要躲过怪声怪气的可憎的集合:
听起来刺耳,最高贵的思想、
最饱满的诗句,也难以使人欣赏。
　　在法兰西帕耳纳索斯山开始,

---

① 《堤丰》(Typhon) 或者《众神与巨灵之战》,是斯卡隆写的,发表于 1644 年,《堤丰》是古希腊神话中的恶神,众妖之父。
② 马罗 (Marot, 1495—1544) 是弗朗索瓦一世的宫廷诗人,最后由于有同情宗教改革的嫌疑,逃到意大利的都灵死掉。他以十音节的对话见称,宫廷诗并不怎么好,而以圆舞曲等诗体见长。
③ 新桥 (pont neuf) 是旧巴黎一个人民寻欢作乐的地方,类似往日北京的天桥。
④ 布赖驳 (Brébeuf, 1617—1661) 以翻译罗马帝国诗人卢堪 (Lucuin) 知名,相当翔实。
⑤ 布瓦洛主张把一节诗分成两截,给法国诗带来单调的感觉。
⑥ 他反对母音重复,为后人制造许多不方便。

各种规律的构成全看随意行事。

字句汇集而无格律,每行的最末

用韵脚来代替装饰、字数和顿挫。

在那些野蛮年月,维庸头一个清理出

我们古老传奇作者的混乱艺术。①

马罗不久又提倡三节联韵诗,

写八行诗,也使舞曲押韵整齐,

用有规则的叠句来为回旋诗服务,

为韵脚指出了崭新的道路。②

继而起之的有龙沙,换了一种写法,

支配一切,弄乱一切,自成一家,

而且长久以来,就风行一时。

可是他的缪斯,在法文里夹杂希腊和拉丁文字,

临到下一个世纪,来了个可笑的转变,

他的伟大字句的学究式排场令人讨厌。③

这位傲气冲天的诗人从绝高处摔下来,

吓坏了代波特和拜尔斗,学会量度剪裁。④

马莱尔伯终于出现,在法兰西头一个

让人读他的诗感到一种正确的节拍,

教会一字不可更移的本领,

---

① 维庸(François Villon, 1431—约1489)是法兰西十五世纪最大的抒情诗人。但是说他"头一个清理出",布瓦洛就错了,因为"古老传奇"的艺术并不混乱。"古老传奇"指《罗曼之歌》等。
② 回旋诗十三行,早在马罗以前就有。"崭新的道路"不是马罗"指出"的。他的诗的形式过去就有的。
③ 龙沙(Pierre de Ronsard, 1524—1585)是法国十六世纪最大的诗人,一经布瓦洛判处死刑,直到伪古典主义倒台之后,他的声誉才得以恢复。
④ 代波特(Philippe Desportes, 1545—1606)修道院院长,他和另一位主教拜尔斗(Jean Bertaut, 1570—1611)的诗歌,远不如龙沙,布瓦洛过分夸张,也过分不公平。

缪斯在班上也不得不接受法则的规定。
有了这位明智的作家,修补好了的语音
再也不敢用粗话在耳边胡言乱谈。①
诗节温文尔雅地教人学会了中止,
诗句也不敢跨进下一句诗。②
人人承认他的法则;这位可靠的向导,
依然是当今作家学习的师表。
所以要跟着他走,要爱惜语言的纯朴,
要学他成功的表达方式的明白清楚。
如果你的诗意迟迟不来,
我的精神也就马上散开;
赶快抛掉你那些空洞的诗歌,
不要追随一位永远暧昧的作者。

  某些文人的思想一片黑暗,
还经常被厚厚的一层乌云弄得不安;
理性的阳光就没有法子透过。
所以先要学会思想,再动笔写作。
根据我们的观念或多或少地模糊,
表现不是过于洁净,就是不够清楚。
理解透彻的东西就能表达明白,
该说的话也就顺嘴说了出来。

  尤其你写诗之际,万分激动,

---

① 布瓦洛完全颠倒了是非,参看"前言"。
② 法国诗行在十六世纪常让上一句诗和下一句连接并押韵;经过这一批评,法国人努力将诗写成各诗行意思独立,并押韵。当然这就单调了些;到十九世纪浪漫主义诗人起来,才打破这一束缚。现代诗根本不管这种约束,以意为主,取消押韵为主的这种做法。

你尊重的语言对你永远神圣。
你用悦耳的声音打动我也是枉然,
如果你措词不当,或者方式难堪:
我决不承认豪华的生硬造语,
与自命不凡而错误百出的浮夸诗句。
总之,最有天才的作者,语言不嘉,
无论写什么,永远是一个坏作家。

　　写文章要从容不迫,别管任务有多紧急,
千万不要夸口自己快得出奇:
边奔跑、边押韵,就算你那管笔跑得快,
你说不上有什么才情,见识也更草率。
我宁爱一条小河,在柔柔的沙里,
缓缓流过百花盛开的田地,
也不爱泛滥的激流,在疯狂的河道,
卷动砂石,漫过泥泞的地表。
你要放慢速度,也不灰心,
二十回修改你的作品:
不断往亮里磨,磨过之后再磨,
经常都要删削,偶尔有所增多。

　　一部错误百出的作品无足轻重,
才气一经撒出,就能照耀天空。
每样东西必须各在其位,
开端、结尾要和中段相配;
配好的零件要靠细致的技艺
构成不同部分的整体。
千万不要离开主题乱发展,

为寻找惊人的字句跑得太远。

　　公众对你的指责你害怕?
那你就做自己的严格的批评家。
愚昧无知永远热衷于自我赞美。
结交一些敢于批评你的友人;
但愿他们是你写作的忠诚知己,
对你的全部缺点是热心的仇敌。
当着他们的面,剥下你作家的花翎;
要懂得区别友谊和奉承,
无论捧场,无论讥笑,他们都在寻你开心。
爱那些规劝你的人,不爱那些恭维你的人,
　　奉承的人马上挖空心思来叫好:
他听见的诗行行都使他倾倒。
一个字也不刺耳,行行神奇、美妙;
他为喜悦而跺脚,他为柔情而哭闹;
他对你处处全都尽情颂扬,
真理的姿态决不会这样热狂。
　　明智的朋友,永远严格、方正,
对你的错误不会让你有片刻的安静:
他不原谅你粗心大意的那些地方,
把安排不当的诗句重新帮你安排妥当,
他修改浮夸的字句,个个离题十万八千里;
这一行的内容使他反感,另一行的造句也不成文理。
你的结构似乎稍稍有些模糊,
措辞万一暧昧两可,就该让它明白清楚。
一位真正的朋友就这样胸襟坦白。

可是赶上一位作家固执，讲起诗来，
自我欣赏，全部加以包庇，
立刻使用被冒犯者的权利。
"你说这行诗，表现不突出。

啊，先生，这行诗我请你宽恕，"
他抢先回答。"这个字似乎平常，
我会删掉。""这是最美的地方！"
"我不喜欢这种造句。""不过人人称赞。"
他就这样永远坚持己见，
他的作品有一个字使你感到不快，
他就作为理由，决不加以删改。
可是听他说来，他对批评又尊重万分；
你对他的诗有一种绝对的权威。
不过他方才恭维你的全部漂亮话，
全是为你朗诵他的诗的巧妙计划。
他立即离开你；他的缪斯使他扬扬自得，
又到别处寻找被他愚弄的某个蠢货。
因为他经常找到这种蠢货：所以如今，
多的是愚蠢作家和愚蠢的赞美人；
不算城市和内地提供的这些小丑，
公爵身边就有，王爷府中也有。
最平常的作品也在廷臣当中
经常遇到一些党羽热心于歌颂。
最后说句讽刺话来结束这一章，
一个傻瓜总有一个更蠢的傻瓜来誉扬。

第二章

如同一位羊女郎,在风暖日和的节日,

头上不戴耀眼欲花的红宝石,

不要闪闪发光的钻石和金子混杂,

就从附近的田里采下最美的野花:

她的姿态可爱,而又风格谦让,

牧歌就该像她那样优雅而不狂妄。

她的格调谦逊,姿态可爱可亲,

牧歌就该像她那样不浮夸,而且文质彬彬。

它的措辞质朴、自然,一点不要自卖自夸,

也不爱一行诗傲气冲天和狂妄自大。

它的温柔应当迎合、娱乐、感动,

从来不让了不起的字句吓唬听众。

但是陷于绝境的诗匠,一腔抱怨,

经常捡起这种格调,抛开苇笛和双簧管[①];

目空一切,由着性子胡闹,

在一首牧歌中间吹起了军号。

潘[②]怕听这种声音,躲进了芦苇;

胆怯的仙女们,也藏入了深水。

另一位诗匠,出语俗俚,

让他的牧羊人说话,像村夫般粗鄙。

诗句呆板、粗糙、缺乏情趣,

永远土头土脑,在地上爬来爬去。

人们会说:龙沙捡起他的家乡的苇笛,

---

① 古希腊牧羊人喜爱的两种吹奏乐器。
② 潘(Pan)是牧羊人之神,古希腊酒神的随从。

又在为他古老的牧歌哼唧。

耳朵受不了,声音也不尊重,

把李西达斯变成皮艾洛,把费利司变成杜瓦隆①。

  在这两条偏离的道路上,困难正多。

你们就该跟定代奥克里特和维吉尔②,才有收获;

他们动人的著作,得之于万花众女仙③,

你们昼夜阅读,千万不要扔在一边。

只有他们二人,能以精湛的诗歌,

教会一位作家既不流入俗恶,

还会歌唱花仙、田野、果仙与园林,

让两个牧羊人比赛吹奏苇笛,感到兴奋,

夸赞爱人寻欢作乐的甜蜜幽会,

把纳耳席斯④变成花,用树皮盖住达芙内⑤,

有时牧歌又以巧妙的艺术

让乡野和树林为执政官服务。

这正是这种诗的品质和特征。

  声调稍微提高一点,又不好胜,

如怨如诉的哀歌,穿着长长的丧服,

披头散发,俯在一架棺材上哀哀低哭,

描写一双情人的欢悦与忧悒,

恭维、恐吓、刺激、平息爱人的气,

---

① 皮艾洛(pierrot)和费利司常见于通行的牧歌。李西达斯是莫里哀《〈太太学堂〉的批评》里的一位研究古希腊文学的学究,杜瓦隆(Toiron)是莫里哀的《没病找病》戏里扮医生的女仆。
② 代奥克里特(Théocrite)是公元前三世纪的田园诗人;维吉尔(Virgil,公元前70—前19)的伟大诗人,除史诗《埃涅阿斯纪》之外,写了不少田园诗。
③ 万花众女仙(Trates),即古希腊的Charites、百花丛中成长的许多女仙。
④ 纳耳席斯(Narcisse)是河神之子,因为自赏,坠水而亡,变而为花。
⑤ 达芙内(Daphnè)即水仙花;日神追她,她变成月桂树。

可是表现这些成功的胡作非为,
光做诗人不成,还得先做情人。

  我恨那些空洞的作家,强迫缪斯
和我谈她的爱情,永远冷酷无知,
靠艺术自寻苦恼,感觉毫无的蠢材,
装成伤心的情人写些歪诗,万千气概,
他们最甜蜜的激动也是空话连篇,
一无所知,只知道给自己戴上锁链、
赐福自己的痛苦、崇拜自己的监牢,
还让理性和感觉吵个没完没了。
过去爱神以这种滑稽的口气,
传授提毕耳①苦苦哀求的诗词,
或者,学着奥维德②的甜蜜声音,
用他艺术的可爱的课程教人。
在哀歌里,只有心单独存在。

  颂歌以同样的才能,发出更强的光彩,
雄心勃勃的飞翔把它送上九天,
在诗里和众神交往频繁,
在比萨又为竞技人敞开了大门,③
比赛结束,又歌唱胜利者的满身灰尘,
拖着血淋淋的阿喀琉斯来到席莫伊斯河,④

---

① 提毕耳(Tibulle,约公元前50—约前18),是古罗马诗人,给后人留下四首哀歌。
② 奥维德(Ovide,公元前43—17)是古罗马诗人,写有《变形记》等。
③ 作者注:"比萨 Pise 在艾利德 Élide,在这里举行奥林匹斯竞赛会。"比萨是古希腊的城市,四周是艾利德平原,平原中心有古奥林匹亚山,山下有宙斯(Zeus)神庙,每四年古希腊人在这里举行一次竞赛会祭祀宙斯。
④ 阿喀琉斯(Achilles)是古代史诗《伊利亚特》中最知名的英雄。席莫伊斯(Simoïs)是古伊利昂 Ilion 的一条小河。

要不然,就让路易把艾斯考河攻破,①

随后,像一只热心采蜜的蜜蜂,

就把沿岸的鲜花采摘一空,

还描写嬉笑、舞会与宴会,

夸耀伊利丝②唇边给自己的接吻,

她半推半就,又狠又怯,

为了吻她,有时又假意拒绝,

颂歌的迅猛风格,经常歪歪蹁跹,

艺术效果在这里是美好的紊乱。

躲开那些胆小的诗匠,他们冷漠的才情

在灵感里保持着一种说教的命令,

歌唱一位英雄的辉煌进展,

像干瘪的历史家,照抄时间的命单,

不敢随便放松眼前的主题,

为了夺取多尔③,里尔必须归顺王畿④,

诗句准确无误,如同麦日雷⑤,

早就摧毁库特赖城堡的壁垒⑥。

阿波罗在感情上永远对他们悭吝。

据说,有一天,这位古怪的天神,

有意让法兰西诗匠丢魂失魄,

发明十四行诗的严格法则,

---

① 路易(Louis)即路易十四,在艾斯考河(Escant)一带打过胜仗,艾斯考河从荷兰入海。
② 伊利丝(Iris)即雨后天空的虹,是古希腊众神的女信使。
③ 多尔(Dole),1668年被路易十四攻破。
④ 里尔(Lille),1667年被路易十四攻破。
⑤ 麦日雷(Mézerai, 1610—1683)是三卷《法兰西史》(1643—1651)的作者。他是法兰西学院的成员(1649),后来又是它的终身秘书。
⑥ 库特赖(Courtrai)是比利时的城堡,1667年为路易十四攻陷。

希望韵脚用两种声音八次冲击听域，

又巧妙地安排六行诗，

划成两个三行诗来分担构思，

特别从这种诗体把破格赶出，

亲自规定它的节奏和数目，

不许一行劣诗在这里露面，

已经用过的字也不敢在这里出现，

而且丰富它一种高度的美丽，

一首无疵的十四行诗可以和一首长诗相比。

无数作者梦想在这里展翅高飞，

而这幸运的凤凰却不见光临。

贡保、梅纳和马勒维耳勉强凑数，①

写出许多十四行诗，只有两三首名实相符：

此外，像波乃地耶②的十四行诗，就没有人看，

从塞尔西书铺③一跳就进了副食商店。

把它的内容关进规定的条款，

格律永远不是太长就是太短。

　　警句诗，越写得随便越受限制，

往往只是装点两个韵脚的一个漂亮字。

我们的作家先前不懂得什么叫警句，

从意大利把它引进到诗的领域，

俗人着迷那些虚假的娱乐，

如饥似渴地奔向这种新的诱惑，

---

① 贡保 (Gonbaut, 1570—1666) 是法兰西学院最早成员之一。梅纳 (Maynard, 1582—1646) 是学院最早成员之一。马勒维耳 (Malleville, 1597—1647) 是学院最早成员之一。
② 波乃地耶 (Pelletier) 早已名不见经传。
③ 作者注："塞尔西 Sercy 是王宫走廊一家书店。"

公众的宠幸壮了他们的胆,

于是泛滥成灾,淹掉帕耳纳索斯山。

从这里发展起来的最早是情歌,

高傲的十四行诗也和它有些瓜葛;

悲剧把它看成最心爱的乐趣,

哀歌用它装点痛苦的花花絮絮,

戏里主人公小心翼翼地用它装扮起来,

情人不懂警句,就不敢低声求爱;

所有的牧羊人,发出新的呻吟,

对警句的忠心,远过于他们的情人:

每个字总有两张不同的脸型,

散文欢迎,诗也欢迎,

法院律师用它装满风格的拘束,

讲道的博士拿它撒遍《福音书》。①

　　受尽凌辱的理性终于双目睁开,

永远把它赶出严肃的诗歌之外,

在全部写作之中,把它划入无耻之群,

其后又慈悲为怀,给警句诗留下进身之门,

而它的细致处,及时得到发扬,

着眼于思想,不在字句上逞强。

于是各方面的紊乱这才罢休。

可是屠尔吕班②之流仍在宫中停留,

---

① 作者注:"指奥古斯丁派教徒昂德赖 André。"
昂德赖 (1578—1657) 是天主教教徒,信奉圣·奥古斯丁 (Augustin, 354—430) 遗训的一个小人物。"博士"指天主教有职称的信徒。《福音书》即《新约》。
② 屠尔吕班 (Turlupin) 死于1634年,是巴黎唯一的剧场勃艮第府 (Bourgogne) 的演员。真姓是勒格朗 (Legrand),屠尔吕班是他丑角的假名。

无味的逗笑人、不幸的小丑,

是表演粗话的古老朋友。

这不等于说,一位才情较高的缪斯

就不偶尔游戏一番,偶尔玩弄一个字,

也不滥用一个曲解的意思而不受信任,

不过在这一点要避免可笑的过分,

更不要总闹无聊的口舌,

让一首轻狂的警句诗在结尾上酷刻。

  任何诗体都以自己的特色见称。

高卢的回旋诗①就以自然取胜。

三节联韵诗②受制于古老的格言,

往往以韵脚的任意变化而光彩斑斓。

  情歌③措辞更简单,也更高贵,

有柔情、蜜意与恋爱的气味。

  表示热忱,并不表示,毁谤

真理才用讽刺诗把自己武装。

吕席耳④头一个敢于让它出现,

反映罗马人的邪恶习惯,

为穷人收拾傲慢的阔佬,

让有教养的人长出抬驮轿的苦力的光脚。

贺拉斯⑤给这种刻薄添上他的诙谐,

---

① 高卢 (Gaule) 是古罗马时期的高卢族所占领的土地,后为五世纪法兰克族 (Francs) 所代替,即法兰西人的先祖。"高卢的回旋诗"即法兰西的回旋诗 (rondeau)。十三行,盛行于十六世纪。
② 三节联韵诗 (vollade) 共四节,最后一节是叠句。
③ 情歌 (madrigal) 的内容如诗中所述。
④ 吕席耳 (Lucile, 公元前 149—前 103) 是罗马共和国时期的讽刺诗人。
⑤ 贺拉斯 (Horace, 公元前 65—前 8) 与维吉尔同时,以讽刺诗见长,并留《诗学》一首,对本诗作者影响极大。

不管什么人，狂妄或傻瓜，都要受到惩戒；

该批评的任何名姓都该诅咒，

因为用一行诗写它就要破坏音步！

　　派尔斯①的诗晦涩、然而紧凑，恳切，

爱让内容充实字句的准确。

　　玉外纳耳②，在学派叫嚣之中受教，

让他尖刻的夸张有了过分的外貌。

他的作品全是可怖的真情实况，

却又发出崇高的美丽的亮光，

无论是描写卡普里发来的一道圣诏③，

他打碎受膜拜的赛让石雕，④

还是刻画一位多疑的暴君的元老⑤，

如同面色灰白的拍马之流，向宫廷奔跑，

还是仔细描画拉丁人⑥的淫荡事故，

把麦萨林⑦出卖给罗马的脚伕，

他充满热情的诗章句句栩栩如生，

　　赖尼耶⑧，这些渊博大师的聪明门生，

只有他在我们中间拜他们为师，

他的旧风格还保持新的优美诗词。

爱惜羽毛的读者如果害怕他的语言，

---

① 派尔斯（Perce, 34—62）是罗马帝国时期的讽刺诗人。
② 玉外纳耳（Juvénal, 约65—128）是罗马帝国时期的讽刺诗人。
③ 卡普里（Capri）是那不勒斯海湾一座小岛。"圣诏"指提毕尔（Tibère）的饬令。
④ 赛让（Séjan）是提毕尔宠臣，后来被他赐死。"他"指诗人自己。他在讽刺诗中说过："人民烧掉迄今膜拜的一个头，伟大的赛让在火中爆裂。"不是"真"打碎，是指讽刺诗。"头"与"伟大的赛让"都指"石雕"。
⑤ 元老（sénateurs）指罗马帝国时期的执政官。
⑥ 拉丁人即罗马人。
⑦ 麦萨林（Messaline, 15—48）是罗马帝国荒淫无道的女皇。
⑧ 赖尼耶（Regnier, 1573—1613）是法国十六、十七世纪之交的讽刺诗人。

语言也不表现作者不常去的地点，
如果他的玩世不恭的韵脚的声音，
不常引起害羞的耳朵不安：该多幸运！
拉丁人在字里行间向正直猛冲，
法兰西读者却希望受到尊重，
如果字句的纯洁不能改变自由的形象，
内容有一点点不干净，他的自由就会受伤。
我希望讽刺诗有一种坦率的精神，
躲开鼓吹羞耻而不知羞耻的人。

有了这种良言美语的诗体搭桥，
法兰西人，生来机智，创造出轻俏的民谣，
泄露机密，又讨人喜欢，还引吭高歌，
一路辗转相传，读者多到无法揣测。
法兰西的自由在诗里得到充分保证，
这寻欢作乐的女儿①愿在喜悦之中诞生。
然而这种危险的讥笑精神并不相宜，
可能把上帝变成一种可怕的取笑主题。
无神论提倡这些形形色色的耍笑，
终于让可怜的嘲笑者在沙滩死掉。②
所以写民歌，也必须有见识与技巧。
不过，我们曾经看到幸运与酒
有时引起一位粗野的缪斯的兴会，

---

① "女儿"指前行"自由"。
② 指吊死、烧死在"沙滩广场"（Place de Grève）上的年轻诗人勒·玻蒂（Le petit, 1640—约1665）。他是一个裁缝的儿子，生前出过滑稽小说一类作品；二十五岁上，他写好一首《滑稽的巴黎》，出去了，窗户开着，底稿被风吹到街头，让一位教士捡去，因而引起杀身之祸。他这首诗后来在荷兰印出。

给李尼耶尔①供应诗歌,却不供应天分。

但是,为了得到一种写诗的空洞幸福,

千万不要去学那副愚蠢的傲骨。

往往作者写了首小民歌就傲形于色,

同时就自信有权坐在诗人的宝座,

不写出一首十四行诗他就不睡,

每天早晨誊清六首即兴诗文,

更令人不解的是,偶有所获,

竟然刊印他胡闹的虚构货物,

急不可待,在诗集的扉页,请南特伊②

为自己刻上一顶桂冠,真是奇迹。

第三章

无论是蛇,还是奇丑的怪物,

经过艺术模仿,无不赏心悦目:

一管精致的画笔的如意技艺

能把最可怕的东西变成一件可爱的东西。

于是为了我们着迷,悲剧啼哭,

血迹斑斑的俄狄浦斯诉说痛苦,③

杀死母亲的俄瑞斯忒斯表示惊恐,④

让人流泪不止,为了娱乐观众。

  所以你们一心向往戏剧,

---

① 李尼耶尔 (Linière) 是一个早已被后人忘掉的诗人。
② 南特伊 (Nanteil, 1630—1678) 是当时知名的版画家。
③ 指古希腊大悲剧家索福克勒斯的《俄狄浦斯王》。
④ 是古希腊大悲剧家欧里庇得斯的《俄瑞斯忒斯》。

用光耀诗篇在这里争夺声誉，
希望有些作品能在戏院上演，
轰动巴黎，赢到人人的称赞，
尽管越看越觉得好，不怕反复，
可是谁敢说若干年后它们还能演出？
让激情在你的全部对话之中激动，
回肠荡气，成为直通人心的要冲。
一种高尚行为的如意风趣，
往往让我们感到一种亲切的恐惧，
还有一种动人的怜悯①在我们心中激起，
全等于向我们铺开一场渊博的戏。
你那些枯燥的议论只会让观众冷淡，
懒洋洋的观众却又不肯拍手称赞，
你费力气推敲出来的辞令，
观众也看厌了，不睡觉，就张口批评。
诀窍首先是让人看了感动和喜欢，
创造出一些能动人心弦的手段。
　　从头几行诗起，你就要准备情节，
为介绍主题把路安排妥帖。
一个人物可笑，表达不但纡徐，
从开始就对观众胡言乱语，
把一个艰苦建立好的情节搞乱，
一出好戏也让我感到疲倦。
我宁可看他一开口就说出自己的姓名，

---

① 参看亚里士多德的《诗学》的第十三与第十四章。

"我是俄瑞斯忒斯，不然也是阿伽门农"①，

也不要堆金砌玉，纷然杂陈，

震耳欲聋，事事瞒人。

交代主题，从来不嫌过早。

  戏里的地点应当固定、标志明了。

比利牛斯以西有位②诗匠，不畏风险，

要戏里一天包括好几年：

这里经常有一出坏戏的主人公，

末一幕是老人，第一幕是儿童。③

不过我们要遵守理性制定的规则，

也希望情节由艺术来伸缩，

在一天、一地完成一件事，

饱满的戏剧直到结局还维持。

不要有什么东西让观众不相信，

真实有时可能并不逼真。

荒诞不经的奇迹对我不起作用，

人不相信的事人决不会感动。

眼睛不该看的东西，就由叙述来代替，

眼睛看过的东西一定体会便细致，

不过有分寸的艺术处理一些事情，

就该不让眼睛看，只让耳朵听。

  纠纷要永远一场比一场增多，

到达顶点后，便又迎刃解脱。

---

① 阿伽门农（Agamemnon）是俄瑞斯忒斯的父亲，是史诗《伊利亚特》的希腊元帅。
② 比利牛斯（Pyrénées）山在法兰西与西班牙交界之间，"以西"指西班牙。
③ 指西班牙大戏剧家德·维伽（Lope de Vega），写戏不遵守三一律，尽管写了许多成功的戏。

人心很难留下更深刻的印象,
除非主题陷入情节的假象,
讳莫如深,忽然真相大白,
改变一切,一切出人意表之外。

　　悲剧诞生时,不定型,不入目,
只有一个简单的合唱队,也跳舞,
边唱着颂扬葡萄之神的赞歌,
努力争取葡萄的丰盈收割,
在宴会上饮酒作乐,意兴非常,
最熟练的歌手也会奖赏一头公山羊。
忒斯庇斯是头一个用酒滓抹脸的演员,①
在城镇②表演这种狂欢;
演员坐着一辆大车,装扮不认真,
学一出新戏娱乐过往的行人。
埃斯库罗斯给合唱队添上人物,
给人脸戴上比较端庄的面具,
在公众场合架起一座戏台,
让穿着一双平底靴③的演员参加比赛。
最后来了索福克勒斯,他的天才高人一层,
强调豪华,增加音乐的性能
让整个情节也能包括合唱队,
还让过分粗糙的诗句珠圆玉润,
在古希腊诗人中真是登峰造极,

---

① 忒斯庇斯(Thespis)是古希腊约公元前六世纪的人,曾在公元前534年赢过一次悲剧奖。
② "城镇"指雅典。
③ 平底靴(brodeguin)是喜剧演员穿的,作者弄错了,实际应该是穿的高底靴,演的是悲剧。

薄弱的拉丁悲剧永远望尘莫及。①

　　我们虔笃的祖先最初厌恶戏剧,

它是法兰西人不知道的一种欢娱。

据说香客们组织了一个简陋的剧团,

第一次在巴黎的公众场合表演,

愚昧无知,就仗着一念之诚,

恭恭敬敬地扮演圣母、上帝与众圣。

学问终于驱散无知,

让人看出这种作法的虔诚的冒失。②

乱讲教义的博士③一经扫清,

便出现赫克托耳、安德洛玛克与伊利永④。

不同的是:演员抛弃古代的音律。

　　不久,爱情充满柔情蜜意,

控制戏剧,如同某些传奇。

这种激情的描绘如泣如诉,

是通往人心最安全的道路。

所以我同意描写主人公情意殷勤,

可是不能写成情意缠绵的牧羊人。

阿喀琉斯闹恋爱,不同于费莱和提耳西斯⑤,

---

① 古罗马的悲剧没有留传下来,焉从评价。
② 指十七世纪初叶勃艮第府剧团的前身"受难兄弟会",1584年被禁。法国一直有戏剧活动,闹剧、宗教剧、悲剧、喜剧不断出现,作者只看到一个"受难兄弟会"。它的消灭和"无知"无关,是宗教本身的纠纷。
③ "博士"指"受难兄弟会"的成员,即演员。
④ 伊利永(Illion)即特洛伊(Troy)。赫克托耳(Hector)与安德洛玛克(Andromaque)是传说中特洛伊的太子与太子妃。
⑤ 提耳西斯(Thyrsis)和费莱(Philène)常见于通行的牧歌。

也不要把阿尔达曼写成居鲁士①：

爱情经常和内疚作战，

不是一种品德，而是一种弱点。

  避免某些传奇的主人公的庸庸碌碌，

不过要给伟大的心灵一些短处，

激动和急躁的阿喀琉斯选贤得人欢心，

我爱看他为了羞辱就流眼泪。

描画他时，突出这些小小的缺点，

人高兴从这这里认识到自然。

你的写作要严格遵守这些范例，

阿伽门农就该高傲、骄横、自私；②

而埃涅阿斯崇拜众神，却要严格。③

你保持每人的性格。

研究各世纪、各地方的风习；

气候往往形成不同的脾气。④

  所以千万不能学《克雷利》⑤，

把法兰西的精神和仪态送给古代的意大利，

借用罗马的姓名来写我们的容貌，

加图写成多情人，布鲁图斯写成恶少⑥。

---

① 指斯居代里（Madeleine de Scudéri, 1607—1701）女士的传奇小说《阿尔达曼或者居鲁士大帝》（Artamène ou le Grand Cyrus）。居鲁士大帝是公元前六世纪波斯帝国的创建者。
② 参看史诗《埃涅阿斯纪》第一章。
③ 埃涅阿斯（Énée）是特洛伊的王子，特洛伊战败，逃往意大利，传说是罗马人的祖先。参看维吉尔的史诗《埃涅阿斯纪》（l'Énéide）。
④ 孟德斯鸠（Montesquieu, 1689—1755）的气候对人的影响论点在布瓦洛这里已有迹象。"脾气"即"性情"。
⑤ 《克雷利》（Clélie）是斯居代里的长篇传奇。他的哥哥也是文艺界人士，以控告高乃依而知名。
⑥ 加图（Cato, 公元前 234—前 149）是罗马共和国的检察官，以生活严肃闻名。
布鲁图斯（Brutus）是共和国的创建者，曾判处参加复辟的儿子以死刑。

一部无聊的传奇容易得到谅解，

拿虚构的东西来娱乐，也不过是消磨岁月，

说它不合时光，也是过分要求，

不过戏剧要有一个正当的理由，

礼节①再细也要在这里加以维护。

　　你有意创造一个新的人物？

必须在各方面让他表里一致，

从头到尾，都该一望而知。

　　一位自我欣赏的作家，想也不想，

往往把全部主人公写得和自己一样，

作者是加斯科尼人②，全成了加斯科尼人的脾气，

卡耳普洛内德和玉巴③的声调也就没有什么分歧。

　　自然在我们心里更聪明，也更多变，

每种激情说着一种不同的语言：

忿怒趾高气扬，使用傲慢的文字，

颓唐用不怎么自负的词句表示自己。

绝望的赫卡柏④当着火光冲天的特洛伊，

不说一句哭哭啼啼的废话，

也不会无故描写这危亡的国家：

攸克辛张开七张嘴把达纳伊斯容纳。⑤

所有这些堆积如山的浮词滥调，

---

① "礼节"（Bienséance）即"适合"，参看亚里士多德的《诗学艺术》。
② 加斯科尼人（Gascon）是法国旧公爵领地（Gascogne）的居民，在法国东南方。
③ 卡耳普洛内德（Culprenède，1614—1663）曾写悲剧，当时以传奇知名。玉巴（Juba）是他的传奇《克娄巴特》（Cléopôtre）的主人公。
④ 赫卡柏（Hecube）是特洛伊的王后，国破被俘。
⑤ 攸克辛（l'Euxin）即黑海。七张嘴即七条河。达纳伊斯（Tanaïs）即顿河。全句指罗马悲剧家辛尼加（Sénéque，约2—65）的悲剧《特洛伊妇女》（Les Troyannes）。辛尼加误将多瑙河认为顿河。

全是儿童学习演说词令的爱好。
你必须降低声调来写痛苦。
要我流泪,你就必须啼哭。
演员满嘴声震山河的苦吟,
决不会来自一个疮疾满身之人。

　　剧院有许多吹毛求疵的批评者,
是人们扬眉吐气的一个危险场所。
一位作家妄想在这里取胜,
会发现有人永远准备好了发出嘘声。
谁都可以骂他狂妄无知,
这是一种买票看戏的权利。
为了讨人欢喜,他必须各方迁就,
时而分庭抗礼,时而曲身以求,
还要处处富有高尚的情操,
还要洒脱、坚定、和蔼、深奥,
还要不断以惊人之笔引人注意,
在诗里从奇迹奔向奇迹,
所有他说的话,记忆犹新,
他的作品就会给人留下经久的回味。
悲剧就这样行动、推进、开展。

　　史诗的形态还要庄严,
排山倒海般讲起一件古老的事迹,
靠传说来维持,活在虚构的天地。
为了诱惑读者,史诗用尽一切本领,
一切只有身体、灵魂、才智与面形。
任何一种品质变成一种神祇,

维纳斯①是美丽,米乃尔如②是明智,

电击雷崩,也不是乌云迷漫,

而是全身披挂的朱庇特③与人为难,

水手面临着可怕的风暴,

只是狂怒的乃浦屯④痛斥波涛。

回声⑤不再是空中回荡的声音,

埋怨纳尔西斯⑥的女仙也落泪纷纷。

于是,这群高贵的虚构人物

就成了诗人得意的创造事故,

装潢、提高、美化、放大各种东西,

手头经常开着一些花朵,俯拾即是。

埃尼亚和他的船舶,被风吹散,

又让一阵暴风雨吹到非洲海岸,

这本是一种普通的常事,

也是命运并不惊人的袭击。

不过,玉农⑦一意和他为敌,

在波涛上追逐特洛伊的后裔,

她宠幸的爱奥耳⑧把他们赶出意大利的疆域,

给造反的大风打开艾奥利⑨的监狱,

于是狂怒的乃浦屯站在海面,

一言平定了波涛,空气恢复了治安。

---

①②③④⑤⑥⑦⑧ 全是古希腊传说中的大小神明(但使用的是罗马化以后的称呼)。维纳斯(Vénus)即爱神;米乃尔如(Minerve)即古雅典敬奉的女神;朱庇特(Jupiter)即众神之主,米乃尔如从他的头上出来,所以"明智"(prudeuce);乃浦屯(Neptune)即海神,和朱庇特是兄弟;回声(Echo)是一位小仙;纳尔西斯(Narcisse)即水仙,在水里照见自己的影子,投水而死,变成水仙花。
玉农(Junon)是朱庇特之妻。
爱奥耳(Éole)是风神。
⑨ 艾奥利(Éolie)是风神关闭风的所在,在西西里岛的东北。

从非洲海滩救出了船舶,

正是这种情景才惊人、打击、吸引并诱惑。

没有这些全部装饰,诗句会软弱无力,

史诗不死也就疲塌下来,没有生气,

诗人不过是一位胆小的散文家、

一位无聊的传说的冷淡的历史家。

所以我们失意的作家,劳而无益,

从诗里赶出这些常用的装饰,

以为只要上帝、圣者和先知辉煌,

就和诗人头脑里的神明一样,①

还让读者每步遇到地狱的城堡,

其实只是吕席弗、亚斯他录、别西卜。②

一位基督徒信仰可怖的灵迹,

决不接受怡悦人心的装饰。

《福音书》③要天涯海角都有人相信

应得的痛苦和该做的忏悔,

你虚构出来的应该受谴责的真假故事,

甚至在真实的地方也有传说的样式

最后,摆在我们眼前的就是这种形象:

魔鬼总在朝着天空嚷嚷,

希望你们主人公的名声降低,

经常和上帝在一起争夺胜利!

---

① 这些神明来自传说,不是诗人的创造。
② 吕席弗(lucifer)即《旧约》《以赛亚书》第十四章的"明亮之星、星辰之子"。以赛亚预言它将坠落阴间。后人认为即魔鬼撒旦(satam)。
亚斯他录(Ashtaroth)是中东一带的一位女神。见于《旧约》《列王纪》上第十一章第十三节。
别西卜(Belxebuth)是《新约》中的鬼王。
③ 即《新约》。

据说，塔索①写这类诗很有成就，
我不想在这里指责他的荒谬，
但是，尽管我们的世纪公认他的名声，
他的书却没有使意大利遐迩闻名
如果他贤明的主人公②经常祈祷不断，
也不过是最后让撒旦就范，
如果唐克莱德和他的情妇，还有罗卢和阿尔南③
也改善不了他的题材的凄凉。
　　作为一位基督徒，我并不喜爱
一位作家信奉异端、热狂地偶像崇拜。
不过勾勒一幅渎圣和逗笑的图画，
即使是传说人物，我也不敢悬挂，
从水上的王国赶走特里同④，离开波涛，
拿走潘的苇笛和这位冥土女神的⑤剪刀，
阻挠卡隆⑥驾驶他的命运小船，
如同牧羊人不敢走过帝王一般，
等于手足无措，竟被虚惊吓倒，
有心取悦读者，却又不敢欢笑；
不久读者就要禁止描画贤明的女神⑦，

---

① 塔索（Tasso，1544—1595）是意大利史诗诗人。他以《被解放了的耶路撒冷》而知名。
② "主人公"即高德夫瓦·德·布伊永（Godefroy de Bouillon，1061—1100），是第一次解放耶路撒冷的胜利者；1095年随军远征，大败伊斯兰教徒，被推为耶路撒冷王。塔索以他为主人公，写成史诗。
③ 唐克莱德（Tancrede）的情妇即艾尔米妮（Herminie）；他们和罗卢（Renoud）、阿尔南（Argant）四人全是塔叟杜撰的远征人物。
④ 特里同（Tritons）是为海神吹喇叭的下级水神。
⑤ 古希腊认为冥土命运女神（les Pargnes）有三位，第三位手捧剪刀，割断生命。
⑥ 卡隆（Caron）是冥土河流的摆渡人。
⑦ "贤明的女神"即雅典娜。

不让忒弥斯和天秤与布条靠近①,

不让天青额头的战神在眼前露面,

也不许时间之神提着沙漏逃窜,

正如崇拜偶像,到处卖弄文字,

假装热情,却又禁止使用寓意;

他们犯了虔诚的过失,还要自我吹嘘,

不过我们也不要妄自恐惧,

喜欢传说的基督徒,也不要在乱想之际,

把一位谎话之神说成真正的上帝。

传说为人提供种种不同的欢乐之情,

幸运的人名全像在这里为诗而生,

奥德修、阿伽门农、伊道梅莱、俄瑞斯忒斯、

海伦、帕里斯、赫克托耳、埃尼亚、墨涅拉俄斯。②

噢! 一位无知诗人的多么可笑的方案,

在许多英雄当中,单看上了齐耳德布栾③!

有时候,单只一个名字的声音生硬或者难以理解,

就能让整个一首诗不是滑稽就是粗野。

　　你希望让人长久喜欢、永远不腻?

就该挑选一位英雄出人头地,

有显明的才干,有出色的品质,

甚至缺点,也值得写英雄诗,

---

① 忒弥斯(Thémis)即公正女神,手持天秤,以布条蒙眼。
② 奥德修(Ulysses)、伊道梅莱(Idoménée)、海伦(helen)、帕里斯(Paris)、赫克托耳(Hector)、埃涅阿斯(Aeneas)、墨涅拉俄斯(Menelaus),全是《伊利亚特》的史诗的人物。
③ 齐耳德布栾(Chldebrond)是《被法兰西驱逐的撒拉散人》的主人公,1667 年出版,作者为散特·夏尔德(Carel de Sainte-Garde),1667 年版。主人公是 732 年打败阿拉伯人的英雄。齐耳德布栾的意思是"火盾"。

惊天动地的业绩也该描画,
如同路易、凯撒或者亚历山大①,
而不是波吕涅刻斯与他奸诈的兄长②,
因为庸俗的胜利者的功勋只会令人失望。

    不要为一个主题堆砌太多的事故,
单单阿喀琉斯的忿怒,只要善于部署,
就会让整整一部《伊利亚特》饱满,
而内容贫乏,就往往由于过分斑斓。
你的叙述要生动而又急促,
你的描写要夸张而又富足。
正是这里,有些诗词应当文雅高尚,
千万不要在这里表现下流情况,
也不要学那位蠢人③,描写大海掀天,
希伯来人得救,在波涛汹涌的中间,
逃出他不公正的主人的扣留,
蠢人为了看他经过,把鱼放在窗头,
描写"来来去去,活蹦乱跳"的孩子,
"欢欢喜喜向母亲献出他手里的一颗石子。"④
这等于注视那些虚无飘渺的事物。
你的作品要有一种匀称的幅度。
    开始要简单,毫不装腔作势。

---

① "路易"指路易十四。凯撒是罗马共和国的统帅。亚历山大是古希腊征服希腊与波斯各地的统帅。
② 波吕涅刻斯 (Polynices) 和他的"奸诈的兄长"是俄狄浦斯的两个儿子,为继承王位,在战场上同时互相杀死。
③ "蠢"人 (le fou) 指圣-阿芒 (Saint-Amant, 1594—1661) 是法国诗人,并被选入法兰西学院。
④ 希伯来人 (L'Hebreu) 即《旧约》中的摩西,参看《出埃及记》。"不公正的主人"指埃及的当政者。圣-阿芒在他的《得救的摩西》中曾说:"惊奇的鱼望着他们经过。"引自圣-阿芒的原诗。

不要立刻骑上珀伽索斯①，

用雷般的声音，呼唤你的读者，

"我歌唱大地征服者们的征服者。"②

大声疾呼之后，作者拿出了什么东西？

也不过是阵痛的大山分娩了老鼠一只。

噢！我多么爱这位绝顶聪明的作家，

不立刻把愿许得如此之大，

用一种安详、柔和、和谐、朴实的声音，

说："我歌唱战斗，和这位笃实之人

"从夫里基亚海岸来到欧扫尼，

"头一个靠近拉维尼的田地！"③

他的缪斯上岸时，并不纵火焚烧，

为了多给东西，很少信口招摇，

不久你将看见位文艺女神滥用奇遇，

宣布有关拉丁人命运的神谕，

描写斯提刻斯和阿开隆的黑色激流④，

历代帝王早在埃里塞漫游⑤。

  无数人物使你的作品放光，

一切在眼里变成一种愉快的形象，

你可以同时夸张而又令人欢笑，

---

① 珀伽索斯（Pégase）见于第一章第一节。
② 引自作者注："斯居代里的史诗《阿拉利克》（Alaric）第一章。"
③ 引自维吉尔的史诗《埃涅阿斯纪》。夫里基亚（Phrygie）是小亚细亚的通称，特洛伊即在该地西端。欧扫尼（Ausonie）即意大利的古代名称。拉维尼（Lavinie）是史诗主人公埃尼亚第一个在古拉丁（latium）建立的城市，传说拉维尼即是埃尼亚妻室的名字。
④ 斯提刻斯（Styx）与阿开隆（Achéron）都是冥土的河流。斯提刻斯环绕冥土七次，人不能通过。阿开隆绕冥土两次，卡隆是它的摆渡人。
⑤ "历代帝王"原文是凯撒，用多数指罗马的古皇帝。埃里塞（Elysée）是神话中神仙地下的乐园，《埃涅阿斯纪》第六章有描写。

348

我却憎恨那无聊而又笨重的崇高。
我更爱阿利奥斯托①和他的滑稽故事，
也胜过那些作家，永远冷淡与忧悒，
会以为自己受到污辱，尽管性情阴沉，
如果万花仙女②能让他们称心。

  据说，为了取悦读者，荷马就教自然，
曾经盗窃过维纳丝的腰带。③
他的书是欢乐的一个富饶的宝藏，
任何事物经他一点，都会变成金碧辉煌，
一切从他的笔下获得新的斑斓，
处处娱乐，从来不招人厌烦。
一种愉快的热情鼓动他的叙述，
他没有陷入太长的迂回小路。
他的诗不管次序有多紊乱，
主题本身就在安排，就在发展，
一切得之自然，起飞也就容易，
每行诗，每个字，都奔向事实。
所以他的作品，不过要相见以诚，
不但有利可寻，而且有利可承。

  一首好诗，行动自如，前后连贯，
并非草率之作，可以随意改变，
需要时间、心细，这部作品得来不易，
决不是小孩子学徒的手艺。

---

① 阿利奥斯托（Arioste, 1474—1573）是意大利诗人，《疯狂的扫罗》的作者。
② "万花仙女"曾在本诗有注。
③ 作者注："《伊利亚特》第一卷第十四章，二一四行。"

但是我们中间，往往有位不懂技巧的诗人，

有时偶尔心血来潮，下笔如有神，

他的空洞的才情使妄自骄傲，

傲形于色，举起歌颂英雄的军号，

他的放荡的缪斯就用犹疑两可的诗句，

活蹦乱跳地来抬高自己的声誉，

他的热情，缺少见识与学问，

由于粮油不足，走一步都要打盹，

而公众立即加心蔑视，徒然希冀

他不被自己的虚假才灵所蒙蔽，

他本人吹捧自己瘦骨嶙峋的天分，

双手捧起别人不肯供奉的恭维：

维吉尔和他一比，简直不算创造，

荷马也不懂虚构的高妙，

如果当代不接受这种评语，

他立刻就向后人呼吁。①

但是耐心等待见识回转家室，

好让自己得意的作品重见天日，

它们堆在货栈深处，不见阳光，

和蠹虫和灰尘打了一场可怜的败仗，

所以，让他们在安静中相互比斗，

我们还是沿着我们的话题行走。

---

① 这是代马奈 (Dermarests de St-Sorlin, 1596—1676) 在他的《法兰西语言和诗歌与希腊和拉丁语言与诗歌之比较》(De la comparaison de la langue et de la poésie française avec la grecque et latine, 1670) 里说的话, 原话是："因为这妒忌的当代评语而不公平；但是我向你呼吁，公正的后人。" 布瓦洛的挖苦苦命使他很生气，他成了最早参加古今之争的"今"派人物。他是第一批法兰西学院的院士，极受黎塞留的赏识和重用，还写过一些悲喜剧。

悲剧走运，大功得以告成，

随后古代喜剧就在雅典诞生。①

希腊人生来爱取笑，用各种手法来戏谑，

播散他说人坏话的毒液。②

在滑稽、嬉笑、放肆的通道，

智慧、才华与荣誉全成了受宰的羊羔。

我们就看见一位公认的诗人，

发财致富，专靠学识来逗哏，

在《云》的一个合唱队里，

让一群下流人笑骂苏格拉底。③

狂澜终于挽回，通行有阻，

靠着司法官员从中协助，④

责令诗人要小心从事，

禁止指名道姓和面貌相似。⑤

戏剧失去它古代的疯狂，

喜剧学会逗笑与开朗，

既不刻薄，也无毒液，⑥，懂得教育与批评，

米南德⑦的诗歌就取悦而不损伤感情。

人人栩栩如生地被描绘在这面新镜子里，

高兴在这里看到自己，要不也相信不是自己，

---

① 喜剧在雅典的出现不比悲剧晚，"随后"表示作者无知。
② 希腊人并不"生来就爱说笑"这两行诗根本错误。
③ 指古希腊喜剧大师阿里斯托芬（Aristophane）的《云》，他在这里取笑苏格拉底，不过观众不是"下流人"，而是部族的自由人民，同时演出也不是为了"发财致富"。
④ 公元前404年，斯巴达与雅典争霸，后者失败，改为由暴君统治的寡头政权，迫害民主派达八个月之久，最后又转入民主派之争，当时的喜剧是"中喜剧"，开始有了形式和内容的变化。"协助"并无其事。
⑤ 当时并无此项禁令。面具一直在使用。
⑥ "毒液"见前节。
⑦ 米南德（Ménandre，约公元前340—约前290）是古希腊"新喜剧"的代表人，留有若干残篇。

吝啬鬼头一回看见根据他的外貌，

经常照生活模样画出另一个吝啬鬼，开怀畅笑，①

一个工笔表现的自命不凡之辈

多次看不出像里的尊容就是他本人。②

　　所以自然是作家唯一学习的对象，

你们向往喜剧的荣誉也只能这样。

谁看人看得清楚，谁就体会入微，

谁就洞悉形形色色的人心更深，

谁掌握得住吝啬鬼、挥霍之徒，

或者自命不凡之流、妒忌者、古怪的匹夫，

谁就能写出一本好戏，把他们展示出来，

让他们在我们眼前活动、谈话并存在。

要处处表现他们自然的相貌，

每个心灵标好了不同的记号，

一个手势揭露心灵，一件小事有所显示，

可是，人人不见得都有眼睛认识。

　　时间改变一切，也改变我们的性情，

每个年龄全有自己的爱好、风尚与才情。

　　一个年轻人，任意而为，暴跳如雷，

容易沾染种种恶习：出语不逊，

朝三暮四，性格倔强，

寻欢作乐，如疯如狂。

　　成年人比较成熟，态度比较老练，

逢迎权贵，到处钻营，有所收敛，

---

① 指莫里哀的吝啬鬼阿尔巴贡。
② 指莫里哀的《贵人迷》里的汝尔丹。

使一心想着顶住命运的打击,不挠不屈,
从现在起,就朝着未来遥遥望去。

　　老年人郁郁寡欢,一味攒钱,
爱财如命,却与自己无缘,
做起事来,脚步缓慢,怕冷怕寒,
老是抱怨现在,夸耀当年,
年轻时滥用的欢乐对他并不相宜,
却怪罪年龄上无福消受的甜蜜。

　　千万不要放任你的演员,乱语胡言,
让青年成了老人,老人成了青年。

　　你要出入宫廷,你要熟悉城市,
前者和后者,都永远富有范例。
莫里哀这样做,他的剧作熠熠发光,
如果少和人民来往,他的出神入圣的画廊
不常让他的人物装腔作势,
为了逗哏,离开乐趣与精致,
让达巴栾和泰伦斯①厮混,也不感到羞愧,
或许就会抢到本行的冠军。
面对司卡班装进的口袋,②逗笑作耍,
我再也认不出《愤世嫉俗》的作家。③

　　喜剧不容忍呻吟与啼哭,
不允许诗句歌唱悲剧的痛苦,

---

① 泰伦斯(Térence,公元前190—约前59)是罗马共和国的喜剧作家。被人认为是"文学喜剧"的创始人,极为法国上层知识分子所推崇。达巴栾见前。
② 参看莫里哀的剧作《司卡班的诡计》。作者记错了司卡班的口袋,装的不是司卡班,而是有产者家长。
③ 作者喜爱"文学喜剧",特别推重《愤世嫉俗》。他看不起闹剧,莫里哀写的却多是闹剧。

353

不过它的职位也就是在公允场合
说些下流的脏话，使下等人着魔。
　　演员开玩笑，必须出之以高尚的姿态，
精心组织的"结"也要容易解开，
情节要遵循理性指出的道路，
千万不要一个空洞的场面迷路，
谦逊与温和的风格要及时提高，
对话要处处妙语滔滔，
充满妙手回春的激情，
场面总是一场又一场地相继而成。
　　当心别拿见识乱开玩笑，
也不要抛弃自然，另来一套。
看一下泰伦斯戏里①的严父，责备儿子，
闹恋爱不小心所显示的风姿，
这位情人又以何种风姿恭聆家教，
奔往情妇家中，转眼忘掉这些陈词滥调。
这不是画像，一种相同的形象，②
而是情人、儿子和一位真正的家长。
　　我喜欢一位剧作家有风趣，
不败坏自己在观众眼里的身价，
单靠理性取悦，从不使人反感，
但是一位冒牌笑匠，卖弄猥亵的双关语言，
为了逗人开心，只找脏话叫卖，
倘使他愿意，不如去上两家草台，

---

① "戏"指泰伦斯的《从安德罗斯来的姑娘》（Andrienne）。
② 作者的称赞过分。

用他无聊的废话娱乐新桥的垃圾,①

聚拢的听众看他的坏戏。

第四章

从前佛罗伦萨有一位医生,

据说是吹牛的学者和杀人的典型。

许久以来他就是公众受难的原因,

远地,有孤儿对他要他的父亲,

近处,兄弟哀悼另一位中毒的兄弟。

有人放多了血死掉,有人死于吃多了泻剂,

伤风感冒在他这里成了肋膜炎,

由于他的缘故,偏头痛变成了疯颠。

人人憎恨他,他终于离开了本州,

朋友死光了,只留下一位朋友,

把他带进他构造豪华的居处:

这是一位有钱的修道院院长,爱疯了建筑。

医生立刻就像生来是建筑家,

高谈阔论,好像自己就是芒萨尔②,

人家盖好了客厅,他谴责前脸,

门道阴暗,要另换一个地点,

称赞楼梯朝另一个方向挪动,

朋友承认他对,找来了砖石工;

砖石工来了,听了,赞成,也做了修改,

---

① 作者把群众说成"垃圾",未免自视过高。他只许喜剧作家"出入宫廷"和熟悉市民。
② 芒萨尔(Mansart)叔(1598—1666)侄(1646—1708)都是路易十四的宫廷建筑师。

总之，为了结束这样一种可笑的祸灾，
我们这位凶手抛掉他不人道的学问，
从今以后，就拿起了尺和角规，
把这门学问留给嗄连①来解决问题，
由一位坏医生变成一位好建筑师。②
　　他的榜样是我们很好的警钟。
假如这是你的才分，你宁可做砖石工，
成为一门有用的技巧所尊重的工人，
胜似做平凡的作家和一般的诗人。
任何其他的行艺都有不同的级别，
人可以体体面面地低人一截，
不过，在押韵与写作这门危险的艺术里，
就无所谓庸俗和等而下之的等级，
说作者平淡，等于说作家可憎。
布瓦耶和班扇，在读者看来，完全相等，
没有人再读朗巴耳、麦纳狄耶尔，
马永、苏埃、高班与拉·莫里耶尔。③
一名小丑起码能逗人发笑，讨人开心，

---

① 嗄连 (Galien, 约130—约200) 是罗马帝国时期著名的希腊医生, 对人体有初步了解, 成为后来医生遵循的规范。
② 作者这里讥讽克楼德·贝卢 (Claude Perrouet, 1613—1688) 先学医, 后学建筑, 改建卢浮宫 (Louvre) 就是他。为此, 莫里哀被迫改换剧场。克楼德·贝卢是查理·贝卢 (Chales Perrouet, 1623—1703) 的兄长。古今之争, 是布瓦洛引起来的, 成为轰动一时的学派之争。
③ 布瓦耶 (Boyer, 1618—1698) 是修道院院长, 写过一些无聊的戏。
　班扇 (Pinchène) 即马旦 (Martin), 从1670年起, 出版过几部诗集。
　朗巴耳 (Rampale) 约死于1660年, 写过一出悲喜剧。
　麦纳狄耶尔 (Menardière, 1610—1663) 是一位医生, 选入法兰西学院, 写过一些悲剧。
　马永 (Magnon) 写过一首名叫《百科全书》的诗, 1662年, 在新桥被强盗杀死。
　苏埃 (Souhait) 用散文体译过《伊利亚特》, 于1613年出版。
　高班 (Corbin, 约1580—1653) 是王室顾问, 曾将《圣经》逐字译成法文。
　拉·莫里耶尔 (la Morlière) 是一个地方上的教士, 写过十四行诗。

可是平淡,只会让人打盹

我宁可爱白尔日拉克①和他大胆的滑稽,

也不爱莫旦②的诗,冻僵别人,又冻僵自己。

 不要酩酊于一些阿谀的颂歌,

有时一群名实不符的赞美者

在某些"会客室"奉承阁下,大捧特捧,

朗诵一部作品,阁下受宠若惊,

一旦印成书,暴露在光天化日之下,

却经不起众目睽睽的审察。

大家晓得成百作者的遭遇,

誉扬备至的贡保③迄今还在看守书局。

 要听取人人的意见,勤于请教:

有时自命不凡之徒就有重要见解见教。

不论阿波罗给你多少灵感,写出多少好诗,

也不要跑到各种场合去念诗。

千万不要学那位诗匠④急于成名,

朗诵自己虚有其表的作品,不管好听不好听,

边朗诵,边向问候他的任何人凑近,

拿他的诗追逐街头过往的行人,

天使尊重的极为神圣的庙宇,

没有一处不是反对他的缪斯的安全地区。

---

① 白尔日拉克(Bergerac,约1620—1655)是《月球旅行记》和一出喜剧《受愚弄的书呆子》的作者。
② 莫旦(Motin)约死于1615年,写过一些警句诗。
③ 贡保(Gombaut,1570—1666)是法兰西学院最早的院士,诗人。
④ 作者注:"杜佩里耶(Dupérier)在教堂朗诵他的诗给作者听。"杜佩里耶死于1692年,以写拉丁诗知名。

我已经说过,要热心爱护别人的批评,
无怨言地修改自己的诗句,完全依赖理性,
可是赶上蠢才的指责,也不要过谦。
　　往往一位吹毛求疵的外行人,傲气冲天,
仗着不正确的反感对一首诗加以攻击,
责备最美丽的诗句的独特处理,
人驳斥他的虚有其表的理论,劳而无功,
喜欢自己的错误评论也就是他的才情。
理由不充分,缺乏表达清楚的能力,
还以为什么也躲不过他软弱的视力。
要提防他的劝告;倘使听信他的劝告,
以为躲过一片暗礁,往往在海里把自己淹掉。
　　选择一位踏实的内行人评论,
引导靠理性,表达清楚靠学问,
他的稳妥的笔触立刻就指出
你觉得单薄而又希望藏身之处。
只有内行人能解除你可笑的怀疑,
提高使心神不安的顾忌。
他会告诉你:一位强有力的人,
有时在写作上,技巧把他捆得太紧,
摆脱指定的规则,怀着幸福的狂热心情,
从技巧本身学会跳出规则的坟坑。
不过这样理想的批评家却又极难寻找,
即使长于押韵,判断也是乱搞。
另一位以诗驰名本城的文坛,

却区别不了维吉尔和吕堪①。

　　作家们,你们要记取我的教诲。
你们希望你们富丽的虚构得人欢心?
让你们多产的缪斯在渊博的课业方面,
处处把踏实和功用连接到诙谐上面。
一位明智的读者躲避无聊的儿戏,
希望他的娱乐也能有所教益。

　　你的作品要描写你的心灵和行藏,
永远让你成为高贵的形象。
那些有害于人的作家,我不能尊敬,
他们在诗里是荣誉的可耻逃兵,
在一张犯罪的纸上,把人品出卖,
在读者的眼里使恶习可爱。

　　然而我也不跟着那些愁苦的人走,
把爱情从一切从干净的作品中赶走,②
希望戏剧取消富丽无比的装璜,
把罗德里克和施曼娜③看成害人的流氓,
最不正派的爱情,即使表现得一干二净,
也引逗不起人们可耻的冲动。
狄东④呻吟,对人卖弄她的魅力,
即使有人分享她的眼泪,也谴责她的过失。
　　一位高尚的作家,用他无辜的诗文,

---

① 吕堪 (Lucain, 39—65) 是罗马宫廷诗人,以写史诗《法尔萨利亚》(Pharsalia) 知名。据作者说,这里指高乃依,因为高乃依曾经给人讲,他喜欢吕堪,甚于维吉尔。后来古今之争,高乃依派就和他纠缠不休。
② "愁苦的人"指让逊派 (jansénistes)。他们坚持以清心寡欲要求自己。
③ 罗德里克 (Rodrique) 和施曼娜 (Chimène) 是高乃依的悲喜剧《熙德》中相爱的男女主人公。
④ 狄东 (Diton) 是《埃涅阿斯纪》史诗中的埃及女王,笼络埃涅阿斯,终归失败。

即使挑逗感觉，也败坏不了人心：
他的热情决不点燃罪恶的欲火。
所以爱道德吧，用它育养你心灵的花朵。
才情纵然充满高贵的活力，
诗却经常显示人心的卑鄙。

　　尤其要避开，避开那些低价的嫉妒，
它是庸俗才情的邪恶支柱。
一位优秀的作家决不坐令自己受到感染，
因为嫉妒是恶习庸俗的随员。
这位才分出众的可怜竞争者
不断和贵人成群结伙反对他，
一心妄想利用别人，提高自己，
为了平起平坐，想方设法把他贬低。
我们不能陷入这些卑劣的勾当，
千万不要靠可耻的诡计争取名望。

　　不要让诗成为你的毕生职分，
结纳朋友，作一个可信赖的人，
一本书令人如醉如痴，算不了什么，
还必须懂得谈话，懂得生活。

　　为光荣而工作，别让肮脏的牟利
永远成为知名作家的目的。
我知道有一位高尚的君子，既不感到耻辱，
也不用犯罪，靠工作得到一笔合法的收入，①
但是我不能容忍那些有名的作家，

---

① 指拉辛。

厌弃光荣,在唯利是图的路上爬,①
把阿波罗押给书店挨宰,
把神圣的艺术变成赚钱的买卖。

  理性用声音表达自己,
宣布法律,并教育子弟,
在这以前,人人根据野蛮的本性,
在林中散居②,猎取食物活命,
武力替代了权利与公正,
杀人也得不到严惩,
终于动听的巧妙的语言,
柔化这些茹毛饮血风尚的野蛮,
把森林里涣散的男女集合起来,
拿城墙和砦堡把城池纷纷圈开,
肉刑吓坏了犯罪的囚徒,
软弱的无辜受到了法律的保护。
这种组织,据说,要归功于原始的诗歌,
从这里又出现世人接受的传说,
俄耳甫斯的歌声撒遍色雷斯③的峰峦,
驯服的老虎抛掉它们的凶残,
安菲永的音乐能使石头行走,
有条不紊,排列在忒拜斯的山头④。
音乐在诞生中产生了这些奇迹,

---

① 暗示年老陷入困境的高乃依。作者多次讽刺高乃依,其后引起古今之争,是咎由自取。
② 不是"散居",而是"群居"。
③ 色雷斯(Thrace),约在今天保加利亚一带。
④ 忒拜斯(Thébes)即今天希腊的提井(Thines),传说该城是安菲永(Anphion)的竖琴演奏建成的。

此后，上天就用诗来传达神意，

一种神圣的恐惧在祭司的心中激动，

阿波罗就用诗来表达他的狂兴。

古老世纪的英雄不久就复活，

荷马鼓起勇气高唱伟大的战歌，

海席俄德①接着又以实用的课程

加速过分偷懒的耕地的收成。

无数有名的作品描写了智慧，②

靠诗人帮助，传播给世人，

处处是它战胜思想的法则，

细细听来，人心深得。

受人尊敬的缪斯，为了这许多好事，大功告成，

在希腊得到的荣誉是一种公正的奉承。

他们的艺术受到世人的崇拜，

许多地方都为他的光荣搭起了祭坛。

但是最后却是卑躬屈节的贫困，

帕耳纳索斯山也忘掉它当年的高贵。

赚钱的肮脏之爱，流毒人心，

怯懦的谎话玷污了所有的作品，

成千上万的坏书在各地方出现，

做文字交易，也就出卖了语言。

  你千万不要沾染如此下流的恶习，

假如只有黄金对你具有不可克服的魅力，

---

① 海席俄德（Hésiode）稍后于荷马，是一位农业诗人，作品有《工作与白昼》（Travaux et Jours）。

② 指古代的格言诗。

躲开波尔麦斯河①灌溉的这些可爱的地点,

因为财富并不住在它的两岸。

对最渊博的作家,如同对最伟大的战士,

阿波罗仅仅许下一个名字与月桂几枝。

　　可是,唉!据说一位缪斯挨饿,

赶上歉收,也不能靠浮名过活,

一位作家经不起贫困纠缠,

黄昏听见饥肠辘辘的叫声,

就无力欣赏海里孔山②的愉快散步,

贺拉斯看见麦那得斯时,已经吃醉了酒③,

就想不到高乃代④遇到的难题,

也不会为晚饭写一首成功的十四行诗。

　　话有道理:不过,这种愉快的失宠

绝难使帕耳纳索斯山⑤为之悲恸。

这在当代有什么好怕?各种艺术总在

享受一颗盛情的星辰的青睐⑥,

一位有远见的开明国王考虑周到,

不让才能处处受到贫苦的干扰。

　　缪斯,指点你的门生歌唱他⑦的光荣,

---

① 波尔麦斯河(Permesse)发源于海里孔山(Helicon),在希腊北部。海里孔山常用为帕耳纳索斯山,指文艺女神缪斯的居处。
② 海里孔山见注①。
③ 指侍奉酒神的女随从。
④ 高乃代(Colletet,1626—约1680)是一位穷苦的诗人,诗写得不怎么好,父亲是法兰西学院院士。
⑤ 指文艺女神。
⑥ 指知名太阳王路易十四。下面转入颂扬路易十四。
⑦ 指路易十四。

他①的名声对他们说来，胜过你的全部课程。

你就让高乃依为他②恢复他的勇气，

依然是《熙德》与《郝辣斯》的高乃依③；

拉辛创造新的奇迹，照他④的模样，

绘制他的英雄的全部图像；

美女如云，歌颂他⑤的名声，

本斯拉德⑥娱乐各家府邸的床边小径⑦。

塞格奈⑧用牧歌来使森林着迷。

让碑铭⑨为他⑩磨快它的全部兵器。

如今又是哪一位幸运作家，用另一首《埃涅阿斯纪》，

在颤抖的莱茵河畔，指挥阿耳希特⑪？

哪一位宣扬他⑫的战功的古琴圣手，

将使岩石和树木行走；

哪一位将歌唱荷兰人，在暴风雨中丢魂失魄，

为了不让船沉，又把自己淹没⑬？

哪一位将演述白昼可怕的重戕⑭，

---

① 指路易十四。
② 同注①。
③ 《熙德》和《郝辣斯》是高乃依早年两个著名的悲剧。
④ 同注①。
⑤ 同注①。
⑥ 本斯拉德（Benserade，1611—1691）是学院院士，逢迎路易十四，成为趋时的宫廷诗人。
⑦ "床边小径"或"小巷"（ruelle）是当时贵族夫人起床之前招待来客的床边过道。
⑧ 塞格奈（Segrais，1624—1707）是学院院士，以牧歌闻名。
⑨ "碑铭"，inscription 是原字 épigramme 的语根含义。这行诗有些令人难懂。
⑩ 同注①。
⑪ 阿耳希特（Alcide）指古希腊神话中最伟大的英雄赫刺克勒斯；阿耳塞 Alcée 或 Alcaeus 之孙，即昂分垂永（Amphitryon）之子。
⑫ 同注①。
⑬ 指路易十四远征荷兰，荷兰人为了阻止他进军，放水淹没土地。
⑭ 指路易十四的将领渥班（Vauban）改在白天进攻，过去多在夜间。

整营士兵埋葬在马斯特里赫特①战场?

可是在我说话的时际,胜利者②新的荣誉
又号召你们讴歌阿尔卑斯山的攻取。
多尔和萨兰③已然接受招安;
贝藏松④仍在雷殛的岩石上冒烟。
哪儿是那些伟大战士和他们注定失败的联盟⑤,
曾经筑起重重的堤坝来阻挠这次进攻?
难道在溃败中还妄想阻挡进军,
以逃遁的可耻名声来窃取功勋?⑥
多少壁垒被摧毁!多少城市被占领!
乘胜追击,又积聚了多少光荣收成!

作家们,鼓起你们的热情来歌唱:
主题不希望有半点勉强。

以我而言,一直以写讽刺诗为生,
还不敢弹拨古琴⑦,吹奏号声,
但是你们会看见我,在这光荣事业之中,
少说也要用声音和双目来鼓舞你们成功;
我的缪斯在帕耳纳索斯山给你们提供一些课程⑧,
因为她对贺拉斯还有心得,尽管年轻;
支持你们的热情,激励你们的才分,

---

① 马斯特里赫特(Mastricht)是荷兰边疆的城市,1673年6月29日为路易十四占领。
② 指路易十四。
③ 两个城邑在法国汝拉省,于1674年6月被征服。
④ 贝藏松(Besançon)是法国东部杜省的省会,于1674年5月归顺。
⑤ 日耳曼帝国、西班牙与荷兰在1677年8月30日签订同盟条约。
⑥ 日耳曼帝国的将领蒙特库库利(Montecuculli)在1773年曾吹嘘以退为进。
⑦ 古琴是史诗与颂歌的征记。
⑧ 指拉丁诗人贺拉斯的《诗艺》。

老远就向你们指出桂冠与奖金。
然而也请你们宽恕：如果，满怀热忱，
成为你们每高举一步的忠实观察人，
我有时把假金和真金分别开来，
难免抨击一些敷衍了事的作家的懈怠：
责备起来人受不了，却经常需要，
喜欢挑剔，又对写作并不高超。

致贝卢先生书

1700 年 1 月 3 日，巴黎

先生：

公众既然已经知道我们的争论，把我们的和解告诉他们也是一件好事，并让他们晓得：我们关于帕耳纳索斯山①的争吵，就像被鲜明的国王②慎重加以制止的往日的决斗、激战之后，有时还彼此狠刺一剑一样，双方吻抱，变成真诚的朋友。我们文字决斗的结局还要高贵，我可以说，如果我敢于向你引用荷马的话，我们活像《伊利亚特》里的埃阿斯和赫克托耳的作为③，在希腊人与特洛伊人长久打仗以后，马上就互相敬礼，互赠礼品。说实话，先生，不等我们的争论很好结束，你就对我表示敬重，赠送你的作品给我，我也恳切地送拙作请你指教。我们模仿你不喜欢的史诗的这两位英雄，相互致敬的话，依然如故，各自站在一方，坚持己见。就是说，你下定决心，绝不过分尊重荷马和维吉尔，而我一直是他们的热烈的赞美者。把真相告诉公众是好事；为了开始让他们理解我们的态度，我们和解之后不久，我就写了风行一时

---

① 即文艺。
② 即路易十四。
③ 参看《伊利亚特》第七章，第 206—312 行。
"诗坛所有的骚动……"等等。

的一首格言，想必你已经读到。它就是：你可以因之承认，我在真诚表现我的思想的诗里，交代了我与你与那位戏剧诗人①的区别，我把他的名字放在我的格言诗的结尾逗笑。于是这就成了最不像你的上流人士了。

　　但是，现在我们的确和好了。我们之间没有留下任何怨恨和尖刻的根源。我斗胆作为你的朋友问你，是什么使你长久如此激动，竟然写出反对古代所有最知名作家的文章？难道你认为我们当中有谁不重视现代的高明作者吗？可是你在什么场合看见我们嫌弃他们来的？在那一个世纪，如果不是我们的世纪，更乐于喝彩出现的好书来的？难道我们没有颂扬笛卡儿先生、阿尔弩先生、尼柯耳②先生以及其他可赞美的哲学家和神学家？法国六十年以来出现的这些名字，数量如此之大，仅仅他们习作的名单，就足以写成一本书。仅就对你，我关系最近的作家而言，我的意思是指诗人而言，马莱尔伯、拉岗、麦拉尔③之辈，都为自己挣到多大的荣誉！难道我们不曾拍手欢迎茹瓦杜尔、萨拉散④和拉·封丹的作品问世？好比说，多少荣誉我们没有送给高乃依先生与拉辛先生？谁又不赞美莫里哀的戏剧？先生，你本人不就埋怨世人不曾公正评价你的爱情与友谊的对话，你的论画诗、你的拉·甘提尼先生的书⑤以及你写的许多其他精彩之作？我们没有真正高度评价我们的英雄诗，不过怨谁？你本人不也认识，在你的《对比》⑥的某个地方，其中最好的一首诗⑦不就艰涩、生凑、难以卒读？

---

① 指浦拉东（Pradon, 1632—1698）。他曾在1677年与拉辛 Racine 同时泄露一出悲剧《费德尔》，迫使拉辛搁笔十余年，后应王后之请，始于1691年写悲剧《阿达莉》Athalic。
② 阿尔弩（Arnald, 1612—1694）、尼柯耳（Nicole, 1625—1695）都是神学家。
③ 麦拉尔（Mayard, 1582—1646）是颂歌诗人
④ 茹瓦杜尔（Voiture, 1597—1648）是诗人，萨拉散（Sarasin, 1614—1654）是诗人、作家，并反对前者。
⑤ 拉·甘提尼（La Quintinie, 1626—1688）是果木学家。
⑥ 贝卢的《古人和今人的对比》（1688—1697）是对话体。
⑦ 指国家学会秘书长夏普兰 Chapelain 的史诗《贞女》（La pucelle），写一个农家少女率兵抗击英国侵略军。

那么，是什么动机使你反对古人的？是不是模仿他们会损害我们的畏惧？可是你能否认，正相反，我们最大诗人的写作上的成就不正得力于模仿？你能否认，高乃依先生不是在提特-李维、迪翁·卡希乌斯、普鲁塔克、吕堪与塞内加①获知他最美的特色、汲取这些伟大的见解，使他能创造出来一种不为亚里士多德所知的悲剧新品种？因为以我看来，人应当站在这个立脚点来看他的大量最崇高的剧作，置身于这位哲学家的规则之外，不像古代悲剧诗人那样，一心想着引起怜悯与恐惧，而是凭着思想的崇高与感情的美丽，在观众心中激起某种赞美，比起真正的悲剧激情来，好些人，尤其是年轻人往往要满意多了。最后，先生，为了结束这段有点长的文字，而又不脱离我的主题，你能不同意是索福克勒斯和欧里庇得斯②培育出来拉辛的？你能否认是在普鲁特与泰伦斯③这里，莫里哀提取他的艺术的最精彩的东西的？

那么，你反对古人的热情从哪儿来的？如果我没有误解的话，我开始看出来了。许久以来，你很可能在社会上遇到一些冒牌学者，类似你的对话的主席，研读只为充实他们的记忆，既没有才情，又没有判断、欣赏力，重视古人只因为他们是古人，并不想到理性可以说另外一种不是希腊和拉丁的语言，马上就谴责一切土白制作，唯一的根据是用土白写出来的。古代这些最神妙的著述。这些人就是在合情合理的地方也不合情合理，你不能肯定你是否和他们的见解相同。正是这些表面现象，让你写出你的《对比》。你自信有才情，而那些人没有；你用一些似是而非的论点，会很容易打乱那些薄弱的敌手的虚有其事的手法。你获得很大的成功，倘使我不参加的话，如果我必须讲的话，战

---

① 提特-李维 (Tite-Lire，公元前 59—17) 是罗马学家。迪翁·卡希乌斯 (Dion Cassius，约 195—约 235) 是罗马史学家。用希腊文写了一部罗马史。普鲁塔克 (Plutarque，约 45—约 125) 是希腊史家。塞内加 (Sénéque，约前 4—65) 是书斋悲剧家。
② 都是古希腊悲剧作家。
③ 都是早期罗马戏剧作家。

场就为你所有了；这些假学者不是你的对手，而真有学问的也许以一种矫揉造作的高傲态度不屑于回答你。其实，允许我提醒你，古代的大作家并非由于假学者或者真学者的喝彩而获得荣誉，而是由于在各世纪中，都有明智与心细的人们的坚定的与一致的赞美所致，他们中间也不只是一个亚历山大，一个凯撒。允许我向你指出，就在今天，并不像你所想象的那样，只有石赖外里屋斯、帕拉尔都斯、麦纳基乌斯①，我不妨借用莫里哀的话，名字末了有"乌斯"的学者们，格外欣赏荷马、贺拉斯、西塞罗、维吉尔。我经常看到最喜欢阅读这些大人物的人们，都是第一流学者，都是最崇高的人。如果必须向你举出一些人的话，我记下来的显赫的姓名也许会吓你一跳；你不仅在这里看到拉莫瓦永、达格叟、特奈维耳，而且看到孔代、孔地、杜伦纳②。

你是一位正人君子，先生，难道你就不能和那么许多正人君子的思想结合在一起？是的，毫无疑问，你能这么做；我们之间彼此的见解的差距，不见得就像你所想象的那样大。说实话，你写了那么多关于古人和今人的诗、对话和论文，希望说明什么呢？我不知道是否了解你的思想；不过，依我看来，如此而已：你的意思是指出，在文学价值方面，尤其是在美术知识方面，不仅可以和我们的世纪，或者说得更清楚些，伟大的路易的世纪相提并论，而且高于古代所有最著名的世纪，甚至于奥古斯都世纪。你听见我说，我在这方面和你的看法完全一致，你会惊奇不止；如果我不是由于生病，我的工作不给我闲暇的话。

我甚至于会顾忌向你证明，握着笔杆子，像你那样，证明这个建

---

① 石赖外里屋斯（Schrevelius, 1608—1661）是荷兰学者，曾经留下一部希腊字典。帕拉尔都斯（Paraedus）是法国南部的诗人，用拉丁文写诗。麦纳基乌斯（Menagius, 1613—1693）是法国诗人，语言学家。它们都给自己的名字添上"乌斯"，表示对古代的兴趣。

② 拉莫瓦永（Lamoignon, 1617—1677）是法国法院院长。特奈维耳（Troisville）伯爵是一位学者。孔代（Conde, 1621—1686）亲王，是贵族元帅。孔地（Conti, 1629—1668）亲王，是前者的兄弟。杜伦纳（Turenne, 1611—1675）是法国著名的元帅。

议。说实话，我会举出许多其他理由的，因为每人都有自己理论的方式；我会用一些你没有用过的慎重的方式和尺度。

所以我不会像你那样，单按我们的国家和世纪去对抗所有此外联合在一起的国家和世纪。就我看来，这种手法是维持不下去的。我会一个又一个检验每个国家和每个世纪；经过深思熟虑，他们在哪些方面比我们高，我们又在哪些方面超过他们，要是难以驳倒的证明优势在我们这边，我就大错而特错了。

所以，来到奥古斯都世纪，我一上手就衷心承认，我们没有写英雄诗的诗人，也没有演说家，可以和维吉尔与西塞罗相提并论，我会同意，我们最有本领的史家，当着提特－李维和萨鲁斯特①，也是渺小的；我会谴责讽刺诗和哀歌的，尽管莱尼耶写出了可赞美的讽刺诗，茹瓦杜尔、萨拉散、拉·吕兹伯爵夫人写出了无限快感的哀歌②。但是，就在同时，我会让人看出，我们在悲剧方面大大超过拉丁人，他们根本不堪和我们语言上许多优秀拉丁人的悲剧比拟，即使有所谓塞纳克的浮夸过于合理的朗诵诗，和当时有点名气的瓦里乌斯的《提厄斯忒斯》和奥维德的《美狄亚》③。我会让人看出，他们虽然在他们的世纪有些喜剧诗人比我们的强，他们却没有名字能传之久远，例如浦东特、赛西里屋斯④与泰伦斯，早已在前一世纪就不为人所知了。我会指出，贺拉斯是他们仅有的抒情诗人，我们在颂歌方面没有作者能像他那样完善，却也有相当多的一些人，并不比他在语言细致上和表现准确上弱，把他们的作品全部放在一起，摆到天平上，本领的重量不见得就比这

---

① 萨鲁斯特（Salluste，公元前96—公元前35）是罗马史家。
② 拉·吕兹（La Luze）伯爵夫人（1618—1673）留下一本诗集。
③ 瓦里乌斯 Varius 是公元前一世纪的悲剧家和史诗诗人。《提厄斯忒斯》是写阿特乌斯 Atreus 与他兄弟提厄斯忒斯 Thyestes 和好，请他赴宴而端上来的却是提厄斯忒斯的儿子们的肉身。因此兄弟成了不世之仇。《美狄亚》Medea 写她嫁给外乡人伊阿宋，被弃。为了报仇，杀死她的两个儿子。奥维德 Ovide 是奥古斯都时代诗人。
④ 赛西里屋斯 Cecilius 是古代罗马喜剧家，现仅存一些段落。

位大诗人留下的五本颂歌低。我会指出,有些诗的品种不仅比不过我们,就连知道也不知道;例如,我们叫做小说的这类散文诗就是,其中有些样品,我们不能过分尊重,道德几乎十分放荡,是毒害年轻人的读物。

我大胆支持,就整个奥古斯都世纪来看,从西塞罗到塔西佗①,我们看不到一位哲学家,在物理学上,能和笛卡儿,甚至和伽桑狄②相提并论。我会证明,就学识而论,他们的瓦隆和它们的浦里纳③是他们最有学问的作家了,当着我们的毕永④、我们的斯卡里皆、我们的叟麦斯、我们的希尔孟神甫和我们的贝斗神甫,也成了平庸的学者。关于天文学、地理学和航海术,他们所知至少,我会和你轻易取胜。他们仅有维特路茹⑤说他是一位优秀的建筑师,不如说它是一位优秀的建筑学博士;除此之外,我向他们挑衅,再举出一位来。我说我向他们挑衅,举出一位有本领的建筑师,一位有本领的雕刻家,一位有本领的拉丁画家;在所有这些艺术方面,在罗马享有盛名的都是欧洲和亚洲的希腊人,他们来到拉丁人这边,从事于他们的艺术,不像那些拉丁人,好比说,一无所知;而今天,世界上却充满了我们的芒萨尔⑥的名声和作品。我还能增添许多其他事物,但是我已经说过的,我相信,自己让你了解了我是怎样摆脱奥古斯都世纪的。倘使不谈文人和著名的工匠,

---

① 塔西佗(Tacite,约55—120)是罗马史学家,以文采富丽取胜。
② 伽桑狄(Gassendi,1592—1655)是法国唯物主义哲学家,反对亚里士多德与笛卡儿的形而上学。
③ 浦里纳(Pline,23—79)是罗马的生物学家。瓦隆 Valon 死于25年,仅留下一些拉丁语和农业的著述。
④ 毕永(Bignon,1589—1656)是王家图书馆馆长。著述面极广。
  斯卡里皆(Scaliger,1540—1609)对古代学者论述很多。他父亲的关于亚里士多德的《诗学》论述对法国极有影响。叟麦斯(Soumaise,1588—1658)对中东语言知识极为牢实。希尔孟(Sirmond,1559—1651)是耶稣会成员,路易十四的忏悔师。贝斗(Pétou,1583—1652)是耶稣会成员。
⑤ 维特路茹 Vitruve 是公元一世纪的建筑师,他写过一本《论建筑》,献给奥古斯都。
⑥ 浦散(Punssin,1594—1665)、勒布莱(Lebrun,1679—1690)都是画家;吉拉尔东(Girardon,1630—1715)是雕刻家;芒萨尔 Mansart 是建筑师,见于《诗的艺术》第四章。

而谈英雄和伟大的王公,我也许会取得更大的胜利,就会指出:拉丁人的奥古斯都比不过法国人的奥古斯都①。

按照我方才说过的所有的话,你明白,先生,我们对我们的国家和我们的世纪,并没有什么不同的看法;可是我们对同一的看法,又有所不同。所以我攻击你的《对比》,不是针对你的见解,而是你的修道院院长和你的骑士对作家所持的蔑视和傲慢的态度。即令责备他们,依我看来,也不能对他们表示过分尊重、尊敬与赞美。所以,为了保证我们的和好与杜绝我们争论的根苗,现在只有相互治疗我们的毛病:你呢,过于贬低古代的优秀的作家;我呢,责备我们世纪的恶劣,甚至是平庸的作者,有点过于激动的倾向……

致孟切斯奈②先生书

1707 年 9 月

论戏剧

你既然不关心扫烟囱的人③了,先生,我看不出有任何理由抱怨我,为什么我匆匆忙忙就批判你的著述,特别是关于你已经着手的论悲剧与喜剧的问题,尽管我认为你写得极其出色;因为,既然必须对你说实话,我就实说了吧:就我所能回忆得来的你的新作而论,你让人受骗上当,把演员和戏剧混在一起谈,而我在和马希永神甫④理论时,像你所知道的那样,是确切分开了的。

而且,你提出一句在我看来是站不住脚的格言来,那就是:有时候

---

① 即路易十四。
② 孟切斯奈(Jaques de Lorme de Montchesnay, 1660—1700),一位关心戏剧的作家。
③ 孟切斯奈让一个扫烟囱的人送他的文章给布瓦洛,布瓦洛和送信的人谈话,并取笑了他。他就此大做文章。所以,这里提起扫烟囱的人。
④ 马希永(Monsillion)神甫(1663—1742)是当时一位有声望的宗教布道人。

在有恶习的人的心里产生恶劣效果的一件事，即使本身并非恶习，也应该绝对加以禁止，虽说能给人们提供娱乐与教育。如果这样的话，就该不许教堂画圣母马利亚，不许画苏撒拿，也不许画抹大拉①，面孔惹人喜爱，因为很可能就会出现他们的容貌引逗一个坏人的色欲的事来。道德转变一切为善，恶习转变一切为恶。倘使你的格言被接受了的话，不仅是喜剧或者悲剧上演不了，而且任何戏也都演不了。维吉尔、代奥克利忒斯、泰伦斯、索福克勒斯、荷马也演不成了。这正是叛教者朱连②所要求的，这也正是教会圣父们对他进行可怕的诽谤的因由。相信我吧，先生，攻击我们的悲剧和我们的喜剧吧，因为它们平常是很糟的，但是不要攻击一般的悲剧与喜剧，因为它们对自己漠不关心，如同十四行诗和颂歌那样，而它们有时转变人心，比最有益的布道还得力。举一个可赞美的例吧，我告诉你，有一位伟大的国君③跳过几次芭蕾舞，演过拉辛先生的《柏里塔尼库斯》，尼禄的狂怒在戏里受到几次打击④；他不再在任何芭蕾舞中跳舞，连在狂欢节期间也不再跳舞了。喜剧治好能被治好的人们的许多坏东西是不能想象的；因为我承认有些喜剧使人变坏。最后，先生，不管马希永神甫怎么说，我支持你的说法，戏剧诗是一种对自己漠不关心的诗，坏是由于坏的使用。我认为爱情在这种诗里被表现得贞洁，不仅不引逗爱情，而且能大有助于治疗身心健康的爱情，只要人在这里不散布淫荡的形象和感想。如果有谁，不管提防不提防，不由自己就变坏了，错在自己，不在戏剧。其实，我把演员和我们的多数诗人都交给你处置了，包括拉辛的几出

---

① 见于《新约·路加福音》第九章。"抹大拉"是地名，一般当作人名用。
② 朱连（Julien，361—363），罗马皇帝，生长于基督教环境中，其后背叛基督教，引入异教。
③ 即路易十四。
④ 在《柏里塔尼库斯》（Bretannicus）一剧中，拉辛写出罗马的暴君尼禄的残酷，毒死他的异父兄弟柏里塔尼库斯。

戏在内。最后,先生,你记得约色弗①吧,希律爱马利阿穆②的故事,写得栩栩如生,有声有色。可是有哪个疯子,曾经为了这个,就禁止读约色弗来的?我之所以涂抹这篇论文提纲,为的是给你指出,我指摘你的推理不是没有道理的。……

---

① 约色弗(Josephe),约生在公元37年,是犹太史家,用希腊文写出了《犹太战争》等史书。
② 马利阿穆(Mariamne)是犹太暴君希律(Herode)大帝的老婆,为希律大帝所杀,死于公元前28年。她的故事被写成悲剧,后代有阿尔弟(Hardy, 1610)、莱尔米特(Iriston l'llermitte, 1636)与伏尔泰(Voltaie, 1724)等。希律大帝(公元前62—前4),得到罗马人支持,才能做犹太国君。